FENJA LÜDERS

Der Traum von Freiheit

Speicherstadt-Saga

Weitere Titel der Autorin:

Der Duft der weiten Welt – Speicherstadt-Saga
Der Glanz der neuen Zeit – Speicherstadt-Saga

Titel auch als Hörbuch erhältlich

FENJA LÜDERS

Der Traum von Freiheit

SPEICHERSTADT-SAGA

Roman

Lübbe

Dieser Titel ist auch als Hörbuch und E-Book erschienen

MIX
Papier aus verantwortungsvollen Quellen
FSC® C014496

Originalausgabe

Textredaktion: Anna Hahn, Trier
Umschlaggestaltung: Sandra Taufer, München
Einband-/Umschlagmotive: © shutterstock: Olga_C | Andrekart Photography | powell'sPoint; © Richard Jenkins Photography, London
Satz: hanseatenSatz-bremen, Bremen
Gesetzt aus der Adobe Garamond Pro
Druck und Einband: GGP Media GmbH, Pößneck

Printed in Germany
ISBN 978-3-7857-2686-0

5 4 3 2 1

Sie finden uns im Internet unter: luebbe.de
Bitte beachten Sie auch: lesejury.de

Für meine Eltern Reinhard und Elfriede –
in liebevoller Erinnerung

EINS

Hamburg, 1925

Die Feder des Füllhalters gab ein leises kratzendes Geräusch von sich, während Mina sie über das Papier gleiten ließ. Zeile um Zeile schrieb sie, bis die Seite gefüllt war, dann befeuchtete sie ihren Zeigefinger an der Unterlippe und blätterte um. Wie immer, wenn die Seiten des Einschreibebuches leer vor ihr lagen, hielt sie kurz inne. Sie schaute hoch zu den Porträts ihres Großvaters und Vaters, die an der gegenüberliegenden Wand hingen, und ein Lächeln huschte über ihr Gesicht.

»Es geht bergauf, Papa«, murmelte sie. »Endlich kommt das Geschäft wieder richtig ins Laufen. Es ist schon beinahe so wie vor dem Krieg.«

Mina steckte die Kappe auf den Füllfederhalter und legte ihn neben das in dunkles Leder gebundene Buch, das sie in der Schublade ihres Schreibtisches aufbewahrte.

Sie hatte mit dem Tagebuchschreiben angefangen, als sie vor zwölf Jahren die Leitung von *Kopmann & Deharde*, einer der führenden Kaffeeimportfirmen in der Hamburger Speicherstadt, übernommen hatte. An ihrem ersten Tag als Chefin hatte sie in der Schublade des Schreibtisches, an dem zuvor ihr Vater gesessen hatte, sein Tagebuch gefunden, in dem er wichtige Handelsabschlüsse und denkwürdige Ereignisse festgehalten hatte. Zuerst hatte sie sein Buch weitergeführt – zum Teil aus Respekt vor seinen Angewohnheiten, die sie beibehalten wollte, zum Teil aber auch aus dem Gefühl heraus, ihm beim Schreiben besonders nahe zu sein. Manchmal so nahe, dass sie beim Formulieren und Aufschreiben ihrer Gedanken, Sorgen und Ängste seine beruhigende Stimme in ihrem Inneren zu hören glaubte, die ihr gute Ratschläge gab und Trost spendete.

Inzwischen bewahrte sie zwei von ihr gefüllte Einschreibebücher in der Schreibtischschublade auf, wobei sich ganz zuunterst das alte Tagebuch ihres Vaters befand, das sie hütete wie einen Schatz. Das Buch, was jetzt aufgeschlagen vor Mina auf der abgewetzten Tischplatte lag, war bereits das dritte, und auch das war wieder so gut wie voll. Dabei schrieb sie nur darin, wenn sie allein in ihrem Büro war, und das kam kaum noch vor, seit Edos Schreibtisch ebenfalls im Chefzimmer stand.

Bestimmt war er der einzige Bürovorsteher eines Hamburger Speicherstadtkontors, der seinen Schreibtisch neben dem des Chefs hatte, aber ihre Beziehung war eben auch etwas ganz Besonderes. Sie kannte ihn schon, seit sie ein Kind war und er seine Lehre im Kontor angetreten hatte. Sie hatten sich verliebt, und als er nach Amerika gehen wollte, war sie bereit gewesen, ihm dorthin zu folgen. Doch dazu war es nicht gekommen. Ihr Vater war krank geworden, und sie hatte sich entschlossen zu bleiben, um die Firma in der Familie halten zu können. Aus diesem Grund hatte sie Frederik Lohmeyer geheiratet, der das Kontor an der Kaffeebörse vertreten sollte, zu der Frauen damals keinen Zugang hatten. Es war eine reine Zweckehe gewesen, in der Liebe keine Rolle gespielt hatte.

Dann war der Krieg ausgebrochen, und Frederik war gleich

zu Beginn als Offizier der Reserve eingerückt. Mina führte die Firma in den Kriegsjahren allein. So viele der anderen Kaffeeimportfirmen waren in diesen unsicheren Zeiten in Konkurs gegangen, aber durch ihren zähen Einsatz hatte Mina es geschafft, *Kopmann & Deharde* am Laufen zu halten.

Mina blätterte die bereits beschriebenen Seiten des Buches zurück zum Anfang.

Hier waren die ersten Geschäftsabschlüsse mit ihrem Schwiegervater Paul aufgeführt, der eine Kaffeeplantage in Guatemala besaß und der ihr damals Rohkaffeebohnen geliefert hatte – und es immer noch tat. Ihr Blick fiel auf einen Eintrag darunter aus dem Jahr 1919. *Heiko sagt, er hat Edo in einem Sanatorium hier in Hamburg gefunden. Wie soll das möglich sein?*

Sie erinnerte sich an das anfängliche Gefühl des Zweifels, das in Gewissheit umgeschlagen war, als sie in dem traumatisierten Kriegsversehrten, der teilnahmslos im Garten des Sanatoriums gesessen hatte, ihren früheren Verlobten Edo erkannt hatte. Er war in den letzten Kriegstagen schwer verletzt worden, hatte ein Auge verloren und war auf dem anderen zeitweilig erblindet.

Heiko hatte Mina überzeugt, Edo aus dem Sanatorium zu holen, und so hatte sie an das mildtätige Herz ihrer Großmutter appelliert, die dem Haushalt vorstand, diesen armen Kriegsheimkehrer in der Villa aufzunehmen. Edo war in der kleinen Kutscherwohnung über der Garage untergebracht worden. Es hatte Wochen gedauert, bis er sich ein bisschen erholt hatte und seine Sehkraft allmählich zurückgekehrt war.

Frederik war damals noch bei der Truppe in Berlin gewesen, doch dann war er überraschend wieder zurückgekommen und hatte sofort alles darangesetzt, die Firma in die Finger zu bekommen. Es wurde immer offensichtlicher, dass er dringend Geld brauchte, weil er sich auf illegale Geschäfte eingelassen hatte. Mina war gezwungen gewesen, einen klaren Schlussstrich unter ihre Ehe zu ziehen.

Zunächst hatte Mina sich von Edo ferngehalten, aber nachdem immer klarer wurde, dass ihre Ehe am Ende war und sie Hilfe im Kontor benötigte, hatte sie Edo zögernd gebeten, ihr mit seiner Erfahrung zur Seite zu stehen, und er hatte zugestimmt. So waren sie sich wieder nähergekommen, und ihre alte Liebe war neu entflammt.

Nein, dachte Mina. So einfach war es nicht. Das, was sie jetzt verband, war viel tiefer als die jugendliche Verliebtheit, die sie vor dem Krieg füreinander empfunden hatten, und ging weit darüber hinaus. Edo war nicht nur ihr Geliebter und der Vater ihrer jüngeren Tochter Amelie, er war zugleich auch ihr engster Freund und wichtigster Mitarbeiter. Sie führten die Firma, für die sie ihre Verlobung damals aufgegeben hatte, gemeinsam und auf Augenhöhe.

Mit einem liebevollen Lächeln sah sie zu seinem Schreibtisch hinüber. Heute war Edo nicht im Kontor. Seit seiner Kriegsverletzung hatte er immer wieder mit Kopfschmerzen zu kämpfen, aber in letzter Zeit war es schlimmer geworden. Zuerst hatte er seine Schmerzen verborgen, dann Mina gegenüber heruntergespielt. Erst auf ihr vehementes Drängen hin hatte er widerwillig zugestimmt, endlich einen Arzt aufzusuchen. Sie warf einen Blick auf die altertümliche Messinguhr, die an der Wand über Edos Schreibtisch hing. Edo war schon seit drei Stunden weg. Hoffentlich hatte der Arzt nichts Ernsthaftes gefunden.

Es klopfte an der Tür, und Mina schrak aus ihren Gedanken hoch. Eilig klappte sie das Tagebuch zu und legte es in die Schublade des Schreibtisches zurück, ehe sie »Herein!« rief.

Die schwere Eichentür öffnete sich, und ihre Schwester Agnes trat ein. Sie hielt einen Stapel Briefe in der Hand.

»Der Postbote war da«, sagte sie lächelnd. »Und er hat eine Menge Arbeit für dich mitgebracht.«

»Wie schön! Endlich wieder was zu tun.« Mina verdrehte die Augen, streckte die Hand aus und nahm die Post entgegen.

»Nun komm schon, du blühst doch auf, wenn du nicht mehr weißt, wo dir der Kopf steht«, sagte Agnes grinsend.

Mina lächelte zurück. »Das ist auch wieder wahr«, sagte sie. »Du kennst mich einfach zu gut.«

»Schon mein ganzes Leben lang«, erwiderte Agnes mit einem Zwinkern.

Sie drehte sich um und ging zur Tür. »Du denkst doch daran, dass ich heute Nachmittag nicht im Kontor bin, nicht wahr? Anton und ich wollen uns ein Haus ansehen.«

»Ach stimmt, das war ja heute.« Mina warf einen Blick auf den Kalender, der auf ihrem Schreibtisch lag. »Für heute Nachmittag sind nur zwei Kaffeemakler eingetragen. Damit werden wir leicht ohne dich fertig. Sobald Edo wieder da ist, kannst du gern aufbrechen.«

»Prima! Drück mir die Daumen, dass dieses Haus endlich das richtige für uns ist.«

Mina hob beide Fäuste in die Höhe.

Agnes lachte, dann verließ sie das Chefbüro.

Es war wirklich höchste Zeit, dass Agnes und ihr Mann Anton eine angemessene Unterkunft fanden. Direkt nach ihrer Heirat vor drei Monaten war Agnes zu Anton in dessen kleine Mansardenwohnung in Winterhude gezogen. Es war eine sehr hübsche Wohnung, wie Mina ihr bestätigte, als sie ihrer Schwester und ihrem frischgebackenen Schwager zum ersten Mal einen Besuch abstattete – hell, modern und zweckmäßig eingerichtet –, aber eben nur mit drei kleinen Räumen und ohne Platz für ein Dienstmädchen.

Großmutter Hiltrud hatte sich bisher strikt geweigert, Agnes dort zu besuchen. Sie war von vornherein gegen die Ehe mit Anton gewesen. Wäre es nach ihr gegangen, dann hätte ihre Lieblingsenkelin einen Kaufmannssohn heiraten sollen, wie es seit jeher Tradition in der Familie gewesen war, nicht so einen dahergelaufenen Musiker wie diesen Herrn Rose, der sein Geld damit verdiente, im Orchester der Oper und auf Tanzveranstaltungen Geige zu spielen. Ihr tiefsitzendes Vorurteil gegen Juden tat ein Übriges, Agnes' Verlobten abzulehnen.

Hiltrud versuchte alles, um Agnes von ihren Hochzeitsplänen abzubringen. Sie stritt mit ihr, jammerte und klagte, weinte in ihr spitzenbesetztes Taschentuch, drohte damit, Agnes zu enterben – alles vergeblich. Erst als Agnes ihr das Aufgebot unter die Nase hielt und ihr sagte, Großmutter solle sich überlegen, ob sie bei der Hochzeit dabei sein wolle oder nicht, stattfinden werde sie in jedem Fall, gab Hiltrud nach. Es war nur eine kleine Feier geplant, denn die beiden wurden wegen ihres unterschiedlichen Glaubens nur standesamtlich getraut, doch Mina hielt das Versprechen, das sie sich selbst bei ihrer eigenen, sehr schlichten Hochzeit gegeben hatte. Damals hatte sie sich geschworen, Agnes solle eine so wunderbare Hochzeit feiern können, wie die Schwestern es sich als Kinder erträumt hatten, mit einem prächtigen Hochzeitskleid, Blumen, einem festlichen Essen für alle Freunde und viel Tanz und Musik.

Mina lächelte bei der Erinnerung an das überraschte Gesicht ihrer Schwester, als diese nach der Trauung am Arm ihres Mannes die Empfangshalle der Villa betreten hatte, wo all ihre Freunde schon auf sie warteten, um ihnen Glück zu wünschen und mit ihnen zu feiern. Es war ein sehr schönes, ausgelassenes Fest gewesen.

Nachdem das junge Paar von der Hochzeitsreise zurückgekommen war, hatte Agnes verkündet, dass sich außer ihrem Wohnsitz nichts an ihrem Leben ändern würde. Sie würde weiterhin im Kontor arbeiten, wie sie es bislang auch getan hatte und wie Mina es tat. Anton sei nicht nur damit einverstanden, er habe sie sogar in ihrem Entschluss bestärkt.

Ihre Großmutter war außer sich gewesen, und zum ersten Mal hatte es ernsthaft Streit zwischen Hiltrud und Agnes gegeben. Dass Mina sich nicht an die ungeschriebenen Regeln und Gesetze der besseren Gesellschaft hielt, damit hatte Hiltrud sich inzwischen gezwungenermaßen arrangiert, immerhin leitete sie die Firma *Kopmann & Deharde*. Aber dass Agnes jetzt in ihre Fußstapfen treten wollte, statt das behütete Leben einer Hausherrin zu führen, die ihrem Gatten ein schönes Heim schafft, das ging ihrer Großmutter entschieden zu weit.

»Sie beruhigt sich schon wieder«, sagte Agnes leichthin. »Du wirst sehen, spätestens zu Weihnachten hat sie sich an den Gedanken gewöhnt.«

Anton und Agnes hatten im Mai geheiratet, jetzt war Mitte August, aber bislang war Hiltruds Empörung über das Missverhalten ihrer Enkelin nicht kleiner geworden.

Vielleicht wenn Agnes und Anton ein eigenes Haus beziehen, das groß genug ist, ein Dienstmädchen einzustellen, dachte Mina. Die schlimmste Erniedrigung für ihre Großmutter war, dass Agnes die Hausarbeit momentan notgedrungen selbst erledigte und daran offenbar auch noch Spaß hatte.

Seufzend griff Mina nach dem Stapel Briefumschlägen, die Agnes gebracht hatte, und blätterte sie durch, wobei sie die Absender las.

»Rechnung, Rechnung, Auftrag, Angebot, Bestellung, Rechnung …«, murmelte sie und sortierte dabei die Umschläge in kleinen Stapeln vor sich. Auf einmal stockte ihre Hand, als sie einen Brief mit einem ihr unbekannten Absender in den Fingern hielt. Er kam von einem New Yorker Anwaltsbüro.

Mina runzelte die Stirn und drehte den Brief um. Er war an Edward Becker oder Edo Blumenthal persönlich gerichtet.

Edo hatte noch nie Post aus Amerika bekommen, seit er wieder im Kontor arbeitete. Was mochte der Anwalt wohl von ihm wollen? Vielleicht hing der Brief mit der Zeit vor dem Krieg zusammen, die er in Amerika verbracht hatte und über die er nie sprach.

Einen Augenblick lang war sie ernsthaft versucht, den Brief zu öffnen. Sie könnte behaupten, es sei ein Versehen gewesen, der Brief habe zwischen den anderen gelegen und sie habe nicht bemerkt, dass er an Edo gerichtet war. Doch nachdem sie den Umschlag eine gefühlte Ewigkeit angestarrt hatte, legte sie ihn entschlossen ganz an den Rand der Schreibtischplatte. Sosehr sie sich auch wünschte, zu wissen, was der Brief enthielt, er war es nicht wert, Edo anzulügen.

Sie nahm den Brieföffner, schlitzte den ersten Umschlag der Briefe auf dem Rechnungsstapel auf, faltete das Papier auseinander und begann zu arbeiten.

Mina war gerade mit den Bankanweisungen fertig und hatte sich den Bestellungen zugewandt, da öffnete sich die Tür des Büros ohne ein Klopfen, und Edo trat ein. Er lächelte ihr zu, und Mina musste sich wie so oft eingestehen, dass er trotz der Narben, die seine linke Gesichtshälfte wie ein weißes Netz überzogen, und trotz der Augenklappe noch immer ein gut aussehender Mann war. Er war hochgewachsen und sehr schlank, was ihn noch größer wirken ließ. Das dunkelbraune, wellige Haar trug er länger, als es modern war, u sierte es so, dass es einen Teil der Narben bedeckte, die die Stirn reichten. Das gab seinem Gesicht etwas Verwegenes. Wenn sein bester Freund und Ziehbruder Heiko aussah wie ein Wikingerfürst, so glich Edo eher dem romantischen Idealbild eines Piraten. Jedenfalls solange er nicht den in der Speicherstadt üblichen Bowlerhut trug.

»Das hat aber lange gedauert«, sagte Mina ebenso lächelnd. »Hat der Arzt so viele Untersuchungen mit dir gemacht?«

»Nein«, erwiderte Edo. »Ich musste nur ewig warten, bis ich dran war.« Er ging zu ihrem Stuhl, beugte sich zu ihr herunter und küsste sie auf die Wange. »Habe ich etwas verpasst?«

»Nein. Ein ruhiger Vormittag ohne Vorkommnisse. Die zwei Makler mit den Proben aus Brasilien und Kolumbien, die du sehen wolltest, kommen erst heute Nachmittag.« Mina sah ihm prüfend ins Gesicht. »Was hat der Arzt gesagt?«

Edo zuckte mit den Achseln und setzte sich auf die Kante des Schreibtisches. »Was soll er schon sagen? Das Übliche, was er immer sagt. Dass es immer wieder zu diesen Schüben von Kopfschmerzen kommen kann und dass ich mich doch langsam daran gewöhnt haben sollte, dass meine Hände zittern. Er hat gut reden!«

Mina nahm seine Hand und hielt sie in ihrer fest. Sie konnte das Zittern in ihrer Handfläche fühlen. »Du musst Geduld haben. Es geht dir doch schon so viel besser.«

Ein schmales Lächeln flog über sein Gesicht, aber es erreichte seine braunen Augen nicht. »Das sagt mein Arzt auch immer.«

Mina lachte leise. »Dann muss es ja stimmen.« Sie ließ seine Hand los und lehnte sich zurück. »Und was wird der Arzt jetzt wegen deiner Kopfschmerzen unternehmen?«

»Ach, was soll er denn tun? Er hat gesagt, wenn es unerträglich wird, soll ich mehr von den Morphiumtropfen nehmen. Mehr fällt ihm nicht ein, schätze ich.«

»Du musst dir mehr Ruhe gönnen, Edo. Nicht so viel arbeiten, dir nicht so viele Sorgen um alles machen«, sagte Mina. »Ich bin zwar kein Arzt, aber mir ist aufgefallen, dass es schlimmer wird, wenn du dich zu sehr anstrengst.« Sie sah forschend zu ihm hoch. »Ich habe doch recht, oder?«

»Du kennst mich einfach zu gut.« Er lächelte ihr zu, und diesmal strahlte sein verbliebenes Auge auf. »Bist du schon bei den neuen Bestellungen?«

»Gerade angefangen«, erwiderte Mina.

»Dann gib mir die Rechnungen. Ich mache die Bankanweisungen fertig.« Er streckte die Hand nach dem Stapel mit Papieren aus und stand auf.

»Da ist übrigens ein Brief für dich gekommen«, sagte Mina beiläufig und deutete auf den Umschlag, der noch ungeöffnet auf dem Schreibtisch lag.

»Für mich?«, fragte er erstaunt.

Mina nickte nur, beobachtete aber aus den Augenwinkeln, wie er danach griff und beim Anblick des Absenders die Stirn runzelte. Er nahm ihren Brieföffner, schlitzte den Umschlag auf und faltete den Briefbogen auseinander. Ihr entging nicht, wie blass er wurde, als er zu lesen begann.

»Etwas Wichtiges?«, fragte sie so leichthin, wie sie konnte. Edo reagierte nicht, sondern ging zu seinem Schreibtisch hinüber und setzte sich wortlos. Er las angestrengt weiter, drehte das Blatt um und ließ es schließlich sinken. Langsam nahm er seine Brille ab und rieb sich das Auge.

»Was ist denn los?«, fragte Mina besorgt. »Du siehst aus, als hättest du ein Gespenst gesehen.«

»Hm?« Edo hob den Kopf und blickte sie an. »Ein Gespenst? Ja, so könnte man es nennen. Nur dass ich das Gespenst bin.« Er lachte bitter. »Sie haben mich gefunden. Nach all den Jahren haben sie mich tatsächlich gefunden.«

Es war so still im Raum, dass das Ticken der Messinguhr über Edos Schreibtisch deutlich zu hören war. Mina wartete ab, ob Edo weitersprechen würde, doch er schien in Gedanken ganz weit weg zu sein.

Schließlich, als die Stille in ihren Ohren zu dröhnen begann, stand sie auf und ging zu ihm. Sie legte eine Hand auf seine Schulter und strich mit dem Daumen über den glatten Stoff seines schwarzen Anzugs.

»Was ist denn los, Edo?«, fragte sie leise. »Was sind das für Leute, die dich suchen? Und warum bist du so besorgt darüber, dass sie dich gefunden haben?«

Edo drehte das Gesicht in ihre Richtung, schaute aber sofort wieder weg. Seine Hand, die deutlich mehr als üblich zitterte, griff erneut nach dem Papier, das vor ihm auf dem Schreibtisch lag. »Willst du den Brief lesen?«, fragte er. »Er ist allerdings auf Englisch.«

»Dafür wird mein Englisch kaum ausreichen«, sagte sie. »Erzähl mir lieber, was drinsteht.«

Endlich sah er ihr in die Augen. »Das wird nicht so einfach, Mina. Es ist eine lange, unschöne Geschichte, und meine Rolle darin ist nichts, worauf ich stolz sein kann.«

»Das ist egal, Edo.« Sie zog sich den Stuhl heran, der vor ihrem Schreibtisch stand und auf dem normalerweise ihre Besucher Platz nahmen, setzte sich zu ihm und nahm seine Hände in ihre. »Erzähl einfach, und ich werde dir zuhören.«

»Der Brief ist von dem Anwaltsbüro, das früher schon meinen Vetter Robert vertreten hat. Du weißt doch, ich habe in

Amerika eine Zeit lang als seine rechte Hand bei ihm im Geschäft gearbeitet und die Bücher für ihn geführt.«

Mina nickte nur.

»Ein paar Monate lief alles wunderbar in der Werkstatt. Wir hatten sehr viel zu tun und machten gute Gewinne, sodass Robert anfing, dieses Geld in andere Firmen zu investieren. Er beteiligte sich an einem Hotel und kaufte sich in einen Autohändler ein. Auch das schien erfolgreich zu sein. Das Geld floss ihm nur so zu. Aber irgendwann habe ich gemerkt, dass bei diesen Geschäften etwas nicht mit rechten Dingen zuging. Mal fehlten größere Summen auf dem Geschäftskonto, dann wieder tauchten dort Gelder auf, die ich nicht zuordnen konnte. Irgendetwas war faul an Roberts Geschäften, und wenn ich sage faul, dann meine ich, es grenzte ans Kriminelle. Ich hatte keine Ahnung, woher diese Einzahlungen kamen, geschweige denn, wohin die Gelder ausgezahlt wurden. Eine gewisse Zeit habe ich versucht, mir selbst etwas vorzumachen. Ich habe mir eingeredet, Robert macht nichts Illegales. Er hat Familie – und Verantwortung seinen Mitarbeitern gegenüber. Also habe ich alles getan, um seine krummen Geschäfte zu vertuschen.«

»Du hast die Bilanzen gefälscht«, sagte Mina tonlos. Sie lehnte sich zurück und ließ dabei seine Hände los.

Edo schaute hoch, und sie sah den Schmerz, der in seinem Blick lag.

»Ja«, sagte er heiser. »Das habe ich.«

Die Ungeheuerlichkeit dieses Geständnisses machte sie sprachlos. Neben ihrem Vater war Edo für sie immer das Abbild eines ehrbaren Hamburger Kaufmanns gewesen. Ein Kaufmann stand stets zu seinem Wort, er sorgte für das Wohlergehen seiner Angestellten, er übervorteilte niemanden, und vor allem war er ehrlich und betrog nicht.

»Ich will das nicht beschönigen, aber vielleicht kann ich versuchen, es zu erklären«, fuhr Edo fort. »Du musst verstehen, in Amerika ist das Leben ganz anders als hier, Mina. Das Geschäft ist viel härter. Wenn du eine gute Geschäftsidee hast und ein Quäntchen Glück, dann kannst du sehr schnell sehr viel Geld machen, aber wenn du Pech hast, kannst du auch ebenso schnell ins Bodenlose abstürzen, und niemand wird dir auch nur eine Träne nachweinen. Es ist wie in einer Wolfsgrube. Die Starken fressen die Schwachen, und zu denen durfte ich nicht gehören.«

Er stockte kurz, ehe er weitersprach. »Ich hatte damals gerade erst geheiratet und hatte ein kleines Haus für uns gekauft, als die Unregelmäßigkeiten in Roberts Firma anfingen und ich damit begann, die Bilanzen zu schönen. Doch dann fehlte auf einmal so viel Geld, dass wir die Rechnungen und Löhne nicht mehr zahlen konnten und kurz vor dem Konkurs standen. Ich ging zu Robert nach Hause, um in Ruhe mit ihm zu reden. Ich wollte ihn fragen, wo das Geld geblieben war und wie er aus dem Schlamassel wieder herauszukommen gedachte, aber es gab keine Gelegenheit dazu. Der Salon war voller Leute, hauptsächlich wohl Gläubiger und Lieferanten, die auf ihr Geld warteten. Seine Frau saß schluchzend auf dem Sofa und klammerte sich an die Kinder. Als sie mich sah, zeigte sie mit ausgestrecktem Finger auf mich und schrie immerzu: ›Er war es, er ist schuld! Wir werden auf die Straße geworfen, und es ist seine Schuld.‹«

Mina schlug sich erschrocken die Hand vor den Mund. »Oh Gott, das muss furchtbar gewesen sein. Und was hast du dann gemacht?«

»Ich wollte mich rechtfertigen, wollte klarstellen, wie es wirklich war, aber Robert drehte mir das Wort im Munde um und machte mir vor seinem Publikum eine theaterreife Szene. Er habe mich in sein eigenes Haus aufgenommen, mich behandelt wie einen Bruder, und das sei jetzt der Dank dafür! Ich sei schuld an dem Konkurs der Firma, weil ich mit dem Geld der Firma spekuliert und in die eigene Tasche gewirtschaftet hätte. Ein Verbrecher sei ich! Ein nichtsnutziger, dreckiger Deutscher!«

Edo rieb sich die Stirn. »Ich war einfach fassungslos und wie vor den Kopf geschlagen. Ich habe mich weder gerechtfertigt noch gewehrt. Alles, was ich tun konnte, war, mich umzudrehen und zu gehen.«

Er blickte Mina in die Augen. »Verstehst du? Dass jemand so ohne jeden Skrupel die dreistesten Lügen in die Welt setzt, nur um die eigene Haut zu retten, das war etwas völlig Neues für mich. Innerlich habe ich mich trotz allem noch immer als Hamburger Kaufmann gesehen, die Prinzipien von Ehre und Anstand sind mir in diesem Kontor so lange vorgebetet worden, dass sie mir in Fleisch und Blut übergegangen sind. Nie hätte ich für möglich gehalten, dass Robert, der für mich so etwas wie ein großer Bruder war, mich beschuldigte, ihn bestohlen zu haben.«

Der Schmerz über diese Enttäuschung spiegelte sich auch jetzt noch deutlich in Edos Gesicht wider.

»Hast du denn die Anschuldigungen nicht später aufklären können?«, fragte Mina.

»Ich hatte es vor, aber dazu kam es nicht mehr. Ich war gerade zu Hause angekommen und hatte begonnen, meiner Frau Ann zu erzählen, was passiert war, da klingelte es an der Tür, und zwei Polizisten fragten nach mir. Ich war im Wohnzimmer geblieben und hörte, wie Ann ihnen sagte, ich hätte das Haus am Morgen verlassen und sie wisse nicht, wann ich zurück sei. Sie glaubten ihr und zogen wieder ab. Eigentlich wollte ich zur Polizei gehen und Roberts Lüge aufklären, aber Ann beschwor mich, es nicht zu tun, sondern die Stadt sofort zu verlassen. Robert sei ein angesehener Geschäftsmann, meinte sie, ich dagegen ein Niemand, dem keiner glauben werde, zumal ich Deutscher sei. Zu diesem Zeitpunkt waren die Vereinigten Staaten zwar noch nicht in den Krieg eingetreten, aber die Stimmung im Land war schon gegen die Deutschen aufgeladen, und es hatte in Toledo bereits ein paar Übergriffe auf Deutsche und etliche eingeschlagene Fensterscheiben gegeben. Kein Wunder, dass Ann Angst hatte. Ich denke, sie hatte recht damit.« Edo holte tief Luft. »Ich ließ ihr so viel Geld da, wie ich erübrigen konnte, kaufte mir ein Zugticket nach New York und verließ unser Haus noch in derselben Stunde.«

Er schwieg mit gesenktem Kopf.

»Und dann?«, fragte Mina ungeduldig.

»Für ein paar Wochen blieb ich in New York. Ich wohnte in einer billigen Pension und gab mein ganzes Geld dafür aus, einen Pass mit einem neuen Namen zu bekommen.«

Mina nickte. »So wurdest du also zu Edward Becker.«

Ein schmales Lächeln umspielte seinen Mund einen Moment lang. »Nicht sehr einfallsreich, ich weiß, aber Becker ist nun einmal ein gängigerer Name als Blumenthal.« Edos Gesicht wurde wieder ernst. »Schließlich schrieb ich Ann einen Brief und fragte, ob ich zurückkommen könne, um Roberts Anschuldigung aus der Welt zu schaffen. Erst nach Wochen schrieb sie mir zurück, dass ich besser nicht wieder nach Toledo kommen solle. Robert habe sich nach dem Konkurs der Firma mit seiner Familie abgesetzt, es ginge das Gerücht um, er sei vor den Gläubigern in den Westen des Landes geflohen.

Ann schrieb, die Polizei suche nach wie vor sowohl nach ihm wie auch nach mir. Ihr selbst gehe es gut, sie habe vor, wieder zu ihren Eltern zurückzuziehen, da sie das Haus habe verkaufen müssen. Das war das letzte Mal, dass ich von ihr gehört habe. Ich schrieb ihr noch eine Zeit lang jede Woche eine Nachricht, aber ich habe keine Antwort mehr von ihr erhalten.«

»Merkwürdig. Ob ihr etwas zugestoßen ist?«

»Ich weiß es nicht.« Edo zog in einer hilflosen Geste die Schultern hoch. »Vielleicht hat sie auch einfach nur jemand anderen kennengelernt.«

»Ihr wart verheiratet. Oder besser gesagt, ihr seid es genau genommen immer noch.« Mina holte tief Luft. »Und du bist nie auf die Idee gekommen, Nachforschungen anzustellen oder nach ihr zu suchen?«

Einen Augenblick wirkte Edo beschämt, zuckte dann jedoch mit den Achseln. »Das muss sich für dich unglaublich herzlos anhören, Mina, aber weißt du, unsere Ehe war mehr so etwas wie eine Zweckgemeinschaft, nicht die große Liebe. Wir beide hatten Vorteile dadurch, dass wir geheiratet haben. Ann konnte ihr Elternhaus mit dem tyrannischen Vater verlassen. Und ich? Ich hatte meine engstirnige kleine Rache an dir.«

Edo sah Mina in die Augen. »Es tut mir leid, es sagen zu müssen, aber das ist die Wahrheit. Ich wollte dir damals durch die Hochzeit mit Ann heimzahlen, dass du in Hamburg geblieben bist und Frederik geheiratet hast.«

Sie hielt seinem Blick lange stand. In seinen von Narben durchzogenen Gesichtszügen lag kein Vorwurf, und seine Worte hatten wie eine nüchterne Feststellung geklungen. Mit seinem verbliebenen braunen Auge schaute er sie warm an.

Sie beugte sich vor, griff nach seiner Hand und hielt sie in ihrer fest. »Das Einzige, was zählt, sind die Gegenwart und die Zukunft, Edo. Und die gehören uns beiden.«

Er hob ihre Hand an sein Gesicht und schmiegte für eine Sekunde seine Wange daran. »Ich weiß. Und dafür bin ich dir dankbar.« Seine Lippen berührten ihre Finger. »Die Gegenwart und die Zukunft«, sagte er nachdenklich. »Ich hoffe nur, dass uns die Vergangenheit nicht einen Strich durch diese Rechnung macht.«

»Was befürchtest du?«, fragte sie. Sie spürte, wie seine Finger, die sie immer noch locker umfasst hielt, wieder zu zittern begannen. »Worum geht es in diesem Schreiben aus Amerika?«

Edo ließ ihre Hand los, um nach dem Brief zu greifen, der neben ihm auf dem Tisch lag, und den Inhalt noch einmal zu überfliegen.

»Wenn ich das richtig verstehe, wird Robert der Prozess gemacht, und ich soll als Zeuge auftreten«, sagte er müde. »Ich frage mich nur, warum man ihn nach zehn Jahren noch vor Gericht stellt.«

»Bist du dir denn sicher, dass es um den Konkurs der Firma in Toledo geht?«

»Nein, das geht aus dem Schreiben nicht hervor, aber was soll es sonst sein? Worüber sollte ich sonst Auskunft geben können?«

»Schick ein Telegramm an das Anwaltsbüro und frag nach, was sie von dir wollen«, sagte Mina. »Oder besser noch, schreib zurück, dass es sich um einen Irrtum handelt und du diesen Robert Blumenthal gar nicht kennst. Dieses Leben liegt weit hinter dir, Edo.«

Edo sah sie lange an, dann schüttelte er langsam, aber

entschlossen den Kopf. »Nein, Mina«, sagte er fest. »Ich bin schon viel zu lange vor meiner Vergangenheit weggelaufen. Es wird Zeit, endlich damit aufzuhören. Ich werde nach Amerika fahren, meine Aussage machen und die Wahrheit darüber sagen, was damals vorgefallen ist.«

»Aber …«

Mina wollte ihm erklären, dass sie das für eine dumme Idee hielt, und überdies sei es völlig überflüssig. Sein Leben war hier, bei ihr. Was ging ihn denn jetzt noch dieser Vetter an, der da vor Gericht stand? Warum sollte Edo eine Schiffsreise von einer Woche auf sich nehmen, nur um eine Aussage zu machen und sich damit möglicherweise selbst zu belasten? Was, wenn er wegen der Fälschung der Bücher auch vor Gericht gestellt würde?

Doch dann sah sie Edos Gesicht und verstummte. Sie erkannte, wie ernst es ihm damit war. Diese Jahre in Amerika und seine darauffolgende Zeit an der Front waren etwas, worüber er bislang kaum gesprochen hatte, und wenn, dann nur in vagen Andeutungen. Was ihm damals zugestoßen war, hing wie ein undurchdringlicher Vorhang zwischen ihnen, an den sie nie zu rühren gewagt hatte, um Edo nicht noch weiter von sich zu entfernen.

Wenn er eine Möglichkeit sah, durch seine Aussage die Vorwürfe gegen ihn zu entkräftigen oder gar ganz aus der Welt zu schaffen, wer war sie, Mina, denn, ihm das ausreden zu wollen? Ihn aus falscher Sorge dazu bringen zu wollen, bei ihr in Hamburg zu bleiben, wäre zum einen selbstsüchtig, und sehr wahrscheinlich würde es zudem die Kluft zwischen ihnen nur breiter machen.

Mina liebte Edo viel zu sehr, als dass sie das ertragen könnte.

Sie holte abermals tief Luft und ließ sie langsam wieder

durch die Nase entweichen, während sie Edo unverwandt anschaute. »Soll ich mit dir kommen?«, fragte sie leise.

Sein erstaunter Blick sagte ihr, dass er nicht mit ihrer Reaktion gerechnet hatte.

»Nein«, sagte er bestimmt. »Dafür besteht kein Grund. Es gibt in der Firma so viel zu tun in den nächsten Wochen, wenn die neue Ernte eintrifft, dass …«

»Lass es mich anders formulieren, Liebster«, unterbrach Mina ihn. »*Darf* ich mit dir kommen?«

Edo schwieg einen Moment. Sein Blick ruhte mit solcher Wärme und Liebe auf ihr, dass Minas Brust für ihr Herz zu eng zu werden schien.

Er schüttelte langsam den Kopf. »Wie sehr ich dich liebe, Mina«, sagte er und nahm ihr Gesicht zärtlich in beide Hände. »Meine Mina. Niemand außer dir würde ein solches Angebot machen. Aber ich kann und werde es nicht annehmen, verstehst du das? Ich muss allein nach Amerika fahren, um die Dinge in Ordnung zu bringen. Nur dann kann ich das endlich abschließen und vergessen. Und es wird mir leichterfallen, Hamburg zu verlassen, wenn ich meine Familie und alles, was mir wichtig ist, hier in deinen Händen lassen kann. Nur dann bin ich sicher, dass es noch unverändert ist, wenn ich zurückkomme.«

Edo zog sie in seine Arme und küsste sie. Mit äußerster Anstrengung widerstand Mina ihrem Wunsch, sich an ihm festzuklammern wie eine Ertrinkende. Wenn es so wichtig für ihn war, musste sie ihn gehen lassen, das wusste sie. Nur wenn er das Kapitel Amerika abschließen konnte, würde die Lücke zwischen ihnen kleiner werden.

Sie drängte die Tränen zurück, die in ihren Augen brannten, löste ihre Lippen von seinen und lächelte ihn an, während ihre Fingerspitzen über seine Wange strichen.

»Also gut, einverstanden. Wir buchen für das nächste Schiff nach New York eine Kabine für dich. Je eher du fährst, desto schneller bist du wieder hier«, sagte sie. »Du kommst doch zurück, versprichst du das? Wage es bloß nicht, mich mit der Arbeit ganz allein zu lassen, wenn die Ernte aus Guatemala ankommt.«

Es hatte wie ein Scherz klingen sollen, aber als sie Edos Blick sah, wusste sie, dass er nicht auf ihren scherzhaften Ton hereingefallen war.

»Natürlich komme ich zurück, Mina«, sagte er ernst. »Ich bin, so schnell ich kann, wieder da, du hast mein Wort darauf. Und eins solltest du wissen: Das Wort eines Hamburger Kaufmanns ist mehr wert als ein Eid vor Gericht.«

ZWEI

Edo bat Mina darum, niemandem etwas über den wahren Grund seiner Reise in die Vereinigten Staaten zu erzählen, und sie versprach es ihm auf Treue und Gewissen. Im Kontor und auch an der Kaffeebörse hieß es nur, Herr Becker werde nach New York reisen, um mit den dortigen Banken zu verhandeln. Auch wenn es ungewöhnlich war, dass ein Prokurist solche Aufgaben übernahm, so war es doch nichts noch nie Dagewesenes, und niemand fragte nach, nicht einmal Edos bester Freund und Ziehbruder Heiko Peters, der sich bloß ein wenig wunderte.

»Komisch, dass er persönlich hinfahren will und das nicht per Post oder Telefon regelt. Ich hatte immer den Eindruck, Edo würde sich eher den Fuß abhacken lassen, statt dieses Land noch einmal zu betreten«, brummte er bei einem seiner täglichen Besuche in Minas Büro. »Menschen ändern sich im Laufe der Jahre«, fügte er mit einem Achselzucken hinzu. »Manche weniger, andere mehr.«

Mina ließ es sich nicht nehmen, Edo persönlich zum Pier zu bringen, von wo aus das Passagierschiff nach New York ablegte, auch wenn er meinte, er könne sich ebenso gut ein Taxi nehmen.

Eine merkwürdige, nicht greifbare Angst flatterte in ihrem Magen, als sie an der Gangway zur ersten Klasse standen, um sich zu verabschieden. Sie wusste selbst nicht, was ihr solche Sorgen machte, aber all ihre Nerven waren angespannt, so als stünde irgendein Unglück bevor, von dem sie weder wusste, was es war, noch, wie man es verhindern könnte.

Vielleicht war es aber auch nur die Erinnerung an jenen Herbstmorgen vor etlichen Jahren, als sie an genau dieser Stelle schon einmal Abschied voneinander genommen hatten, weil Edo nach Amerika aufgebrochen und sie in Hamburg zurückgeblieben war. Sie hatte ihn danach fast sieben Jahre lang nicht mehr gesehen, bis Heiko seinen Bruder zufällig in einer Irrenanstalt gefunden hatte. Seit sie wieder zueinandergefunden hatten, waren Mina und Edo nicht einen Tag voneinander getrennt gewesen.

Vielleicht fällt mir dieser Abschied deshalb so schwer, dachte Mina. *Nun komm schon, Mina, reiß dich zusammen!*

Sie streckte das Kreuz durch und zwang sich zu einem Lächeln, während sie fürsorglich den obersten Knopf seines Mantels schloss. Ein ruppiger Wind wehte von der See her und brachte kalte Regentropfen mit sich. »Pass gut auf dich auf, Edo!«, sagte sie. »Nicht dass du dich übernimmst und in Amerika krank wirst und dortbleiben musst. Du wirst hier gebraucht!«

»Keine Sorge, Mina. Ich bin viel zäher, als ich aussehe.« Edo, der die Krempe seines dunklen Filzhutes wegen des Windes tief ins Gesicht gezogen hatte, zwinkerte ihr mit dem gesunden Auge zu. »Außerdem habe ich dir bestimmt schon hundert Mal gesagt, dass es nicht nötig ist, mich zu bemuttern.«

»Ich kann nun einmal nicht aus meiner Haut. Das Bemuttern kommt automatisch, wenn man Kinder hat oder sich Sorgen um jemanden macht.«

»Dazu besteht aber doch gar kein Grund. Ich bin ja nur ein

paar Tage weg; in zwei, spätestens drei Wochen bin ich wieder zurück«, versicherte Edo. »Gib den Kindern jeden Abend ihren Gutenachtkuss von mir, und pass auf, dass Frau Kruse sie nicht heimlich mit Kuchen vollstopft.«

Mina musste lachen. »Wenn Lotte und Fräulein Brinkmann nicht aufpassen würden, dann könnte man Ella und Amelie allmählich kugeln.«

»Siehst du, jetzt lachst du endlich wieder.«

Edo griff nach Minas Schultern und zog sie an sich. »Es gibt keinen Grund zur Sorge, Mina«, wiederholte er mit warmer Stimme. »Wirklich nicht! Ich werde mich von vorn bis hinten bedienen lassen und meine Schiffspassage genießen wie eine Luxuskreuzfahrt. Nach meiner Ankunft fahre ich mit dem Zug nach Toledo, mache meine Aussage und komme postwendend zurück. Und garantiert bin ich lange vor den Briefen, die ich dir schreiben werde, wieder bei dir.«

Plötzlich war da ein dicker Kloß in Minas Hals, und sie musste zwinkern, um die Tränen zurückzudrängen. »Versprochen?«, fragte sie heiser.

»Mit Hamburger Kaufmannsehrenwort!« Edo küsste sie.

Alles wollte sie sich einprägen. Die Weichheit seiner Lippen, die auf ihren lagen, den Duft seines Bartöls, das sich mit dem Geruch von Kernseife und Rasierwasser mischte und so typisch für ihn war. Sie spürte das leichte Zittern seiner Finger, als er die Kontur ihres Gesichtes nachzeichnete. Und sie sah die kleinen Fältchen im Winkel seines rechten Auges, das dunkel und liebevoll auf ihr ruhte.

»Bis bald, meine Mina!«, sagte er und drückte einen Kuss auf ihre Hände, die er in seine genommen hatte.

»Bis bald, Edo. Und wenn irgendetwas ist, schickst du mir sofort ein Telegramm, ja?«

Edo seufzte. »Ich wüsste zwar nicht, weswegen, aber ja. Falls etwas passiert, schicke ich dir natürlich ein Telegramm.«

Der uniformierte Steward an der Gangway räusperte sich vernehmlich.

»Es wird Zeit, sonst legt das Schiff noch ohne mich ab.« Edo umarmte Mina ein letztes Mal und gab ihr einen flüchtigen Kuss auf die Wange, ehe er sie losließ und mit großen Schritten die Gangway hinauflief. Oben angekommen blieb er stehen und winkte ihr zu. Dann wandte er sich um und verschwand im Inneren des Schiffes.

Edo war noch nie ein Freund langer und tränenreicher Abschiede gewesen. Vor allem wusste er, dass Mina es nicht gutheißen würde, wenn er sich noch länger in dem kalten Wind aufhielte.

Einen Moment lang überlegte sie, ob sie bei der Gruppe von Leuten stehen bleiben sollte, die mit Taschentüchern winkend darauf warteten, dass das Passagierschiff von den Schleppern in die Fahrrinne geschleppt wurde. Doch dann schüttelte sie über sich selbst den Kopf und ging eilig durch den Regen zu ihrem Automobil zurück und setzte sich hinter das Steuer.

Am liebsten wäre sie jetzt nach Hause gefahren, hätte sich in ihrem Zimmer verkrochen oder sich zu Fräulein Brinkmann ins Kinderzimmer gesetzt und eine Weile mit ihren Töchtern gespielt, aber es war erst später Vormittag, und sie wusste, wie viel Arbeit noch auf ihrem Schreibtisch auf sie wartete. Sie seufzte resigniert, startete den Motor ihres Cabriolets und steuerte die Speicherstadt an. Der Wagen war erst vor einem Monat geliefert worden und ersetzte die in die Jahre gekommene Limousine, die ihr Vater noch vor dem Krieg gekauft hatte. Mina hatte lange gezögert, sich ein neues Automobil zuzulegen, aber die letzten zwei Jahre waren sehr erfolgreich gewesen, und von den Kaufleuten an der Kaffeebörse war sie als Einzige noch mit einem Vorkriegsmodell herumgefahren.

Sie stellte das dunkelblaue Mercedescabriolet vor den Warenschuppen am Sandtorkai ab und strich liebevoll mit den Fingern über den glänzenden Lack. Edo hatte die Farbe ausgesucht.

»Elegant, aber nicht aufdringlich«, hatte er gemeint. »Ganz so, wie man sich eine erfolgreiche Geschäftsfrau vorstellt. Das Auto sollte etwas über seinen Besitzer aussagen.«

Mina lächelte bei der Erinnerung daran und fühlte den scharfen Schmerz in ihrem Inneren, den sie von früher noch so gut kannte. Sie vermisste Edo schon jetzt, dabei war er doch kaum abgefahren. Wie sollte das nur in den nächsten zwei oder drei Wochen werden?

»Reiß dich zusammen, Mina. Haltung zeigen!«, murmelte sie. Sie straffte die Schultern und überquerte – eine Lücke zwischen den Lastwagen und Fuhrwerken nutzend – die Straße, die an den hochaufragenden Speichergebäuden entlangführte.

Neben dem Eingang zu Nummer 36 hingen einige Firmenschilder, eines davon war neu. Es war aus schwarz glänzendem Bakelit, auf dem in goldenen Lettern der Name *Kopmann & Deharde – Caffee-Import und Export* zu lesen stand. Mina hatte das alte Emailleschild, das an den Ecken zu rosten begonnen hatte, vor ein paar Monaten ersetzen lassen. Sie trat durch die schmucklose Tür und lief die Treppe zum Kontor hoch. Beim Näherkommen hörte sie leise Stimmen und Schreibmaschinengeklapper. Dann lachte jemand glucksend, und andere Stimmen fielen in das Gelächter ein.

Dieses Lachen hätte Mina überall erkannt: Ihre Freundin Irma Peters schien auf einen Sprung vorbeigekommen zu sein und unterhielt offenbar wieder mal das gesamte Kontor mit ihrem trockenen Humor.

Mina öffnete schwungvoll die Eichentür des Büros und trat ein. »Guten Morgen, zusammen!«, rief sie. Wie auf Kommando verstummte das Gelächter, die Angestellten drehten sich zu ihr und murmelten einen Gruß, ehe sie sich wieder der Arbeit zuwandten.

Beinahe wie damals, als Papa noch das Kontor geleitet hat, dachte Mina amüsiert. *Wenn der Chef ins Büro kommt, sind auf einmal alle still.*

»Guten Morgen, Mina!«, rief Irma strahlend. Sie erhob sich von dem Stuhl, den sie sich neben Agnes' Schreibtisch gezogen hatte, kam auf Mina zu und deutete einen Kuss auf ihre Wange an. »Ich habe meine Brut für den Vormittag dem Mädchen aufs Auge gedrückt, um zwischendurch mal was anderes zu hören als das ewige Kindergezänk. Wer hat nur behauptet, es würde besser, wenn man zwei hat, weil die dann so schön miteinander spielen können?« Irma rollte theatralisch die Augen. »Nicht wenn man lauter rothaarige Sturköpfe in die Welt setzt, die sich prügeln wie die Hafenarbeiter.«

»Glaub nicht, dass meine Mädchen besser sind!«, erwiderte Mina lachend. »Die prügeln sich zwar nicht, aber sie piesacken sich, wo sie nur können. Schwestern eben!« Als sie Agnes' entrüsteten Gesichtsausdruck sah, zwinkerte sie ihr zu. »Anwesende sind natürlich ausgenommen. Ist noch Kaffee da?«

»Ich habe vorhin eine Kanne für dich gemacht und warm gestellt«, sagte Agnes.

»Danke, das ist lieb von dir.« Mina wandte sich zu Irma. »Hast du Zeit für eine Tasse und einen Klönschnack?«

»Ich hatte gehofft, dass du das fragst. Ist der schon von der neuen Ernte deines Schwiegervaters?«

»Nein, die kommt erst in zwei oder drei Wochen. Bis dahin müssen wir uns mit dem Kaffee vom Vorjahr begnügen.«

Mina nahm ihren Hut ab, zog den Mantel aus und hängte beides an die Garderobe. »Habe ich was Wichtiges verpasst, meine Damen?«, fragte sie in die Runde ihrer Büroangestellten.

Es stimmte, es saßen ausschließlich Frauen im Vorraum des Kontors. An den beiden Schreibtischen unter den schmalen Fenstern saßen Fräulein Jansen und Fräulein Neumann an ihren Schreibmaschinen. Mina hatte sie im letzten Jahr eingestellt, als das Geschäft endlich wieder so gut lief, dass sie, Edo und Agnes nicht mehr allein mit der Arbeit fertig werden konnten. Erich, der junge Mann, der seit dem letzten Frühling seine Lehre bei *Kopmann & Deharde* absolvierte, war vermutlich gerade in der Speicherstadt unterwegs und neben Edo der einzige männliche Mitarbeiter des Kontors.

»Nein, alles ruhig an der Westfront!«, sagte Agnes und erhob sich von ihrem Schreibtisch, an dem schon früher der Platz des Bürovorstehers gewesen war. Sie nahm einen Stapel Briefumschläge, der vor ihr gelegen hatte, und reichte ihn an Mina weiter. »Der Postbote war eben da.«

»Danke, Agnes.« Mina nahm die Umschläge entgegen und blätterte sie flüchtig durch, konnte aber nichts Eiliges darunter entdecken. »Hast du viel zu tun oder leistest du Irma und mir Gesellschaft?«

»Gib mir fünf Minuten, dann komme ich dazu. Ich möchte nur noch schnell dieses Angebot fertig machen.«

»Fein, also bis gleich.«

Mina nickte ihr zu, ehe sie gefolgt von Irma ins Chefbüro hinüberging. Sie legte die Briefe auf den Schreibtisch und ging dann zum Vertiko, das neben der kleinen Sitzecke am Fenster stand, wo sie drei Kaffeetassen herausnahm, die sie auf dem runden Tischchen vor den Sesseln verteilte. Irma setzte sich auf ihren angestammten Platz unter dem Fenster und holte aus ihrer Handtasche eine kleine Tüte heraus.

»Ich war so frei und habe ein paar Kekse mitgebracht. Den Kaffee können wir doch unmöglich trocken hinunterwürgen, wie meine Mutter immer sagt.«

Mina lachte, während sie die Kanne, die mitten auf dem Tisch stand, von dem Kaffeewärmer befreite und für Irma und sich selbst einschenkte. »Wie geht es ihr denn, hast du kürzlich etwas von ihr gehört?«

»Gut, denke ich. Ich habe letzte Woche mit ihr telefoniert. Da klang sie ganz munter.«

»Telefoniert?« Mina machte ein verwundertes Gesicht. »Nanu? Sie wollte doch nie ein Telefon haben.«

»Stimmt, aber ich konnte sie schließlich doch überreden. Ich habe einfach gesagt, stell dir vor, du wirst wieder einmal so krank wie im letzten Frühling, als du die Lungenentzündung hattest. Dann musst du nur anrufen, und ich steige in den nächsten Zug und komme zu dir, so schnell ich kann. Das hat sie anscheinend überzeugt.« Irma wählte eine schokoladenüberzogene Waffel aus und steckte sie in den Mund. »Hm!«, machte sie genüsslich. »Diese Dinger sind eine Sünde wert.«

»Das ist aber eine sehr kleine Sünde, deswegen musst du dir keine Sorgen um dein Seelenheil machen«, sagte Mina grinsend.

»Nein, um mein Seelenheil nicht, höchstens um meinen Hüftumfang«, gab Irma ebenso grinsend zurück. »Auf der anderen Seite, wenn der Bauch erst mal wächst, sind die Hüften sowieso kein Problem mehr.«

»Aber Irma!«, rief Mina erschrocken. Sie stellte die Tasse,

die sie gerade zum Mund geführt hatte, auf den Tisch zurück, ohne getrunken zu haben. »Ich dachte …«

Irma zuckte mit den Schultern. »Ärzte wissen auch nicht alles!«, sagte sie mit einem Achselzucken. »Da haben sie zu mir gesagt, ich kann keine Kinder mehr bekommen, aber das war wohl ein Irrtum. Ich bin guter Hoffnung.«

»Sie haben nicht davon geredet, dass du keine Kinder mehr bekommen *kannst*, sondern dass du keine mehr bekommen *solltest*. Das ist ein himmelweiter Unterschied. Beim letzten Mal wärst du fast gestorben, hast du das etwa vergessen?«

»Du übertreibst maßlos, Mina. Ich war nur ein wenig angeschlagen.«

»Unfug! Ich war doch dabei!«

Es war etwas über ein Jahr her, dass Irma nach zwei Tagen in den Wehen ein totes Kind geboren hatte und danach beinahe verblutet wäre. Es hatte Wochen gedauert, bis Irma sich von der schweren Geburt halbwegs erholt hatte. Jeden Tag hatte Mina sie besucht und versucht, sie etwas aufzumuntern. Eines Tages hatte sie den Arzt nach seinem Besuch abgepasst und ihn nach Irmas Zustand gefragt. Da der Doktor sie fälschlicherweise für Irmas Schwester hielt, hatte er bereitwillig Auskunft gegeben. Es habe eine Weile auf Messers Schneide gestanden, hatte er gesagt und mit unheilschwangerer Stimme hinzugefügt, Mina solle ihrer Schwester ins Gewissen reden, besser kein weiteres Kind mehr zu bekommen. Die nächste Geburt würde Irma höchstwahrscheinlich nicht überleben.

Aber Irma hatte nichts davon wissen wollen, als Mina sie darauf angesprochen hatte. Ihre beiden Jungs waren ihr ganzer Stolz, und sie liebte sie sehr, aber sie wünschte sich nun einmal sehnlichst noch eine Tochter.

»Söhne bekommt man für den Vater«, hatte sie gesagt. »Töchter gehören einem selbst. Das weißt du doch am besten, Mina! Es gibt keine engere Verbindung als die zwischen Mutter und Tochter. Sieh dir nur mal Ella und Amelie an, wie sehr die beiden an dir hängen!«

Mina war kein Gegenargument eingefallen, das Irma vom Gegenteil überzeugt hätte. Es stimmte ja. Besonders die kleine Amelie hing sehr an ihrer Mutter und genoss jede Sekunde, die sie zusammen verbrachten. Die Kleine saß auf ihrem Schoß, den Daumen im Mund, und ließ sich stundenlang von ihrer Mutter Märchen vorlesen, ohne sich zu rühren. Ella hingegen fühlte sich als Schulmädchen für so etwas schon viel zu groß. Allerdings platzte sie beinahe vor Stolz, wenn Mina sie gelegentlich mit ins Kontor nahm, so wie Minas Vater es früher mit seiner Ältesten getan hatte. Ella war ein selbstbewusstes kleines Ding mit einem wilden blonden Lockenkopf, strahlenden graublauen Augen und einem wachen Verstand. Und als Mina sie an den Kaffeeproben hatte schnuppern lassen, hatte sie am Aufblitzen in Ellas Augen gesehen, dass auch ihre Tochter das besaß, was ihr Vater als »Kaffee im Blut« bezeichnet hatte.

Es klopfte an der Tür, und Agnes betrat das Büro, ohne Minas Herein abzuwarten.

»Na, hat Irma dir schon die große Neuigkeit verraten?«, fragte Agnes. »Das ist doch eine tolle Nachricht, oder?«

Sie nahm sich einen Keks, lümmelte sich in einen der Sessel und schlug die Beine übereinander, während sie neugierig von einer zur anderen sah. »Nanu? Habt ihr zwei dicke Luft miteinander?«

Mina ließ sich Zeit mit ihrer Antwort. Schließlich seufzte sie. »Nein. Wir haben nicht gestritten.« Sie sah zu Irma hinüber. »Natürlich ist es eine schöne Nachricht, dass du wieder ein Kind bekommst, Irma. Glaub bitte nicht, dass ich mich nicht für dich freue, aber …« Sie brach ab.

»Aber?«, hakte Irma nach einem Moment der Stille nach.

»Ich habe eben Angst um dich.«

»Ach Unfug! Ich bin wieder völlig gesund, sagt mein Arzt.«

»So, sagt er das …« Mina zog skeptisch die Augenbrauen in die Höhe.

»Ja, genau das sagt er.« Irma stellte ihre Tasse mit so viel Schwung auf die Untertasse zurück, dass sie klapperte. »Ich habe mich von der Sache im letzten Jahr erholt, und ich freue mich auf dieses Kind. Diesmal ist alles anders, das spüre ich!« Sie beugte sich ein wenig vor und schaute ihrer Freundin eindringlich in die Augen. »Es geht mir wirklich gut, Mina. Ich habe überhaupt keine Beschwerden in dieser Schwangerschaft. Mir ist morgens nicht einmal übel. Vielleicht ist das ja ein Zeichen, dass es ein Mädchen wird, was meinst du?« Sie zwinkerte Mina lächelnd zu.

Mina nickte nur. Vielleicht war ihre Sorge um Irma wirklich unbegründet. Ihre Freundin sah aus wie das blühende Leben. Ihre Augen leuchteten, ihr dunkles Haar glänzte, und auf ihren Wangen lag ein rosiger Schimmer. Aber da war auch Minas Erinnerung, die sich über das Bild legte. Irma, die mit halb geschlossenen Augen in ihrem Bett lag, so blass vom Blutverlust, dass sich ihre Züge kaum von dem Weiß der Laken abhoben. Wieder fühlte Mina die Angst in sich aufsteigen, ihre beste Freundin und Vertraute zu verlieren, und sie schluckte hart, um sich im Griff zu behalten.

»Jetzt ist es sowieso zu spät, sich über irgendein ›Was-wäre-wenn‹ Gedanken zu machen«, sagte Irma gut gelaunt. »Ich bekomme wieder ein Kind. Das ist eine Tatsache, an der weder Heiko noch ich etwas ändern möchten, selbst wenn wir es könnten. Wir beide sind so glücklich wie lange nicht.«

»Das ist schön zu hören, Irma!« Mina zwang sich zu einem Lächeln. »Natürlich freue ich mich für euch. Ganz ehrlich, das tue ich! Ich weiß ja, wie sehr du unter dem Verlust des Babys gelitten hast, und es ist gut, dass es dir wieder besser geht.«

Bei Minas Worten flog ein Schatten über Irmas Gesicht, doch sogleich lächelte sie wieder. »Schwamm drüber!«, sagte sie und winkte ab, dann wandte sie sich Agnes zu. »Und wann ist es bei euch so weit, dass ihr für Nachwuchs sorgt?«, fragte sie. »So langsam wird es doch mal Zeit dafür, oder? Dein Anton ist schließlich auch nicht mehr der Jüngste.«

»Darüber denken wir im Moment noch nicht nach«, gab Agnes zurück. »Anton sagt, zuerst einmal müssen wir ein Haus finden, dann können wir es auch mit Kindern füllen, und ich bin ganz seiner Meinung.«

Irma sah sie verwundert an. »Ich dachte, ihr hättet inzwischen ein Haus gefunden.«

Agnes seufzte und nahm sich einen weiteren Keks. »Dachten wir auch, aber wir sind im letzten Moment überboten worden.«

»Ach, wie ärgerlich.«

»Ich hatte Agnes angeboten, ihr das Geld für ein weiteres Angebot zu leihen«, sagte Mina, froh, das Thema wechseln zu können. Ihr war einfach nicht wohl bei dem Gedanken an Irmas erneute Schwangerschaft. »Aber die zwei wollten nichts davon wissen.«

»Stimmt. Das Haus war laut Anton nämlich bei unserem ursprünglichen Angebot schon zu teuer bezahlt, und höher wollte er auf gar keinen Fall mit dem Preis gehen.« Agnes zog eine Grimasse. »Es ist wie verhext. Irgendwo in Hamburg muss es doch ein kleines Haus geben, das uns beiden gefällt und das wir uns auch leisten können.«

»Ach, bestimmt gibt es das«, sagte Irma tröstend. »Ihr müsst nur Geduld haben und weiterhin die Augen offen halten. Oder aber ihr nehmt Minas Angebot an und gebt mehr Geld aus, als ihr ursprünglich vorhattet.«

»Darüber ist mit Anton nicht zu reden. So fortschrittlich seine Ansichten sonst auch sind, in der Hinsicht ist er eisern. Er will das Haus von unserem eigenen Geld kaufen. Er sagt, das verlangt sein Ehrgefühl, uns selbst unser Heim zu schaffen.«

»Sparsamkeit ist ja eine löbliche Eigenschaft, und ein wenig Stolz schadet sicher auch nicht, aber in diesem Fall grenzt das schon an Sturheit«, stellte Irma trocken fest. »Anton sollte lieber froh sein, dass er sich das Geld in der Familie leihen kann, statt es einer Bank für die Zinsen in den Rachen werfen zu müssen.« Sie wandte sich zu Mina um. »So wie ich dich kenne, hättest du ihm das Geld doch zinslos gegeben, oder?«

»Natürlich«, sagte Mina achselzuckend. »Großmutter wollte Agnes das Geld auch leihen, damit Agnes endlich angemessen wohnen kann, aber davon wollte Anton erst recht nichts wissen.«

»Dann ist es bei Anton nicht Sturheit, sondern Dummheit«, stellte Irma mit einem Nicken fest.

»Im Gegenteil, in diesem Fall kann ich Anton sogar sehr gut verstehen«, sagte Mina. »Wenn man bedenkt, wie Großmutter die Verbindung zwischen den beiden hintertrieben und wie sie Anton behandelt hat, hätte ich mich genauso verhalten. Und ich glaube, ich wäre nicht so höflich geblieben wie er, wenn ich ihr Geld abgelehnt hätte.«

Agnes grinste breit. »Du hättest ihr deutlich mitgeteilt, wohin sie sich ihr Geld stecken soll.«

»Agnes!«, rief Mina.

»Wieso, es stimmt doch. Damit hättest du dir allerdings eingehandelt, dass sie tödlich beleidigt gewesen wäre und vermutlich jahrelang nicht mehr mit dir geredet hätte. Und unter solchen Umständen mit ihr unter einem Dach zu leben, das möchte ich mir lieber nicht vorstellen.«

»Du warst schon immer diplomatischer als ich.« Mina hob ihre Tasse in die Höhe wie ein Sektglas, mit dem sie ihrer Schwester zuprosten wollte.

Auch Agnes hob ihre Tasse. »Darum ergänzen wir uns so gut, meine Liebe!« Sie trank ihren Kaffee aus und erhob sich. »Tut mir leid, euch jetzt verlassen zu müssen, aber ich muss wieder an die Arbeit zurück. Die Angebote schreiben sich schließlich nicht von allein, wie ihr wisst!« Agnes nickte den beiden Frauen zu und verließ das Büro.

»Sie macht sich wirklich gut, nicht wahr?«, fragte Irma, nachdem sich die Tür hinter Agnes geschlossen hatte.

»Ja, wirklich. Ich hätte es nicht für möglich gehalten, als sie damals im Kontor angefangen hat, aber Agnes hat das Vorzimmer komplett im Griff.«

»Dann fehle ich dir ja nicht mehr.« Irma lächelte, aber ihre Augen wirkten traurig.

»Natürlich fehlst du mir hier, Irma«, beeilte sich Mina zu versichern. »Wenn du nicht gewesen wärst, dann hätte ich das Kontor nach dem Krieg längst nicht so schnell wiederaufbauen können. Ehrlich gesagt hatte ich gehofft, du würdest wieder zu deiner alten Stelle zurückkehren, wenn deine Jungens erst einmal alt genug sind. Aber nun?«

»Nun komme ich eben ein paar Jahre später wieder. So lange schaffst du es auch allein. Du hast Agnes, und du hast Edo, die dir bei der Arbeit helfen. Du brauchst mich gar nicht.«

»Oh doch, Irma, ich brauche dich.« Mina presste die Lippen zusammen und schluckte. »Du bist meine beste Freundin, und ich könnte es nicht ertragen, wenn …« Sie verstummte.

»Ach, Mina!« Irma beugte sich vor und griff nach Minas Hand. »Kinder zu bekommen ist keine Krankheit, das weißt du selbst. Wie ich vorhin schon sagte, es geht mir prima, und ich wüsste nicht, warum sich das ändern sollte. Mach dich bitte nicht verrückt.«

Mina senkte den Blick und schaute auf Irmas Hand hinunter, die auf ihrer lag. »Das kann ich nicht verhindern. Ich mach mir nun mal Sorgen, Irma.« Sie umfasste die Hand ihrer Freundin und drückte sie. »Bitte versprich mir, dass du gut auf dich aufpasst und dich schonst, so gut du kannst, ja?«

»Das werde ich. Großes Ehrenwort!« Irmas Blick verschleierte sich ein wenig, doch dann zwinkerte sie Mina zu. »Ich werde mich von jeglicher Arbeit fernhalten, die Jungens von meinem Dienstmädchen beaufsichtigen lassen und mich nicht mehr aus dem Haus trauen, um mich bloß nicht anzustrengen. Aber nur wenn du mir versprichst, mich jeden Tag zu besuchen, damit ich mich nicht zu Tode langweile.« Sie lachte und zog Mina an sich.

Mina stimmte in das Lachen ein, auch wenn ihr nicht danach zumute war. Für einen Moment drückte sie die schmale Gestalt ihrer Freundin fest an sich und versprach es auf Ehre und Gewissen.

Ab dem folgenden Tag machte Mina es sich zur Angewohnheit, auf dem Nachhauseweg vom Kontor einen Umweg über Heikos und Irmas kleines Häuschen in Bahrenfeld zu machen. Sie vergewisserte sich, dass es Irma gut ging und sie sich nicht überanstrengte, trank mit ihr zusammen eine Tasse Tee und hörte sich dabei an, was Jens und Bernd, die sechs- und vierjährigen Jungs von Heiko und Irma, wieder ausgefressen hatten, ehe sie sich nach einer Stunde auf den Heimweg machte.

Die Einzige, die über dieses Arrangement gar nicht glücklich war, war Minas Großmutter Hiltrud, die sich beschwerte, dass Mina ständig zu spät zum Abendessen erschien. Gegessen werde in diesem Haus seit Menschengedenken pünktlich um sechs Uhr, sagte sie spitz, und sie habe nicht vor, von dieser Regel abzuweichen, egal, ob im Kontor nun viel zu tun sei oder sie sich nach dem Befinden von Comtesse Irma erkundigen wolle.

Eine Woche nach Edos Abreise traf ein Telegramm von ihm im Kontor ein, in dem er ihr mitteilte, dass er nach ruhiger Überfahrt New York erreicht habe und sich am folgenden Tag auf den Weg nach Toledo mache. Mina zählte bereits die Tage bis zu seiner Rückkehr. Eine Woche hatte die Hinreise gedauert, eine Woche hatte er vor, in Toledo zu bleiben, eine Woche würde er für die Rückfahrt brauchen. Einundzwanzig lange Tage … Und mit jedem Tag wurde die Sehnsucht nach Edo größer und schwerer zu ertragen.

In ihrem Büro ertappte sie sich dabei, sich zu Edos Schreibtischstuhl umzuwenden, um ihn um Rat zu fragen, welchen Preis sie in einem Verkaufsangebot veranschlagen oder ob sie auf eine Charge Rohkaffee aus Brasilien bieten sollte. Dann lag sein Name schon auf ihren Lippen, und erst im letzten Moment fiel ihr ein, dass Edo ja gar nicht mit im Raum war, sondern dass ein ganzer Ozean zwischen ihnen lag.

Für einen Moment dröhnte ihr Herzschlag in ihren Ohren, und ihr Inneres krampfte sich vor Sehnsucht nach ihm schmerzhaft zusammen. Sie hatte sein Gesicht so klar und deutlich vor Augen, als säße er dort drüben auf seinem Stuhl und lächelte sie an. Jede Einzelheit sah sie: sein braunes, welliges Haar, die Nickelbrille und die schwarze Augenklappe vor dem fehlenden linken Auge, während der Blick aus dem braunen rechten warm auf ihr lag. Sie sah den kurz geschnittenen dunklen Vollbart, der die schmalen Wangen bedeckte und der den größten Teil der Narben verbarg, die sich über seine linke Gesichtshälfte zogen. Und sie sah seine Lippen, so voll und sanft geschwungen, die sich zu einem Lächeln formten.

Ja, sie liebte Edo mit jeder Faser ihres Herzens. Sie hatte ihn schon damals als kleines Mädchen geliebt, aber jetzt, da sie beide erwachsen waren und ihre Kämpfe mit dem Leben ausgefochten und etliche verloren hatten, liebte sie ihn so viel mehr. In solchen Momenten wurde ihre Brust ganz eng, und sie musste tief Luft holen, um ihrem Herzen wieder Raum zu verschaffen.

Schließlich war die eine Woche, die Edo in Toledo verbringen wollte, so gut wie um, und Mina erwartete, dass er sich melden würde, mit welchem Schiff er zurückkommen werde. Doch das versprochene Telegramm blieb aus.

Zwei Tage vergingen, dann ein dritter, und noch immer hatte Edo keine Nachricht geschickt. Jeden Vormittag wartete sie ungeduldig auf den Postboten und schrak bei jedem Klopfen an der Tür zusammen.

»Was ist denn los mit dir?«, fragte Agnes, der Minas Nervosität nicht entgangen zu sein schien. »Du sitzt ja den ganzen Tag wie auf glühenden Kohlen.«

Mina erzählte ihr zögernd, dass sie sich allmählich Sorgen machte, weil Edo sich noch immer nicht gemeldet hatte. Agnes winkte jedoch ab. »Das ist alles?«, fragte sie. »Du kennst doch Edo. Wenn der sich erst mal in eine Sache vergraben hat, dann hört und sieht er nichts anderes mehr und vergisst alles um sich herum. Vermutlich hat er einfach nur verschwitzt, dir zu telegrafieren, weil er es nicht für so wichtig hält wie die Gespräche mit der Bank.«

»Ja, mag sein«, sagte Mina abwesend und spielte weiter mit dem Füllfederhalter, den sie zwischen Zeige-, Mittelfinger und Daumen hin und her drehte, ohne zu wissen, was sie tat.

»Wenn du etwas Arbeit zur Ablenkung brauchst, ich habe noch einen ganzen Stapel Post nebenan, den du schon mal durchsehen könntest. Die Einladung zum Börsenball ist auch dabei, wie üblich an Herrn und Frau Frederik Lohmeyer gerichtet. Der Vorstand des Vereins lernt es nicht mehr«, fügte Agnes mit einem Kopfschütteln hinzu. Sie verließ das Büro und kam einen Moment später mit einem dicken Stapel Briefumschlägen zurück, die sie auf Minas Schreibtisch legte.

»Ganz im Ernst, Mina, mach dich nicht verrückt. Edo wird schon nichts passiert sein.« Agnes lächelte ihrer Schwester aufmunternd zu. »Du weißt doch, was Großmutter immer sagt: Keine Nachrichten sind gute Nachrichten. Schlechte bekommst du immer sofort. Apropos Großmutter … Könntest du ihr mitteilen, dass ich am Sonntag ohne Begleitung zu euch zum Essen komme? Anton gastiert mit dem Orchester in Lübeck. Mir graut schon davor, das ganze Wochenende allein zu sein.«

»Dann komm doch zu uns in die Villa, und übernachte dort. Großmutter wird begeistert sein, dir den ganzen Tratsch über die Nachbarn erzählen zu können, und Frau Kruse wird dir all deine Leibspeisen machen.« Mina zwinkerte Agnes zu. »Und wenn Großmutter ins Bett gegangen ist, halten wir in meinem Zimmer Kriegsrat, so wie früher.«

Agnes lachte schallend. »Einverstanden, aber nur wenn wir Großmutters Marillenlikör mit nach oben nehmen.«

»Du bist ein harter Verhandlungspartner, Agnes.« Mina

reichte ihrer Schwester die Rechte über den Schreibtisch, wie sie es bei Vertragsabschlüssen tat. »Abgemacht!«

Als Agnes das Büro verlassen hatte, holte Mina den Brieföffner und einen Eingangsstempel aus der Schreibtischschublade und begann damit, die Post zu öffnen und zu sortieren. Jede Rechnung erhielt einen Stempel, in den sie das Eingangsdatum und die Kontierung eintrug, ehe sie sie auf den Stapel für die Buchhaltung legte. Die Aufträge für die bevorstehende Kaffeelieferung legte sie auf einen zweiten Stapel, die Briefe, die beantwortet werden mussten, kamen auf einen dritten. Schließlich hielt sie die Einladung, von der Agnes vorhin gesprochen hatte, in der Hand und öffnete sie. In Schmucklettern lud der Verein der Kaffeehändler Herrn und Frau Lohmeyer von *Kopmann & Deharde* zum jährlichen Ball im November ein.

Auch wenn sie nun schon seit einigen Jahren an der Börse akkreditiert war, hatte sie bisher nie am Ball teilgenommen. Schon die gesellschaftlichen Treffen, die die anderen Kaffeehändler der Speicherstadt in ihren Häusern veranstalteten, mied sie möglichst. Auch wenn sie auf dem Papier noch immer mit Frederik verheiratet war, so war es doch ein offenes Geheimnis, dass sie getrennt von ihm lebte, und sie wusste, dass bereits genügend Gerede über Mina Lohmeyer im Umlauf war. Die Gerüchteküche noch dadurch anzuheizen, dass sie allein auf einen Ball ging, kam für sie nicht infrage.

Sie legte die Einladung zu dem Stapel der zu beantwortenden Briefe. Wie in jedem Jahr würde sie höflich und bedauernd absagen. Niemand würde sie vermissen, auch wenn ihre Kollegen sie nach dem Fest in der Börse scheinheilig fragen würden, wo sie denn gewesen sei, sie habe ein wundervolles Fest verpasst.

Mina hob die leeren Umschläge an, um sie in den Papierkorb zu befördern, als ein noch ungeöffneter Brief herausfiel und auf dem Boden neben dem Schreibtisch landete. Er war an sie persönlich adressiert und trug keinen Absender auf der Rückseite. Am Stempel auf der Briefmarke war zu erkennen, dass er in Berlin aufgegeben worden war.

Mina runzelte die Stirn, griff nach dem Brieföffner und zog kurz darauf einen eng beschriebenen Briefbogen hervor. Diese Handschrift hätte sie unter hunderten erkannt:

Liebe Mina,

heute habe ich in meiner Post wieder einmal eine Einladung zum Ball der Kaffeehändler gefunden. In den letzten Jahren habe ich diese immer gleich in den Papierkorb befördert, aber zufällig bin ich dann gerade in Hamburg, um mich mit möglichen Teilhabern für den neuen Tanzclub in St. Pauli zu treffen. Wie du vielleicht gehört hast, bin ich mit meinem Club in Berlin ziemlich erfolgreich und möchte daher gerne expandieren. Den Erfolg, den Kopmann & Deharde *inzwischen hat, verfolge ich übrigens mit regem Interesse.*
Und jetzt meine Frage: Was hältst du davon, wenn wir beide die Einladung in diesem Jahr annehmen und zusammen zum Ball gehen? Ehe du gleich empört meinen Brief wegwirfst, denk in Ruhe über den Vorschlag nach. Wir könnten beide sehr davon profitieren!
Ich weiß, dass du zwar inzwischen an der Börse handeln darfst, dass du aber als Kaufmann noch immer nicht für voll genommen wirst und häufig zu viel zahlen musst oder man dich ganz übergeht. Frag nicht, woher ich das weiß, ich habe meine Quellen. Dir ist doch klar, wie sehr es den

verknöcherten Kaufleuten im Verein auf den äußeren Schein ankommt, oder? Allein wirst du immer nur ein Mitglied zweiter Klasse sein, mit mir an deiner Seite auf dem Ball können sich die alten Herren wenigstens der Illusion hingeben, bei Kopmann & Deharde *sei alles in schönster altväterlicher Ordnung. Mehr als diesen einen Ball im Jahr brauchen die nicht, und sie schmelzen wie Butter in der Sonne, glaub mir.*
Was mich angeht, so könnte ich auf dem Ball sämtliche Kontakte knüpfen, die ich brauche, um in Hamburg mit meinem Club so erfolgreich zu werden wie in Berlin. Du solltest mich vielleicht einmal in Berlin besuchen und dir selbst ein Bild davon machen, wie sich die Größen aus Film, Theater, Politik und Halbwelt die Klinke in die Hand geben.
Wie gesagt, Mina, wenn wir gemeinsam zu dem Ball gingen, wäre das ein Geschäft zwischen uns, bei dem wir beide nur gewinnen können. Und es wäre wirklich nur ein Geschäft.
Ich hoffe, dir und den beiden Mädchen geht es gut. Ich würde mich freuen, sie zu sehen, wenn ich im November in Hamburg bin.
Bis dahin sendet dir herzliche Grüße

Dein Frederik

In einem ersten Impuls knüllte Mina den Brief zusammen und warf ihn an die Wand gegenüber. »Frederik!«, stieß sie zwischen zusammengebissenen Zähnen hervor. »So eine Frechheit …«

Schwer atmend ließ sie sich gegen die Lehne zurücksinken und funkelte das Papierknäuel böse an. Langsam legte sich ihr Zorn etwas. Sie stand auf, ging zu dem zerknüllten Brief und hob ihn auf. Dann zog sie das Papier auseinander und las Frederiks Brief noch einmal.

Beim dritten Lesen nickte sie langsam. Auch wenn es schwer war, es zuzugeben, Frederik hatte recht, seine Überlegungen waren absolut schlüssig.

Mina durfte zwar an der Börse handeln, aber sie war dort so etwas wie ein Händler zweiter Klasse. Wären nicht die Geschäfte, die sie exklusiv mit der Plantage ihres Schwiegervaters Paul Lohmeyer in Guatemala tätigte, die Firma stünde ganz anders da.

Gut möglich, dass der Verein sie endlich ernst nahm, wenn sie sich ein wenig am gesellschaftlichen Leben beteiligte. Auch wenn es ihr zutiefst widerstrebte, zu diesem Zweck am Arm ihres Ehemannes auf dem Kaffeeball zu erscheinen, es war ein Opfer, das sie zum Wohl der Firma zu bringen bereit war.

Und vielleicht, so sagte sie sich, vielleicht hat er sich ja in den letzten Jahren geändert?

Nachdem sie Frederik damals nach seinem schäbigen Verhalten ausgezahlt hatte, um ihn loszuwerden, war er nach Berlin zurückgegangen. Mehr hatte sie nicht gewusst, und mehr wollte sie lange auch nicht wissen. Vor zwei Jahren hatte Agnes ihr eine Zeitschrift unter die Nase gehalten, in der ein Foto einer großen Filmpremiere in Berlin abgedruckt gewesen war. Auf dem anschließenden Ball hatte sich offenbar die ganze Prominenz von Berlin getroffen und gefeiert. Und auf diesem Foto, ganz am Rand neben den Darstellern und dem Regisseur, war auch ein gut aussehender Mann mit einem gewinnenden Lächeln abgebildet.

»Das ist doch Frederik, oder?«, hatte Agnes gefragt.

»Ja, könnte sein«, war Minas ausweichende Antwort gewesen. Während Agnes und Großmutter Hiltrud debattierten, ob es wirklich sein könne, dass es sich bei dem Mann auf dem Foto um Minas Ehemann handelte, war Mina sich sofort sicher gewesen. Sie fragte sich, wie es ihm gelungen war, sich aus dem Sumpf, in dem er bis zum Hals gesteckt hatte, zu befreien und welcher Strudel ihn nun bis ganz an die Spitze der Gesellschaft gespült hatte.

Heimlich ließ sie über eine Detektei Nachforschungen anstellen, vor allem, weil sie verhindern wollte, durch ihre noch immer rechtsgültige Ehe mit ihm in Verbindung zu dubiosen, womöglich gar kriminellen Geschäften gebracht zu werden. Doch die Detektei konnte sie beruhigen. Frederik gehörte ein sehr angesagtes Tanzlokal mit angeschlossenem Varieté im Zentrum von Berlin, und er hatte damit ein respektables Vermögen gemacht. Zu seinen Gästen zählte alles, was Rang und Namen hatte, darunter Künstler, Filmgrößen und Politiker. Falls es Kontakte zur Halbwelt von Berlin gab, so war Frederik so geschickt, dass man ihm nie etwas nachweisen konnte.

Von dem Zeitpunkt an verfolgte Mina die Berliner Gesellschaftsnachrichten in der Presse und stieß immer wieder auf Frederiks Namen und gelegentlich auch auf Bilder, die ihn zeigten.

Es ging ihm offenbar gut in seinem neuen Leben, und es gab keinen Grund mehr, Mina zu behelligen.

Vielleicht will er wirklich nur die Mädchen sehen …, dachte sie. *Und warum auch nicht? Immerhin ist er der Vater.*

Wobei das nicht ganz korrekt war. Ella war seine Tochter, und er ging davon aus, auch Amelies Vater zu sein. Sie würde den Teufel tun, ihm die Wahrheit zu erzählen. Dabei war es so offensichtlich, dass die dunkelhaarige, rehäugige Amelie Edos Kind war … Nicht nur vom Äußeren, auch vom Wesen her war Amelie das Abbild ihres Vaters, dessen Namen sie aber nicht tragen durfte …

Alles, um den Schein zu wahren. Alles, damit der Verein

die Illusion haben durfte, Herr Lohmeyer sei wegen Geschäften außer Haus … Alles nur, damit Mina die Firma, die ihr von Rechts wegen gehörte, auch führen konnte.

Mina lachte bitter. Was für eine lächerliche Farce!

Aber wenn die alten Herren wollten, dass man ihnen Theater vorspielte, bitte! Dann würde sie ihnen eben Theater bieten. Ach was, Oper sollten sie haben!

Sie atmete tief durch, setzte sich wieder hinter ihren Schreibtisch und holte einen Briefbogen aus der Schublade, um Frederik zu antworten.

Am folgenden Tag kam endlich ein Telegramm von Edo, der ihr allerdings nur kurz mitteilte, seine Rückkehr werde sich verzögern und er werde sich wieder melden, sobald er Näheres wisse. Immerhin hatte er die Adresse eines Hotels in Toledo angegeben, unter der er erreichbar sei. Merkwürdigerweise beruhigte Mina dieses Telegramm dennoch mehr, als sie über die Tatsache besorgt war, dass er noch nicht zurückkam. Sie hatte nun Gewissheit, dass es ihm gut ging und er sich in Freiheit befand. Die irreale Angst hatte sie verfolgt, dass man ihn wegen der gefälschten Bilanzen verhaften würde, aber das hatte sich als völlig unbegründet erwiesen.

»Nimm dir die Zeit, die du brauchst. Ich liebe dich!«, telegrafierte sie zurück.

Dass Agnes am Samstag mit einem Koffer vor der Tür der Villa stand, um das Wochenende bei Mina und ihrer Großmutter zu verbringen, stellte eine willkommene Ablenkung für Mina dar. Es war fast wie früher: Großmutter Hiltrud saß am Kopfende des Esstisches und die Schwestern einander an den langen Seiten gegenüber. Hiltrud erzählte ausführlich von ihrem letzten Teekränzchen in der vorigen Woche, an dem zu ihrem Unmut weder Agnes noch Mina teilgenommen hatten.

Agnes erwiderte mit todernstem Gesicht, wie gern sie gekommen wäre, aber sie sei just zu der Zeit von einem hartnäckigen Husten geplagt worden und hätte keine der alten Damen anstecken wollen. Als Großmutter einen Moment nicht hinsah, zwinkerte sie Mina grinsend zu.

Kein Wort davon war wahr. Agnes war ebenso wie Mina an jenem Tag im Kontor gewesen, und der »hartnäckige Husten« war bloß Agnes' Ausrede, nicht von den Damen des Teekränzchens ausgehorcht zu werden, wann denn nun endlich Nachwuchs bei ihr unterwegs war. Sie hatte Mina geradezu angefleht, ihr Asyl vor der Horde alter Nebelkrähen zu gewähren, wie Agnes es ausgedrückt hatte. Und da Mina genau wusste, wovor ihrer Schwester graute, hatte sie versprochen, ihre Ausrede zu bestätigen.

»Ja, Großmutter, es war wirklich schlimm mit Agnes' Husten«, sagte Mina mit einem Nicken. »Sie konnte drei Tage lang nicht ins Kontor kommen.«

»Trotzdem ist es nicht gerade ein Zeichen guten Benehmens, wenn meine eigenen Enkeltöchter nicht bei meinen Gesellschaften erscheinen.« Großmutter nahm ihre Serviette vom Schoß und legte sie gefaltet neben ihren Teller. »Die Damen waren sehr enttäuscht, keine von euch zu sehen.«

»Was glaubst du, wie enttäuscht wir waren, nicht kommen zu können«, meinte Agnes mit treuherzigem Blick. Am kurzen Zucken ihrer Lippen erkannte Mina, wie schwer es ihrer Schwester fiel, nicht zu lachen. »Du weißt doch, wie gern ich den Nachmittag mit deinen Freundinnen verbringe, Großmutter.«

Hiltrud drückte ihr Kinn für einen Moment gegen den

Kragen ihres hochgeschlossenen Kleides und sah ihre Enkeltochter skeptisch an.

»Das wäre mir neu!«, erwiderte sie trocken. »Nun, wie dem auch sei. Bitte entschuldigt mich und geht allein in den Salon hinüber. Ich bin heute ziemlich mitgenommen und möchte früh ins Bett gehen. Wir sehen uns ja alle morgen zum Frühstück, dann können wir unsere Unterhaltung fortsetzen.«

»Ist alles in Ordnung, Großmutter?«, fragte Mina und sah die alte Dame besorgt an.

»Natürlich ist alles in Ordnung, Kind. Ich bin lediglich müde und habe etwas Kopfschmerzen. Vielleicht ist es der Wetterwechsel. Jedenfalls ist es nichts Besorgniserregendes wie hartnäckiger Husten.« Hiltrud warf Agnes einen schnellen Seitenblick zu und erhob sich dann.

Mina und Agnes folgten ihrem Beispiel, gaben ihrer Großmutter jede einen Kuss auf die Wange und schauten ihr nach, bis sie das Esszimmer verlassen hatte.

»Meinst du, sie weiß, dass wir ihr Teekränzchen schwänzen, wann immer wir können?«, fragte Mina.

»Darauf kannst du wetten, nur würde sie es nie im Leben zugeben!«, sagte Agnes und lachte. »Aber seien wir doch mal ehrlich: Gut, dass sie schon so früh müde ist, dann können wir den Kriegsrat samt Marillenlikör jetzt im Salon stattfinden lassen. So langsam werde ich zu alt dafür, auf dem Fußende deines Bettes zu hocken.«

Zwei Stunden und etliche Marillenliköre später erzählte Mina ihrer Schwester von der Idee, mit Frederik zum Ball der Kaffeehändler zu gehen. Die heftige Reaktion ihrer Schwester verblüffte sie.

»Was willst du? Ich höre wohl nicht recht!« Agnes stellte ihr Glas so heftig auf das Tischchen neben ihrem Sessel, dass die süße, klare Flüssigkeit überschwappte. »Du kannst doch nicht ernsthaft auch nur daran denken, mit Frederik zum Ball gehen zu wollen. Nach allem, was passiert ist?« Agnes' grüne Augen blitzten. »Der Kerl hat dich bewusstlos geprügelt und vergew…« Sie brach ab und ballte die Fäuste. »Das kannst du nicht tun, Mina!«

Mina schluckte. Auf einmal kam die Erinnerung an diese furchtbare Nacht schlagartig zurück, als Frederik in ihr Zimmer gekommen und sie überwältigt hatte. Wieder schlug ihr Herz wie verrückt, sie fühlte das Würgen in ihrem Hals und die alte Angst in sich aufsteigen. Nein, sie hatte es nicht vergessen, aber es war ihr gelungen, jeden Gedanken daran in den hintersten Winkel ihrer Erinnerung zu verbannen.

Sie stellte das Glas mit dem Marillenlikör beiseite und betrachtete es eine Weile nachdenklich. »Frederik ist im November in Hamburg, und ich werde mich mit ihm treffen. Danach werde ich entscheiden, ob wir zusammen zum Ball gehen.«

»Du triffst dich mit ihm? Aber doch hoffentlich nicht allein.«

»Nein, natürlich nicht. Und er wird auch dieses Haus nicht noch einmal betreten, da sei dir sicher. Wir werden uns in einem Café am Alsterufer treffen.«

»Aber ich verstehe nicht, warum … Warum willst du ihn überhaupt wiedersehen?«

Mina atmete tief ein und aus, ehe sie antwortete. »Es geht nicht darum, was ich will.« Sie rieb sich mit der Hand über die Stirn, hinter der es zu stechen begann. »Frederik möchte die Mädchen sehen, und da er der Vater ist, hat er ein Recht darauf.«

»Der Vater?«, rief Agnes aufgebracht. »Frederik hat sich doch nie für die Mädchen interessiert. Was für ein Vater war er denn bisher, hm? Ella hat er doch höchstens zu Weihnachten mal beachtet – und Amelie? Die hat er nie gesehen. Außerdem …«

Mina sah ihrer Schwester in die Augen. »Außerdem was?«

Agnes räusperte sich, doch dann fuhr sie fort. »Du hast zwar nie ein Wort darüber verloren, aber sie ist nicht Frederiks Tochter, nicht wahr?«

Mina hielt ihrem Blick stand. »Wie kommst du darauf?«, fragte sie.

»Komm schon, Mina, das erkennt doch ein Blinder. Sie sieht ihm kein bisschen ähnlich. Frederik ist blond und hat helle Augen, Amelie ist dunkelhaarig und hat braune Augen. Sie sieht viel eher aus wie …« Wieder stockte Agnes. Den Blick, den sie ihrer Schwester zuwarf, konnte man nur als Hilfe suchend bezeichnen.

Mina hatte nie mit ihrer Familie über die Beziehung zwischen ihr und Edo gesprochen. Er wohnte noch immer in der winzigen Wohnung über der Garage, in der früher der Kutscher untergebracht gewesen war. Sie lebten nicht gemeinsam unter einem Dach, sie konnten es nicht. Nach außen musste weiter der Schein gewahrt bleiben, Frau Lohmeyer sei eine ehrbare Ehefrau, deren Mann nur eben nie zu Hause war. Es wäre undenkbar für die Kaufleute und die feine Gesellschaft der Heilwegstraße, dass sie eine Affäre hatte, noch dazu mit einem ihrer Angestellten. So stand Edo jeden Morgen vor der Garage, um mit ihr zusammen zur Arbeit zu fahren, und ging jeden Abend allein in seine kleine Wohnung hinauf, nachdem er sich mit einer angedeuteten Verbeugung von ihr verabschiedet hatte. Und jede Nacht, wenn die Lichter hinter den Fenstern erloschen waren, schlich sich Mina zu ihm, um in seinen Armen zu schlafen.

Alles Lügen, um den Schein zu wahren. Ein bitterer Geschmack breitete sich in Minas Mund aus, so satt hatte sie das alles.

»Das liegt daran, dass Amelie Edos Tochter ist«, sagte sie fest.

Jetzt war es heraus. Sie hatte es ausgesprochen. Sie hatte es laut gesagt: Amelie war Edos Tochter, er war ihr Vater, und er war auch für Ella ein Vater. Ein viel, viel besserer Vater, als Frederik je gewesen wäre. Edo hatte Mina oft gesagt, wie sehr er die beiden Mädchen liebte, und er machte nie einen Unterschied zwischen der wilden Ella und der ruhigeren und verträumten Amelie. Die Erleichterung, endlich die Wahrheit ausgesprochen zu haben, war so groß, dass sie sich auf einmal ganz leicht fühlte. Es war, als habe sich ein Ring gelöst, den sie seit Jahren um ihre Brust gespürt hatte, und sie sei wieder in der Lage, frei zu atmen.

Irma war neben Edo die Einzige, der sie die Wahrheit gesagt hatte, und sie würde es nie verraten, das wusste Mina.

»Weiß Großmutter das?«, fragte Agnes heiser.

Mina schüttelte den Kopf. »Niemand weiß es, außer Edo, Irma und jetzt dir.«

Agnes holte tief Luft und ließ sie langsam durch die Lippen wieder entweichen, während sie Mina unverwandt ansah. »Danke«, sagte sie schließlich. »Danke für dein Vertrauen.«

»Du hast es verdient.« Mina lächelte Agnes zu. »Ich bin froh, dass ich dich eingeweiht habe.«

Einen Moment lang schwiegen beide.

»Liebst du Edo?«, fragte Agnes dann unvermittelt.

»Ja«, antwortete Mina, ohne zu zögern. »Ich habe ihn damals schon geliebt, als er noch der Lehrling in Vaters Kontor war. Aber das ist nichts im Vergleich zu jetzt.«

Agnes legte den Kopf schief und schaute Mina forschend

in die Augen. »Aber warum willst du dich dann mit Frederik treffen, ja, sogar mit ihm zu diesem albernen Ball gehen? Denkst du nicht daran, wie Edo sich dabei fühlen wird?«

»Doch, natürlich habe ich daran gedacht«, sagte Mina sofort. »Ich hoffe, er versteht, warum ich es tun werde«, fügte sie leiser hinzu.

»Entschuldige, Mina, aber ich kann dich nicht begreifen.« Agnes schüttelte langsam den Kopf. »Warum willst du Frederik überhaupt wiedersehen? Warum lässt du nicht einfach alles so, wie es ist?«

»Weil es so, wie es jetzt ist, nicht optimal ist«, erwiderte Mina. »Ich hoffe, mit Frederik ein Geschäft zu machen, von dem wir beide profitieren.«

»Was denn für ein Geschäft?« Agnes runzelte die Stirn.

»Frederik hat vor, auch hier in Hamburg so einen Tanzpalast zu eröffnen, wie er ihn in Berlin besitzt. Dazu braucht er meine Kontakte zur Kaufmannschaft. Und was mich betrifft, ich möchte endlich die Mitglieder des Vereinsvorstands zum Schweigen bringen, die der Meinung sind, man könne mit einer Frau nur reelle Geschäfte machen, wenn sie einen Ehemann an ihrer Seite hat, doch wenn sie allein ist, kann man sie ruhig über den Tisch ziehen.« Mina griff nach ihrem Glas und leerte es. »Du siehst, wir hätten beide was davon, wenn wir zusammen zum Ball gingen.«

»Das mag ja sein, Mina«, sagte Agnes. »Trotzdem solltest du vorsichtig sein. Immerhin ist es Frederik, von dem wir hier reden. Nach allem, was er dir angetan hat, würde ich ihm nicht mal so weit trauen, wie ich spucken kann.«

»Gut, dass Großmutter schon zu Bett gegangen ist. Sie wäre über deine Ausdrucksweise entsetzt.« Mina zwinkerte ihrer Schwester zu.

»›Gott, Agnes! Also wirklich!‹«, sagte Agnes in einer perfekten Imitation von Hiltrud und schüttelte mit zusammengepressten Lippen den Kopf, ehe sie in Gelächter ausbrach. »Aber ganz im Ernst, du solltest wirklich vorsichtig sein, wenn du dich mit ihm triffst. Am besten, du nimmst jemanden mit.«

»Darüber habe ich auch schon nachgedacht. Ich könnte vielleicht Irma fragen. Oder würdest du mitkommen?«

»Natürlich würde ich dich begleiten«, sagte Agnes sofort. »Oder aber, noch besser, frag Großmutter. Sie war damals doch auch dabei und weiß über Frederik Bescheid. Wenn sie anwesend ist, wird er sich ganz gewiss nicht trauen, einen seiner üblichen Tricks anzuwenden.«

Mina nahm die Likörkaraffe vom Tisch und füllte ihre Gläser noch einmal nach. »Wie gut, dass ich so eine kluge kleine Schwester habe!«, sagte sie und stieß mit Agnes an. »Ich werde Großmutter gleich morgen früh einweihen und sie fragen, ob sie mich zu meinem Treffen mit Frederik begleitet.«

Als Mina am nächsten Morgen das Esszimmer betrat, saß Agnes bereits am Tisch und frühstückte mit offenbar gutem Appetit.

»Guten Morgen!«, rief Agnes ihr fröhlich entgegen. »Na, hast du gut geschlafen?«

»Das schon, aber als ich aufgewacht bin, brummte mir der Schädel. Dieser verflixte Marillenlikör ist wirklich ein Teufelszeug.« Mina setzte sich, nahm ihre Serviette vom Teller und breitete sie auf ihrem Schoß aus. »Ich habe gleich nach dem Aufstehen ein Schmerzpulver nehmen müssen.«

»Du Ärmste!« Agnes kicherte. In ihren Augen glitzerte Schadenfreude. »Du bist eben nichts gewohnt. Würdest du so wie Großmutter jeden Abend ein Gläschen von dem Teufelszeug trinken, hättest du am nächsten Morgen auch keinen Brummschädel.«

Mina rollte die Augen, aber sie nickte. »Apropos Großmutter, ist sie noch gar nicht unten gewesen?«, fragte sie und deutete auf Hiltruds unbenutztes Gedeck. »Es ist doch schon fast zehn Uhr.«

»Ich habe mich auch schon gewundert«, meinte Agnes, nahm sich noch eine Scheibe Rosinenstuten aus dem Brotkorb und bestrich sie mit Marmelade. »Sie hat doch gestern gesagt, sie wolle heute in die Kirche.«

Die Tür öffnete sich, doch es war nicht Hiltrud, die aufs Stichwort eintrat, sondern Frieda, die die frisch gefüllte Kaffeekanne hereintrug.

»Guten Morgen, Fräulein Mina«, sagte das Dienstmädchen lächelnd und deutete einen Knicks an, ehe sie Minas Kaffeetasse füllte.

»Guten Morgen, Frieda«, gab Mina zurück. »Ist die gnädige Frau schon aufgestanden, oder frühstückt sie heute oben?«

»Sie hat noch nicht geklingelt«, sagte Frieda. Sie ging um den Tisch herum und füllte auch Agnes' Tasse noch einmal, bevor sie die Kanne auf dem Tisch abstellte. »Soll ich vielleicht mal nach ihr sehen?«

»Ja, das ist eine gute Idee«, meinte Agnes gut gelaunt. »Sag ihr, dass wir schon fast mit dem Frühstück fertig sind und dass sie sich beeilen muss, wenn sie noch pünktlich in der Kirche sein will.«

»Um Gottes willen, nur das nicht«, sagte Mina hastig zu dem Dienstmädchen. »Klopf einfach bei ihr, und frag, ob sie gleich herunterkommt.«

»Natürlich, Fräulein Mina.« Frieda nickte ihr freundlich

zu. »Ich weiß schon, dass Fräulein Agnes nur einen Scherz gemacht hat.« Sie knickste erneut und verließ den Raum.

Agnes grinste. Sie nahm ihre Kaffeetasse und blies mehrmals über die dampfende Oberfläche des Getränkes, ehe sie vorsichtig einen Schluck trank.

»Stell dir nur mal Großmutters empörtes Gesicht vor, wenn Frieda sie auffordert, sich zu beeilen«, sagte sie. Sie drückte ihr Kinn gegen ihren Kragen und presste die Lippen zusammen. »Diese impertinenten Dienstboten heutzutage!«

Beide lachten. Mina bat ihre Schwester, ihr den Brotkorb zu reichen, und ihr Gespräch wandte sich anderen Themen zu.

Es dauerte ein paar Minuten, bis Mina das Geräusch eiliger Schritte von der Treppe im Flur her auffiel. Dann war gedämpftes Gemurmel zu hören. Sie warf Agnes einen fragenden Blick zu.

»Was ist denn da los?«

Bevor sie sich erheben konnte, um nachzusehen, klopfte es an der Tür, und Frieda kam herein.

»Entschuldigen Sie bitte, aber könnten Sie mit nach oben kommen?«, fragte das Dienstmädchen. »Am besten beide«, fügte sie hinzu.

»Aber Frieda, was ist denn?«, fragte Agnes.

»Es tut mir leid, aber die Gnädige … Schauen Sie am besten selbst.« Sie hielt die Tür offen.

Agnes und Mina sprangen auf und folgten ihr in den Flur, wo Lotte, das andere Dienstmädchen, und Frau Kruse, die alte Köchin der Familie, zusammenstanden. Als sie die Schwestern sahen, hörte das Getuschel sofort auf, und beide knicksten mit gesenktem Kopf.

Mina beachtete sie nicht weiter, sondern lief an ihnen vorbei die Treppe hinauf.

Vor der Tür von Großmutters Schlafzimmer stand Fräulein Brinkmann, die Erzieherin der Kinder, die auch schon für Mina und Agnes gesorgt hatte. Sie streckte die Hände nach Mina aus und zog sie kurz an sich.

»Es tut mir so leid, mein Kind«, sagte sie. In ihren dunklen Augen lag Mitgefühl. »Sie muss heute Nacht im Schlaf gestorben sein.« Sie ließ Mina los und umarmte Agnes, die dicht hinter Mina folgte. »Sie sieht ganz friedlich aus.«

»Aber …«, stammelte Agnes. »Das kann doch gar nicht sein …«

Fräulein Brinkmann legte eine Hand an Agnes' Gesicht und strich sanft mit dem Daumen über ihre Wange. »Schau selbst, Liebes.«

Sie öffnete die Tür und machte dann Platz, damit Mina und Agnes eintreten konnten. Die Vorhänge im Raum waren bis auf einen Spalt geschlossen, durch den das Morgenlicht hereinschien. Staubpartikel tanzten der Sonne entgegen.

Hiltrud lag auf dem Rücken, den Kopf leicht zur Seite geneigt. Ihre Augen waren geschlossen, und ein zartes Lächeln lag auf ihren Lippen, was ihr Gesicht viel weicher erscheinen ließ, als es im Leben gewesen war.

Sie sah noch immer so lebendig aus, Mina wäre nicht überrascht gewesen, wenn Großmutter Hiltrud sich plötzlich aufgerichtet und gefragt hätte, was denn dieser Auflauf in ihrem Zimmer solle. Doch ihre Brust hob und senkte sich nicht mehr, und als Mina näher trat und nach ihrer Hand fasste, war diese eiskalt und steif.

Kein Zweifel, Großmutter war gestorben.

Sie hörte, wie Agnes neben ihr ein leises Schluchzen von sich gab, aber sie selbst war merkwürdig unbeteiligt bei dem Anblick der toten alten Frau. Großmutter hatte in guter Gesundheit im letzten Jahr ihren achtzigsten Geburtstag gefeiert, war nie einen einzigen Tag ernsthaft krank gewesen und hatte sich bis zuletzt ihren scharfen Verstand bewahren können. Und jetzt hatte sie ohne Schmerzen im Schlaf sterben dürfen. Nicht vielen war so ein Glück vergönnt.

Ohne den Blick von Hiltruds Gesicht zu wenden, legte sie Agnes den Arm um die Schultern und zog sie näher an sich heran.

»Nicht traurig sein, Agnes«, sagte sie leise. »Großmutter hätte es nicht anders haben wollen.«

»Ich weiß«, sagte Agnes mit tränenerstickter Stimme. »Sie hat immer Angst davor gehabt, so lange krank zu sein wie Vater. Das hat sie mir mehr als einmal gesagt.« Agnes zog ein Taschentuch aus der Tasche in ihrem Kleid und putzte sich die Nase. »Jetzt sind wir ganz allein, du und ich.«

»Ja, wir zwei sind noch übrig.« Sie wandte sich zu ihrer Schwester um. »Aber allein sind wir nicht.«

DREI

Dr. Küper, der langjährige Hausarzt der Familie, kam und stellte den Totenschein aus. Er bestätigte Mina und Agnes, ihre Großmutter sei an einem Herzschlag verstorben, gleich nachdem sie am Abend zu Bett gegangen sei. Nein, das hätte man nicht vorhersehen können, beruhigte er Agnes auf ihre Frage hin. Die gnädige Frau Kopmann sei für ihr fortgeschrittenes Alter stets außerordentlich gesund gewesen, aber bei sehr alten Menschen könne es vorkommen, dass so ein Herzschlag ganz ohne Vorankündigung passiere. Statt sich Vorwürfe zu machen, nicht bei ihrer Großmutter gewesen zu sein, sollten die beiden jungen Damen lieber dankbar sein, dass ihr ein so leichter Tod vergönnt gewesen sei.

Er klappte seine Tasche zu, verbeugte sich und kondolierte den Schwestern, ehe er ging.

Mina hatte noch immer nicht eine einzige Träne vergossen, aber das war in ihren Augen nicht verwunderlich. Zum einen war das Verhältnis zu Großmutter Hiltrud nicht immer ungetrübt gewesen, auch wenn sie sich in den letzten Jahren wesentlich besser verstanden hatten als damals, als die Familie hierher in die Villa gezogen war. Zum anderen war sie viel zu beschäftigt, um ihre Trauer um die alte Dame an sich heranzulassen.

Sie ging hinunter in ihr Arbeitszimmer, setzte sich hinter ihren Schreibtisch und begann zu telefonieren. Ein Beerdigungsunternehmen musste gefunden werden, sie rief Hiltruds Kirche an, um den Pastor zu benachrichtigen und ihn zu einem Gespräch einzuladen, danach telefonierte sie mit Frau Rüther, Großmutters engster Freundin aus ihrem Teekränzchen, und bat sie, die anderen Damen zu informieren.

Während sie noch damit beschäftigt war, die völlig aufgelöste Frau Rüther am Telefon zu trösten, klopfte es an der Tür, und Agnes trat ein. Zu Minas Verblüffung hatte ihre Schwester sich bereits umgezogen und trug nun ihr schwarzes Trauerkleid. Sie setzte sich auf den Stuhl, der auf der gegenüberliegenden Seite des Schreibtisches stand.

Mina formte mit dem Mund den Namen »Frau Rüther«, ohne einen Laut von sich zu geben. Agnes rollte die Augen und nickte, dann wartete sie geduldig, bis Mina das Gespräch endlich beenden konnte.

»Ich dachte schon, sie hört gar nicht mehr auf zu jammern«, sagte Mina, als sie aufgehängt hatte. »Als sei es ihre Großmutter, die gestorben ist.«

»Du kennst sie doch. Sie ist immer sehr nah am Wasser gebaut«, sagte Agnes seufzend. »Übernimmt sie wenigstens den Rest des Teekränzchens?«

Mina nickte. »Aber wir müssen uns darauf gefasst machen, dass das gesamte Teekränzchen im Verlauf der nächsten Tage zum Kondolieren vorbeikommt.«

»Oh, bitte nicht.«

»Darum werden wir nicht herumkommen, fürchte ich.« Mina verzog das Gesicht. »Mir graut auch schon davor.«

»Dafür habe ich Glück gehabt und Anton erreicht. Er will nur noch kurz mit dem Kapellmeister reden, dann setzt er sich in den nächsten Zug und kommt nach Hause.«

»Das ist gut.« Mina nahm den Block, auf dem sie notiert hatte, was zu erledigen war, und machte hinter dem Namen Anton einen Haken. Sie lehnte sich in ihrem Stuhl zurück. »Und? Wie geht es dir?«

»Solange ich etwas zu tun habe, ganz gut. Es ist noch alles so unwirklich. Ich habe die ganze Zeit das Gefühl, Großmutter sitzt im Salon auf ihrem Sessel vor ihrem Gobelin und klingelt jeden Moment, um sich ihren Tee bringen zu lassen.«

»Ja, mir geht es ebenso.« Mina seufzte. »Das Haus wird sehr still sein ohne sie. Und einsam.« Mina verbarg für einen Augenblick ihr Gesicht in den Händen.

»Ach, Mina …«

Agnes' warmer Ton brachte Mina in die Wirklichkeit zurück, und sie nahm die Hände wieder herunter. »Ich habe nicht geweint, Agnes. Später vielleicht, aber jetzt ist noch viel zu viel zu tun. Das Beerdigungsinstitut schickt gleich jemanden vorbei, und der Pastor kommt heute Nachmittag zum Gespräch. Er hat am Telefon den nächsten Freitag als Termin für die Beerdigung vorgeschlagen. Ist dir das recht? Oder möchtest du lieber einen anderen Tag? Ich habe …«

»Mina!«, unterbrach Agnes sie in einem so energischen Ton, wie Mina ihn kaum je von ihrer Schwester gehört hatte. »Nun mach doch mal langsam. Du hast vorhin gesagt, dass wir nicht allein sind, und jetzt tust du so, als müsstest du alles selbst erledigen. Ich bin auch noch da.« Agnes stand auf, ging um den Schreibtisch herum, lehnte sich gegen die Tischplatte und griff nach Minas Händen. »Lass mich dir helfen, bitte.«

Agnes beugte sich zur Seite und angelte nach Minas Liste. »Wie ein echter Hamburger Kaufmann. Alles aufschreiben und abhaken!« Ein dünnes Lächeln umspielte ihre Lippen.

»Du hast wirklich viel mit Papa gemeinsam, das merke ich immer wieder.«

»Wobei er mir gesagt hat, ich würde ihn an unsere Mutter erinnern.«

Agnes strich versonnen mit dem Zeigefinger über das Papier. »Ob Großmutter jetzt wohl bei den beiden ist?«, fragte sie leise.

Mina sah zu Agnes' Profil hinauf, das sich scharf gegen den dunklen Hintergrund der Holzvertäfelung des Raumes abhob. Sie wirkte auf einmal sehr zart, blass und zerbrechlich.

»Ganz sicher«, sagte Mina fest. »Sie ist bei ihnen. Alle drei sehen auf uns herab und passen auf uns auf, die wir hier unten sind.«

Eine einzelne Träne rollte über Agnes' Wange und tropfte auf die Liste hinunter. Das Papier wölbte sich, und die Tinte des Wortes Edo begann zu verwischen. »Das ist ein schöner Gedanke, Mina. Danke.«

Agnes wandte sich zu Mina um und lächelte. »Also, was kann ich dir noch abnehmen, ehe wir mit dem Bestatter sprechen?«

Herr Krüger vom Bestattungsunternehmen *Krüger u. Söhne* ließ es sich nicht nehmen, höchstpersönlich in die Villa zu kommen, um alles Nötige mit den Hinterbliebenen zu besprechen. Mina kannte ihn schon seit Jahren. Er hatte schon die Beerdigung ihres Vaters betreut, und schon damals war er ihr uralt vorgekommen. Inzwischen musste er schon über siebzig sein, sein schwarzer, altmodischer Gehrock schlotterte um ihn herum, und sein gestärkter Kragen stand weit von seinem faltigen Hals ab. Herr Krüger verbeugte sich vor Mina und Agnes und sprach beiden sein tiefempfundenes Beileid aus, ehe er zum Geschäftlichen schritt.

Mit schlecht gespielter Leichenbittermiene fragte er, wie mit der Verblichenen verfahren werden sollte. Mina hatte bereits mit dieser Frage gerechnet und sagte ihm, dass sie und ihre Schwester sich geeinigt hätten, ihre Großmutter nicht im Haus aufzubahren, sondern lieber in der Leichenhalle des Bestattungsunternehmens.

Mina nannte ihm den Grund dafür lieber nicht. Ihr war der Gedanke unerträglich, den offenen Sarg in Großmutters Schlafzimmer aufzustellen, damit Familie und Freunde sich von ihr verabschieden konnten. In der Villa hatte sich lang genug alles um Großmutter Hiltrud gedreht; jetzt, da sie tot war, sollte das Haus ein Ort der Lebenden sein. Hinzu kam, dass ihr bewusst war, wie neugierig gerade ihre ältere Tochter war, und sie wollte vermeiden, dass Ella sich auf einem ihrer Streifzüge durchs Haus vielleicht in Großmutters Schlafzimmer vor dem Sarg wiederfand und sich erschreckte.

Noch am selben Nachmittag wurden Hiltrud Kopmanns sterbliche Überreste abgeholt, um zur Leichenhalle gebracht zu werden.

Als der Transportsarg hinausgetragen wurde, versammelten sich alle Bewohner des Hauses in der Halle, um Hiltrud zu verabschieden. Minas Blick schweifte in die Runde über die Köpfe aller Anwesenden hinweg. Die drei Dienstboten standen neben der Tür zum Küchentrakt. Sowohl Frau Kruse wie auch Lotte und Frieda hatten schwarzen Krepp als Trauerflor an ihren Ärmeln befestigt. Frau Kruse zog ein Taschentuch aus ihrer Tasche, um sich die Augen abzuwischen. Auch wenn sie hinter vorgehaltener Hand manchmal Kritik an Hiltrud geäußert hatte, so wusste Mina doch, dass Frau Kruse ihre Großmutter geschätzt hatte. Auch Lotte schien sehr niedergeschlagen, verdankte sie doch der Zustimmung von Minas Großmutter, dass sie wieder im Haus aufgenommen worden war, nachdem ihr Mann im Krieg gefallen war und sie wegen ihrer Tochter Gerda keine Stellung hatte finden können. Frieda, die schon weit länger in Hiltruds Diensten gestanden hatte, machte ein unbeteiligtes Gesicht, aber sie knickste respektvoll, als der Sarg an ihr vorbeigetragen wurde.

Fräulein Brinkmann stand mit den Kindern neben Agnes und Mina auf der anderen Seite der Halle. Sie hatte von allen im Haus die angespannteste Beziehung zu Großmutter gehabt – und das nicht ohne Grund: Durch ihre ablehnende Haltung trug Hiltrud Schuld daran, dass Minas Vater und Sophie Brinkmann ihre Liebe, die sich nach dem Tod von Minas Mutter langsam entwickelt hatte, hatten geheim halten müssen.

Doch auf Sophie Brinkmanns Gesicht war keine Spur von Triumph zu sehen. Wie stets, wenn sie ihre Schützlinge bei sich hatte, war die Haltung ihrer Hauslehrerin gefasst und makellos. Sie hielt Lottes Tochter Gerda an der Hand, die mit Ella die Schule besuchte und mit ihr zusammen erzogen wurde. Gerda, die sich zu einem hübschen Mädchen mit brünetten Haaren und Sommersprossen auf der Nase entwickelt hatte, folgte Fräulein Brinkmanns Beispiel und verbeugte sich vor dem Sarg.

Ella runzelte die Stirn und wiederholte die Geste. Sie hielt die linke Hand ihrer Tante Agnes fest und sah zu ihr hoch.

»Da ist wirklich Großmutter Hiltrud drin?«, fragte sie flüsternd.

Agnes nickte und hob den Finger an den Mund. »Später«, flüsterte sie zurück.

Mina, die die kleine Amelie auf dem Arm trug, spürte,

wie sich der Arm des Kindes um ihren Hals legte und es den Kopf an ihre Schulter schmiegte. »Tschüss, Großmutter!«, sagte Amelie leise und winkte dem Sarg hinterher, bis sich die Haustür hinter den Trägern geschlossen hatte. Dann vergrub sie ihr Gesicht in den Falten von Minas schwarzer Bluse und weinte.

»Schschsch!«, machte Mina und strich tröstend über Amelies dunkle Haare. »Nicht weinen, meine Kleine.«

»Aber sie kommt nicht wieder«, schluchzte das Kind.

»Nein, sie kommt nicht wieder«, erwiderte Mina und drückte ihre Tochter fest an sich. Sie erinnerte sich plötzlich daran, was ihr Vater zu ihr gesagt hatte, als er versucht hatte, sie nach dem Tod ihrer Mutter zu trösten. »Aber sie wird auch immer bei uns sein. Solange wir an sie denken, wird sie auf uns aufpassen. Sie ist zu den Engeln gegangen, und jetzt ist sie einer von ihnen. Und immer wenn du Hilfe brauchst, wird sie da sein.«

Amelie löste sich ein wenig von ihr und sah ihr ins Gesicht. Tränen hingen an ihren langen schwarzen Wimpern. »Wirklich?«

»Ich glaube ganz fest daran. Du auch, Amelie?«

Amelie nickte. »Ja, Mama.«

Sie lächelte unter Tränen und erinnerte Mina auf einmal so sehr an Edo, dass die Sehnsucht ihr die Kehle zusammenschnürte. Trotzdem erwiderte sie das Lächeln, so gut sie konnte, und setzte Amelie auf dem Boden ab.

»Dann lauf zu Frau Kruse in die Küche, und lass dir einen Keks von ihr geben«, sagte Mina. »Und nimm Ella und Gerda gleich mit. Ihr wart alle drei so artig!«

Vergnügt hopste Amelie zu Gerda hinüber, um sie mitzunehmen. Mina verschränkte die Arme vor der Brust und sah ihr lächelnd zu, als hinter ihr plötzlich ein lautes »Onkel Anton!« ertönte. »Onkel Anton ist da!«

Ella war zur Haustür gelaufen und hatte sie geöffnet. Begeistert fiel sie Agnes' Ehemann, der sich zu ihr hinuntergebeugt hatte, um den Hals.

»Das nenn ich mal eine Begrüßung!«, sagte Anton Rose und drückte das Mädchen an sich. »Na, Elli? Das ist vielleicht ein Trubel hier im Haus, was?«

»Großmutter Hiltrud ist gestorben und sie haben eben den Sarg rausgetragen«, erklärte Ella wichtig.

»Ja, ich hab den Leichenwagen noch gesehen, als ich aus dem Taxi gestiegen bin.«

»Hast du mir was mitgebracht?«, fragte Ella.

»Nein, heute nicht«, sagte Anton bedauernd. »Ich bin gleich in den Zug gestiegen und hatte keine Zeit, was für euch zu kaufen.«

Auch Gerda und Amelie waren zu Anton gelaufen, um ihn stürmisch zu begrüßen. Er zog alle drei in seine Arme, ehe er sich aufrichtete. »Aber ich hole es nach. Versprochen!«

Agnes schüttelte lächelnd den Kopf. »Ich habe keine Ahnung, wie er das macht, aber die Kinder himmeln ihn alle an.«

Anton hatte sich losgemacht und kam auf Agnes und Mina zu. »Das liegt an meinem charmanten Wesen.« Er zog Agnes kurz an sich und gab ihr einen Kuss. »Geht es dir gut, Liebes?«, fragte er.

Agnes nickte. »Es kam zwar überraschend, aber Großmutter war natürlich in einem Alter, in dem man immer damit rechnen muss.«

»Trotzdem. Ich weiß doch, wie sehr du an ihr gehangen hast.« Er drehte sich zu Mina um, gab ihr die Hand und küsste sie flüchtig auf die Wange. »Mina?«

»Schön, dass du so schnell kommen konntest, Anton.« Sie lächelte dankbar.

Anton winkte ab. »Der Konzertmeister hat zwar geflucht, aber ob ich nun die zweite Geige mitspiele oder nicht, merkt sowieso niemand im Publikum.« Er zwinkerte ihr zu. »Ich war so frei und habe meinen Koffer gleich hierher bringen lassen. Du hast doch hoffentlich nichts dagegen, dass wir bis zur Beerdigung hier bei dir im Haus bleiben.«

»Das wird nicht nötig sein, aber …«

»… aber es ist der Wunsch deiner Schwester«, ergänzte Anton. »Und du weißt doch, dass ich ihr keinen Wunsch abschlagen kann.«

»Ich fand den Gedanken furchtbar, dass du ganz allein in dem riesigen Haus bist«, sagte Agnes.

»Ich bin doch gar nicht allein. Also fühlt euch bitte keinesfalls verpflichtet, mir Gesellschaft leisten zu müssen.«

»Wer redet denn von müssen? Aber ich denke, es gibt eine Menge zu erledigen und zu besprechen, und so könnten wir gleich damit anfangen. Kriegsrat, sozusagen, nur diesmal mit Anton.«

»Aber ohne Likör.« Mina unterdrückte ein Lächeln. »Danke, ihr zwei!«

Auch wenn sie sicher war, dass sich die Nachbarn in der Heilwigstraße den Mund über sie zerreißen würden, zögerte Mina keine Sekunde, schon am folgenden Tag zusammen mit Agnes wieder zum Arbeiten ins Kontor zu fahren.

»Von einem Mann würde man nichts anderes erwarten«, sagte sie zu Agnes. »Warum sollten wir uns in Trauer verhärmt ins Haus zurückziehen? Sehen wir es doch mal so: Großmutter hatte ein langes, gesundes Leben und einen schnellen und schmerzfreien Tod. Was will man mehr von seinem Leben? Außerdem kann ich meine Arbeit nicht so mir nichts, dir nichts eine Woche lang liegen lassen.«

Gleich als Erstes schickte sie ihrem Schwiegervater Paul ein Telegramm, um ihn über Großmutters Ableben zu informieren.

Edo hatte sie noch am Sonntagabend telegrafiert. Sie hatte Lotte zur Hauptpost in der Innenstadt geschickt und ihr einen Zettel mit dem Text: *Großmutter überraschend gestorben. Kannst du zurückkommen? Gruß Mina* mitgegeben. Seine Antwort kam am nächsten Mittag, ebenfalls in Form eines Telegramms. *Mein Beileid. Bin leider unabkömmlich. Brief folgt. Gruß Edo.*

Mina faltete das Telegramm zusammen und verstaute es enttäuscht in der Schublade ihres Schreibtisches. Dann schüttelte sie über sich selbst den Kopf. Was hatte sie denn erwartet? Selbst wenn er das nächste Schiff genommen hätte, wäre er nicht rechtzeitig zur Beerdigung wieder in Hamburg gewesen. Ihr blieb nichts anderes übrig, als auf seinen Brief zu warten.

In den Tagen, die bis zur Beerdigung am folgenden Freitag vergingen, kam es Mina vor, als würde auf einmal ein frischer Wind durch die alte Villa wehen. Beinahe schien es, als sei allen Bewohnern eine Last von den Schultern genommen, von der sie gar nicht gewusst hatten, dass sie sie trugen. Die schweren Vorhänge vor den Fenstern wurden nicht mehr zugezogen, und die tiefstehende Sonne schien durch die Fenster des Esszimmers und glitzerte in den Facetten des Kronleuchters über dem Tisch. Die Kinder liefen beim Spielen durch das ganze Haus und lachten, ohne dass ihnen jemand sagte, sie müssten jetzt leise sein, um niemanden zu stören. Die Tür zum Küchentrakt stand offen, und der Duft von Frau Kruses Kuchen zog durch das Treppenhaus bis ins Obergeschoss. Frieda und Lotte sangen zweistimmig bei der Arbeit, und aus dem Musikzimmer, dessen Tür nun auch offen stand, hörte man die Begleitung zu ihrem Gesang, wenn Anton am Klavier saß oder Geige übte.

Kamen Mina und Agnes am späten Nachmittag aus dem Kontor zurück, liefen ihnen die Mädchen mit leuchtenden Augen und glücklichen Gesichtern entgegen und erzählten, was sie am Tag alles erlebt hatten.

Es ist so viel schöner als früher, dachte Mina mit dem Anflug eines schlechten Gewissens, denn man sollte ja nicht schlecht über Tote reden. Doch die neue Lebendigkeit, die in der Villa Einzug gehalten hatte, war nicht zu leugnen, und ihr graute schon jetzt bei dem Gedanken daran, dass Agnes und Anton bald wieder in ihre Wohnung zurückkehren würden und das Haus wieder still und leer wäre.

Am Donnerstag, dem Tag vor Großmutters Beerdigung, als sie wie üblich zu dritt am Abend zum »Kriegsrat« im Salon zusammensaßen, fasste Mina sich ein Herz.

»Ich habe mir etwas überlegt«, sagte sie, während sie drei Gläser mit Sherry füllte und zwei davon an Agnes und Anton weiterreichte.

»Hört, hört!«, sagte Anton grinsend, während er sich mit dem Glas in der Hand neben Agnes auf das Sofa setzte. Mina entging nicht, dass Agnes ihm einen liebevollen Knuff mit dem Ellenbogen versetzte.

»Um was geht es, Mina?«, fragte Agnes.

Mina setzte sich auf den Sessel, in dem früher immer ihr Vater seinen Platz gehabt hatte. Sie nahm einen großen Schluck aus ihrem Glas, ehe sie antwortete. »Ich möchte euch den Vorschlag machen, hierher in die Villa zu ziehen, statt euch ein eigenes Haus zu kaufen.«

Jetzt war es heraus! Mina hatte das Gefühl, ihre Idee rasch erklären zu müssen, bevor Agnes oder Anton ablehnen konnten, wie sie fest erwartete.

»Überlegt doch mal, es hätte nur Vorteile für uns alle«, fuhr sie fort. »Ihr kommt aus der kleinen Wohnung heraus, braucht nicht mehr weiter nach einem geeigneten Haus zu suchen, das ihr teuer bezahlen müsstet. Hier ist mehr als genug Platz für uns alle, auch wenn ihr einen ganzen Stall voller Kinder bekommt. Fräulein Brinkmann wäre da, um sich um sie zu kümmern, Frau Kruse kocht sowieso lieber für viele Personen statt nur für eine, und ich muss kein schlechtes Gewissen haben, das ganze Personal im Haus behalten zu wollen, auch wenn ich es eigentlich gar nicht benötige.«

Gespannt beobachtete sie die beiden, die ihr gegenübersaßen. Anton runzelte die Stirn, während Agnes sich offenbar bemühte, ein Lächeln zu unterdrücken. Sie drehte sich zu ihrem Mann um und gab ihm einen Kuss auf die Wange.

»Hab ich es dir nicht gesagt?«, fragte sie.

Anton nickte.

Verwirrt schaute Mina von einem zum anderen. »Was hast du gesagt?«, fragte sie ihre Schwester.

»Dass ich nicht selbst fragen muss, ob es nicht eine gute Idee wäre, wenn wir hier mit einziehen.«

»Und ich habe meine Wette verloren«, sagte Anton missmutig. »Dabei hasse ich es, nicht recht zu behalten.«

»Das heißt ...« Mina stockte.

»Das heißt, ja, natürlich ziehen wir in die Villa«, ergänzte Agnes. »Sehr gern sogar.«

»Unter einer Bedingung«, meldete sich Anton zu Wort.

»Und die wäre?«, fragten Mina und Agnes wie aus einem Mund.

»Dass wir diese dunkle Höhle renovieren und endlich Licht hineinlassen. Man wird ja hier drin ganz trübsinnig.«

»Das Gefühl kenne ich nur zu gut!«, sagte Mina lächelnd. »Also abgemacht. Wir werden alles neu und schön machen und damit die Geister der Vergangenheit hinausjagen.« Sie stand auf und hob ihr Glas. »Auf die Zukunft. Möge sie hell werden.«

Agnes und Anton taten es ihr gleich und prosteten ihr zu. Mina trat auf ihre Schwester und ihren Schwager zu und umarmte sie.

Bei der Beerdigung ihres Vaters war die Kirche bis auf den letzten Platz voll gewesen, aber als Mina am folgenden Tag gefolgt von Anton und Agnes durch die Reihen der Kirchenbänke schritt, gab es etliche Lücken.

Kein Wunder, sagte sie sich. Viele der engen Freunde und nahen Verwandten ihrer Großmutter waren längst tot, und zur Kinder- und Enkelgeneration hatte Hiltrud den Kontakt nicht mehr gehalten. Während beim Tod ihres Vaters beinahe alle Mitglieder des Kaffeevereins und zudem etliche andere Kaufleute der Speicherstadt erschienen waren, hatten heute nur wenige von Minas Kollegen ihren Weg zur Trauerfeier gefunden. In einer der hinteren Kirchenbänke sah sie Heiko und Irma nebeneinandersitzen und nickte ihnen einen Gruß zu.

Mina blieb vor dem Sarg stehen, der mit einem großen Gesteck aus roten Rosen und weißen Astern geschmückt war, und senkte für einen Moment den Kopf, ehe sie sich in der vorderen Bank setzte, die für die engste Familie vorgesehen war. Auch Anton und Agnes blieben kurz im Gedenken stehen und nahmen dann neben ihr Platz. Agnes' Augen waren gerötet, und sie tupfte sich mit ihrem Taschentuch die Tränen von den Wangen. Mina griff nach ihrer Hand und drückte sie.

Der Pastor, der ein paar Tage zuvor zu einem kurzen Gespräch in der Villa gewesen war, sprach von Hiltruds langem Leben, in dem sie so viele Schicksalsschläge hatte hinnehmen müssen. Erst der Verlust ihrer geliebten Tochter, dann der Tod ihres Mannes, und doch habe sie immer die Kraft gefunden, eine Stütze der Gemeinde zu bleiben, und sei ihren Enkeltöchtern eine liebende Großmutter und ein leuchtendes Vorbild gewesen. So ging es weiter und weiter im stets gleichen salbadernden Singsang. Mina gab sich schließlich nicht einmal mehr Mühe, den Worten des Pastors zuzuhören, sondern hing ihren eigenen Gedanken nach.

Hiltrud war gewiss nicht das gewesen, was man sich unter einer liebenden Großmutter vorstellte, die ihre Enkel verwöhnte und mit Zuckerwerk vollstopfte. Sie war eine harte Frau gewesen, die streng darauf geachtet hatte, dass die Regeln strikt eingehalten wurden, die sie für den Haushalt aufgestellt hatte, dem sie vorstand. Das hatte für die Enkeltöchter ebenso gegolten wie für die Dienstboten. Sparsamkeit, Genauigkeit, Ehrlichkeit, Ernst, Zucht und Ordnung – das waren ihre wichtigsten Prinzipien gewesen, die sie von Jugend an gelernt hatte und die auch die Menschen um sie herum gefälligst verinnerlichen sollten. Sie selbst stammte aus einer Kaufmannsfamilie, hatte in eine eingeheiratet und ihre einzige Tochter einem Kaufmann zur Frau gegeben. Damals wäre nie jemand auf die Idee gekommen, sie, Hiltrud, zu fragen, was sie sich für ihr Leben wünschte. Sie hatte das getan, was richtig war oder was man von ihr erwartet hatte. Hiltrud hatte all die Jahre den Kopf aufrecht gehalten, die Schultern gestrafft und Haltung gewahrt, ganz egal, was passiert war.

Sie hatte keine Szene gemacht, als sie feststellen musste, dass ihr Mann Affären hatte, sie war nicht zusammengebrochen, als ihre Tochter plötzlich starb, sie hatte klaglos hingenommen, dass sie ihren Mann und kurz darauf den Schwiegersohn begraben musste, und sie hatte es als Selbstverständlichkeit angesehen, ihre störrische und ungezogene Enkeltochter Mina zu einer heiratsfähigen Braut zu erziehen – wobei sie bei diesem Vorhaben nicht ganz so erfolgreich gewesen war, wie sie es sich gewünscht hätte.

Ein unwillkürliches Lächeln überflog Minas Gesicht. Sie waren früher oft aneinandergeraten, Großmutter Hiltrud und sie. Erst in den letzten Jahren vor ihrem Tod hatten sie sich wirklich verstanden und gegenseitig respektiert.

Minas Blick fiel auf das Blumengebinde auf dem Sarg, und sie spürte auf einmal den Schmerz des Verlustes. Doch dann richtete sie sich auf, hob den Kopf und straffte ihre Schultern.

Du wirst mir fehlen, Großmutter!, dachte sie. *Sehr sogar.*

Die Trauergemeinde schmolz auf dem Friedhof noch ein wenig mehr zusammen. Es mochten etwa fünfzig oder sechzig schwarz gekleidete Menschen anwesend sein, die dabei zusahen, wie der Sarg in das Familiengrab hinabgelassen wurde, und sie alle stellten sich an, um Mina und Agnes zu kondolieren.

Mina wusste nicht mehr, wie viele Hände sie schon geschüttelt hatte, wie viele Variationen von »Ich fühle mit Ihnen …«, »Mein Beileid …« oder »Herzliche Anteilnahme …« sie gehört und mit einem gemurmelten »Danke sehr« beantwortet hatte, als sie plötzlich eine allzu bekannte Stimme hörte.

»Es tut mir wirklich leid, Agnes. Ich habe deine Großmutter sehr geschätzt.«

Sie schaute auf und sah direkt in die hellgrauen Augen ihres Ehemannes Frederik, der gerade Agnes die Hand schüttelte.

»Frederik!«, entfuhr es ihr.

Er kam lächelnd auf sie zu, ergriff ihre Hand und gab ihr einen Kuss auf die Wange. »Mein Beileid, Mina«, sagte er. »Leider bin ich etwas zu spät eingetroffen, sodass ich lieber ganz hinten in der Kirche Platz genommen habe.«

»Wie kommst du denn hierher?«, fragte Mina entgeistert.

»Nun, ich halte natürlich noch immer Kontakt zu einigen Hamburger Freunden, und als ich hörte, dass deine Großmutter abberufen wurde, wollte ich es mir nicht nehmen lassen, ihr die letzte Ehre zu erweisen.«

»Das ist sehr freundlich von dir«, erwiderte Mina mechanisch. Ihre eigene Stimme kam ihr auf einmal rau und heiser vor. Sie räusperte sich. »Bist du länger in Hamburg?«

»Nur für zwei Tage, aber vielleicht könnte ich vorbeiko...«

»Das ist gerade schlecht«, unterbrach Mina ihn. »Das Haus wird renoviert. Alles eine einzige Baustelle. Aber lass uns doch telefonieren, dann können wir einen Termin machen und vielleicht einen Kaffee zusammen trinken.«

Frederik neigte zustimmend den Kopf, ohne sie aus den Augen zu lassen. Er lächelte höflich. »Das klingt nach einer guten Idee, Mina. Ich werde dich anrufen.« Er drehte sich zu Agnes und deutete eine Verbeugung an. »Agnes ...«

Agnes senkte huldvoll das Haupt, und Mina schoss der Gedanke durch den Kopf, dass auch ihre Schwester etwas von Großmutters Talent, Haltung zu wahren, geerbt hatte. Sie folgte Frederiks hochgewachsener Erscheinung mit dem Blick, bis er zwischen den anderen Trauergästen verschwunden war.

»Was war das denn?«, hörte sie Agnes flüstern. »Wusstest du, dass er herkommt?«

»Nein, ich hatte keine Ahnung!«, gab Mina zurück, ehe ein vernehmliches Hüsteln ihre Aufmerksamkeit wieder zu den Kondolierenden zurückbrachte.

Eine Frau mittleren Alters stand vor ihr und lächelte ihr zu. Mina war sich sicher, weder sie noch die alte Dame, die sich bei ihr untergehakt hatte, jemals in ihrem Leben gesehen zu haben.

»Sie müssen Wilhelmina sein«, stellte die Frau fest. »Die ältere Enkeltochter Ihrer verehrten Frau Großmutter.«

»Das ist …« Mina räusperte sich abermals und lächelte den unbekannten Frauen freundlich zu. »Ja, das ist richtig, Frau …«

»Sie war ein sehr gütiger Mensch, Ihre Frau Großmutter«, fuhr die Frau fort, ohne auf Minas unterschwellige Frage nach ihrem Namen einzugehen. »Sehr großzügig, und sie hat sehr viel Gutes getan. Darum sind meine Mutter und ich auch hergekommen, um Ihnen zu sagen, wie dankbar wir sind, nicht wahr, Mama?«

Die alte Dame, die sicherlich die siebzig schon überschritten hatte, nickte nur.

»Ich hatte zwar nicht die Ehre, Ihre Frau Großmutter kennenlernen zu dürfen, aber Taten sagen doch so viel mehr als Worte, nicht wahr?«, fuhr die jüngere der Frauen fort. Sie mochte um die fünfzig sein, hatte brünettes, welliges Haar, das an den Schläfen von weißen Strähnen durchzogen war, und erstaunlich grüne Augen, die Mina an irgendjemanden erinnerten, aber sie vermochte nicht zu sagen, an wen. »Jedenfalls wollten wir uns bei Ihnen bedanken, wenn wir es schon nicht mehr bei Ihrer Großmutter können.«

»Nun ist es aber genug, Ulla«, brummte die alte Frau. »Ich hab dir doch gesagt, wir sollten die Familie nicht belästigen.

So haben wir es immer gehalten, und so wollen wir es auch weiter tun. Nun komm, lass uns gehen.«

Damit zog sie die Jüngere am Arm, doch die kümmerte sich gar nicht darum. »In jedem Fall unser herzliches Beileid, liebe Frau Lohmeyer.« Sie gab Mina die Hand und schüttelte sie, ehe sie sich an Agnes wandte. »Frau Rose …« Auch Agnes und Anton gab sie die Hand, ehe sie sich von der alten Dame wegziehen ließ.

Agnes beugte sich zu Mina hinüber. »Wer zum Kuckuck war das denn?«, fragte sie und warf Mina einen fragenden Blick zu. »Kanntest du die beiden?«

Mina schüttelte den Kopf. »Nein, keine Ahnung …«

Doch dann wusste sie auf einmal, an wen sie die jüngere Frau erinnert hatte: Agnes sah sie aus Augen von genau der gleichen Farbe neugierig an.

Erst am Abend, als der Leichenschmaus vorbei war und Mina und Agnes erschöpft, aber erleichtert wieder im Salon der Villa saßen, kamen die Schwestern dazu, sich über den vergangenen Tag zu unterhalten. Anton hatte einen Anruf vom Orchester der Oper bekommen, ob er vielleicht als zweite Geige einspringen könne; eine Bitte, der er gern nachgekommen war, da er, wie er sagte, die Hoffnung hegte, in Kürze ein festes Engagement dort zu erhalten.

»Dass Frederik zur Beerdigung gekommen ist, war für mich die größte Überraschung«, sagte Agnes und beugte sich vor, um sich einen Keks aus der Gebäckschale auf dem Tisch zu nehmen. Die Schwestern hatten sich von Frieda eine Tasse Kakao aus der Küche bringen lassen, und Mina hatte hinzugefügt, Frau Kruse solle bitte auch für die Dienstboten eine Kanne machen.

Genüsslich trank sie einen Schluck der heißen, süßen Flüssigkeit durch den kühlen Sahneklecks, den Frau Kruse ihnen auf ihre Tassen gegeben hatte, und leckte sich den Schaum von der Oberlippe.

»Hmmm! Das ist jetzt genau das Richtige!«, sagte sie zufrieden. »Ja, das mit Frederik hat mich auch gewundert. Aber andererseits war das natürlich genau die Gelegenheit, sich bei der Kaufmannschaft wieder in Erinnerung zu bringen. Hast du gehört, dass er zu Besuch kommen wollte?«

»Ja, und auch dass du ihn angeschwindelt hast. Wir renovieren doch noch gar nicht.«

»Ich habe mir damals geschworen, ihn nie wieder einen Schritt in dieses Haus setzen zu lassen. Was ist schon eine kleine Lüge gegen einen Eidbruch?«

»Da hast du natürlich recht.« Agnes lachte. »Willst du dich denn noch immer mit ihm treffen? Ich meine, zum Ball kannst du doch unter diesen Umständen kaum gehen.«

»Und warum nicht?«

»Nun, die Veranstaltung ist schon in ein paar Wochen. Was ist mit der Trauerzeit?«

»Die ist bei Großeltern nicht so lang wie bei Eltern oder gar Eheleuten. Bei einem Mann würde niemand auch nur auf den Gedanken kommen, er müsse sich gramgebeugt zu Hause vergraben, nur weil die Großmutter gestorben ist.« Mina sah ihre Schwester herausfordernd an. »Ich werde mir ein neues Kleid in schlichtem Schwarz oder Dunkelblau kaufen und mich von Frederik zum Kaffeeball führen lassen. Mein Eingeständnis an die Trauerzeit wird sein, dass ich nicht lange bleibe und nicht tanzen werde.« Sie nahm einen weiteren Schluck aus ihrer Tasse. »Beides kann mir nur recht sein«, fügte sie achselzuckend hinzu. »Ich war noch nie ein begeisterter Tänzer.«

»Je weniger Zeit du allein mit Frederik verbringst, desto besser«, sagte Agnes fest.

»Da bin ich ganz deiner Meinung. Darum werde ich mich mit ihm nur auf neutralem Boden treffen. Ich schlage ihm vor, dass wir uns in einem Café an der Alster treffen, und ich würde dich bitten, mich zu begleiten, jetzt, wo Großmutter nicht mehr mitkommen kann.«

»Natürlich begleite ich dich«, sagte Agnes sofort. »Ich hätte keine ruhige Minute, wenn ich wüsste, dass du dich allein mit diesem Halunken triffst.« Sie schürzte die Lippen. »Außerdem weißt du doch, wie neugierig ich bin.«

Mina grinste. »Neugier ist ja angeblich ein Zeichen von Intelligenz. Dann sagen wir doch einfach, dass du ziemlich schlau bist.« Sie zwinkerte ihrer Schwester zu, und diese fiel in ihr Lachen ein.

»Apropos Neugier«, sagte Agnes. »Hast du irgendeine Ahnung, wer die beiden älteren Damen waren, die uns direkt nach Frederik ihr Beileid ausgesprochen haben? Hier in der Villa waren sie bestimmt nie, daran könnte ich mich erinnern. Aber sie schienen uns ganz gut zu kennen. Sie wussten von uns beiden die Ehenamen. Merkwürdig, oder?«

Mina hatte sich insgeheim vor dieser Frage gefürchtet und gehofft, Agnes würde sie nicht stellen. Sie trank einen weiteren Schluck ihrer Schokolade, während sie fieberhaft überlegte, was sie antworten sollte.

Sollte sie lügen und behaupten, keine Idee zu haben, wer da vor ihnen gestanden hatte, oder … Nein, keine Lügen mehr. Agnes war eine erwachsene Frau, die mit beiden Beinen im Leben stand. Sie würde die Wahrheit verkraften.

»Eigentlich nicht merkwürdig«, sagte sie kurz entschlossen, während ihr Herzschlag auf einmal in ihren Ohren zu dröhnen begann. »Wenn man bedenkt, dass die jüngere der beiden Frauen vermutlich unsere Tante war.«

»Unsere Tante? Aber …«

Agnes' verblüfftes Gesicht brachte Mina dazu, nervös zu lachen.

»Ja, so ungefähr habe ich auch geguckt, als ich erfahren habe, dass Großvater eine Geliebte hatte und mit ihr zusammen eine Tochter.«

»*Wie bitte? Was* hatte er?«

»Großvater hatte eine Geliebte namens Luise. Soweit ich weiß, viele Jahre lang«, wiederholte Mina. »Großmutter wusste davon. Sie hat es mir selbst erzählt, kurz nach meiner Hochzeit. Damals hat sie mir erklärt, so was sei normal und als Ehefrau müsse man sich damit abfinden.«

Agnes schüttelte ungläubig den Kopf. »Aber … ich meine … woher …«

»Woher ich das mit der Tochter weiß?« Mina stellte ihre leere Tasse auf den Tisch. Sie sah Agnes offen in die Augen. »Ich habe Briefe gefunden, als ich Großvaters Schatulle aus dem Bankschließfach geholt habe. Briefe von dieser Luise an Großvater. Ich habe sie nicht alle gelesen, das brauchte ich auch nicht. Es war ganz klar, was dort stand: Wenn Luise von ›der Kleinen‹ schrieb, wer sollte gemeint sein, wenn nicht eine gemeinsame Tochter?«

»Hast du die Briefe noch?«

»Ja, sicher.«

»Kann ich sie sehen?«

»Sie sind im Arbeitszimmer im Tresor. Soll ich sie holen?«

Agnes schüttelte entschieden den Kopf. »Ich komme mit dir.«

Hastig sprang sie auf, und gemeinsam gingen sie hinüber ins Arbeitszimmer, wo Mina den in einem der Bücherschränke verborgenen Tresor öffnete und nach kurzem Suchen den Stapel Briefe aus einer Mappe hervorzog und ihn an Agnes weiterreichte. »Hier. Das sind alle«, sagte sie.

Agnes nahm die Briefe, setzte sich auf den Stuhl vor dem Schreibtisch und öffnete das Band, mit dem die Umschläge verschnürt waren. Mina sah, dass ihre Finger zitterten, als sie den ersten Brief herauszog und zu lesen begann. Das musste der Brief sein, den auch Mina gelesen hatte. Darin hatte Luise geschrieben, sie seien an der Ostsee eingetroffen und der Kleinen ginge es schon besser.

Auf einmal fragte Mina sich, warum sie selbst nie auch die anderen Briefe gelesen hatte. Was hatte sie davon abgehalten? Warum hatte sie den Gedanken so weit von sich geschoben, ihre Mutter habe noch eine Halbschwester und sie vielleicht noch weitere Verwandte? Sie beobachtete, wie Agnes Brief um Brief auffaltete, las und dann umgedreht auf die Schreibtischplatte legte, bis sie schließlich den letzten aus den Händen legte und zu Mina hochsah.

»Ursula …«, sagte sie. »Luises Tochter heißt Ursula.«

»Sie waren es also wirklich«, meinte Mina nachdenklich. »Ich habe gehört, dass die alte Dame ihre Tochter Ulla nannte. Nur warum sind sie zur Beerdigung von Großmutter gekommen? Hast du gehört, wie die Tochter von ihr gesprochen hat? Großmutter sei gütig und großzügig gewesen und habe viel Gutes getan.«

Ein dünnes Lächeln erschien auf Agnes' Gesicht. »Großzügig? Unsere Großmutter? Das war nicht gerade ihre hervorstechendste Eigenschaft, nicht wahr? Nicht dass sie geizig gewesen wäre, aber sie hat ihr Geld schon immer gut beisammengehalten.«

»Stimmt. Das hat sie wirklich«, sagte Mina. »Aber als die beiden von Großmutters Güte gesprochen haben, hat das völlig ehrlich geklungen und kein bisschen sarkastisch. Sie schienen ihr wirklich dankbar zu sein.«

»Das passt alles vorn und hinten nicht zusammen. Wenn Großvater sie mit dieser Luise betrogen hat und Großmutter wusste davon, hätte sie dann nicht wütend auf Luise und ihre Tochter sein müssen? Warum hätte sie ihnen helfen sollen?«

»Keine Ahnung. Aber sie scheint es getan zu haben. Den Grund werden wir jetzt nicht mehr erfahren.«

Einen Moment lang blickte Agnes ihre Schwester nachdenklich an, dann sprang sie plötzlich auf. »Das bleibt abzuwarten«, sagte sie und wandte sich zur Tür.

»Was hast du vor?«, fragte Mina.

»Na, was schon?«, sagte Agnes über ihre Schulter hinweg und trat hinaus in den Flur. »Ich werde in ihrem Zimmer nachsehen, ob ich den Grund finde.«

»Aber Agnes …«, rief Mina, doch ihre Schwester war bereits auf dem Weg zur Treppe, sodass Mina nichts weiter übrig blieb, als ihr zu folgen.

Erst in Großmutters Zimmer holte sie sie ein. Agnes stand mitten im Raum und sah sich mit suchendem Blick um.

»Weißt du, wo sie ihre Papiere aufbewahrt hat?«, fragte sie.

»Agnes, die Beerdigung war erst heute Nachmittag. Glaubst du, dass es eine gute Idee ist, wenn wir jetzt schon …«

»Allerdings, das glaube ich!«, unterbrach Agnes sie. »Das lässt dir doch genauso wenig Ruhe wie mir, gib es zu. Wir werden ihre Sachen sowieso durchsehen müssen, warum also nicht gleich heute?«

Mina seufzte. »Also gut. Aber mir ist nicht wohl bei dem

Gedanken, in Großmutters Sachen herumzukramen. Das hat irgendwie etwas von Leichenfledderei.«

»Unfug!«, sagte Agnes bestimmt. »Wir beide sind ihre Erben, und wir erledigen die Sache gemeinsam, also ist nichts Verkehrtes daran.« Sie deutete auf den Kleiderschrank. »Fang du mit dem Schrank an, ich nehme mir die Kommode vor.«

Ohne auf eine Antwort zu warten, ging sie zu dem altmodischen Möbel hinüber und zog die oberste Schublade auf.

Widerstrebend trat Mina auf das Ungetüm von Kleiderschrank zu und öffnete die Türen. Ihr kam es immer noch falsch vor, schon heute, am Tag ihrer Beerdigung, in Großmutters Privatsphäre einzudringen. Es war, als hinge noch immer ihr Parfum in den Falten ihrer schweren dunklen Seidenkleider, und sie hätte sich nicht gewundert, Hiltruds Stimme hinter sich zu hören, die sie in scharfem Ton fragte, was zum Kuckuck sie denn in diesem Zimmer zu suchen hätten.

Mina schob die Kleider und Mäntel in ihren Schonbezügen zur Seite und bückte sich, um den Schrankboden zu untersuchen. Hier waren nur Kartons mit Schuhen und Stiefeln gestapelt – keine Spur von wichtigen Dokumenten. Mina schloss die Tür und wandte sich der nächsten zu. Diese Seite des Schrankes enthielt lauter Fächer, in denen Großmutters Wäsche gestapelt war. Sie sah die altmodischen Unterhemden durch, die Hosen, die Korsetts und Korsettschoner aus spitzenbesetzter Baumwolle, die zuletzt in Großmutters Jugend modern gewesen sein mochten.

»Und?«, hörte sie Agnes fragen. »Hast du schon was gefunden?«

Ohne sich umzudrehen, verneinte Mina. Strümpfe und Strumpfhaltergürtel lagen in kleinen Schachteln, aber auch hier fand Mina keine Papiere. Im untersten Fach entdeckte sie weitere Kartons mit Schuhen, die Großmutter zuletzt vor dem Tod ihres Mannes getragen haben musste. Und ganz hinten unter diesen Schachteln befand sich eine braune, abgewetzte Ledermappe. Mina hielt den Atem an, als sie sie hervorzog und öffnete.

Ganz oben lag auf mehreren anderen Blättern einer von Großmutters Briefbögen, der mit ihrer pedantischen, steil nach rechts geneigten Schrift bedeckt war. Die Überschrift sprang sofort ins Auge: *Mein letzter Wille und Testament.* Oben rechts war das Datum vermerkt: *Hamburg, den 30. Mai 1925.*

Mina war im Begriff, Agnes zuzurufen, sie habe etwas gefunden, als ihr Blick an den ersten Worten hängen blieb, die ihr die Sprache verschlugen.

Dieses Testament ergänzt dasjenige, das ich vor zwölf Jahren bei meinem Notar hinterlegt habe und nach welchem mein Besitz zu gleichen Teilen unter meinen Nachkommen aufgeteilt werden soll. Lässt sich meine jüngere Enkeltochter Agnes nicht davon abbringen, den jüdischen Musiker namens Anton Rose zu heiraten, soll sie von jeglicher Erbschaft ausgenommen sein. All meinen Besitz, die Villa an der Heilwigstraße, mitsamt des vollständigen Mobiliars, mein persönliches Vermögen und meinen gesamten Schmuck vererbe ich in diesem Fall meiner älteren Enkeltochter Wilhelmina Lohmeyer, geb. Deharde. Alle weiteren Punkte des ursprünglichen Testamentes bleiben hiervon unberührt.

Gez. Hiltrud Kopmann, geborene Winkler

Langsam ließ Mina die Luft aus der Lunge entweichen.

Großmutter hatte Agnes enterbt. Einfach so mit einem Federstrich! Weil sie im Begriff gewesen war, Anton zu heiraten, den sie für unpassend für ihre Lieblingsenkelin hielt. Nicht weil er ein schlechter Mensch, sondern einfach nur weil er ein Jude war.

Das Blatt in ihrer Hand begann zu zittern, während eine ungeheure Wut auf die alte Frau in Mina hochschoss. Und dabei hatte Großmutter vor allen so getan, als hätte sie sich schließlich mit Agnes' Entscheidung abgefunden.

»Was für eine boshafte alte Hexe!«, murmelte Mina tonlos.

»Hast du was gesagt?«, hörte sie Agnes sagen.

»Nur dass hier unten eine dicke Spinne sitzt«, gab Mina zurück. Hastig zog sie das Blatt aus der Mappe, knüllte es zusammen und stopfte es in ihre Rocktasche. Wenn niemand dieses Testament fände, wäre es so, als sei es nie geschrieben worden. Das notarielle Testament würde Gültigkeit behalten und beide Schwestern zu gleichen Teilen erben.

Und Agnes, setzte sie in Gedanken hinzu, Agnes würde sich die Illusion bewahren können, ihre Großmutter habe sich schließlich doch mit dem Gedanken an einen jüdischen Ehemann für sie abgefunden, und konnte Hiltrud in guter Erinnerung behalten.

Mina schluckte ihre Wut hinunter und atmete ein paarmal tief ein und aus. »Hier unten liegt eine Mappe mit Dokumenten«, sagte sie, richtete sich auf und ging, die Ledermappe fest in der Hand, zu Agnes hinüber, die sich inzwischen bis zur untersten Schublade der Kommode vorgearbeitet hatte. Mina schob die vielen Parfumflakons zur Seite und legte die Mappe aufgeschlagen auf die Kommode.

Agnes schob die Schublade zu, vor der sie gekniet hatte, und stand auf.

»Lass mal sehen«, sagte sie und begann die Papiere durchzublättern.

Mina stand daneben und schwieg. *Hoffentlich sind nicht noch weitere unangenehme Überraschungen in dieser Mappe,* dachte sie und ärgerte sich, nicht die Gelegenheit genutzt zu haben, sich den ganzen Inhalt anzusehen, ehe sie etwas zu Agnes gesagt hatte.

»Nichts … nichts … nichts …«, murmelte Agnes bei jedem Blatt, das sie umwendete, bis sie schließlich innehielt.

»Nanu? Was ist das denn?«, fragte sie und sah zu Mina hinüber, während sie mit dem Zeigefinger auf das Papier tippte. »Ein Kaufvertrag über eine Immobilie in Wedel, noch von Großvater unterschrieben. Wusstest du, dass wir da draußen ein Haus haben?«

»Nein. Das höre ich zum ersten Mal.« Mina legte den Kopf ein wenig schräg, um besser lesen zu können. »Zum Geschäftsvermögen gehört es jedenfalls nicht, sonst würde es in den Bilanzen auftauchen.«

»Richtig«, sagte Agnes. »Vielleicht hat er es als Kapitalanlage gekauft.«

»Unwahrscheinlich«, erwiderte Mina knapp. »Dafür gibt es bessere Gegenden. Wedel liegt einfach zu weit ab vom Schuss.«

»Aber es ist nah genug, dass man seine zweite Familie gut besuchen kann. Sieh mal!« Agnes hatte den Vertrag beiseite gelegt und deutete auf das nächste Blatt. »Ein Mietvertrag. Erkennst du den Namen?«

»Luise Hermanns. Ich fasse es nicht. Wir haben sie gefunden.« Mina legte ihrer Schwester die Hand auf die Schulter.

»Ich frage mich nur, warum Großvater Luise das Haus vermietet hat.«

»Wirf mal einen Blick auf den Mietzins. Eine Reichsmark – nicht im Monat, sondern für ein ganzes Jahr. Er hat Luise und ihre Tochter quasi umsonst in dem Haus wohnen lassen, und alles, was an Steuern und Abgaben zu leisten war, hat er gezahlt. Ziemlich großzügig, würde ich sagen.«

»Und hier ist noch mehr, schau!« Wieder hatte Agnes weitergeblättert. »Rechnungen für Schule, Arztbehandlungen für Ursula Hermanns, ein Internat, ein Lehrerinnenseminar – alles von Großvater gegengezeichnet. Er hat für sie gesorgt.«

»Besser sogar. Er hat dafür gesorgt, dass sie für sich selbst sorgen konnten.« Ihr Großvater war gerade in Minas Achtung ins Unermessliche gestiegen. Sie hatte ihn als strengen, unbeugsamen und harten Mann gekannt – dass er so für seine Geliebte und ihre Tochter gesorgt hatte ... Er musste sie wirklich sehr geliebt haben.

»Jetzt fragt sich nur, wie Luise und Ursula auf den Gedanken kommen, dass Großmutter so mildtätig und gütig war.« Minas Worte hatten viel bitterer geklungen, als sie es beabsichtigt hatte. Auch Agnes schien es bemerkt zu haben.

»Ist alles in Ordnung mit dir?«, fragte sie.

»Ja, natürlich.« Mina zwang sich ein Lächeln ab. »Alles in bester Ordnung!« Sie steckte ihre Rechte in ihre Rocktasche und knüllte das Testament darin zu einem festen Ball zusammen. »Ich habe eine Idee, wo wir vielleicht noch etwas finden könnten«, sagte sie. »Die Haushaltsbücher ...«

Sie lief zum Bücherregal hinüber, in dessen unterstem Bord Großmutters Haushaltsbücher, säuberlich nach Jahrgängen sortiert, nebeneinanderstanden. Nur die letzten fünf Jahre fehlten, denn seither hatte Mina die Haushaltsbücher für ihre Großmutter geführt.

»Sehen wir doch einfach mal nach, ob wir da etwas finden.« Sie griff sich die ersten drei Bände, trug sie zur Kommode hinüber, schlug das erste Buch auf und begann die Posten durchzugehen. Nach ein paar Seiten wurde sie fündig.

»Hier!« Sie deutete auf einen Eintrag von fünfzig Reichsmark, der mit »Diverses« gekennzeichnet war. »Das muss es sein. Großmutter hat alles ganz genau aufgeschrieben. Siehst du? Sie hat jeden Posten einzeln berechnet. Mehl, Backpulver, Eier ... Nur hier schreibt sie ›Diverses‹. Warum wohl? Und dazu noch so eine glatte Summe.«

Mina blätterte zum nächsten Monat, und wieder war da am fünfzehnten des Monats ein Eintrag über fünfzig Reichsmark, der mit »Diverses« beschrieben war.

»Du könntest recht haben, Mina.« Agnes nahm sich das nächste Haushaltsbuch vor und begann zu suchen. »Hier sind auch diese Einträge – im Januar, im Februar, im März. Sie hat ihnen anscheinend einen monatlichen Unterhalt gezahlt.« Sie schloss das Buch und hielt es in den Händen, während sie Mina fragend ansah. »Und was machen wir jetzt?«

»Ich habe keine Ahnung.«

Einen Moment lang schwiegen beide.

»Ich weiß, was wir tun werden.« Agnes sah Mina herausfordernd in die Augen. »Wir reden mit ihnen.«

»Aber warum? Wozu soll das nütze sein?«

»Diese Ursula Hermanns ist die einzige Verwandte, die wir noch haben. Sie ist unsere Tante, das hast du selbst gesagt.«

»Schon, aber ...«

»Ich will sie kennenlernen. Sie weiß offenbar über uns gut Bescheid, aber wir wissen nichts über sie.«

»Bist du dir wirklich sicher, dass das eine gute Idee ist?« Mina holte tief Luft. »Meinst du nicht, wir reißen damit nur alte Wunden auf?«

»Wessen alte Wunden, hm?« Sie legte das Buch beiseite und zeigte mit dem Finger auf sich. »Meine jedenfalls nicht! Und deine auch nicht. Wir haben mit dem, was da vor fünfzig Jahren passiert ist, nichts zu tun. Wir zwei können nur gewinnen, wenn wir Mutters Schwester kennenlernen. Du hast vielleicht noch Erinnerungen an Mutter, aber ich? Ich war noch so klein, als sie starb. Ich kann mich an gar nichts mehr erinnern. Also kommst du mit mir nach Wedel, oder muss ich allein fahren?«

In Agnes' grünen Augen standen Tränen. Mit einer schnellen Bewegung wischte sie sie weg.

Mina spürte einen Kloß in ihrer Kehle. Sie ging zu Agnes hinüber, umarmte ihre kleine Schwester und hielt sie einen Moment ganz fest. »Natürlich werde ich dich begleiten. Was für eine Frage.«

Eine Weile blieben sie so stehen, und Mina fand Trost in dem Gefühl, in ihrer Schwester eine Verbündete zu haben. Schließlich löste Agnes sich von ihr und strich dabei mit den Händen an Minas Oberarmen entlang, ehe sie einen Schritt zurücktrat. »Was meinst du, wollen wir wieder hinuntergehen? Mir wäre nach einem Glas Sherry. Was hältst du davon?«

»Für mich nicht, danke«, sagte Mina. »Ich habe etwas Kopfweh. Besser, ich hole mir in der Küche noch eine warme Milch und gehe dann gleich zu Bett.«

Agnes nickte mitfühlend. »Es war ja auch wirklich ein harter Tag. Gut, dass das Kontor morgen geschlossen bleibt, da kannst du dich ein bisschen erholen.« Sie drückte kurz Minas Hände.

»Morgen wird es sicher wieder gehen«, sagte Mina lächelnd.

»Denn so wie ich dich kenne, willst du bestimmt gleich morgen nach Wedel fahren, oder?«

»Sehr gern sogar.« Agnes erwiderte ihr Lächeln. »Am besten gleich nach dem Frühstück. Wir werden sicher eine Weile brauchen, bis wir das Haus gefunden haben.«

»Im Auto habe ich eine neue Straßenkarte von Hamburg, keine Sorge.« Mina wandte sich zum Gehen. »Kommst du mit nach unten?«

Sie verließen das Schlafzimmer ihrer Großmutter und gingen die Treppe ins Erdgeschoss hinunter.

»Willst du nicht doch noch einen Augenblick mit in den Salon kommen?«, fragte Agnes, die bereits die Hand auf die Türklinke gelegt hatte. »Ich habe Anton versprochen, auf ihn zu warten, bis er aus der Oper zurückkommt.«

»Ein andermal gern, aber heute bin ich zu müde und möchte ins Bett.« Mina lächelte entschuldigend. »Sei mir nicht böse.«

»Ach was, natürlich nicht.« Agnes öffnete die Tür. »Schlaf gut, Mina.«

»Ja, du auch.« Mina nickte ihrer Schwester zu, dann wandte sie sich um und ging in den Küchentrakt hinüber. Zu ihrer Überraschung saßen Lotte und Frieda noch bei Frau Kruse, die es sich mit ihrem Strickzeug in ihrem Lehnstuhl bequem gemacht hatte.

Frieda sprang sofort auf, als Mina eintrat. »Haben Sie noch einen Wunsch, Fräulein Mina? Sie hätten doch klingeln können.«

»Ich wollte mir nur eine warme Milch machen. Bleib ruhig sitzen, Frieda. Das erledige ich schnell selbst.«

»Aber Sie können doch nicht … Ich meine, Sie sind doch jetzt die gnädige Frau.«

»Das heißt aber nicht, dass ich mir nicht schnell ein Glas Milch wärmen kann. Das habe ich früher auch oft selbst gemacht, und daran wird sich auch in Zukunft nichts ändern.« Mina holte einen kleinen Stieltopf aus dem Topfschrank und den Krug Milch aus dem Eisschrank und trug beides zum Herd hinüber.

»Ist denn überhaupt noch Feuer im Herd?«, fragte Frau Kruse und machte Anstalten aufzustehen.

»Bleiben Sie in Gottes Namen sitzen, Frau Kruse, ich schaue selbst nach«, sagte Mina entschieden. Sie griff nach dem Haken, der am Stangengeländer der altmodischen Kochstelle hing, und hob die Kochplatte an, um nachzusehen, ob noch Feuer im Herd brannte. Die glühenden Kohlen flackerten auf, als sie vorsichtig hineinblies. »Für ein Glas Milch wird es reichen.«

Mina zog den zusammengeknüllten Briefbogen aus der Rocktasche, wegen dem sie überhaupt in die Küche gekommen war, und warf ihn auf die rote Glut. Sie sah, wie das Papier an den Rändern zu qualmen begann, sich entzündete und von den Flammen verzehrt wurde. Erst als es lichterloh brannte, stellte Mina den Topf, in den sie etwas Milch gegossen hatte, auf das Feuer.

Sie drehte sich zur Köchin und den Dienstmädchen um und lächelte sie an. »Und ›gnädige Frau‹ möchte ich nun wirklich nicht genannt werden.«

VIER

»Das da muss es sein.« Agnes tippte mit dem Finger gegen das Seitenfenster und deutete auf ein bescheidenes rotes Backsteinhaus, an dem sie gerade vorbeifuhren. »Halt mal an, Mina.«

Mina lenkte das Auto an den Straßenrand und schaltete den Motor ab.

»Siehst du die Hausnummer?«, fragte sie.

»Nein, aber da vorn ist Nummer vierzehn, und gerade sind wir an Nummer zehn vorbeigefahren, dann muss das hier Nummer zwölf sein.«

Mina beugte sich ein wenig vor, um besser an Agnes vorbeisehen zu können. »Nicht gerade ein Palast«, stellte sie fest.

»Nein, aber es sieht gemütlich aus. Ein Häuschen im Grünen, perfekt, um ein Kind großzuziehen.«

»Und so weit draußen, dass einen niemand erkennt, wenn man vorbeikommt, um die Geliebte zu besuchen«, ergänzte Mina trocken. »Unser Großvater war schon immer praktisch veranlagt.«

Agnes seufzte. »Also wirklich, Mina …«

Nachdenklich betrachtete Mina das Häuschen, das von einem kleinen Garten umgeben war, der zur Straße hin durch einen niedrigen Zaun abgegrenzt war. Ein alter Apfelbaum wölbte seine Krone bis über das Ziegeldach, die Zweige bogen sich vor dunkelroten, glänzenden Äpfeln. In den Beeten vor der Hausfront und die gepflasterte Einfahrt entlang standen Herbstastern und späte Rosen in voller Blüte.

Hier hat jemand wirklich ein Herz für seinen Garten, dachte Mina und verglich unwillkürlich diese an Bauerngärten erinnernde Fülle mit der steifen Eleganz des parkähnlichen Geländes rund um die Villa herum.

»Und was machen wir jetzt?«, fragte sie ihre Schwester. »Wir haben das Haus gefunden. Willst du an die Tür gehen und klingeln?«

»Warum ich?«

Mina zuckte mit den Achseln. »Es war doch deine Idee. Hast du dir keine Gedanken gemacht, wie es weitergeht, wenn wir das Haus gefunden haben?«

»Wenn ich ehrlich bin, nicht so recht.« Agnes grinste schief. »Wir wissen ja nicht einmal, ob Luise oder Ursula hier noch wohnen.«

»Nun, das sollte sich leicht herausfinden lassen.« Mina öffnete die Tür, stieg aus und wartete, bis Agnes ihrem Beispiel gefolgt war. »Wir werden einfach zusammen hingehen und klingeln. Alles Weitere wird sich dann schon ergeben.«

Nebeneinander gingen Mina und Agnes den Bürgersteig entlang, bogen in die Einfahrt ein und blieben schließlich vor der Holztür stehen, in die ein geschliffenes Glasfenster eingelassen war, vor dem eine gehäkelte Gardine als Sichtschutz hing. Ein Namensschild war nirgends zu sehen.

»Ich muss zugeben, ich bin ein bisschen nervös«, sagte Agnes leise. »Klingle du bitte.«

»Feigling«, gab Mina augenzwinkernd zurück und drehte an dem halbrunden Griff der mechanischen Türklingel, die in die Tür eingelassen war.

Ein deutliches »Drrrrrrr« war zu hören, dem ein »Ich geh schon!« einer weiblichen Stimme folgte.

Durch die Scheibengardine war undeutlich eine schlanke Gestalt zu erkennen, die jetzt die Tür öffnete.

»Ja, bitte?«, fragte die junge Frau und sah sie fragend an.

»Fräulein Franke!«, rief Mina verblüfft. »Was machen Sie denn hier?«

»Frau Lohmeyer und Frau Rose, die Damen von *Kopmann & Deharde!*«, antwortete Fräulein Franke überrascht. »Die Frage könnte ich glatt zurückgeben.«

Fräulein Franke arbeitete als rechte Hand für Herrn Klemm vom Bankhaus *Klemm & Partner*, mit dem Mina schon seit einigen Jahren vorrangig zusammenarbeitete. Sie waren sich schon häufig in der Bank begegnet, und die junge Frau hatte auch schon ein paarmal ihren Chef bei Verhandlungen vertreten. Jetzt allerdings war sie kaum wiederzuerkennen. Statt des gewohnten dunklen, eleganten Kostüms war sie mit einem himmelblauen Rock und einer einfachen Bluse bekleidet, über der sie eine Schürze und eine Strickjacke von undefinierbarem Braun trug, die vorn offen stand und ihr einige Nummern zu groß war. Ihr welliges braunes Haar hatte sie mit einigen Haarklammern gebändigt, und weil sie nicht geschminkt war, so wie sonst, sah man deutlich die Sommersprossen, die sich auf ihrer Nase und den Wangen tummelten.

»Wir …« Mina räusperte sich, um ihre Stimme wieder in den Griff zu bekommen. »Wir wollten uns erkundigen, wer hier wohnt. Meine Schwester und ich haben die Unterlagen unserer verstorbenen Großmutter gesichtet und sind dabei auf dieses Haus gestoßen.«

Fräulein Franke runzelte die Stirn. »Dieses Haus? Sind Sie

sicher? Es gehört meiner Großmutter schon seit einer halben Ewigkeit, soweit ich weiß.«

»Es gehört Ihrer Großmutter?«, fragte Agnes.

»Ja!« Fräulein Franke verschränkte die Arme vor der Brust. »Und sie wohnt hier schon seit bald fünfzig Jahren.«

»Entschuldigen Sie bitte die Nachfrage, Fräulein Franke, aber wie heißt Ihre Frau Großmutter?«, fragte Mina angespannt.

»Luise Hermanns.« Fräulein Franke sah verwirrt aus. »Aber ich verstehe nicht, warum meine Familiengeschichte für Sie so interessant ist.«

»Entschuldigen Sie bitte, wir wollten Ihnen auf keinen Fall zu nahe treten, Fräulein Franke«, sagte Mina beschwichtigend.

»Tilly, wer ist denn da an der Tür?«, ließ sich auf einmal eine weibliche Stimme aus dem Haus vernehmen.

Fräulein Franke drehte sich halb um. »Die beiden Damen von *Kopmann & Deharde* sind hier, Oma!«, rief sie über ihre Schulter ins Haus hinein.

Mina bemerkte, dass sich im Inneren des Hauses eine Tür öffnete und die schmale Gestalt von Luise Hermanns im Flur sichtbar wurde. »Dann bitte die Damen doch herein, Deern«, sagte sie. »Das, was zu besprechen ist, braucht nicht gleich die ganze Nachbarschaft zu hören.«

Es schien Mina, als zögere Fräulein Franke den Bruchteil einer Sekunde lang, dann jedoch trat sie zur Seite und machte eine einladende Handbewegung.

Mina nickte ihr lächelnd zu und betrat, gefolgt von ihrer Schwester, den schmalen Flur, wo die alte Dame stand und ihnen ruhig entgegensah.

»Ich gebe zu, ich habe mit Ihrem Besuch gerechnet«, sagte Luise. »Allerdings hätte ich ihn nicht so schnell erwartet.« Mit einem freundlichen Lächeln gab sie beiden die Hand. »Gehen wir doch in die Stube, da können wir in aller Ruhe reden. Tilly, machst du eine Kanne Tee für uns? Und dann setzt du dich zu uns, ja?«

»Aber die Äpfel …«, begann ihre Enkelin.

»Die können wir auch nachher noch schälen.« Luises Tonfall ließ keinen Widerspruch zu. »Das, was ich zu erzählen habe, geht auch dich an.«

Mathilde Franke machte große Augen, sagte aber nichts weiter, sondern verschwand in einem Raum, in dem Mina die Küche vermutete. Die Stube, in die Luise Hermanns Mina und Agnes führte, war nicht sehr groß, aber anheimelnd eingerichtet, auch wenn die Möbel dem Geschmack der achtziger Jahre des letzten Jahrhunderts entsprachen. Alles war ein bisschen zu groß und ein bisschen zu dunkel für den Raum und vor allem mit viel zu viel Verzierungen versehen. Dabei war das Mobiliar sicher nicht billig gewesen, das war deutlich zu sehen. Über einem mit rotem Mohair bezogenen Sofa mit Fransen am Polster und Schnitzereien an den Holzlehnen hing ein großes Gemälde eines Schiffes in stürmischer See neben ein paar Fotografien in schlichten dunklen Holzrahmen. Mina betrachtete sie näher, ehe sie sich auf einen der Stühle setzte.

»Nein, Ihr Großvater ist nicht dabei«, stellte Luise klar. »Ich habe nie eine Fotografie gebraucht, um mich an ihn zu erinnern.« Ein schmales, trauriges Lächeln umspielte ihren Mund. »Sein Bild war immer hier.« Sie legte die Hand auf ihr Herz, und ein Strahlen trat in ihr Gesicht, das die Jahre, die tiefe Falten in ihr Gesicht gegraben hatten, für einen Moment zusammenschmelzen und sie wieder jung erscheinen ließ.

Luise trug ein schlichtes Kleid aus dunkelblauem Wollstoff,

nach einem Schnitt, der vor zwanzig Jahren modern gewesen sein mochte. Da sie keinen Besuch erwartet hatten, schien es sich um ein Alltagskleid zu handeln, doch da es überhaupt nicht abgetragen wirkte, musste es aus gutem Tuch gefertigt sein. Der weiße Spitzenkragen war makellos sauber, gestärkt und gebügelt. Luise hielt auf ihr Äußeres, so viel stand fest. Sie trug eine Kette mit einem Onyxanhänger und dazu passend kleine goldene Ohrringe – sicher noch ein Geschenk von Minas Großvater. Ihr schlohweißes Haar war zu einem schlichten Knoten zusammengefasst, der tief in ihrem Nacken saß.

Sie muss früher eine Schönheit gewesen sein, dachte Mina. *Kein Wunder, dass Großvater sich in sie verliebt hat.*

Aus einem Vertiko, das als Stubenschrank diente, holte Luise altmodisches Teegeschirr mit Blumenmuster, deckte den Tisch für vier Personen und redete dabei pausenlos weiter.

»Ich habe gleich zu meiner Tochter gesagt, dass es keine gute Idee ist, zur Beerdigung der alten Frau Kopmann zu gehen. Ich wollte sie davon abhalten, Ihnen zu kondolieren, aber so ist Ulla nun einmal. Wenn sie sich etwas in den Kopf gesetzt hat, dann macht sie das auch. Wozu die alten Geschichten wieder aufrühren, habe ich zu ihr gesagt. Was haben denn die Enkeltöchter damit zu tun?«

»Also ist es wahr«, sagte Agnes leise. »Ihre Tochter Ursula ist unsere Tante.«

Einen Moment lang ruhte Luises Blick auf Minas Schwester. Dann nickte sie. »Sie sehen ihr ähnlich, Frau Rose.« Die alte Dame setzte sich an den Tisch. »Aber warten wir doch, bis Tilly mit dem Tee kommt, sonst muss ich alles zweimal erzählen.«

»Fräulein Franke weiß es nicht?«, fragte Mina erstaunt.

»Nein. Meine Tochter hielt es für besser, ihr nichts davon

zu erzählen. Für sie ist ihr Großvater ein Offizier der Handelsmarine, der auf See geblieben ist, bevor ihre Mutter geboren wurde.« Sie legte ihre Hände gefaltet vor sich auf die Tischplatte, beugte sich ein wenig vor und sah von Mina zu Agnes. »Seit wann kennen Sie beide die Wahrheit?«

»Ich erst seit gestern«, sagte Agnes und warf Mina einen kurzen, vorwurfsvollen Blick zu.

»Und Sie, Frau Lohmeyer?«

»Ich weiß Bescheid, seit ich vor ein paar Jahren in den Unterlagen meines Großvaters einige Briefe fand, die Sie an ihn geschrieben hatten, als Sie mit Ihrer Tochter zur Erholung an der Ostsee waren.«

Luise blickte sie einen Moment erstaunt an, bevor sie antwortete. »Ich hätte nicht gedacht, dass er sie aufbewahrt hat.«

»Sie haben ihm wohl viel bedeutet«, stellte Mina fest. »Er hat sie in einem Bankschließfach aufgehoben.«

Luise sah auf ihre gefalteten Hände hinunter. Dann seufzte sie und nickte. »Das sieht ihm ähnlich«, sagte sie. »Gerhard war immer viel zu weich.«

»Weich? Unser Großvater?«, fragte Mina verblüfft.

Sie erinnerte sich gut an ihren Großvater. Gerhard Kopmann war in ihren Augen ein strenger alter Mann gewesen, der hinter seinem Schreibtisch gethront hatte wie ein mittelalterlicher König, der sich in ein späteres Jahrhundert verirrt zu haben schien. Alle Mitarbeiter im Kontor, einschließlich Minas Vaters, der seine rechte Hand gewesen war, waren ihm stets mit höchstem Respekt begegnet. Nie hatte jemand seine Entscheidungen in Frage gestellt, geschweige denn ihm widersprochen. Und seine Geliebte sagte von ihm, er sei immer zu weich gewesen?

Gerade als Mina sich erkundigen wollte, wie das genau gemeint sei, kam Fräulein Franke wieder herein, ein Tablett in den Händen, auf dem ein Stövchen und eine bauchige Teekanne standen, die zu dem Porzellangeschirr auf dem Tisch passten. Sie setzte das Tablett auf dem Tisch ab und schenkte Tee in alle Tassen ein, ehe sie Platz nahm und erwartungsvoll in die Runde schaute.

»Also, was führt Sie her, meine Damen?«, fragte sie mit einem herausfordernden Glitzern in den hellbraunen Augen.

»Mathilde, bitte!« Luise warf ihr einen missbilligenden Blick zu. »Wie ich vorhin schon sagte, die beiden haben jedes Recht, hier zu sein.«

Mathilde Franke runzelte die Stirn. »Jedes Recht?«

Ihre Großmutter nickte. »Jetzt, wo die alte Frau Kopmann tot ist, gehört ihnen dieses Haus.«

Einen Augenblick lang war es so still, dass man das Ticken der Standuhr auf dem Vertiko hören konnte. Mathilde Franke sah ihre Großmutter entgeistert an.

»Aber … Das ist doch dein Haus … Wieso …?«

Mathilde verstummte, als Luise die Hand hob.

»Lass mich einfach erzählen, dann wirst du alles verstehen.« Die alte Dame nahm einen Schluck aus ihrer Teetasse und holte tief Luft. »Das, was dir deine Mutter über deinen Großvater erzählt hat, ist nicht die Wahrheit, Mathilde. Er ist nicht als Offizier zur See gefahren und mit seinem Schiff untergegangen. Dein Großvater war der ehrbare Hamburger Kaufmann Gerhard Kopmann. Genau jener Gerhard Kopmann, der später sein Kontor am Sandtorkai hatte, der für seine Frau Hiltrud an der Heilwigstraße eine Villa gekauft hat und dessen Enkeltöchter jetzt neben dir sitzen.«

Die Bitterkeit in Luises Stimme war unverkennbar. Ihre Hand spielte mit dem kleinen silbernen Löffel, der neben ihrer Tasse lag, aber in Gedanken schien sie in weit zurückliegenden Zeiten zu sein.

Mathilde Franke schaute sie ungläubig an und schüttelte langsam den Kopf. »Weiß Mama das?«, fragte sie schließlich.

Luise sah auf. »Ja, sie weiß es. Ich habe ihr die Wahrheit erzählt, als sie deinen Vater heiraten wollte.«

»Und warum hat sie mir nie ein Wort davon gesagt?«

»Sie wollte dich nicht mit dieser alten Geschichte belasten. Ulla ist diejenige, die unehelich geboren wurde, nicht du. Sie meinte, es reicht, wenn sie mit diesem Makel lebt. Du solltest deinen eigenen Weg gehen können.«

»Aber …«

Luise blickte zu ihrer Enkeltochter auf. »Nichts aber!«, sagte sie scharf. »Es gibt nichts, was ich Gerhard vorzuwerfen habe. Wir beide haben uns sehr geliebt, aber eine Heirat war nun einmal nicht möglich. Kaufleute heiraten nur unter ihresgleichen. Seine Familie hat die Frau für ihn ausgewählt. Dabei zählte nur die Höhe der Mitgift und nicht, ob die zwei sich mochten oder auch nur miteinander auskamen. Seine Liebe und seine Zärtlichkeit gehörten nur mir, da konnte ich mir immer ganz sicher sein. Und als ich ein Kind bekam, hat er mich nicht fallen lassen, wie es damals üblich war, sondern mir versprochen, für mich zu sorgen. Und dieses Versprechen hat er immer gehalten. Er hat dieses Haus für mich gekauft und sich um mich und unsere Tochter gekümmert. Sooft er konnte, hat er uns hier besucht und mir immer wieder gesagt, dass er Ulla genauso lieb habe wie seine andere Tochter Elise. Ulla sollte es nicht schlechter haben als sie, dafür wolle er sorgen, sagte er immer, und er hat Wort gehalten. Als sie mit vier Jahren lungenkrank wurde, hat er ihre Behandlung bezahlt und uns an die See geschickt. Auch dort hat er uns besucht, und wir haben lange Spaziergänge am Strand gemacht. Niemand kannte uns da, und wir konnten ganz offen zusammen sein – die Familie, die er sich gewünscht hatte. Später hat er dann Ullas Lehrerinnenseminar bezahlt, damit sie nie von anderen abhängig sein musste. Und als sie geheiratet hat, hat er ihr eine großzügige Mitgift gegeben und ihr den Hausstand bezahlt. Gerhard war ein guter Vater, und er hat alles, was er konnte, für uns getan.«

»Ein guter Vater?« Mit funkelnden Augen schnaubte Mathilde durch die Nase. »Wie kannst du diesen Mann als guten Vater bezeichnen, wenn er nie für euch da war? Wenn der alte Kopmann dich wirklich so geliebt hat, wie du sagst, hätte er dich geheiratet und zu dir und Mama gestanden, statt dich mit etwas Geld abzuspeisen.«

»Hast du nicht zugehört, Tilly?« Luises Augen wurden schmal. »Gerhard *konnte* mich nicht heiraten. Seine Familie hätte das nie geduldet und ihn enterbt. Er hätte alles verloren. Es waren eben andere Zeiten damals. Ein junger Kaufmann, der die Tochter eines Dachdeckers heiratet, das war undenkbar, und zwar nicht nur in seiner, sondern auch in meiner Familie. Den Satz ›Und sie lebten glücklich und zufrieden bis an ihr Ende‹ gibt es nur im Märchen oder in schlechten Romanen, nicht in der Wirklichkeit, wie ich sie kennengelernt habe. Ich mag gar nicht darüber nachdenken, was aus Ulla und mir geworden wäre, hätte Gerhard sich nicht so gut um uns gekümmert. Wir wären wohl im Armenhaus gelandet. Und du, mein liebes Kind …«, sie zeigte mit dem Zeigefinger auf ihre Enkeltochter, »… hättest nie das Licht der Welt erblickt. Also wäre ich an deiner Stelle mal nicht so schnell mit einem Urteil über ihn und mich bei der Hand.«

Aus den Augenwinkeln sah Mina, dass Agnes unbehaglich

auf ihrem Stuhl herumrutschte. Auch Luise schien bemerkt zu haben, wie unangenehm Agnes dieses Streitgespräch war.

»Sie müssen Mathilde entschuldigen, Frau Rose.« Die alte Dame nickte Agnes zu. »Meine Enkeltochter hat ein hitziges Temperament, und manchmal geht es etwas mit ihr durch.«

Mina versuchte, ein Lächeln zu unterdrücken. »Diese Eigenschaft ist auch in unserem Teil der Familie durchaus verbreitet.«

»Was heißt hier ›hitziges Temperament‹?«, fragte Mathilde Franke und verschränkte die Arme vor der Brust. »Nur weil ich einen anderen moderneren Blick auf die Welt habe und mit meiner Meinung nicht hinterm Berg halte, Oma?«

»Ihr jungen Leute …« Seufzend schüttelte Luise den Kopf. »Ihr könnt euch doch nicht mal vorstellen, wie es damals zuging, als wir in eurem Alter waren. Seid froh, dass die Zeiten sich geändert haben und man inzwischen auch Frauen erlaubt, für ihren eigenen Lebensunterhalt zu sorgen, ohne schief dafür angesehen zu werden. Ja, ich rede von dir, min Deern, mit deinem Posten in der Bank. Und auch von Ihnen, Frau Lohmeyer. Meine Ulla hat mir auf dem Weg zur Beerdigung erzählt, dass sie das Kaffeekontor leiten und dass es offenbar bestens läuft. Sie scheinen sehr geschäftstüchtig zu sein. Nein, früher war nicht alles besser als heute, egal, was die Leute erzählen. Es ist gut, dass sich die Zeiten ändern, und darum sollten wir die Vergangenheit ruhen lassen und nicht in ihr herumwühlen.« Luise nickte zur Bekräftigung ihrer Worte und hielt Mathilde ihre leere Tasse hin. »Schenk noch mal nach, Deern. Die Sabbelei macht einen ganz trockenen Hals.«

Mathilde erhob sich und füllte alle Tassen noch einmal nach. Eine Weile war es still, und Mina überlegte fieberhaft, wie sie ihre Frage formulieren sollte, ohne der alten Frau zu nahe zu treten, die in Gedanken wieder weit weg zu sein schien.

Mit einem Mal wandte Luise den Kopf und schaute Mina aus ihren graugrünen Augen durchdringend an. »Sie haben meine Frage von vorhin nicht beantwortet, Frau Lohmeyer. Was führt Sie hierher? Wollten Sie mich kennenlernen oder Ihr Eigentum zurückfordern?«

»Natürlich nicht, Frau Hermanns«, beeilte Mina sich zu versichern. Sie warf Agnes einen schnellen Blick zu und sah sie zustimmend nicken. »Weder meine Schwester noch ich haben die Absicht, Ihnen das Haus wegzunehmen. Wenn selbst unsere Großmutter alles beim Alten gelassen hat, nachdem unser Großvater gestorben war, wer wären wir, etwas zu ändern?«

»Ja, dass Gerhards Frau alles hat weiterlaufen lassen, hat mich auch gewundert. Es wäre für sie doch ein Leichtes gewesen, mich nach seinem Tod für seine Untreue zu bestrafen.«

»Hat unsere Großmutter sich je bei Ihnen gemeldet?«, fragte Agnes interessiert.

»Nein«, antwortete Luise. »Und ich bin bis heute erleichtert, dass sie es nicht getan hat, sondern sich offenbar dazu entschieden hat, so zu tun, als gäbe es mich gar nicht. Vielleicht befürchtete sie, es könnte immer noch einen Skandal geben, auch wenn schon so viele Jahre ins Land gegangen waren.«

»Deshalb sind Sie mit Ihrer Tochter zu ihrer Beerdigung gegangen, nicht wahr?«, fragte Mina leise. »Weil Sie ihr dankbar waren, Sie in Ruhe gelassen zu haben.«

»Um ihr den Respekt zu erweisen, den sie verdient hat.« Luises Blick war ernst. »Sie hat ihren Mann mit mir teilen müssen und dafür nicht mir die Schuld gegeben. Das muss man ihr hoch anrechnen, und das wollten Ulla und ich zeigen. Dass Ulla Ihnen kondolieren wollte, hing aber wohl hauptsächlich damit zusammen, dass sie unbedingt die Töchter ihrer Schwester kennenlernen wollte.«

»Sehen Sie, deshalb habe ich Mina überredet, herzukommen«, sagte Agnes. »Mir geht es ebenso. Ich habe keine Erinnerung mehr an meine Mutter und habe gehofft, etwas von ihr in ihrer Halbschwester zu finden. Ihre Tochter ist doch meine Tante. Schade, dass sie heute nicht auch hier ist.«

»Wir besuchen Oma immer am Sonntagnachmittag zum Kaffee, Mama, Papa und ich. Heute bin ich nur hergekommen, weil Oma mich gebeten hat, ihr bei der Apfelernte und dem Schälen zur Hand zu gehen.« Auf Mathildes Gesicht erschien ein stolzes Lächeln. »Roter Boskop. Der beste Apfel, um daraus Apfelkuchen zu machen. Oma ist berühmt dafür.«

»Und wir halten Sie die ganze Zeit von der Arbeit ab. Wie unhöflich von uns«, sagte Mina und machte Anstalten aufzustehen, doch Luise schüttelte den Kopf.

»Bleiben Sie ruhig sitzen, Frau Lohmeyer.« Luise deutete in die Runde. »Das hier ist viel wichtiger als die Äpfel. Ob die nun heute, morgen oder nächste Woche gepflückt werden, ist einerlei. Was zählt, ist, dass Sie hergekommen sind. Sie glauben gar nicht, wie viel es mir bedeutet, dass Sie gesagt haben, meine Ulla sei doch Ihre Tante, Frau Rose.« Mit einem warmen Lächeln nickte sie Agnes zu.

»Agnes, bitte«, sagte Minas Schwester, deren Augen auf einmal verdächtig glänzten. »Nennen Sie mich doch bitte bei meinem Vornamen. Alles andere käme mir falsch vor.«

»Sehr gern. Also, Agnes.« Jetzt strahlte Luise geradezu. »Ich habe eine gute Idee: Wie wäre es denn, wenn Sie und Ihre Schwester morgen Nachmittag zum Kaffee herkämen, um den Rest der Familie auch kennenzulernen?«

Mina sah Agnes' fragenden Seitenblick und nickte. »Wir

kommen sehr gern, vielen Dank für die Einladung«, sagte sie dann zu Luise. »Aber Sie müssen uns beiden erlauben, dass wir Ihnen im Gegenzug bei der Apfelernte helfen dürfen.«

Es wurde ein fröhlicher Vormittag, den Mina und Agnes bei Luise Hermanns und ihrer Enkeltochter im Garten des Wedeler Hauses verbrachten, das ihr Großvater für seine zweite Familie gekauft hatte.

Agnes ließ es sich nicht nehmen, auf die Leiter zu steigen, um mit einem Obstpflücker die reifen Früchte ganz oben aus der Krone des alten Apfelbaums zu angeln, der den Garten beschattete, während Mina und Mathilde Franke sich darauf beschränkten, die Äpfel von den tief herunterhängenden Ästen abzupflücken und in den bereitstehenden Korb zu legen. Luise saß auf einer Holzbank in der Sonne, eine Schüssel für die fertigen Apfelschnitze neben sich und eine weitere auf ihrem Schoß, in die sie die Schalen fallen ließ, die sie in langen Spiralen von den Früchten schnitt.

Manchmal warf Mina einen verstohlenen Blick zu der alten Frau hinüber, die mit gesenktem Kopf Äpfel schälte, dann zerteilte und in dünne Blätter schnitt, und verglich sie mit der alten Frau, die sie gestern erst zu Grabe getragen hatten. Die Herzlichkeit und Wärme, die Luise ausstrahlte, waren etwas, das Mina von Hiltrud nicht gekannt hatte. Nicht dass ihre eigene Großmutter gefühlskalt gewesen wäre, das gewiss nicht, aber ihre Freundlichkeit und ihr Mitgefühl gegenüber ihren Mitmenschen waren immer kontrolliert von dem Gedanken, was andere darüber denken mochten. Es war, als sei sie von einem stählernen Korsett umgeben gewesen, das sie gestützt und aufrecht gehalten hatte, sie aber zugleich auch von allen Leuten auf Abstand hielt.

Mina hatte Großmutter Hiltruds Haltung und ihre Fähigkeit, auch in schwersten Krisen den Kopf hochzuhalten, oft bewundert und auch manches Mal kopiert. Jetzt aber erkannte sie, dass der stählerne Panzer dieser Unbeugsamkeit schnell zum Gefängnis werden konnte, aus dem man sich nicht mehr zu befreien vermochte. Sie vermutete sogar, dass Hiltruds eiserne Disziplin und Härte gegen sich selbst ihren Großvater in Luises Arme geführt hatten.

Mina beobachtete, wie Mathilde sich lachend neben ihrer Großmutter auf die Bank fallen ließ, sie umarmte und ihr einen Kuss auf die Wange drückte, nachdem sie ihren gut gefüllten Erntekorb neben ihr abgesetzt hatte. Dieser Anblick gab Mina einen Stich. Sie wäre nie auch nur auf den Gedanken gekommen, sich Hiltrud auf solch vertraute Art zu nähern, und sie beneidete Mathilde Franke um das liebevolle Einverständnis, das deutlich sichtbar für alle zwischen Enkeltochter und Großmutter herrschte. Beschämt wandte Mina den Blick ab und ging zu Agnes hinüber, die gerade von der gegen den Baum lehnenden Leiter heruntergestiegen war.

»Wir sollten diesen ersten Besuch nicht zu lange ausdehnen«, sagte sie leise. »Das wäre unhöflich.«

»Es war doch deine Idee, noch bei der Apfelernte zu helfen«, erwiderte Agnes ebenso leise, doch sie nickte. »Aber ich denke, du hast recht, wir sollten allmählich aufbrechen. Anton wundert sich bestimmt schon, wo wir bleiben.«

Sie nahm den Weidenkorb voller Äpfel, den sie gerade die Leiter hinuntergetragen hatte, in die andere Hand. »Fass mal mit an, bitte«, forderte sie Mina auf, und gemeinsam trugen sie den Korb zur Bank hinüber.

»Das sollten jetzt alle aus der Krone sein, die reif sind«, sagte Agnes fröhlich. »Es tut uns wirklich leid, dass wir nicht beim Einlagern helfen können, aber wir müssen uns jetzt langsam auf den Heimweg machen. Mein Mann wartet sicher schon auf mich. Er hat gestern Abend in der Oper gespielt und war noch nicht wach, als wir aufgebrochen sind.«

»Ja, natürlich.« Luise stellte die Schüssel auf ihrem Schoß beiseite und erhob sich, um den beiden Schwestern die Hand zu geben. »Vielen Dank für die Hilfe, Agnes. Frau Lohmeyer …«

»Nennen Sie mich doch bitte Mina.«

Wieder strahlte Luise förmlich auf. »Sehr gern, Mina.« Sie winkte Mathilde zu sich. »Ihr solltet auch anfangen, euch beim Vornamen zu nennen, schließlich seid ihr doch Cousinen«, schlug sie vor.

In Mathildes hellbraunen Augen glaubte Mina eine Spur Ablehnung zu erkennen.

»Wir haben gelegentlich geschäftlich miteinander zu tun«, sagte Mina. »Vielleicht ist es …«

»Natürlich können wir das«, unterbrach Mathilde sie. »Alles andere wäre doch Heuchelei. Ich werde meinem Chef schon erklären, wie es zu dieser plötzlichen Vertraulichkeit zwischen uns kommt.« Damit streckte sie Mina die Hand hin und sah ihr offen in die Augen. »Also dann, bis morgen, Mina.«

Sie gab auch Agnes die Hand, dann machte sie kehrt, hob den vollen Erntekorb hoch und trug ihn ins Haus.

»Düwel ook!«, murmelte Luise und sah ihr hinterher. »Was hat die Deern denn?«

»Vermutlich muss sie sich noch an den Gedanken gewöhnen, auf einmal zwei Cousinen zu haben«, sagte Agnes augenzwinkernd.

»Mag sein. Manchmal verstehe ich die Deern einfach

nicht«, sagte Luise kopfschüttelnd. »Ich jedenfalls bin froh, dass Sie hergekommen sind, und ich freue mich schon auf morgen Nachmittag. Sie bringen doch Ihre Männer mit, oder? Wenn sich schon die Familien kennenlernen sollen, dann auch richtig.«

Agnes versprach es, während Mina ihre übliche Ausrede heranzog, ihr Mann sei gerade nicht in der Stadt.

Als sie zum Auto zurückgingen und ein Stück außer Hörweite waren, stieß Agnes Mina mit dem Ellbogen an.

»Eigentlich war das nicht sehr nett von dir«, sagte sie leise.

»Was denn?«

»Na ja, die nette alte Dame so anzuschwindeln. Immerhin ist Frederik doch in der Stadt. Du könntest ihn anrufen und fragen, ob er mitkommt.« Agnes schaute sie treuherzig an.

Mina zog ihrer Schwester eine Grimasse. »Das ist mir inzwischen so in Fleisch und Blut übergegangen, dass ich nicht einmal mehr darüber nachdenke. Ich werde Luise die Wahrheit schon noch erzählen, wenn ich sie ein bisschen besser kenne. Du hast recht, das hat die nette alte Dame mehr als verdient.«

Der Sonntagnachmittagskaffee am nächsten Tag verlief trotz Minas Nervosität sehr harmonisch. Sie hätte sich gar keine Sorgen machen müssen, dass man sich nichts zu sagen hatte und binnen weniger Minuten eisiges Schweigen herrschen könnte. Im Gegenteil, sie hatte sich sofort von der ganzen Familie herzlich aufgenommen gefühlt, kaum dass sie Luises Haus betreten hatten, und war sich sicher, Agnes und Anton ging es genauso. Gerade zwischen ihrer Schwester und Ulla war der Funke sofort übergesprungen, und die beiden unterhielten sich angeregt. Als Mina die beiden nebeneinandersitzen sah, stellte sie verwundert fest, dass Agnes Ulla weit mehr ähnelte als Mathilde. Sie hatten nicht nur das gleiche braune, wellige Haar und grüne Augen von ähnlicher Form, beide teilten auch die lebhafte Gestik, wenn sie redeten, und sie lachten sogar auf die gleiche Art und Weise.

Mathilde Franke hingegen kam mehr nach ihrem Vater, einem hochgewachsenen Endvierziger mit eckigem Schädel, klugen braunen Augen und dunkelblondem Haar, das an den Schläfen von weißen Strähnen durchzogen war. Er unterhielt sich lange mit Anton und schien sich sehr für seine Arbeit als Musiker zu interessieren. Wie Mina beim Zuhören erfuhr, war Herbert Franke Beamter und arbeitete beim Finanzamt. Als Ausgleich zu seiner ›drögen Arbeit mit Zahlen und Bilanzen‹, wie er es ausdrückte, hatte er eine Dauerkarte für die Laeiszhalle am Holstenplatz und war angenehm überrascht, als Anton ihm erzählte, er habe dort auch schon im Orchester gespielt.

Mina hatte Kaffee aus dem Kontor als Gastgeschenk mitgebracht und nachdem sie diesen getrunken und den wirklich köstlichen Apfelkuchen bis auf den letzten Krümel aufgegessen hatten, verabschiedeten sich die drei und luden die neu gefundene Familie zu einem baldigen Gegenbesuch in der Villa ein, spätestens wenn Agnes und Anton auch dort Quartier bezogen hätten.

»Wirklich nette Leute«, sagte Anton auf der Rückfahrt. »Dieser Herr Franke ist mir sehr sympathisch. Endlich mal jemand, mit dem man fachsimpeln kann.«

»Na, hör mal«, rief Agnes, die auf dem Rücksitz des Autos saß, in gespielter Entrüstung. »Als ob wir alle Kunstbanausen wären!«

»Das sag ich ja nicht, aber dass ein Finanzbeamter sich en détail mit den Klaviersonaten von Beethoven auskennt, damit hätte ich nicht gerechnet.«

»Jeder braucht ein Steckenpferd«, sagte Mina. »Unser Vater liebte Wagners Opern über alles. Er konnte den ganzen ›Ring des Nibelungen‹ auswendig zitieren.«

Anton lachte. »Ernsthaft?«

Mina nickte. »Er hat Stunden mit seinem Grammofon in seinem Arbeitszimmer verbracht. Und manchmal haben wir ihn bis in den Salon mitsingen hören, dabei hat er keinen einzigen Ton getroffen.«

Jetzt lachten alle im Wagen.

»Schade, dass ich ihn nicht kennengelernt habe«, sagte Anton schließlich.

»Du hättest dich gut mit ihm verstanden, da bin ich ganz sicher«, erwiderte Mina. »Er war allen Menschen gegenüber offen, hatte keine Vorurteile. Anders als …« Sie brach ab. »Ist ja auch egal«, sagte sie, bevor ihre Schwester auf die Idee kommen konnte, nachzufragen, wen sie meinte. »Tatsache ist, dass ich mir gut vorstellen kann, wie ihr beide über den Fliegenden Holländer oder den Ring diskutiert und euch die Köpfe dabei heißredet.«

»Na ja, Wagner ist eigentlich nicht so meine Kragenweite, obwohl ich zugeben muss, seine Musik ist leidenschaftlich. Nächstes Jahr wird es eine Neuaufnahme von Tristan und Isolde in der Oper geben. Vielleicht habt ihr zwei ja Lust, euch anzuhören, wie die dritte Geige sich dabei anstellt.«

»Es hat geklappt?«, rief Agnes. »Wirklich?«

Anton drehte sich zu ihr um, und Mina sah aus dem Augenwinkel, dass er nickte. »Ab Anfang Dezember bin ich engagiert.«

»Oh, Anton, das ist ja großartig!« Agnes schlang die Arme um seinen Hals und küsste ihn begeistert. Dabei stieß sie mit dem Ellenbogen heftig gegen Minas Schulter, die daraufhin beinahe die Kontrolle über das Lenkrad verloren hätte.

»He, Vorsicht!«, schimpfte Mina. »Wie soll ich denn lenken, wenn du mich schubst? Wir wollen doch heil nach Hause kommen.«

»Entschuldige bitte.« Gehorsam ließ Agnes ihren Mann los und rutschte zurück auf ihren Sitz. »Aber das bedeutet dann doch, dass …«

»… dass ich für unseren Anteil des Umbaus aufkommen kann, genau«, ergänzte Anton. »Du musst wissen, dass ich mit Agnes vereinbart habe, dass wir nur dann in die Villa ziehen, wenn ich mich daran angemessen beteiligen kann«, fügte er zu Mina gewandt hinzu. »Ich will schließlich auf keinen Fall auf Kosten meiner vermögenden Gattin leben.«

»Und da behaupten manche Leute immer, die Juden seien alle geldgierig.« Agnes lachte vergnügt.

Mina indes blickte starr nach vorn auf die Straße, umklammerte fest das Lenkrad und biss sich auf die Unterlippe, damit ihr keine Bemerkung herausrutschte, dass Großmutter Hiltrud auch zu diesen Leuten gehört hatte, die schlecht über Juden dachten.

Nach dem Abendessen ging Mina in die Küche und bat die Dienstboten und Sophie Brinkmann, die gerade im Begriff gewesen war, die Kinder ins Bett zu bringen, in die Halle, weil sie etwas anzukündigen hätte.

»Nanu? Was sind das denn für neumodische Sitten?«, fragte Frau Kruse kopfschüttelnd und kämpfte sich widerwillig aus ihrem Ohrensessel hoch, in dem sie gerade erst Platz genommen hatte.

Als sich alle in der Halle versammelt hatten, sah Mina, die ihren Platz neben Agnes und Anton eingenommen hatte, in die fragenden Gesichter vor sich und lächelte. Fräulein Brinkmann legte den Kopf ein wenig schief und erwiderte ihr Lächeln. Minas Töchter standen links und rechts von ihr, sie hatte je eine Hand auf ihre Schultern gelegt. Neben Ella stand wie immer Lottes Tochter Gerda, die mit Ella zusammen erzogen wurde und ihre beste Freundin war. Lotte und Frieda schlossen sich an, beide in schwarzen Dienstbotenkleidern mit gestärkten weißen Schürzen. Während auf Friedas Haar eine kleine Haube saß, trug Lotte ein weißes Kopftuch, das ihre Brandnarben verbarg, die sie sich bei einer Explosion in der Munitionsfabrik zugezogen hatte, in der sie vor einigen Jahren angestellt gewesen war. Mina bemerkte die Sorge in ihren Augen und nickte ihr beruhigend zu, um ihr zu zeigen, dass es nichts zu befürchten gab.

»Vielen Dank, dass ihr gekommen seid, meine Lieben«, sagte sie. »Ich habe ein paar Dinge anzukündigen, die das ganze Haus und alle Bewohner angehen, darum habe ich euch hergebeten, damit ich nicht alles doppelt und dreifach erzählen muss.« Sie holte tief Luft, ehe sie fortfuhr.

»Wie ihr alle wisst, hat meine Großmutter Zeit ihres Lebens diesem Haushalt vorgestanden. Als ältester Enkeltochter ist diese Aufgabe jetzt auf mich übergegangen. Aber wie ich schon gesagt habe, ich bin keine gnädige Frau und möchte auch nicht so angesprochen werden. Vieles wird sich in diesem Haus in Zukunft ändern, und ich hoffe, dass alles sich zum Guten wandelt. Da das Haus nach dem Tod meiner Großmutter so leer geworden ist, haben sich meine Schwester und mein Schwager entschlossen, hier mit einzuziehen.«

Ein zustimmendes Raunen ging durch die Runde. Mina lächelte und sprach weiter. »Zusammen werden wir Licht und neues Leben in diese Mauern bringen, das Alte, Staubige und Muffige hinauswerfen und frische Luft hereinlassen.«

»Bravo!«, sagte die dunkle, warme Stimme von Sophie Brinkmann. »Das wird auch Zeit.« Ihre dunklen Augen glänzten, als sie Mina zunickte.

»Genau das fanden wir auch.« Mina strahlte zurück. »Wir werden uns in den nächsten Wochen Raum für Raum vornehmen, alles neu tapezieren lassen und die alten dunklen Vorhänge und Möbel hinauswerfen. Die Zimmer oben werden ebenfalls renoviert und neu verteilt. Wozu brauchen wir drei Gästezimmer, die ständig leer stehen? Eines wird künftig völlig ausreichen. Auch die Dienstbotenzimmer im Dachgeschoss werden modernisiert, an die Heizungsanlage angeschlossen, und wir richten da oben ein kleines Badezimmer ein. Dann hat die Schlepperei von Waschwasser ein Ende. Wir leben schließlich nicht mehr im Mittelalter. Und um Ihnen die Arbeit zu erleichtern, liebe Frau Kruse, werden wir die Küche auch auf den neuesten Stand der Technik bringen.«

»Das wird aber eine schöne Stange Geld kosten, Fräulein Mina.« Frau Kruse legte skeptisch die Stirn in Falten. »Und ganz ehrlich, was die Küche angeht, ist das ganz überflüssig, alles über den Haufen zu schmeißen. Ich hab so lange mit dem alten Kohlenherd gekocht, ich weiß nicht, ob ich mich in meinem Alter noch mal umgewöhnen kann.«

»Das wird schon, wenn Lotte Ihnen zur Hand geht.« Mina schenkte der alten Köchin ein warmes Lächeln. »Bis Sie in ein paar Jahren in Rente gehen, muss sie ja schließlich alles von Ihnen gelernt haben.«

»In Rente?« Frau Kruses Augen weiteten sich entsetzt. »Aber ich kriege doch kaum Rente … Wo soll ich denn hin, wenn ich nicht mehr arbeiten kann?«

»Natürlich bleiben Sie hier, Frau Kruse. Sie sind doch hier zu Hause«, sagte Agnes sofort. Sie lief zu Frau Kruse hinüber und legte ihr beruhigend den Arm um die Schulter. »Was sollten wir denn ohne Sie machen?«

»Selbstverständlich bleiben Sie bei uns. Genau wie Lotte und Frieda auch«, beeilte sich Mina zu versichern. »Sie gehören alle zu uns, jedenfalls solange Sie das möchten. Was wäre ich für ein ehrbarer Hamburger Kaufmann, wenn ich mich nicht um das Wohlergehen meiner Angestellten kümmern würde? So ist es alte Sitte, und so werde ich es auch halten.«

Umständlich kramte Frau Kruse ein Taschentuch aus ihrer Schürzentasche, wischte sich damit die Augen und putzte sich geräuschvoll die Nase.

Agnes tätschelte ihre Schulter. »Sehen Sie, Frau Kruse? Alles ist in Ordnung. Niemand wird vor die Tür gesetzt.« Die Köchin nickte, schien aber nicht wirklich überzeugt.

»Denken Sie alle daran: Unser Zuhause ist auch Ihr Zuhause. Wir arbeiten alle zusammen dafür, hier ein Heim zu haben, und das wollen wir uns so schön wie möglich machen. Nicht nur für uns, auch für Sie.« Minas Blick wanderte zu ihren Mädchen hinüber. »Das gilt auch für euch, Ella und Amelie. Jetzt, wo Großmutter Hiltrud nicht mehr da ist, hat niemand mehr etwas dagegen, dass ihr mit Fräulein Brinkmann mit an unserem Tisch sitzt. Warum sollten wir damit warten, bis ihr konfirmiert seid?«

Ella runzelte die Stirn. »Und was ist mit Gerda?«, fragte sie. Sie verschränkte die Arme vor der Brust, wie immer, wenn sie trotzig wurde. »Wo wird sie jetzt essen?«

Mina seufzte. »Das muss ihre Mutter bestimmen.«

»Aber Gerda soll neben mir am Tisch sitzen, sonst ist das ungerecht.« Ella schob die Unterlippe ein Stück vor und warf ihrer Mutter finstere Blicke zu. »Sie ist doch meine beste Freundin.«

Ella war jetzt acht Jahre alt, aber so groß und kräftig für ihr Alter, dass sie meist für älter gehalten wurde. Hinzu kam, dass sie reden konnte wie ein Wasserfall und vor nichts und niemandem Angst hatte. Es war schon ein paarmal vorgekommen, dass sich einige Kinder aus ihrer Schulklasse über Gerda lustig gemacht und sie drangsaliert hatten, weil sie keinen Vater hatte und ihre Mutter als Dienstmädchen arbeitete. Ella hatte nicht eine Sekunde gezögert, ihre Freundin wie eine Löwin zu verteidigen und den Angreifer in den Schwitzkasten zu nehmen, auch wenn es sie ein zerrissenes Schürzenkleid und aufgeschürfte Knie gekostet hatte.

»Sie erinnert mich sehr an dich«, hatte Sophie Brinkmann lächelnd gesagt, als sie Mina von dem Vorfall erzählte. »Du hast auch mal zwei Jungs verprügelt, die Agnes geärgert haben. Da warst du nicht viel älter als Ella jetzt.«

»Wirklich? Daran kann ich mich gar nicht mehr erinnern.«

»Ich mich dafür umso besser. Besonders daran, wie stolz dein Vater auf dich und deinen Sinn für Gerechtigkeit war.«

An dieses Gespräch musste Mina beim Anblick des entrüsteten Gesichts ihrer Ältesten denken und hatte dabei das Gefühl, in einem Zauberspiegel ein jüngeres Ebenbild von sich zu sehen. Ellas blonde Lockenmähne, die sich auch durch Zöpfe nicht bändigen ließ, war vor Kurzem bis auf Kinnlänge zurückgeschnitten worden. Die graublauen Augen, die bis auf die Farbe ihren eigenen glichen, sprühten vor Zorn, und die geschwungenen Lippen waren fest zusammengepresst.

Eine Sekunde lang war Mina versucht, ihre Tochter zurechtzuweisen und auf ihr Zimmer zu schicken, so wie ihre Großmutter es mit ihr gemacht hätte. Doch dann erinnerte sie sich wieder an das entwürdigende Gefühl der Hilflosigkeit, das Großmutters Zurechtweisungen in ihr ausgelöst hatten, und spürte, wie ihre Hände allein bei dem Gedanken an die Demütigung zu zittern begannen.

Nein, dachte sie. *So nicht.*

Ruhig sah sie Ella in die Augen. »Ich weiß, dass Gerda deine beste Freundin ist, Ella. Aber sie ist nun einmal nicht meine Tochter, sondern Lottes. Also, wenn du möchtest, dass Gerda beim Essen neben dir sitzt, dann musst du zuerst Gerda fragen, ob sie das möchte, und dann ihre Mutter, ob sie es erlaubt. Ich habe nichts dagegen, dass sie mit uns am Tisch sitzt. Doch wie gesagt, das habe nicht ich zu bestimmen.«

Ella schaute sie mit großen Augen an. Sie wirkte vollkommen verblüfft. »Wirklich? Sie darf mit uns im Esszimmer essen?«

Mina lächelte. »Wie ich schon sagte, du musst zuerst Gerda und ihre Mutter fragen. Aber von mir aus ja.«

Ella drehte sich sofort zu Lotte um. »Darf Gerda? Bitte, bitte, sag Ja!«

»Du solltest Gerda zuerst fragen, ob sie überhaupt möchte, Ella«, wandte Mina ein.

»Gerda möchte das, nicht wahr, Gerda?« Sie drehte sich halbherzig zu ihrer Freundin um. »Du findest es bestimmt schön, mit uns zu essen, glaub mir!« Wieder richtete sich Ellas flehender Blick auf Lotte. »Bitte, Lotte, du erlaubst es doch, oder?«

Mina bemerkte, dass Fräulein Brinkmann ein Lächeln unterdrückte, und biss sich auf die Lippen, um nicht zu lachen.

»Ich weiß nicht recht, aber wenn deine Mutter damit einverstanden ist?«, sagte Lotte und sah fragend zu Mina hinüber.

Mina schaute das Dienstmädchen freundlich an und nickte.

»Also gut, meinetwegen.« Lotte nickte Ella zu. »Aber nur wenn Gerda wirklich nicht stört.«

»Oh, prima! Gerda, hörst du?« Ella griff nach den Händen ihrer Freundin und tanzte um sie herum, dann griff sie nach Amelies Händen und bildete einen Kreis mit ihr und Gerda. Gemeinsam tanzten die Kinder durch die Halle. »Wir essen bei den Großen, wir essen bei den Großen …«, sangen sie.

Die Erwachsenen brachen in Gelächter aus.

Anton, der bisher Minas Ansprache schweigend zugehört hatte, beugte sich zu seiner Schwägerin herüber und stupste sie mit der Schulter an. »Du ziehst da ja eine kleine Sozialistin groß, was?«

»Scheint fast so«, gab sie augenzwinkernd zurück. »Ich sehe uns schon alle zusammen an einem langen Tisch in der Küche sitzen und aus einem Topf Suppe löffeln.«

»Und? Wäre das so schlimm?« Er zwinkerte zurück und grinste.

Fräulein Brinkmann klatschte in die Hände und verkündete den tanzenden Kindern, es sei allmählich Zeit, zu Bett zu gehen. Immerhin sei morgen Montag, und die beiden Großen müssten zur Schule. Nach kurzem Protest gaben die drei Mädchen nach, verabschiedeten sich und gingen zusammen mit Sophie die Treppe hinauf. Auf dem oberen Treppenabsatz drehte sich die vierjährige Amelie noch einmal um und blickte Mina aus ihren großen braunen Augen an.

»Sagst du uns denn nicht mehr gute Nacht, Mama?«, fragte sie.

»Doch, natürlich. Ich komme gleich.« Mina wandte sich wieder den anderen zu. »Ich bin ja auch schon fertig mit meiner kleinen Rede. Die Veränderungen, die kommen, mögen auf den ersten Blick vielleicht ein bisschen beängstigend für den einen oder anderen sein, aber ich versichere euch, es wird sich lohnen, und zwar für uns alle.« Sie nickte den Dienstboten zu. »Das wäre dann alles für heute Abend. Vielen Dank und gute Nacht.«

Lotte und Frieda deuteten einen Knicks an und wünschten ebenfalls gute Nacht, Frau Kruse hingegen erwiderte lediglich Minas Nicken, ehe sie den beiden Dienstmädchen in den Küchentrakt folgte.

»So ganz scheinst du Frau Kruse noch nicht von deinen Plänen überzeugt zu haben, was?«, sagte Anton schelmisch.

»Möglich, aber das kommt schon noch.« Sie zuckte mit den Schultern. »Alte Bäume verpflanzt man eben nicht so leicht. Aber Frau Kruse wird sich bestimmt bald an den Gedanken gewöhnen, demnächst an einem modernen Herd zu kochen.« Mina wandte sich Agnes zu. »Ich sag nur noch schnell den Kindern gute Nacht, dann könnten wir vielleicht zusammen einen Blick auf die Baupläne der Villa werfen. Sie liegen im Salon auf dem Tisch.«

»Gute Idee!«, antwortete Agnes gut gelaunt. »Anton und ich fangen gleich mal an, die Räume neu zu verteilen.«

»Hauptsache, ich bekomme das Musikzimmer, dann bin ich mit allem einverstanden.« Anton schob lachend die Hände in die Hosentaschen und folgte seiner Frau in den Salon.

Mina sah ihm hinterher, bis sich die Tür hinter ihm schloss, dann lief sie eilig die Treppe hinauf. Die Kinder schliefen im Raum neben Fräulein Brinkmanns Zimmer, doch zu ihrer Überraschung lag heute Lottes Tochter Gerda in Amelies Bett und zog die Bettdecke bis zur Nase hoch.

»Wir haben gefragt«, rief Ella, noch bevor Mina ein Wort sagen konnte. »Lotte hat nichts dagegen, dass Gerda heute bei mir schläft, und Fräulein Brinkmann auch nicht.«

»Und Amelie?«, fragte Mina. »Hast du sie auch gefragt? Das ist doch ihr Bett, in dem Gerda liegt.«

»Ich schlaf auch hier!«, tönte es gedämpft unter dem Federbett hervor, und helles Gekicher erklang. Zwei kleine Hände zogen die Decke zurück, und Amelies dunkler Haarschopf und ihr lachendes Gesicht kamen zum Vorschein.

»Ihr wollt zu zweit in Amelies Bett schlafen?« Mina schüttelte den Kopf. »Meinst du, dass das geht? Wird es nicht zu eng für euch beide?«

Amelie sah sie mit großen Augen an. »Das geht bestimmt, Mama. Guck, hier ist noch ganz viel Platz.« Zum Beweis zog sie die Decke noch ein Stück weiter weg und drückte sich ganz an den Rand des Bettes. Amelie war erst vor ein paar Wochen aus dem Kinderbettchen in das große Bett umgezogen, und auch wenn sie stolz darauf war, jetzt zu den »Großen« zu gehören, schlief sie seitdem unruhig und krabbelte fast jede Nacht zu ihrer Schwester unter die Decke.

»Aber ihr habt ja noch gar keine Nachthemden an.« Mina seufzte. »Zuerst müsst ihr bettfein sein, sonst kann ich euch unmöglich gute Nacht sagen. Ich gehe so lange zu Fräulein Brinkmann hinüber. Wenn ihr fertig seid, könnt ihr mich rufen.«

Sie winkte den Kindern zu und schloss die Tür hinter sich, ehe sie an die Tür zu Sophie Brinkmanns Zimmer klopfte. »Ja, bitte«, rief sie.

Sophie saß an ihrem Schreibtisch und legte den Füllfederhalter aus der Hand, als Mina eintrat. Sie lächelte. »Nanu, schon fertig mit der Gutenachtgeschichte?«

»Noch nicht einmal angefangen«, erwiderte Mina. »Die kleinen Damen sind vollständig bekleidet ins Bett geklettert. Da habe ich mich geweigert, ihnen etwas vorzulesen.«

»Das wird wohl Ellas Idee gewesen sein.« Sophie schmunzelte. »Sie führt bei allen Unternehmen das Kommando.«

Mina nickte. »Wir müssen dabei nur ein Auge darauf haben, dass sie Gerda und Amelie nicht zu sehr an die Kandare nimmt.«

»Ich passe schon auf, Mina.« Sophies Lächeln wurde breiter. »Das ist mir bei dir ja auch ganz gut gelungen.«

»War ich auch so, dass ich immer alles bestimmen musste?« Mina setzte sich auf den Sessel, der neben dem Schreibtisch der Hauslehrerin stand. »Daran kann ich mich gar nicht mehr erinnern.«

»Ich mich dafür umso besser. Und Ella ist dir in jeder Hinsicht sehr ähnlich, allerdings ist sie weniger starrköpfig, als du es warst.«

»Ich war doch nicht starrköpfig!«, protestierte Mina.

»Und ob du das warst.« Sophie lachte. »Willensstark nannte dein Vater das, und er amüsierte sich darüber.« Ein warmer Glanz lag in Sophies Augen, als sie von Minas Vater sprach. »Und gleichzeitig war er sehr stolz auf dein großes Herz. Auch das hat Ella von dir geerbt.«

Sophie lehnte sich in ihrem Stuhl zurück und betrachtete Mina einen Augenblick lang. »Ich halte es für eine gute Idee, dass Agnes und ihr Mann hier einziehen und dass ihr die Geister der Vergangenheit aus dem Haus vertreiben wollt. Dein Vater hätte sich darüber sehr gefreut.«

»Meinst du?«

»Ich bin ganz sicher. Er hat mir oft gesagt, wie düster und bedrückend er das Haus deiner Großmutter findet. Jetzt wird es endlich wirklich zu eurem Haus.« Sophie beugte sich vor und sah Mina eindringlich in die Augen. »Und wenn du schon dabei bist, dann mach gleich Nägel mit Köpfen, und lass deinen Edo auch mit ins Haus ziehen.«

»Edo?« Mina starrte Sophie fassungslos an. »Aber …«

»Natürlich habe ich es gewusst.« Ein schmales Lächeln umspielte Sophies Lippen. »Immerhin habe ich selbst lange Jahre diese Geheimnistuerei betrieben, da bleibt einem so etwas nicht verborgen, glaub mir. Und bevor du fragst, nein, deine Großmutter hat nichts bemerkt, oder sie hat es nicht merken wollen. Das kannst du dir aussuchen. Aber wie dem auch sei: Sie ist nicht mehr da, und du musst keine Rücksicht mehr auf sie nehmen. Also hab den Mut, und steh zu deiner Liebe und zu Edo.« Sie griff nach Minas Hand und drückte sie. »Er hat es verdient, findest du nicht?«

Mina sah den Schmerz in Sophies Augen, und sie fühlte, dass sie nichts sagen könnte, was diesen Schmerz kleiner machen würde. All die Jahre, die Sophie und ihr Vater ihre Liebe geheim halten mussten, hatten tiefe Spuren in ihrem Gesicht hinterlassen und weiße Fäden durch ihr dunkles Haar gezogen.

Einen Moment lang schwiegen beide Frauen, dann nickte Mina und schaute in Sophies dunkle Augen. »Vor allem hat er verdient, dass Amelie ihn endlich Papa nennen kann.«

»Wie recht du hast.« In Sophies Augen blitzte etwas auf, und sie drückte Minas Hand ganz fest.

Aus dem Zimmer nebenan war helles Kinderlachen zu hören, und beide Frauen wandten lauschend den Kopf.

»Na komm, Mina«, sagte Sophie und erhob sich. »Lass uns die Kinder zu Bett bringen. Morgen müssen die Großen wieder in die Schule, und der Alltag hat uns wieder.«

Bis spät in die Abendstunden saßen Mina, Agnes und Anton im Salon um den Tisch herum, auf dem Mina die Pläne der Villa ausgebreitet hatte, die sie in den Unterlagen ihres Großvaters gefunden hatte, und sprachen darüber, wie das Haus umgestaltet werden sollte.

Sophie Brinkmann gesellte sich zu ihnen, als die drei Kinder nach langem Gekicher endlich eingeschlafen waren. Sie hatte einen Schreibblock dabei, machte Notizen und fertigte kleine Skizzen für den Architekten an, den Mina in den nächsten Tagen mit dem Umbau beauftragen wollte.

Nachdem sie schließlich über alle Räume vom Kellergeschoss bis hinauf zum Dachboden gesprochen hatten, griff Mina nach Sophies Block, überflog noch einmal, was diese aufgeschrieben hatte, und nickte zufrieden.

»Das sieht doch schon sehr vielversprechend aus«, sagte sie. »Alle im Haus bekommen mehr Platz, wir gewinnen im zweiten Stock und unter dem Dach ein Badezimmer dazu, und die Hausangestellten haben durch die neue Heizungsanlage viel weniger Arbeit.« Sie faltete die Pläne auf dem Tisch zusammen und legte Sophies Notizen oben auf den Stapel. »Jetzt müssen wir nur noch mit dem Architekten sprechen, was uns der ganze Spaß kosten würde, und schauen, ob wir uns das auch leisten können.«

Agnes grinste breit und nahm einen Schluck aus ihrem Weinglas. »Im Zweifelsfall verkaufen wir noch was von Großmutters Schmuck. Das haben wir schon mal gemacht, weißt du noch?« Sie zwinkerte ihrer Schwester zu. »Ich möchte die dicken, altmodischen Klunker von Großmutter sowieso nicht tragen.«

»Erst mal lass uns abwarten, was bei der Testamentseröffnung herauskommt«, sagte Mina. »Großvater hat dafür gesorgt, dass sie über ein solides Vermögen verfügen konnte, ganz egal, wie es der Firma ging, und Großmutter ist immer sehr sparsam damit umgegangen. Ich schätze, wir müssen Großmutters Schmuckschatulle nicht plündern.«

»Was ist denn eigentlich mit der Kutscherwohnung?«,

fragte Sophie mit einem schmalen Lächeln um die Lippen. »Darüber haben wir noch gar nicht gesprochen.«

»Die bleibt erst mal, wie sie ist, würde ich vorschlagen«, erwiderte Mina. »Ich werde Edo schreiben und ihn fragen, ob er mit ins Haupthaus ziehen möchte. Über seinen Kopf hinweg will ich das nicht entscheiden.«

»Was für eine Frage! Natürlich wird er mit in die Villa ziehen.« Agnes leerte ihr Glas und stellte es auf das Beistelltischchen neben sich. »Dafür ist doch das zweite Zimmer neben deinem, oder?«

Mina fühlte, wie ihr das Blut in die Wangen schoss. Sie schluckte und bemerkte aus den Augenwinkeln, dass Sophie ihr zunickte. »Schon …« Ihre Stimme war auf einmal ganz rau, und sie räusperte sich. »Trotzdem weiß ich nicht, ob …« Sie brach ab.

»Wir wissen doch alle, dass ihr ein Paar seid«, sagte Anton weich und lächelte ihr zu. »Ich glaube, sogar deine Großmutter wusste über dich und Edo Bescheid.«

»Aber die Leute könnten reden, wenn Edo mit uns im Haus wohnt.«

»Die Leute reden doch auch, wenn er weiter in der zugigen Bude über der Garage haust«, stellte Agnes mit einem Schulterzucken fest. »Na und? Seit wann interessiert es dich, worüber sich die Nachbarschaft das Maul zerreißt?«

»Ob die Nachbarschaft tratscht, ist mir egal. Aber etliche von ihnen haben Verbindungen zur Kaufmannschaft in der Speicherstadt. Und wenn es da die Runde macht, könnte der Ruf der Firma Schaden nehmen.«

»Das ist doch Blödsinn, Mina, und das weißt du selbst.« Agnes tippte sich gegen die Stirn. »Wir leben jetzt in anderen, in modernen Zeiten. Die Kaufmannschaft hat dich sogar in den Kaffeeverein aufgenommen, obwohl früher jeder gedacht hat, dass das für eine Frau niemals möglich wäre. Warum sollte man dir also aus deiner Liebe zu deinem Prokuristen einen Strick drehen?«

Mina seufzte. »Weil ich nicht mit ihm verheiratet bin.«

»Dann heirate ihn doch«, sagte Anton achselzuckend.

»Das ist nicht so einfach.« Mina rieb sich müde über die Stirn. »Weder Edo noch ich sind frei.«

Agnes zog eine Augenbraue in die Höhe. »Ich habe dir immer geraten: Lass dich von Frederik scheiden«, sagte sie trocken. »Wenn du auf mich gehört hättest, dann …«

»Wie dem auch sei!«, unterbrach Sophie sie mit ungewohnter Schärfe in der Stimme. »Das ist eine Angelegenheit, die Mina und Edo allein miteinander ausmachen müssen. Solange sie das nicht geklärt haben, ist es bestimmt am besten, wenn Edo offiziell erst mal weiter in der Kutscherwohnung wohnt. Lassen wir ihn erst einmal aus Amerika zurückkommen, alles Weitere wird die Zeit zeigen, nicht wahr, Mina?«

Mina erwiderte dankbar das Lächeln der Hauslehrerin und erhob sich von ihrem Sessel.

»Ich werde ihm gleich schreiben und ihn fragen, was er von der Idee hält, mit in die Villa zu ziehen. Gute Nacht, ihr Lieben, wir sehen uns morgen früh!« Mina nickte den dreien zu und wandte sich dann zum Gehen.

In ihrem Zimmer setzte sie sich an den Schreibtisch, zog einen Briefbogen aus der Schublade und schraubte ihren Füllfederhalter auf.

Mein lieber Edo …, schrieb sie und hielt dann inne.

Sie starrte auf das Blatt und dachte daran, wie viele Briefe sie schon so begonnen hatte und wie oft sie ihre Schreibversuche zerknüllt und in den Papierkorb befördert hatte.

»Warum bist du noch immer nicht wieder hier? Was hält dich nur auf? Bitte komm endlich zurück zu mir, ich vermisse dich so sehr!«, murmelte sie, doch sie hielt die Worte nicht auf Papier fest. Sie wusste nur zu genau, dass Edo es nicht ertrug, wenn sie ihn unter Druck setzte. Nach seiner schweren Verletzung im Krieg war sein Gemütszustand so fragil, dass sie sich angewöhnt hatte, ihn stets zu behandeln wie ein rohes Ei.

Kein Flehen, keine Vorwürfe, dachte sie. Mina zwang ein Lächeln auf ihr Gesicht und begann zu schreiben.

FÜNF

Eine Woche ging ins Land, in der Mina sehnsüchtig auf Post von Edo wartete. Als Agnes schließlich mit einem Umschlag wedelnd ins Chefbüro gelaufen kam und rief, es sei ein Brief aus Amerika gekommen, nahm Mina ihn ihrer Schwester ungeduldig aus der Hand und riss ihn sofort auf.

»Und? Zieht er zu uns in die Villa?«, wollte Agnes wissen.

»Moment!« Mina hob die Hand, um sie zum Schweigen zu bringen, und überflog die Zeilen des Briefes weiter, bis sie am Ende angekommen war.

»Kein Wort dazu«, sagte Mina. Sie drehte den Briefbogen um und tippte auf das Datum. »Aber das wäre auch unmöglich. Als Edo diesen Brief geschrieben hat, kann er meinen noch gar nicht bekommen haben.«

»Was schreibt er denn?«, fragte Agnes. »Kommt er bald zurück?«

»Wohl noch nicht so schnell. Er muss sich anscheinend noch um ein paar Dinge kümmern.« Sie überflog nochmals die Zeilen, ehe sie die Stelle fand, die sie vorlesen wollte. »›Zu diesem Zweck werde ich mich an die amerikanischen Behörden wenden, und das kann sich leider noch eine Weile hinziehen.‹«

Agnes runzelte die Stirn. »Was hat Edo denn mit den amerikanischen Behörden zu schaffen? Ich dachte, er verhandelt mit den Banken in New York.«

»Das hat er ja auch. Soweit ich weiß, geht es um eine geschäftliche Angelegenheit aus der Zeit, die er vor dem Krieg in Amerika verbracht hat«, sagte Mina so beiläufig, wie sie es nur fertigbrachte. Noch einmal überflog sie die Stelle, die dem Satz vorausging, den sie eben vorgelesen hatte.

Ich habe beschlossen, Ann aufzusuchen, um mich mit ihr auszusprechen. Bitte versteh mich! Ich muss ihr erklären, was damals genau vorgefallen ist und warum ich nicht zu ihr zurückgekehrt bin. Das bin ich ihr einfach schuldig. Weil die Familie die Stadt aber offenbar verlassen hat, ist das nicht so einfach. Schon seit zwei Wochen versuche ich ihren neuen Wohnort ausfindig zu machen, leider bislang erfolglos.

Für einen Moment wollte Mina ihrer Schwester am liebsten die ganze Geschichte erzählen. Doch sie wusste, wie schwer es Edo gefallen war, selbst ihr, der Frau, die er liebte und der er vertraute, die Wahrheit über seine überstürzte Abreise aus Amerika zu gestehen. Agnes sein Geheimnis zu verraten wäre ihr daher wie ein Vertrauensbruch Edo gegenüber vorgekommen.

Nachdenklich biss sich Mina auf die Lippen, doch dann wurde ihr die Entscheidung abgenommen. Es klopfte, und Fräulein Neumann steckte ihren Kopf durch den Türspalt, ohne auf ein Herein zu warten.

»Entschuldigen Sie bitte, da ist ein Herr Lohmeyer draußen, der Sie gern sprechen würde, und ich dachte, wegen des Namens ...«

Agnes wandte sich zu Mina um und runzelte die Stirn.

»Frederik?«, fragte sie. »Das Treffen mit ihm ist doch erst am Sonnabendnachmittag.«

»Ja, so war es eigentlich abgesprochen.« Mina erhob sich und wandte sich an Fräulein Neumann. »Führen Sie den Herrn herein, Fräulein Neumann. Und setzen Sie bitte noch eine Kanne Kaffee auf.«

Fräulein Neumann nickte und öffnete die Tür ganz.

»Aber Mina, du kannst doch nicht …«, stieß Agnes hervor und brach ab, als Minas Ehemann den Raum betrat.

»Guten Morgen«, rief Frederik gut gelaunt. Er zog seinen eleganten blauen Mantel aus und nahm den Hut ab. Beides legte er auf den Stuhl, der dem Schreibtisch gegenüberstand. »Es tut mir leid, so hereinzuplatzen«, fügte er mit einem gewinnenden Lächeln hinzu.

»Guten Morgen, Frederik«, sagte Mina kühl. Einen Sekundenbruchteil war sie versucht, zu ihm zu gehen und ihm die Hand zu geben, aber ihre Füße wollten ihr nicht gehorchen, also blieb sie stocksteif hinter ihrem Schreibtisch stehen. »Was führt dich zu uns in die Speicherstadt?« Damit wandte sie sich Agnes zu, die sie entgeistert anstarrte. »Danke, Agnes, ich komme schon zurecht«, sagte sie fest.

»Aber …«

»Keine Sorge.« Mina lächelte ihrer Schwester zu.

»Ich bin nebenan, wenn du mich brauchst.« Agnes nickte ihrem Schwager mit einem warnenden Blick aus funkelnden Augen zu und verließ hocherhobenen Hauptes das Büro. Die Tür fiel knallend hinter ihr ins Schloss.

»Rums! Die ist zu.« Frederik grinste breit, und Mina musste sich eingestehen, wie gut er aussah. Seine hellgrauen Augen glitzerten amüsiert, als er ihr zuzwinkerte. »Deine Schwester kann mich immer noch nicht leiden, oder?«

»Kannst du es ihr verdenken?« Es klang in Minas Ohren fiel schärfer, als sie es beabsichtigt hatte.

Sein Lächeln erstarb, und ein merkwürdiger Ausdruck trat in Frederiks Augen. Fast hätte man es für Bedauern halten können. »Nein. Nicht wirklich«, sagte er leise. »Nicht wenn sie weiß, was damals …«

»Natürlich weiß sie es.« Mina sah ihn durchdringend an. Er wandte den Blick ab.

»Siehst du, deshalb wollte ich unbedingt noch mit dir reden, bevor ich zurück nach Berlin fahre. Es gibt Dinge, die muss man von Angesicht zu Angesicht sagen. Da reicht kein Brief und auch kein Telefonat.« Er ging zu den beiden Sesseln vor den Fenstern hinüber und schaute einen Moment lang nach draußen. »Es ist eine Menge Zeit ins Land gegangen, seit damals, Mina. Seit …« Er brach ab und drehte sich wieder zu ihr um. »Weißt du, dass das eine Gabe ist, die ich immer an dir bewundert habe, Mina? Deine Fähigkeit, ganz ruhig und abgeklärt zu bleiben, auch den Menschen gegenüber, die du aus tiefstem Herzen hassen musst?«

Mina schwieg und blickte ihn nur verwundert an.

»Siehst du, das meine ich. Du hast dich vollständig unter Kontrolle, du hast nie Angst gehabt, oder zumindest hast du sie nie gezeigt. Wie ein General vor dem Beginn der Schlacht.« Frederik schüttelte ungläubig den Kopf. »Bewundernswert.«

»Ich wäre nicht da, wo ich jetzt bin, wenn ich meine Gefühle nicht unter Kontrolle hätte, Frederik.« Mina ging zum Fenster hinüber und setzte sich auf den Sessel, den früher immer ihr Vater bevorzugt hatte. Sie lud Frederik mit einer Handbewegung ein, ebenfalls Platz zu nehmen.

Er zog sein Zigarettenetui aus der Tasche und öffnete es, während er sie fragend ansah. »Es sei denn, es stört dich?«

Mina schüttelte den Kopf und schob den Aschenbecher auf dem Tisch in seine Richtung.

»Ich versuche, es mir abzugewöhnen, aber das ist schwierig in meinem Beruf.« Frederik lachte, und Mina glaubte, eine gewisse Nervosität herauszuhören. »Aber das ist jetzt mein einziges Laster. Wenn man ein Lokal führt, in dem Alkohol in großen Mengen getrunken wird, darf man nicht sein bester Gast werden, sondern man muss stets einen klaren Kopf behalten.«

»Es läuft also gut für dich?«

»Sehr gut sogar. Das Lokal in Berlin ist eine wahre Goldgrube. Und jetzt kommen noch weitere Tanzpaläste in Hamburg und München hinzu.« Zufrieden lächelnd nahm er eine Zigarette aus dem Etui und zündete sie mit einem goldenen Feuerzeug an. Tief sog er den Rauch ein und blies ihn dann nach oben. »Eigentlich muss ich dir dankbar sein, Mina.«

»Dankbar?« Mina zog die Augenbrauen zusammen.

»Wenn du mich damals nicht vor die Tür gesetzt hättest, mit dem bisschen Geld in der Hand, wäre ich vielleicht immer noch hier und würde neidisch auf diesen Platz schielen.« Er deutete auf Minas Schreibtisch. »Und alles nur, um meinem Vater zu beweisen, dass ich kein Versager bin.« Er schnaubte durch die Nase und schnippte die Asche seiner Zigarette in den Aschenbecher. »Hörst du noch manchmal von ihm?«

»Wir beziehen einen Großteil unseres Rohkaffees von seiner Plantage und schreiben uns regelmäßig.«

»Wie geht es ihm?«

»Gut, nur das Rheuma macht ihm allmählich zu schaffen. Darum hat er auch die Leitung der Plantage vor Kurzem ganz an deinen Bruder übergeben. Zu Weihnachten wird er uns wieder für ein paar Wochen besuchen kommen, wie auch in den letzten Jahren immer. Die Mädchen freuen sich schon sehr auf ihn.«

»Deine beiden Mädchen …« Frederik wirkte nachdenklich. »Ich hätte sie gern gesehen, aber leider muss ich noch heute nach Berlin zurück. Das ist auch der Grund, warum ich jetzt vorbeigekommen bin, statt mich am Sonnabend mit dir zu einem Kaffee an der Alsterpromenade zu treffen. Ah, wie aufs Stichwort: der Kaffee.«

Die Tür hatte sich geöffnet, und Agnes kam mit einem Tablett herein, auf dem sie eine Kaffeekanne und zwei Tassen balancierte. Sie stellte das Tablett auf dem Tisch vor Mina ab und sah herausfordernd zu ihrer Schwester hinunter.

»Danke, Agnes, ich komme zurecht«, antwortete Mina auf ihre unausgesprochene Frage. »Du kannst ruhig wieder an deine Arbeit zurückgehen.« Sie lächelte ihrer Schwester beruhigend zu.

»Wie du willst«, erwiderte Agnes knapp. »Aber die Tür lasse ich angelehnt.« Sie warf Frederik einen vernichtenden Blick zu, ehe sie das Chefbüro verließ.

Als Mina nach der Kanne griff, um den Kaffee einzuschenken, fiel ihr auf, dass Frederik ein Lächeln unterdrückte.

»Agnes ist nun einmal besorgt um mich. Ich wüsste nicht, was daran komisch wäre.«

Schlagartig wurde Frederiks attraktives Gesicht sehr ernst. »Nein, du hast recht. Das ist nicht komisch, das ist beneidenswert. Du hast Glück, dass deine Familie hinter dir steht. Früher habe ich das nicht verstanden, aber jetzt …« Er hielt inne und nahm die gefüllte Tasse von ihr entgegen.

»Jetzt was?«, fragte Mina. »Was hat sich geändert?«

»Man könnte sagen, alles. Vor allem habe ich gute Freunde in Berlin gefunden, mit denen ich mich enger verbunden fühle als je zuvor mit jemandem. Wir würden füreinander durchs Feuer gehen, genau wie deine Schwester für dich. Dieses Gefühl von gegenseitigem Vertrauen habe ich von meiner Familie nie gekannt.« Er nahm einen Schluck von seinem Kaffee und stellte die Tasse auf den Tisch zurück. »Man könnte sagen, ich bin ein anderer geworden.«

»Glaubst du, dass Menschen sich wirklich ändern können?«, fragte Mina nachdenklich.

»Wenn ich mich nicht geändert hätte, wäre ich nicht hier, Mina. Ich bin gekommen, um dich um Entschuldigung zu bitten für das, was ich dir angetan habe. Es war falsch, grausam und einfach unverzeihlich, und wenn du mich hinauswirfst, hast du jedes Recht dazu. Trotzdem bin ich in der Hoffnung hergekommen, dass wir trotz allem, was gewesen ist, Frieden miteinander schließen können. Dass wir die Vergangenheit hinter uns lassen können.«

»So einfach ist das nicht, Frederik.« Mina rieb sich die Stirn. »Dass du mir Gewalt angetan hast, kann ich nicht einfach so vergessen und vergeben.«

»Nein, natürlich nicht.« Frederik drückte die Zigarette aus. »Das würde ich auch nicht von dir verlangen wollen. Ich möchte nur eine Gelegenheit, dir zu beweisen, dass ich wirklich ein anderer bin als damals.«

Damals … Seit Jahren hatte sie nicht mehr an jene Nacht gedacht, in der Frederik angetrunken in ihr Schlafzimmer gekommen war und sie vergewaltigt hatte. Ganz plötzlich war das Gefühl der Ohnmacht wieder da. Sie fühlte wieder seine Hände um ihren Hals, die sie würgten, und ihr Körper reagierte auf diese Erinnerung, ohne dass sie etwas dagegen tun konnte. Sie begann zu zittern, ihre Hände waren auf einmal schweißnass, und das Herz schlug ihr bis zum Hals.

»Gelegenheit?«, stieß sie hervor. »Was hast du vor? Du kannst auf keinen Fall zu mir zurückkommen, Frederik.«

»Davon spricht doch niemand.«

Mina zwang sich, ihm ins Gesicht zu schauen, aber in seinen Augen lag nichts als Offenheit und eine Wärme, die sie nie zuvor bei ihm gesehen hatte.

»Ich kann und will die Uhr nicht zurückdrehen, Mina. Dort, wo ich jetzt bin, bin ich sehr glücklich, und das verdanke ich dir. Alles, was ich möchte, ist, die Feindschaft zwischen uns zu begraben und dich vielleicht irgendwann meinen Freund nennen zu können.« Frederik beugte sich vor und streckte ihr die Rechte entgegen. »Auch wegen unserer Kinder«, fügte er leiser hinzu.

Mina starrte ihn einen Moment an. Unauffällig rieb sie die Hand an ihrem Rock trocken, ehe sie seine ergriff. »Wegen der Kinder …«, sagte sie fest.

Ein erleichtertes Lächeln breitete sich auf seinen Zügen aus, und seine grauen Augen strahlten auf. Mina spürte den festen Griff seiner Hand, die ihre umschloss. »Du ahnst nicht, was mir das bedeutet, Mina.« Er ließ ihre Hand los und schob den Ärmel seines Jacketts ein Stück zurück, um auf seine Uhr sehen zu können. »Verflixt, wenn ich meinen Zug noch erwischen will, muss ich jetzt los. Dabei haben wir noch gar nicht über den Ball des Kaffeevereins gesprochen. Aber vielleicht willst du so kurz nach dem Tod deiner Großmutter auch gar nicht mehr hingehen. Das könnte ich natürlich verstehen.«

Frederik erhob sich und blickte sie fragend an.

»Ich habe noch keine endgültige Entscheidung getroffen.« Auch Mina erhob sich.

»Wie gesagt, natürlich habe ich vollstes Verständnis, wenn du unter diesen Umständen darauf verzichtest, beim Ball zu erscheinen. Auf der anderen Seite: Wärest du ein Mann, würde sich die Frage nicht einmal stellen, oder?«

»Nein. Dann würde ich höchstens einen Flor am Mantel tragen«, erwiderte sie trocken. »Von Männern wird nicht erwartet, dass sie in der Trauerzeit zu Hause bleiben.«

Frederik grinste, und Mina erkannte einen Anflug von Schadenfreude in seinem Gesicht. »Dann lass uns hingehen, Mina. Zeigen wir den verknöcherten Kaufmännern, aus welchem Holz wir geschnitzt sind. Der Termin steht schon fest in meinem Terminkalender. Der vierzehnte November, nicht wahr?«

Mina nickte. »Ja, genau. Der Empfang ist um sieben Uhr abends.«

Zu ihrer Überraschung verbeugte Frederik sich vor ihr und deutete einen Handkuss an. »Ich freue mich schon darauf, mit dir an der Seite dort aufzutreten und die verblüfften Gesichter der alten Pfeffersäcke zu sehen. Das wird ein Spaß!« Er rieb sich die Hände, ging zum Schreibtisch hinüber, wo er Hut und Mantel vom Stuhl nahm und anzog. »Danke für alles, Mina«, sagte er lächelnd, ehe er sich umdrehte und ihr Büro verließ.

In den folgenden Wochen war Mina so mit ihrer Arbeit im Kontor und den Vorbereitungen für die geplante Renovierung der Villa beschäftigt, dass sie gar nicht mehr dazu kam, an den näher rückenden Termin des Balls zu denken.

Das Testament ihrer Großmutter war eröffnet worden, und zu Minas Erleichterung hatte Hiltrud das beim Notar hinterlegte Dokument seit über zehn Jahren nicht geändert. Wie erwartet, ging ihr Eigentum zu gleichen Teilen an ihre beiden

Enkeltöchter. Hiltrud äußerte in ihrem letzten Willen lediglich die Bitte, die Villa in Familienbesitz zu belassen und beiden Mädchen bei ihrer Heirat eine angemessene Mitgift auszuzahlen. Wie Mina schon vermutet hatte, hatte Großvater dafür gesorgt, dass Hiltrud über ein erhebliches Vermögen verfügte, sodass sie die Summe, die der Architekt grob für den Umbau veranschlagt hatte, ohne Weiteres aufbringen konnten und noch immer mehr als genug hatten, um eine komplett neue Möblierung vorzunehmen.

So saßen Agnes, Anton und Mina jeden Abend im Salon, grübelten über Bauplänen, sahen die Entwürfe des Innenarchitekten durch oder prüften die Stoffmuster für die Vorhänge und Möbelbezüge. Zum Glück hatten die drei einen ähnlichen Geschmack, sodass sie sich schnell einig wurden, was die Räume im Erdgeschoss anging, die sie künftig gemeinsam nutzen wollten.

Noch im Oktober begannen die Umbaumaßnahmen im Dachgeschoss und in der Küche. Frau Kruse beklagte sich bitterlich, dass sie nicht mehr ordentlich kochen konnte, aber als Mina ihr versicherte, für die paar Tage seien alle mit einem Eintopf von der provisorischen Kochstelle im Gartenhäuschen und belegten Broten mehr als zufrieden, gab sie sich geschlagen.

Der Architekt, ein jovialer Glatzkopf namens Petermann, der schon für Minas Vater gearbeitet hatte, versprach, die Arbeiten bis Dezember abzuschließen, und so gaben sich Maurer, Zimmerleute, Klempner und Maler von morgens um sieben bis abends um acht Uhr die Klinke in die Hand, verursachten Dreck und machten jede Menge Lärm. Mina war froh, dass Agnes und sie tagsüber im Kontor waren, wo sie von alledem wenig mitbekamen, während Anton im Haus blieb, um im Musikzimmer zu üben und ein Auge auf die Bauarbeiter zu haben.

Von Edo hatte Mina inzwischen einen weiteren Brief erhalten.

Ich habe eine namhafte Detektei mit der Suche nach Anns Familie beauftragt und bin im Begriff, nach St. Louis zu fahren. Dort werde ich mich mit einem der Pinkerton Detektive treffen, der angeblich eine Spur von Ann gefunden hat. Das ist jetzt die dritte Reise, die ich unternehme, und allmählich verliere ich die Hoffnung, sie aufzufinden, um mich mit ihr auszusprechen. In jedem Fall ist das der letzte Versuch, und ich werde von dort aus die Rückreise nach Hamburg antreten. Allmählich meldet sich mein altes Heimweh zurück, und ich sehne mich sehr nach dir und den Kindern.

Das Haus umzubauen klingt nach einem sehr guten Plan, aber glaubst du wirklich, dass es klug wäre, wenn ich mit in die Villa zöge? Du weißt, wie viel in der Speicherstadt getratscht wird, und wenn irgendwie herauskommt, dass ich ein Zimmer in der Villa bewohne, wäre das vielleicht zu viel des Guten und würde einen Skandal auslösen.

Mir ist meine kleine Wohnung über der Garage sehr ans Herz gewachsen, und es gefällt mir, dort ganz für mich zu sein und meine Ruhe zu finden. Und wenn ich dich von Zeit zu Zeit in aller Heimlichkeit besuchen darf und du weiter zu mir kommst, ohne dich an deiner Großmutter vorbeischleichen zu müssen, ist das für mich bereits der Himmel auf Erden. Aber vielleicht könnte man bei den allgemeinen Umbauarbeiten in der Villa auch in der Kutscherwohnung ein kleines Badezimmer einbauen …

Edo hatte versprochen, Mina zu benachrichtigen, sobald er das Schiff nach Hamburg besteigen würde, und sie wartete sehnsüchtig auf seine Rückkehr.

In der zweiten Novemberwoche kam endlich die erste der großen Kaffeelieferungen aus Guatemala an, und Mina saß über den vorliegenden Bestellungen und glich sie mit den Lagerscheinen ab. Den ganzen Tag schon klingelte das Telefon, weil Einkäufer der Röstereien im Rheinland wissen wollten, wann sie mit ihrer Lieferung rechnen konnten. Als Mina wieder den Hörer abhob und sich mit »*Kopmann & Deharde*, Lohmeyer am Apparat« meldete, hörte sie ein tiefes Männerlachen. »Da habe ich ja gleich die Richtige«, sagte Frederik gut gelaunt. »Ich wollte mich nur erkundigen, ob es bei unserer Verabredung zum Ball der Kaffeehändler bleibt«, sagte er.

»Ach herrje, der Ball«, antwortete Mina überrascht. »Den habe ich ja völlig vergessen.«

»Vergessen?« Wieder lachte Frederik. »Ich freue mich schon seit deiner Zusage diebisch auf das Gesicht der würdigen alten Herren, wenn wir zwei dort erscheinen.«

»Zugegeben, das ist ein reizvoller Gedanke. Aber im Moment ist im Kontor so viel zu tun, dass ich nicht weiß, ob ich es schaffe.«

»Ach, komm schon. Du hast doch genug Angestellte, sodass du dich nicht um alles selbst kümmern musst.«

»Aber ich habe die Verantwortung und muss für die Arbeit der Angestellten geradestehen. Genau wie du in deinen Tanzpalästen.«

»Da hast du natürlich auch wieder recht.« Wieder hörte sie Frederiks Lachen.

Schon merkwürdig, dachte Mina. *Ich hätte mir früher nie vorstellen können, so entspannt mit Frederik zu reden.*

Möglicherweise hing es damit zusammen, dass sie jetzt auf einer Ebene, quasi wie Gleichgestellte miteinander sprachen. Vielleicht war es unter diesen Umständen sogar denkbar, die Vergangenheit irgendwann ein Stück weit hinter sich zu lassen, auch wenn sie niemals vergessen würde, was geschehen war.

Um der Kinder willen …

Frederik war nun einmal Ellas Vater, und ihretwegen wollte sie versuchen, so gut wie möglich mit ihrem Ehemann auszukommen, auch wenn sie bezweifelte, dass sie je Freunde werden würden.

»Also gut.« Mina seufzte. »Dann gehen wir am Samstag zu diesem Ball, aber tanzen werde ich sicher nicht.«

»Warum denn das nicht?«

»Tanzen war noch nie meine Stärke. Meine Tanzlehrerin im Pensionat sagte immer, ich hätte zwei linke Füße, und ich habe keine Lust, mich völlig zu blamieren.«

»Du wirst dich nicht blamieren, jedenfalls nicht, wenn du dich von mir führen lässt.«

Mina musste lächeln. »Nun ja, wenn du keine Angst davor hast, dass ich dir auf die Füße trete?«

»Ich werde schon aufpassen«, sagte er. »Hast du ein hübsches Ballkleid?«

»Ich wollte das blaue anziehen.«

»Das alte Ding ist doch mindestens fünfzehn Jahre alt. Nein, Mina, das geht nun gar nicht.«

»Wieso? Es passt noch.«

»Aber es ist fünfzehn Jahre alt! Tu mir den Gefallen, kauf dir ein neues Abendkleid. Am besten ein modernes kurzes mit Fransen und Pailletten. Wir wollen den alten Herren schließlich etwas bieten.«

Mina seufzte. »Also gut, ich werde Agnes fragen, ob sie

mir beim Aussuchen hilft. Wenn es nach ihr geht, sind wahrscheinlich auch noch Federn dran.«

Frederiks Lachen war so laut, dass Mina den Hörer kurz vom Ohr nehmen musste. »Das ist ein Wort. Ich bin gespannt, was deine Schwester aussuchen wird. Wir sehen uns dann am Samstag, Mina. Ich freue mich sehr auf den Abend. Bis dann!«

Ein Klacken in der Leitung zeigte an, dass er aufgelegt hatte, ohne ihre Antwort abgewartet zu haben.

Einen Moment lang starrte Mina auf den Hörer in ihrer Hand, ehe sie ihn zurück auf die Gabel legte. Sie holte tief Luft und wandte sich dann wieder den Bestellungen zu.

Auch wenn Agnes keinen Hehl daraus machte, ganz und gar nicht mit der Entscheidung ihrer Schwester einverstanden zu sein, begleitete sie Mina an den Jungfernstieg, um ihr beim Kauf eines neuen Abendkleides beratend zur Seite zu stehen. Als die beiden jungen Frauen die Abteilung für Abendmode des Warenhauses Tietz betraten, staunte Mina nicht schlecht, dass Irma dort bereits auf sie zu warten schien. Sie erhob sich ein bisschen schwerfällig von einem der mit rotem Plüsch bezogenen Sessel, die für die wartenden Ehemänner aufgestellt worden waren, und kam Mina und Agnes entgegen.

»Da seid ihr ja endlich!«, sagte sie fröhlich. »Ich warte schon eine halbe Ewigkeit auf euch.« Sie griff nach Minas Händen und küsste sie auf die Wange.

»Das ist doch ein abgekartetes Spiel, oder?«, fragte Mina argwöhnisch. »Agnes hat dich angerufen und dich gebeten, mir die Sache mit dem Ball auszureden.«

»Sie hat mich angerufen, damit ich mit dir rede, das ist wahr. Aber dir etwas auszureden, was du dir einmal in den Kopf gesetzt hast, grenzt an Unmöglichkeit. Daher versuche ich es gar nicht erst.« Irma zwinkerte ihrer Freundin zu. »Doch die Gelegenheit, endlich mal wieder aus dem Haus zu kommen und ein bisschen Zeit mit euch beiden zu verbringen, war einfach zu verführerisch. Also habe ich meine Jungs spielen geschickt und dem Mädchen gesagt, es soll gelegentlich mal nach ihnen sehen, damit sie keinen Blödsinn machen.«

Irma ging zum Sessel zurück und ließ sich vorsichtig wieder nieder. »Mein Rücken bringt mich noch um«, sagte sie stöhnend. »Seit zwei Tagen habe ich jetzt schon diesen Hexenschuss und krauche herum, als wäre ich hundert Jahre alt. Diesmal muss es wirklich ein Mädchen werden, alles ist völlig anders als bei den Schwangerschaften mit den Jungs. Schau nur, wie dick ich schon geworden bin. Ich kriege kaum noch meine weitesten Kleider zu, dabei bin ich erst im fünften Monat. Wo soll das noch enden?« Sie zog ihren Mantel ein Stück auseinander und deutete auf ihren gewölbten Bauch.

»Vielleicht werden es ja Zwillinge«, meinte Agnes grinsend und nahm neben Irma Platz.

»Was?«, fragte Irma erschrocken. »Darüber habe ich noch gar nicht nachgedacht.« Ihr Gesicht hellte sich auf. »Solange es zwei Mädchen sind, wäre mir das egal. Dann wäre das Verhältnis der Kinder wenigstens ausgeglichen.«

Agnes und Irma lachten, und auch Mina fiel in das Lachen ein, während sie ihre Freundin betrachtete. Irma wirkte glücklich und gelöst und strahlte über das ganze Gesicht. *Vielleicht,* so dachte Mina, *habe ich mir doch unnötige Sorgen wegen der Schwangerschaft gemacht.*

Ein leises Räuspern hinter ihr riss sie aus ihren Gedanken. Sie drehte sich um.

Hinter ihr stand eine Verkäuferin in einem schlichten schwarzen Kostüm, die ein höfliches Lächeln aufgesetzt hatte.

»Guten Tag, meine Damen, was kann ich für Sie tun?«, fragte sie, wobei sie ihren Kopf ein wenig schief legte und von einer zur anderen sah.

»Wir suchen ein Abendkleid für meine Schwester«, rief Agnes und deutete auf Mina. »Sie geht am Sonnabend auf den Ball der Kaffeehändler und braucht etwas, mit dem sie richtig glänzen kann.«

Die Verkäuferin, ein zierliches, schlankes Persönchen Mitte zwanzig, zog ganz kurz eine Augenbraue in die Höhe, während sie Mina von oben bis unten musterte. Dann nickte sie. »Da werden wir bestimmt etwas für Sie finden, gnädige Frau. Die Kleider sind im Moment so elegant geschnitten, dass sie jeder Figur schmeicheln. Wenn Sie mir bitte folgen wollen?«

Zwei Stunden lang probierte Mina Kleid um Kleid an. Die, die ihr gefielen, wurden von Irma und Agnes strikt abgelehnt, und die meisten, die Agnes und Irma zusagten, fand Mina viel zu auffällig oder zu bunt. Schließlich blieb nur noch ein nachtblaues Seidenkleid übrig, das einen Überwurf aus einem mit Pailletten bestickten, halb durchsichtigen Stoff hatte. Die Verkäuferin hatte es ausgesucht und zu den anderen an den Kleiderständer gehängt.

»Ich weiß nicht recht …«, meinte Mina. »So was hätte meine Großmutter angezogen.«

»Komisch, das wollte ich auch gerade sagen«, stimmte Agnes zu.

»Ich weiß, auf den ersten Blick macht es nicht viel her, aber man muss es angezogen sehen«, sagte die Verkäuferin. »Es könnte höchstens sein, dass es in der Länge etwas knapp ist. Eigentlich soll es knöchellang sein, aber …«

»Also gut, ich probiere es an«, sagte Mina frustriert. Sie wusste selbst, dass sie keine ideale Figur hatte und viel zu groß war, um in den Kleidern gut auszusehen. Sie seufzte vernehmlich. »Wenn ich nichts finde, muss ich wohl oder übel das alte Blaue anziehen.«

Mina kehrte in das Umkleidezimmer zurück, ließ sich von der Verkäuferin in das Kleid helfen, das leicht und kühl über den Unterrock glitt, den sie trug, und drehte sich zum Spiegel um, während die Verkäuferin die Knöpfe im Rücken schloss.

Sie stieß den Atem aus und starrte ihr Spiegelbild an.

»Gott, ist das schön!«, hauchte sie.

Die Verkäuferin schaute an ihr vorbei in den Spiegel und lächelte ihr zu. »Was habe ich Ihnen gesagt, gnädige Frau? Man muss das Kleid angezogen sehen. Es ist wirklich wie für Sie gemacht!«

Die Verkäuferin hatte recht, es war einfach perfekt für Mina. Noch nie hatte sie sich so schön gefunden. Die weiche dunkelblaue Seide schimmerte ganz zauberhaft, bildete einen hübschen Kontrast zur hellen Haut ihres Dekolletés und brachte ihre blauen Augen zum Strahlen. Die dunklen Pailletten glitzerten dezent auf dem Überwurf, der ihre Figur sanft umspielte. Der Rock wirkte nicht zu kurz, auch wenn er nur bis zur Mitte der Waden reichte.

»Als ob der Sommerhimmel zu einem Kleid geworden wäre!«, sagte Mina lächelnd.

»Das haben Sie sehr schön gesagt, gnädige Frau!« Die Verkäuferin strahlte. »Sollen wir es den anderen Damen zeigen?«

Auch Agnes und Irma zeigten sich hellauf begeistert und bekräftigten Mina in ihrem Entschluss, das Kleid zu kaufen, auch wenn es sündhaft teuer war.

»Du hast dir so lange kein Kleid mehr gekauft«, sagte Agnes. »Und du hattest noch nie eines, in dem du so fantastisch aussiehst.«

»Vor allem sieht es ganz und gar nicht aus, als würde es deiner Großmutter gehören«, fügte Irma hinzu.

»Aber ist es auch schlicht genug?«, fragte Mina skeptisch. »Immerhin sind erst ein paar Wochen vergangen, seit Großmutter gestorben ist.«

»Wieso?« Agnes zuckte mit den Schultern. »Es ist dunkelblau, hat keine bunten Blumen drauf und keinen großen Ausschnitt. Viel schlichter geht es kaum. Wenn sich jemand mokiert, dann darüber, dass du überhaupt zum Ball gehst, sicher nicht über das Kleid.«

Mina sah noch einmal zu dem großen Standspiegel hinüber, der ein Stück entfernt von der Sitzgruppe platziert war, und nickte zufrieden.

»Also gut. Dann gehe ich so zum Ball.«

Es wurde ein schöner Abend, viel angenehmer, als Mina ihn sich vorgestellt hatte, als sie zu Beginn nervös die Treppe zum Hotel Atlantik an der Alster hinaufgeschritten war, in dessen Saal der Ball stattfand.

Frederik wartete bereits in der Eingangshalle auf sie und stieß bei ihrem Anblick einen leisen Pfiff aus.

»Meine Herren!«, sagte er mit einem anerkennenden Nicken. »Du siehst großartig aus.«

Mina fühlte, wie ihr bei dem unerwarteten Kompliment das Blut in die Wangen stieg. »Nicht zu dick aufgetragen?«, fragte sie.

»Gar nicht. Genau dem Anlass angemessen.« Er lächelte ihr zu und bot ihr den Arm an. »Dann lass uns den Leuten mal eine Show bieten, die sie nicht so schnell vergessen werden.«

Während Frederik sie in dem großen Saal an ihren Tisch führte, hatte Mina das Gefühl, die Augen aller Anwesenden auf sich zu fühlen. Sie holte tief Luft, richtete sich kerzengerade auf und nahm die Schultern zurück.

Haltung wahren, Mina, dachte sie, und in diesem Moment durchflutete sie ein Gefühl von Stärke und Triumph. Nein, sie war nicht am falschen Ort zur falschen Zeit, sagte sie sich, sie war genau dort, wo sie hingehörte, und ein Teil dieser eingeschworenen Gemeinschaft.

Sie unterhielt sich mit den Herren an ihrem Tisch über das Geschäft, wobei die anwesenden Damen sie zunächst skeptisch beäugten, ehe sie dazu übergingen, sie in ihr Gespräch über den üblichen Gesellschaftsklatsch miteinzubeziehen.

Frederik war ein vollendeter Tischherr für Mina. Er sprach mit allen Anwesenden über sämtliche aufkommenden Themen, brachte aber die Unterhaltung stets geschickt auf seinen geplanten Tanzpalast zurück. Dabei kümmerte er sich die ganze Zeit darum, dass Mina sich wohlfühlte, ihr Glas immer gefüllt war und sie in die Unterhaltung miteingebunden wurde. Als die Musik zu spielen begann, forderte er sie zum Tanzen auf, und nach kurzem Zögern willigte sie ein.

»Ich weiß gar nicht, warum deine Tanzlehrerin so unzufrieden mit dir war«, sagte er, während er sie souverän über die Tanzfläche führte. »Das geht doch prima!«

»Aber nur weil der Walzer ziemlich langsam ist und solange du nicht versuchst, linksherum zu drehen!«, gab Mina zurück.

Sie sah, dass er ein Lächeln unterdrückte. »Sollen wir es versuchen?«

»Untersteh dich!«, sagte sie. »Wenn ich dabei über meine eigenen Füße stolpere, bin ich bis auf die Knochen blamiert und für Jahre das Gesprächsthema Nummer eins für die Frauen der Kaffeehändler.«

»Das glaube ich zwar nicht, aber ganz wie du möchtest.

Dann tanzen wir vorsichtig rechtsherum zu unserem Tisch zurück.« Er zwinkerte ihr zu und manövrierte sie durch die vielen tanzenden Paare hindurch. Zurück am Tisch, verbeugte er sich formvollendet und rückte ihr den Stuhl zurecht, ehe er sich neben sie setzte.

Die Gattin von Senator Müller, der am Kehrwiederhafen ein Kaffeekontor führte, beugte sich ein wenig vor. Mina kannte sie recht gut von den Teekränzchen ihrer Großmutter. Sie stammte aus einer alteingesessenen Kaufmannsfamilie und galt als eine der schlimmsten Tratschtanten der Gesellschaft. »Sagen Sie, Herr Lohmeyer«, begann sie mit einem zuckersüßen Lächeln auf ihrem breiten Gesicht. »Wir haben uns gerade gefragt, ob Sie denn jetzt wieder *Kopmann & Deharde* leiten werden, wo Sie doch zurück in Hamburg sind.«

Mina sah, wie Frederik der Senatorin, die ihm gegenübersaß, freundlich zulächelte. »Ganz sicher nicht, liebe Frau Senator. Der Kaffeehandel liegt in den Händen meiner Frau, die das Geschäft ja schon seit Anfang des Krieges leitet. Sie versteht wesentlich mehr von Kaffee als ich und macht das viel besser, als ich es je könnte. Und was Hamburg angeht, so bin ich hier lediglich zu Besuch, weil ich in Kürze mit meinen Geschäftspartnern einen Tanzpalast eröffnen will, so einen wie den, den ich in Berlin leite. Davon verstehe ich sehr viel mehr als vom Kaffeegeschäft, darum habe ich das komplett an Mina übergeben.« Sein Lächeln wurde breiter, während im Hintergrund die Kapelle wieder zu spielen begann. »Von Ihnen erzählt man sich, dass Sie eine ausgezeichnete Tänzerin sind, gnädige Frau. Besonders beim Onestepp und Charleston sollen Sie unerreicht sein.«

»Ach was!« Die Senatorin winkte verlegen ab, schien aber nichtsdestotrotz sehr geschmeichelt.

»Wie wäre es, wollen wir es zusammen versuchen?«, fragte Frederik. »Natürlich, wenn Ihr Gemahl nichts dagegen hat.«

»Nur zu«, brummte Konsul Müller. »Dissen neumod'schen Kroom is nix för mi!«

Frederik erhob sich, verbeugte sich vor Frau Müller und streckte ihr die Hand entgegen, um sie zur Tanzfläche zu führen.

»Hauptsache, Sie erwarten jetzt nicht, dass ich auch mit Ihnen auf dem Tanzboden herumspringe.« Senator Müller lachte dröhnend, und Mina schüttelte lächelnd den Kopf.

»Um Gottes willen, nein«, sagte Mina. Sie nahm ihr Glas in die Hand und trank einen Schluck Wein. »Walzer geht ja noch, aber hierbei strecke ich die Waffen.« Sie deutete auf die Tanzfläche, wo Frederik und Senatorin Müller gekonnt miteinander Charleston tanzten.

»Prima, wenn es später einen schönen langsamen Walzer gibt, können wir es ja miteinander probieren.«

»Sehr gern.«

Senator Müller zog ein silbernes Etui aus der Tasche, dem er eine Zigarre entnahm, die er mit einem Streichholz entzündete.

»Gut, dass Sie beide sich wieder vertragen haben«, sagte er mit einem zufriedenen Nicken. »Es hat in den letzten Jahren immer wieder Gerede gegeben, weil Sie – wie soll ich es nennen – getrennte Wege zu gehen scheinen.«

Haltung!, dachte Mina. Lass dir bloß nichts anmerken. Unwillkürlich straffte sie die Schultern und sah ihrem Gegenüber offen in die Augen.

»Gerede?«, fragte sie. »Was gibt es da zu reden? Wir sind einfach übereingekommen, dass es für uns besser ist, einen gewissen Abstand zueinander zu wahren. Er verfolgt seine Geschäfte, und ich habe den Kaffeehandel übernommen, wie Frederik vorhin schon gesagt hat.«

»Trotzdem ist nicht jeder im Verein der Kaffeehändler glücklich darüber, dass eine Frau die Firma *Kopmann & Deharde* führt. Solange der alte Hullmann noch im Vorstand saß, der ja wohl Ihr Patenonkel war, haben sich die anderen zurückgehalten, weil sie ihn nicht verärgern wollten, aber seit er nicht mehr unter uns ist, werden die Stimmen lauter, die keine Frau unter ihresgleichen haben wollen.«

»Und Sie, Herr Senator? Was ist Ihre Meinung dazu?«

Senator Müller nahm einen Zug aus seiner Zigarre und sah dann dem Rauch nach, den er in einer Wolke nach oben geblasen hatte, ehe er antwortete. »Mir ist alles recht, was gut für den Kaffeehandel ist«, sagte er. »Ich habe nicht vergessen, dass uns nach dem Krieg niemand Kaffee liefern wollte und erst durch Ihre Verbindung nach Südamerika wieder Rohkaffee nach Hamburg gekommen ist.« Er streifte die Asche von seiner Zigarre und beugte sich ein wenig vor, so als befürchtete er, jemand könnte ihn belauschen. »Und ich wäre der Letzte, der kein Verständnis dafür hätte, dass eine arrangierte Ehe nicht glücklich ist. Manchmal ist es besser, wenn man Abstand voneinander hält. Wenn ich könnte, wie ich wollte ...« Er winkte ab. »Aber das steht auf einem anderen Blatt.« Senator Müller zwinkerte ihr zu. »Es ist gut, dass Sie heute zu zweit hergekommen sind. Das wird einigen Leuten den Mund stopfen, die gewisse Gerüchte in die Welt setzen.«

»Was denn für Gerüchte?« Kaum hatte Mina die Worte ausgesprochen, bereute sie sie auch schon wieder.

Senator Müller wiegte den Kopf hin und her. »Einigen ist aufgefallen, dass Ihr Prokurist bei Ihnen mit im Haus wohnt, und das sorgt natürlich für Spekulationen.«

»Da gibt es nichts, über das man spekulieren müsste, Senator.« Selbst in ihren eigenen Ohren klang ihre Stimme schrill. »Herr Becker kam schwer verletzt und beinahe blind aus dem Krieg zurück. Er hatte keine Bleibe und niemanden, der sich um ihn hätte kümmern können, also haben wir ihm die kleine leer stehende Wohnung über unserer Garage überlassen, in der früher unser Kutscher gelebt hat. Bei diesem Arrangement ist es geblieben, auch als es ihm nach einer Weile etwas besser ging und er es sich wieder zutraute, im Kontor zu arbeiten. Aber er ist noch immer nicht vollständig genesen und fühlt sich nicht in der Lage, eigenständig in einer Wohnung zu leben, ohne dass gelegentlich jemand nach dem Rechten sieht. Das ist schon das ganze Geheimnis.«

Senator Müller hob abwehrend die Hände. »Ich habe nie etwas anderes behauptet, gnädige Frau. Aber es ist gut, es aus Ihrem eigenen Mund gehört zu haben. Ich werde es gern so weitergeben, wenn mir mal wieder diese bösen Gerüchte zu Ohren kommen.«

Die Musik hatte aufgehört, und von der Tanzfläche her war Klatschen zu hören. »Ich denke, meine Frau und Ihr Mann werden gleich zurück sein. Es war eine sehr gute Idee von Ihnen, sich mit Ihrem Mann hier auf dem Ball blicken zu lassen, Frau Lohmeyer. Das wird die Gemüter kühlen und Ihnen einen besseren Stand unter den Kaufleuten verschaffen. Was mich betrifft, ich bin froh, dass eine patente Frau wie Sie zu uns gehört.«

Mina holte tief Luft und lächelte ihm herzlich zu. »Ich danke Ihnen, Senator. Es bedeutet mir sehr viel, dass Sie das sagen.«

»Erich, mein Lieber!«, rief eine Frauenstimme hinter Mina. Sie drehte sich um und erkannte Senatorin Müller, die strahlend und mit rosigen Wangen von Frederik zum Tisch zurückgeführt wurde. Ebenso wie zuvor für Mina rückte er auch für sie galant den Stuhl zurecht. Sie sah dankbar zu ihm hoch und nahm Platz. »Herr Lohmeyer ist ein wirklich begnadeter Tänzer«, sagte sie zu ihrem Mann. »So viel Spaß hatte ich seit Jahren nicht. Denk dir nur, er eröffnet im Frühling einen Tanzpalast und hat uns eingeladen, zur Eröffnung zu kommen. Und den ersten Charleston des Abends hat er mir versprochen.«

Sie kicherte dümmlich. Mina konnte gut verstehen, warum Senator Müller vorhin Verständnis für ihre Trennung von Frederik geäußert hatte. Sie lächelte der Senatorin höflich zu, konnte es sich aber nicht verkneifen, dem Senator zuzuzwinkern.

Der weitere Abend verlief in gelöster Stimmung. Frederik tanzte noch zweimal mit ihr, und einmal wagte sie sich mit dem Senator aufs Parkett. Gegen elf Uhr gab sie Frederik bei einem Tanz zu verstehen, dass sie sich gern zurückziehen würde.

»So früh schon?«, fragte er erstaunt. »Ich hatte gehofft, du könntest mich noch mit ein paar der anwesenden Bankiers bekannt machen.«

»Wie du dich vielleicht erinnerst, arbeite ich beinahe ausschließlich mit dem Bankhaus Klemm zusammen, die anderen Herren kenne ich kaum. Hast du Herrn Klemm nicht kennengelernt?«

»Nur flüchtig.«

»Dann brauche ich euch ja nicht vorzustellen, aber du kannst dich gern auf mich berufen, wenn du ihn ansprichst.« Mina lächelte entschuldigend. »Bitte hab Verständnis dafür, dass du ohne mich mit ihm verhandeln musst. Ich kann mich da unmöglich einmischen.«

Für den Bruchteil einer Sekunde blitzte wieder etwas von

dem kalten Raubvogelblick in seinen Augen auf, vor dem sie sich früher so gefürchtet hatte. »Natürlich nicht, Mina. Das hätte ich auch nicht erwartet.« Er umfasste ihre Rechte fester und zog sie ein wenig enger an sich heran, während er einem anderen Tanzpaar auswich. »Und du willst wirklich schon gehen?«

»Ja, Frederik. Ich glaube, es ist besser, wenn ich nicht allzu lange hierbleibe. Senator Müller hat mir vorhin erzählt, dass die Gerüchteküche mich betreffend brodelt, und ich will ihnen kein Futter geben, indem ich länger als absolut nötig bleibe.«

»Soll ich dich fahren?«

»Ich kann mir genauso gut ein Taxi rufen lassen.«

»Unfug.« Frederik lächelte breit. »Hast du nicht gesagt, du willst die Gerüchteküche nicht unnötig anheizen? Ich fahre dich schnell in die Heilwegstraße.«

Seufzend gab Mina nach. Gemeinsam gingen sie aus dem Saal hinaus ins Foyer, um ihre Mäntel zu holen, und verließen das Hotel. Ein Fahrer des Hotels fuhr mit Frederiks Wagen vor, einem brandneuen roten Mercedes Cabriolet, dessen Verdeck geschlossen war.

Mina lachte. »Der Farbe bist du treu geblieben, oder?«

»Ich mag nun mal rote Automobile.« Frederik öffnete die Tür des Wagens und ließ sie einsteigen, dann ließ er sich auf dem Fahrersitz nieder und startete den Motor.

Während der ganzen Fahrt überlegte Mina, wie sie eine Unterhaltung anfangen sollte, aber ihr fiel kein passendes Gesprächsthema ein, also schwieg sie und sah aus dem Fenster über die Alster hinweg, in deren glatter Wasserfläche sich die Lichter der Stadt spiegelten.

Schließlich hatten sie ihr Ziel erreicht, Frederik lenkte das Cabrio in die Auffahrt und stellte es neben Minas Wagen ab.

»Du brauchst mich nicht bis zur Tür zu begleiten«, sagte Mina, bevor er auch nur ein Wort gesagt hatte. »Ich könnte dich im Moment sowieso nicht hereinbitten. Wir renovieren gerade, und das Erdgeschoss ist eine einzige Baustelle und nicht präsentabel.«

Im Halbdunkel der Laterne, die an der Garage angebracht war, sah sie Frederik lächeln. »Das hatte ich auch nicht erwartet, Mina.« Er blickte durch die Frontscheibe hinaus und wandte ihr dabei sein Profil zu. »Ich bin ja schon mehr als glücklich, dass du zugestimmt hast, mit mir zu diesem Ball zu gehen – trotz allem, was passiert ist.« Frederik sah sie forschend an. »Ich fand es einen gelungenen Abend. Du nicht auch?«

»Es war wirklich ein schöner Abend, Frederik«, antwortete sie, ohne auf seine Anspielung einzugehen. Sie wollte die Vergangenheit endlich ruhen lassen. »Vielleicht sollten wir das wiederholen – wenn nächstes Jahr wieder der Ball der Kaffeehändler ist.«

»Nicht schon vorher?«

Mina versuchte, aus seinem fragenden Gesichtsausdruck schlau zu werden, dann schüttelte sie den Kopf. »Besser nicht. Es gibt jemanden, der damit nicht einverstanden wäre. Bei dir etwa nicht?«

Frederik holte tief Luft und ließ sie langsam wieder entweichen. Einen Augenblick lang schwieg er. »Doch«, sagte er. »So jemanden gibt es auch bei mir.«

Mina lächelte. »Das ist gut zu wissen, und es freut mich für dich. Danke fürs Nach-Hause-Bringen.« Sie streckte ihm die Hand entgegen, die er nach kurzem Zögern ergriff und drückte. »Gute Nacht, Frederik.«

»Gute Nacht, Mina.«

Mina stieg aus und sah dem Automobil hinterher, bis es hinter der Gartenmauer verschwunden war.

Schon komisch, dachte sie. *Wenn wir nicht geheiratet hätten, hätten wir vielleicht sogar Freunde werden können.*

Sie drehte sich um und ging auf die Villa zu. Aus den Fenstern von Großmutters Salon, aus dem inzwischen ein modernes Wohnzimmer geworden war, schimmerte noch Licht durch die Vorhänge. Vermutlich war Agnes noch wach, um auf Anton zu warten, der heute in der Oper zu spielen hatte. ›Lohengrin‹ werde gegeben, hatte er gesagt.

»In fernem Land, unnahbar euren Schritten, liegt eine Burg, die Monsalvat genannt …«, summte sie leise vor sich hin. Nicht gerade ihre liebste Wagneroper, aber vielleicht konnte Anton trotzdem für eine der nächsten Vorstellungen Karten besorgen. Es schien schon eine Ewigkeit her, dass sie in der Oper gewesen war.

Noch immer summend stieg sie die Treppenstufen zur Eingangstür hinauf. Sie kramte in ihrem Abendtäschchen nach dem Schlüssel, den sie eingesteckt hatte, weil sie niemanden vom Personal stören wollte, sollte sie spät nach Hause kommen, als das Licht im Flur aufflammte und die Tür geöffnet wurde.

»Gott sei Dank, du bist da!«, sagte Agnes mit gedämpfter Stimme und zog Mina eilig ins Haus. »Ich hatte schon überlegt, ob ich im Hotel Atlantik anrufe, um dich nach Hause zu holen.«

»Du bist ja ganz aufgelöst. Was ist denn los?« Mina schaute ihrer Schwester bestürzt in die Augen. »Ist etwas mit den Kindern?«, fragte sie besorgt.

»Nein, nein, das nicht. Es ist …« Sie brach ab und griff nach Minas Arm. »Komm am besten mit und sieh selbst.«

Agnes zog Mina mit sich zur Tür des Salons, ohne ihr die Gelegenheit zu geben, sich den Abendmantel auszuziehen. Sie legte den Finger an die Lippen und machte die Tür für ihre Schwester auf, ehe sie sagte: »Ich lasse euch besser allein.« Sie strich Mina über die Schulter und wandte sich zur Treppe.

Mina betrat den Salon, der erst am vorigen Morgen fertig möbliert worden war und in dem es immer noch ein bisschen nach Tapetenkleister und Bohnerwachs roch.

Auf dem neuen, eleganten Sofa mit dem geschwungenen Rückenteil saß ein schmal gebauter Mann mit dunklen, welligen Haaren, der jetzt den Kopf hob und ihr entgegensah.

Minas Herz schien einen Schlag auszusetzen, dann begann es wie verrückt zu pochen. »Edo!«, stieß sie tonlos hervor.

Edo lächelte. »Es tut mir leid, dass ich so hereinplatze, aber die Formalitäten bei der Einreise haben sich so lange hingezogen, dass wir erst gegen zehn Uhr hier waren. Und die Kutscherwohnung war nicht geheizt und eiskalt, darum bin ich herübergekommen, damit Richard sich aufwärmen kann.«

Er schaute hinunter auf seinen Schoß, auf dem ein formloses Bündel lag, in dem Mina erst jetzt ein Kind erkannte. Edo legte die Hand auf den Kopf, der auf seinen Beinen lag, und strich dem schlafenden Kind über den dunklen Haarschopf.

»Mina, darf ich dir meinen Sohn vorstellen?«, fragte Edo.

SECHS

»Deinen Sohn?«, stieß Mina hervor. »Aber … Ich meine, wieso …«

Edos erhobene Hand ließ sie verstummen.

»Das ist eine lange Geschichte«, sagte er, und seine Stimme klang unendlich müde dabei. »Lang und vor allem traurig. Ich werde sie dir gern erzählen, aber können wir vorher Richard zu Bett bringen? Der arme kleine Kerl ist todmüde.«

»Ja, ja, natürlich«, sagte Mina sofort. »Am besten wir legen ihn nach oben in das kleine Gästezimmer neben den Kinderzimmern. Ich laufe schnell hinauf und wecke Fräulein Brinkmann, damit sie ihn hochträgt und sich um ihn kümmert.«

»Ich trage ihn selbst«, antwortete Edo. »Und ich bleibe bei ihm, bis er fest schläft. Er kennt nur mich, und ich möchte nicht, dass er das Gefühl hat, verlassen worden zu sein.«

»Aber …« Mina wollte protestieren, dass sich Edo nicht übernehmen sollte, aber er kam ihr zuvor.

»Er wiegt nicht viel. Für seine neun Jahre ist er klein und schmächtig!« Edo lächelte Mina zu. »Ich habe ihn schon getragen, und es geht ohne Probleme.« Er beugte sich zu dem schlafenden Kind hinunter und strich ihm liebevoll über das Haar, das ebenso wie sein eigenes dunkelbraun und wellig war. »Richard, time to go to bed!«, sagte er leise.

Der Junge protestierte schlaftrunken. »But I …«

»We will talk tomorrow morning, Richard. Now it's time to sleep, okay?«

Der Junge nickte. »Okay, Sir.«

Minas Englisch war zwar nicht besonders gut, aber das Gesagte hatte sie verstanden. Sie wunderte sich darüber, warum der Junge Edo mit »Sir« ansprach.

Der Junge richtete sich auf und warf ihr aus seinen dunklen Augen, die Edos glichen, einen neugierigen Blick zu. Er legte seine Hand an Edos Ohr und flüsterte ihm etwas zu, das Mina nicht verstehen konnte.

Edo nickte lächelnd. »This is Mina. You remember? I told you about her.«

Richard nickte und versuchte ein schüchternes Lächeln in Minas Richtung. Sie lächelte zurück. Für ein Kind von neun Jahren war er wirklich klein und vor allem sehr dünn. Sie hätte den Jungen auf höchstens sechs oder sieben geschätzt. Aber der Ausdruck in seinen Augen ließ darauf schließen, dass er in seinem kurzen Leben schon viel zu viel erlebt und gesehen hatte.

Edo stand auf, hob Richard mühelos hoch und nahm ihn auf die Arme.

»Ich komme mit«, sagte Mina.

»Das musst du nicht«, erwiderte Edo. »Ich habe ihn schon einige Male ins Bett gebracht.«

»Wenn ich aber darauf bestehe?«

Edo lächelte und nickte dann. Sein Blick lag mit solcher Wärme auf ihr, dass ihr Herz zu groß für ihre Brust zu werden schien und sich ein Kloß in ihrem Hals bildete. Sie widerstand der Versuchung, ihn zu umarmen und zu küssen. Edo hielt den Jungen auf dem Arm, der jetzt seinen Kopf gegen Edos Brust lehnte und die Augen schloss.

Nicht jetzt, sagte sie sich. Später, wenn wir allein sind.

Sie verließ den Salon und hielt für Edo die Tür auf, dann folgte sie ihm die Treppe hinauf. Ihr Blick war auf seinen Rücken gerichtet, und bei jeder Stufe, die sie emporschritt, schoss ihr eine neue Frage durch den Kopf.

Sein Sohn? Wieso hatte er nie von diesem Kind gesprochen? Was war mit der Mutter? Wo war sie? Warum …

Schluss damit, ermahnte sie sich. Du kannst dir alles von Edo erzählen lassen, sobald der Junge im Bett ist.

Oben an der Treppe blieb Edo stehen und warf Mina einen fragenden Blick zu.

»Links den Flur hinunter«, antwortete Mina leise auf seine nicht gestellte Frage. Der Junge auf Edos Arm schien wieder eingenickt zu sein. »Die vorletzte Tür auf der rechten Seite.«

Erst jetzt fiel Mina ein, dass Edo noch nie hier oben gewesen war. Seit sie sich wiedergefunden hatten, hatten sie sich immer nur in der Kutscherwohnung getroffen, und er hatte es vermieden, die Villa zu betreten.

Alles, um den Schein zu wahren, dachte Mina bitter. *Alles, damit Großmutter Hiltrud keinen Verdacht schöpfte.*

»Warte, ich öffne die Tür für dich.« Sie überholte Edo und ging zum Gästezimmer voraus.

Das Zimmer war nicht sehr groß, und das Fenster ging zur Garage hinaus. In ihren Plänen hatten Agnes und Mina beschlossen, dass es eines Tages als Kinderzimmer für Agnes' und Antons Nachwuchs dienen sollte, daher war es noch nicht neu möbliert, und dort, wo die neue Heizung eingebaut worden war, fehlte ein Stück Tapete. Aber es war beheizt, und das Bett, auf dem eine bunte Tagesdecke lag, war frisch bezogen.

»Nicht sehr einladend, ich weiß, aber …«, sagte Mina entschuldigend, während sie die Tagesdecke herunternahm und zusammenlegte.

»Besser als jedes Bett, in dem Richard in den letzten Jahren geschlafen hat, glaub mir«, erwiderte Edo. »Abgesehen vielleicht von der schmalen Pritsche auf dem Schiff.«

Mina schlug die Federdecke zurück, und nachdem Edo den Jungen hingelegt hatte, zogen sie Richard die Jacke, die Schuhe und die abgetragene Hose aus. Schlaftrunken öffnete er die Augen.

»See? As I promised you: a real bed of your own!« Edo deckte ihn zu und strich ihm noch einmal über den dunklen Schopf.

Richard nickte. »Do you sleep here, too?«, fragte er verschlafen.

»Next door, Richard. Don't worry. We'll leave the light on for you. Good night!«

»Schlaf gut, Richard«, sagte Mina leise und tätschelte vorsichtig die kleine Hand, die auf der Bettdecke lag.

Sie schaltete eine kleine Lampe an, die auf der Kommode auf der anderen Seite des Zimmers stand, und schirmte den Lichtschein gegen das Bett ab.

Edo lächelte liebevoll. »So schlecht ist dein Englisch also doch nicht«, sagte er leise.

»Verstehen geht ja noch, aber sprechen sollte ich lieber nicht«, gab Mina ebenso leise zurück.

Das schlafende Kind bewegte sich und drehte sich auf die Seite. Mina griff nach Edos Hand und zog ihn auf den Flur hinaus.

»Da du ihm gesagt hast, dass du im Zimmer nebenan schläfst, solltest du mit in mein Zimmer kommen.« Sie deutete auf eine der Türen etwas weiter den Flur hinunter. »Wenn wir die Türen nur anlehnen, hören wir ihn, falls er aufwacht.«

Edo sah sie einen Moment lang fragend an, dann lächelte er und nahm sie in die Arme.

»Meine Mina!«, flüsterte er dicht neben ihrem Ohr, während er sein Gesicht in ihrem Haar vergrub. »Ich habe mich die ganze Zeit so nach dir gesehnt. Wenn du bei mir gewesen wärest, wäre alles viel leichter gewesen. Du hast immer für alles eine Lösung und bist nie im Zweifel, ob das, was du tust, richtig ist.«

»Da sieht man, wie wenig du mich in Wirklichkeit kennst«, erwiderte Mina. Sie zog ihn an sich und küsste ihn. »Das ist alles nur Theater. Ich spiele nur die Selbstsichere, aber tief drinnen weiß ich nie, ob ich wirklich mit meiner Meinung richtigliege.« Sie löste sich ein wenig aus seiner Umarmung und sah ihm ins Gesicht. »Aber wenn ich selbst dich täuschen kann, muss ich wohl eine ganz gute Schauspielerin sein.«

»Die beste.« Im Winkel seines verbliebenen Auges bildeten sich kleine Fältchen, als sein Lächeln breiter wurde. »In jeder Beziehung.«

In dieser Nacht war an Schlaf nicht zu denken. Dicht aneinandergedrängt lagen sie unter Minas Bettdecke, und während Mina die tausend Fragen stellte, die ihr auf der Seele brannten, und sie Edos Antworten zuhörte, lauschte sie dabei auch immer zur Tür, ob der kleine Junge ein paar Zimmer weiter zu weinen begänne. Doch alles blieb ruhig.

Edo erzählte, die Verhandlung in Toledo sei nur eine Formsache gewesen. Er konnte den Richter davon überzeugen, nicht an den Unterschlagungen seines Cousins beteiligt gewesen zu sein, sondern lediglich versucht zu haben, ihm die Schande eines Konkurses zu ersparen. Da sich Edos Aussage mit der seines Vetters deckte, blieb Edo straffrei. Schon während der Schiffsüberfahrt war in Edo der Wunsch wach geworden, sich mit seiner Frau Ann auszusprechen und ihr zu erklären, warum er damals so Hals über Kopf verschwunden war – und vor allem, was ihn gehindert hatte, wieder zu ihr zurückzukommen. Aber Anns Familie, bei der sie nach seinem Weggang wieder eingezogen war, lebte nicht mehr in der Stadt. Die Leute, die jetzt in ihrem Haus wohnten, hatten erzählt, der Vater sei gestorben und der Rest der Familie danach weggezogen. Wohin, wüssten sie nicht. Edo habe daraufhin selbst erfolglos Nachforschungen angestellt und schließlich die Detektei Pinkerton eingeschaltet, die überall im Land Detektive beschäftigte. Gerade als er die Suche habe aufgeben und nach Deutschland zurückkehren wollen, habe er eine Nachricht aus Chicago bekommen, dass der Detektiv dort eine frühere Adresse von Ann ausfindig gemacht hatte. In der Hoffnung, sie in Chicago zu finden, habe er sich sofort auf den Weg dorthin gemacht.

Edo strich Mina, die in seinem Arm lag, eine Locke aus dem Gesicht und seufzte. »Aber auch diese Adresse stellte sich als Enttäuschung heraus.« Er seufzte. »Nur eine Nachbarin konnte sich an Ann und ihre Mutter erinnern. ›Sehr nette Leute‹, sagte sie. ›Immer höflich und hilfsbereit. Was für ein Jammer.‹ Sie zierte sich ein bisschen, mir genauer zu erzählen, was passiert war. ›Die Mutter war kränklich und musste meist das Bett hüten, während die junge Frau weiter zur Arbeit in einer Fabrik gegangen ist. Von dort kam sie eines Tages mit schlimmem Husten nach Hause. Das war in dem Jahr, als die Grippe so gewütet hat. Nicht einmal drei Tage später war die junge Frau tot. Die alte Dame ist nur zwei oder drei Tage später gestorben. Für ein paar Wochen habe ich mich um den kleinen Jungen gekümmert, aber mein Mann hat gesagt, wir können nicht noch ein weiteres Maul durchfüttern. Da blieb mir nichts anderes übrig, als ihn zum Pfarrer zu bringen, damit der Kleine in ein Waisenhaus kommt.‹«

Der Schmerz dieser Erinnerung spiegelte sich auf Edos Gesicht. »Ich war wie vor den Kopf geschlagen. Ann hatte ein Kind – einen Jungen. Und wahrscheinlich war ich der Vater und hatte sie beide im Stich gelassen.«

»Du wusstest doch nichts von ihm.«

»Nein. Ann hat mir nichts erzählt und mir in ihrem Brief, den sie mir nach New York geschickt hatte, kein Wort davon geschrieben.« Nachdenklich schüttelte er den Kopf. »Vielleicht wusste sie da noch nicht sicher, dass sie ein Kind erwartete. Wie dem auch sei, ich war fest entschlossen, Anns Kind zu finden, selbst wenn ich nicht der Vater gewesen wäre. Die Geschichte erinnerte mich zu sehr an mich selbst. Auch meine Eltern sind früh gestorben, und nur weil Heikos Eltern mich bei sich aufgenommen haben, bin ich nicht in einem Waisenhaus gelandet. Dieses Waisenhaus …« Ein kurzes Schaudern ging durch seinen Körper. »Du musst verstehen, Mina, Chicago ist groß und brummt wie ein Bienenstock. Überall entstehen neue Fabriken, und die Stadt hat Zulauf aus dem ganzen Land, sodass sie aus allen Nähten platzt. Die Reichen werden immer reicher, aber die Ärmsten müssen sehen, wo sie bleiben. Es gibt vier Waisenhäuser dort, drei kirchliche und ein städtisches. Die Nachbarin sagte, sie habe den Jungen zur Kirche gebracht, aber in den dortigen Waisenhäusern gab es keinen Eintrag, weder unter meinem noch unter Anns Namen. Also bin ich zum städtischen Waisenhaus gegangen und habe dort nachgefragt. Es war ein schäbiges, heruntergekommenes Gebäude in einer ärmlichen Gegend der Stadt, und dort waren doppelt so viele Kinder untergebracht, wie eigentlich vorgesehen waren. Ich fragte den Leiter des Heims nach einem Jungen mit Namen Blumenthal oder Miller, und er musste erst seine Bücher durchsehen, ehe er sagen konnte, ob das Kind in seinem Heim war. Er entschuldigte sich damit, dass über hundertfünfzig Kinder dort lebten und er sich unmöglich alle Namen merken könne, zumal es ein ständiges Kommen und Gehen gäbe. Aber schließlich fand er ihn unter dem Namen Richard Blumenthal. Ich erklärte dem Heimleiter, ich sei der Vater des Jungen und wolle ihn mit nach Deutschland nehmen. Das stellte sich aber als gar nicht so einfach heraus, weil ich keine Papiere auf den Namen Blumenthal vorweisen konnte. Er sagte, er könne ja nicht einfach Kinder aus seiner Obhut entlassen, schon gar nicht auf das Wort eines dahergelaufenen Fremden hin, der behauptete, sein Vater zu sein.« Edo schnaubte durch die Nase.

»Er kannte dich eben nicht.« Mina strich ihm über die Wange. »Deswegen kann man ihm keinen Vorwurf machen.«

»Warte, bis du den Rest der Geschichte hörst«, sagte Edo finster. »Der Leiter hat mich den Jungen sehen lassen. Richard wurde in ein kleines Zimmer gebracht, wo ich mich unter Aufsicht mit ihm unterhalten durfte. Ich hätte sofort merken müssen, dass etwas in diesem Heim nicht stimmte. Richard hat kaum auf meine Fragen geantwortet, sondern immer nur zu dem Aufseher hinübergeschaut, der auf einem Stuhl neben der Tür saß. Der arme kleine Kerl zitterte vor Angst, das war deutlich zu sehen.«

»Hast du ihm gesagt, dass du sein Vater bist?«

»Da noch nicht.« Edo schüttelte den Kopf. »Es lag mir zwar auf der Zunge, aber ich brachte es nicht über mich, ihm vielleicht falsche Hoffnungen zu machen. Als ich wieder gehen musste, verbeugte sich Richard vor mir und gab mir die Hand.

Sie war eiskalt und nass vor Schweiß. Und dieser flehende Blick in seinen Augen brach mir beinahe das Herz. Dann, als der Aufpasser sich umdrehte, flüsterte Richard mir ganz leise zu: ›Nehmen Sie mich mit, bitte!‹« Edo holte tief und zitternd Luft. »Ich konnte nichts sagen, ich habe ihm nur zugenickt. Und dann schob der Aufseher ihn durch die Tür, und er war weg.«

»Wie im Gefängnis …«, murmelte Mina.

»Ja, das Heim hatte wirklich etwas von einem Gefängnis. Wie viel, habe ich erst später von Richard erfahren, als wir auf dem Schiff waren.« Wieder seufzte er. »Am nächsten Tag war ich wieder bei dem Heimleiter, und bei diesem Gespräch rückte er damit heraus, was er wirklich im Sinn hatte. Er sagte, er könne den Jungen bald als Arbeitskraft vermitteln und dafür werde er eine erhebliche Summe erhalten, auf die das Heim dringend angewiesen sei.«

Mina hob abrupt den Kopf, der auf seiner Schulter gelegen hatte, und schaute Edo ins Gesicht. »Das klingt, als würden sie die Kinder verkaufen.«

»Der Heimleiter würde es sicher nicht so nennen, aber es läuft darauf hinaus. Den Ertrag aus diesen Geschäften steckte er sich vermutlich in seine eigene Tasche. Er hatte kein Interesse daran, zu überprüfen, ob ich wirklich Richards Vater bin und überhaupt ein Recht hatte, den Jungen zu mir zu nehmen. Das muss man sich mal vorstellen! Stattdessen schlug er sofort einen Handel vor. Ich sollte ihm fünfhundert Dollar geben, dann könne ich den Jungen mitnehmen.«

Mina zog die Augenbrauen zusammen. »Fünfhundert? Das ist ja der reinste Wucher!«

Edo zog die Schultern hoch. »Was sollte ich machen, wenn ich mein Versprechen halten wollte? Ich habe ihm das Geld versprochen.«

»Aber hattest du denn so viel bei dir?«

»Ich habe ihm eine Bankanweisung für das New Yorker Konto des Kontors geschrieben, und weil er die zuerst nicht nehmen wollte, habe ich sie über sechshundert Dollar ausgestellt. Da konnte er wohl nicht widerstehen. Noch am selben Tag habe ich dann Richard abgeholt, und wir sind sofort mit der Eisenbahn nach New York gefahren, weil ich das nächste Schiff nach Deutschland rechtzeitig kriegen wollte. Vor allem aber wollte ich den Scheck sperren lassen, ehe er eingelöst wurde.«

Mina konnte das süffisante Lächeln auf Edos Gesicht trotz des dämmrigen Lichtes im Raum erahnen.

»Zum Glück war ich rechtzeitig bei der Bank. Das Linienschiff nach Hamburg haben wir aber leider nicht mehr erreicht. Eine ganze Woche wollte ich nicht warten, also habe ich mich nach einer anderen Passage erkundigt – vorzugsweise nach einer, auf der die Papiere der Passagiere nicht so genau geprüft werden würden. Richard hatte ja keine Papiere, mit denen er ausreisen konnte. Da ich nicht wusste, wie ich vorgehen sollte, habe ich Heiko ein Telegramm geschickt und von ihm den Namen eines Kapitäns erfahren, der uns auf seinem Handelsschiff mitnehmen würde.«

»Du hast Heiko geschrieben, aber mir nicht?«

»Entschuldige, Mina, doch es musste alles sehr schnell gehen und …«

»Aber warum hast du mich nicht gefragt?« Mina setzte sich auf und sah entrüstet zu Edo hinunter. »Ich sitze hier in Hamburg, höre kein Wort von dir, aber Heiko schreibst du an, wenn du Hilfe brauchst?«

»Sei nicht böse, Liebes.«

»Ich bin aber böse!«

Edo griff nach ihrer Hand. Sie zog sie weg. Einen Augenblick lang schwiegen beide.

»Heiko kennt Gott und die Welt, das weißt du selbst am besten«, sagte Edo schließlich »Er hat unter den Seeleuten etliche Freunde, von denen ihm manche noch den ein oder anderen Gefallen schulden. Und ich habe gedacht …«

»Nein, du hast nicht nachgedacht. Nicht eine Sekunde lang!«, rief sie aufgebracht. »Kannst du dir vorstellen, wie ich mir jetzt vorkomme? Was soll ich denn denken, wenn du ihm mehr vertraust als mir?«

»Das stimmt nicht, Mina, das weißt du genau. Doch, ich habe nachgedacht. Vielleicht sogar zu viel. Ich bin mir bewusst, dass ich dir eine Menge zumute, indem ich dir das Kind ins Haus bringe, das ich mit einer anderen Frau hatte. Aber Richard kann nichts dafür, er ist ein kleiner Junge, der sich nicht an seine eigene Mutter erinnern kann. Er kennt nichts anderes, als herumgestoßen zu werden, zu wenig zu essen zu haben und von den Aufsehern im Waisenheim schikaniert zu werden. Ich kenne dich gut, Mina, und ich weiß am besten, wie groß dein Herz ist. Darum möchte ich dich bitten, ihn ebenso wie die Mädchen darin aufzunehmen und auch ihm eine Mutter zu sein. Kannst du das tun?« Wieder griff Edos Hand nach ihrer, und diesmal ließ sie es zu. »Für Richard sorgen? Ihn lieb haben? Für mich?«

Sein Daumen strich über ihren Handrücken hinweg, und sie drehte sich wieder zu Edo um. Lange sah sie ihm ins Gesicht, nahm im Halbdunkel jede Einzelheit seiner Züge wahr und ließ sich wieder in seinen Arm sinken.

»Ich liebe dich, Edo«, sagte sie leise und küsste ihn. »Wie könnte ich da deinen Sohn nicht lieb haben?«

Richard liebzugewinnen war nicht schwer, das stellte Mina in den nächsten Tagen und Wochen bald fest. Zuerst war er still und sehr schüchtern, wagte kaum den Mund aufzumachen und nickte nur oder schüttelte mit ängstlich aufgerissenen Augen den Kopf, wenn er angesprochen wurde. Doch sobald er sich ein wenig sicherer fühlte, taute er sichtlich auf und stellte sich als aufgeweckter Junge heraus, der von seinem Vater das Talent für Sprache geerbt zu haben schien. Es war erstaunlich, wie schnell er verstand, was um ihn herum gesprochen wurde, und nach kurzer Zeit versuchte er auch, auf Deutsch zu antworten. Sophie Brinkmann erzählte Mina, das läge hauptsächlich daran, dass die resolute Ella den Jungen unter ihre Fittiche genommen hatte und in jeder freien Minute mit ihm, Gerda und Amelie Schule spielte, wobei sie die gestrenge Lehrerin gab.

Um in die richtige Schule zu gehen, war sein Deutsch aber noch längst nicht gut genug, sodass Edo beschlossen hatte, ihm noch bis nach Ostern Zeit zu geben, es mit Sophies Hilfe zu verbessern. Er hoffte, dass Richard bis dahin als sein Sohn anerkannt war und der Junge seine Papiere erhalten hatte.

Für den Fall, dass das nicht klappen sollte – immerhin war Edo ja unter falschem Namen aus Amerika nach Deutschland zurückgekehrt –, hatte Mina schon mit ihrem Anwalt besprochen, im Notfall werde sie versuchen, Richard zu adoptieren. Davon hatte sie Edo aber nichts erzählt. Der war überglücklich, den Jungen bei sich zu haben, und freute sich so sehr darauf, ihn auch offiziell seinen Sohn nennen zu dürfen. Mina brachte es nicht übers Herz, auch nur den Hauch eines Schattens auf seine Vorfreude fallen zu lassen.

Denn Edo schien fragiler als vor seiner Reise nach Amerika. Er hatte an Gewicht verloren, und häufig lagen dunkle Schatten unter seinen Augen. Auch Heiko war das aufgefallen, der jetzt wieder jeden Tag auf eine Tasse Kaffee im Kontor vorbeischaute, selbst wenn es nichts Geschäftliches zwischen Kontor und Quartiermeisterei zu besprechen gab.

»Du siehst ganz klapprig aus, Edo«, stellte er fest. »Seit du nicht mehr in der Kutscherwohnung haust, nimmt Mina dich wohl zu sehr in Beschlag. Du solltest mal wieder eine Nacht in Ruhe durchschlafen.«

Um jedweden Gerüchten die Nahrung zu nehmen, hieß es offiziell, Herr Becker wohne in einem der Gästezimmer, solange seine Wohnung umgebaut und erweitert werde. Aber Heiko kannte natürlich ebenso wie Irma die Wahrheit.

»Dann liegst du wohl zu sehr auf der faulen Haut«, erwiderte Edo und deutete auf Heikos füllige Körpermitte. »Du trägst da einen hübschen kleinen Wanst vor dir her.«

»Alles ehrlich angefressen!« Heiko schlug sich mit den Handflächen auf den Bauch. »Außerdem schlafe ich schon mal vor. Wenn das Kind erst da ist, komm ich nicht mehr dazu.«

Noch immer besuchte Mina ihre beste Freundin alle paar Tage, und zu ihrer Erleichterung ging es Irma sehr gut in dieser Schwangerschaft. Das Kind würde erst Ende März kommen, aber schon jetzt, kurz vor Weihnachten, war sie so unförmig, dass man meinen konnte, die Niederkunft stünde unmittelbar bevor.

Als Mina den Scherz ihrer Schwester Agnes wiederholte, das würden vermutlich Zwillinge, stöhnte Irma in gespielter Verzweiflung auf.

»Mal nur nicht den Teufel an die Wand!«, sagte sie. »Wie soll ich das denn nur schaffen?«

»Mit einem Kindermädchen«, erwiderte Mina achselzuckend. »Dann ist das gar kein Problem.«

»Du hast leicht reden«, sagte Irma seufzend. »Heiko hat es rundheraus abgelehnt, als ich vorgeschlagen habe, für die Kinder ein Mädchen einzustellen.«

»Wieso denn das?«

»Er ist der Meinung, das sei purer Luxus und dafür sollten wir kein Geld aus dem Fenster werfen. Andere Frauen hätten schließlich auch zwei lebhafte Jungs und einen Säugling und schafften es, sich allein um sie zu kümmern.« Ihr Gesicht verdüsterte sich. »Er hat gut reden. Er ist ja fast nie zu Hause und hat keine Ahnung, wie anstrengend das ist.«

Mina zog die Augenbrauen in die Höhe. »Ist alles in Ordnung bei euch?«

»Ja, natürlich«, erwiderte Irma hastig und beeilte sich, das Thema zu wechseln. »Und wie sieht es bei euch aus?«

Mina berichtete davon, dass Agnes und Anton nun endgültig ihre Wohnung aufgegeben hätten, dass die Kutscherwohnung Anfang Januar fertig werden würde und dass ihr Schwiegervater Paul auch in diesem Jahr wieder über Weihnachten und Neujahr zu Besuch käme. Dabei musterte sie ihre Freundin aus den Augenwinkeln ganz genau und musste feststellen, dass Irma nur mit halbem Ohr zuhörte.

Irgendetwas stimmte ganz und gar nicht. Zu gern hätte sie versucht, aus Irma herauszubekommen, wo es zwischen ihr und Heiko im Argen lag, aber das wäre zwecklos. Sie kannte Irma lange genug, um zu wissen, dass sie nicht oder noch nicht bereit war, sich Mina anzuvertrauen. Hier half nur, Geduld zu haben und auf eine passende Gelegenheit zu warten.

Zwei Tage vor dem vierten Advent traf Paul Lohmeyer aus Guatemala ein, wie in jedem Jahr bepackt mit Koffern voller Geschenke für die Kinder und Probepäckchen voll Rohkaffee bester Güte für das Kontor. Es war schon seit vier Jahren eine lieb gewonnene Tradition, dass ihr Schwiegervater mit unter dem Weihnachtsbaum saß, und alle freuten sich darauf, besonders natürlich Sophie Brinkmann, die mit Paul seit seinem ersten Besuch eine enge Brieffreundschaft pflegte.

Paul schien verwundert, auch Edo als Gast im Haus vorzufinden, gab sich aber mit der Erklärung zufrieden, die Kutscherwohnung werde renoviert und erweitert.

»Nanu, wofür brauchen Sie eingefleischter Junggeselle denn mehr Platz?«, fragte er Edo jovial, als sie nach dem Weihnachtsessen im Salon zusammensaßen.

»Herr Becker hat seinen Sohn aus Amerika geholt, nachdem die Mutter verstorben ist«, erklärte Mina an Edos Stelle. »Richard ist neun und hat sonst niemanden auf der Welt. Natürlich braucht der Junge sein eigenes Zimmer.«

Pauls prüfender Blick wanderte von Mina zu Edo und wieder zurück. Schließlich nickte er lächelnd und hob das Weinglas, das er in der Hand hielt. »Auf dass das Haus sich fülle. Kinder sind ein Gottesgeschenk, und man kann gar nicht genug davon im Haus haben.« Er zwinkerte Agnes vergnügt zu. »Und, Deern? Wann folgst du dem Beispiel deiner Schwester?«

Agnes lachte und stupste Anton an, der neben ihr saß.

»Darf ich?«, fragte sie ihn leise. Anton nickte nur und grinste dabei, während er den Arm um seine Frau legte.

»So wie ich es einschätze, irgendwann im August nächsten Jahres.« Agnes strahlte. »Wir haben nur auf den passenden Augenblick gewartet, es euch allen zu sagen.«

»Agnes!«, rief Mina glücklich. Sie sprang auf und lief zu ihrer Schwester hinüber, um sie zu umarmen. »Ich gratuliere! Welch wunderbare Neuigkeiten!«

»Und noch mehr trappelnde Füßchen, die durchs Haus

laufen.« Paul lachte glucksend. »Wie ich schon sagte, je mehr, desto besser.« Paul drehte sich zu Sophie um, die neben ihm auf dem Sofa saß. »Aber das wird dich doch hoffentlich nicht davon abhalten, deine Pläne noch einmal zu überdenken, meine Liebe!«

»Ich …« Sophie holte tief Luft. »Unter diesen Umständen geht das dann natürlich nicht. Wenn ich hier gebraucht werde, dann …«

»Was soll das heißen, es geht nicht?«, unterbrach Paul sie. »Du hast Mina und Agnes aufgezogen. Du kümmerst dich aufopferungsvoll um ihre Kinder. Glaubst du nicht, dass es langsam an der Zeit ist, endlich auch mal an dich selbst zu denken?«

»Aber …«

»Nichts aber!«, sagte Paul aufgebracht. »Du hast wohl auch noch niemandem davon erzählt, so wie ich dich kenne.«

»Immer langsam«, sagte Agnes beschwichtigend. »Um was für Pläne geht es denn?«

Paul machte eine auffordernde Handbewegung und sah Sophie durchdringend an.

»Ich …« Sophie räusperte sich. »Also … Paul hat mich gefragt, ob ich ihn heirate und mit nach Guatemala komme.«

»Was?« Agnes strahlte. »Ihr habt euch verlobt?«

»Ich habe noch nicht geantwortet.«

»Doch, das hast du. Du hast gesagt, du kommst mit mir, wenn die Kinder aus dem Gröbsten raus sind.« Paul verschränkte die Arme vor der Brust und funkelte sie herausfordernd an.

»Aber genau das ist es ja. Wenn Agnes jetzt auch ein Kind bekommt, dann werde ich hier doch gebraucht.«

»Was für ein Glück, dass die Kleinen noch im Esszimmer

mit ihren Sachen spielen«, sagte Mina leise zu Edo. »Ella hätte jetzt alle Einzelheiten zum Kinderkriegen ganz genau hören wollen.«

Edo unterdrückte ein Lächeln und nickte.

»Darum mach dir mal keine Gedanken, Sophie!«, sagte Mina lauter. »Agnes ist durchaus in der Lage, sich selbst um ihr Kind zu kümmern. Außerdem bin ich auch noch da, und zur Not wird eben ein Kindermädchen eingestellt. Das sollte deiner Entscheidung nicht im Weg stehen. Paul hat ganz recht: Du hast mehr als genug für uns und unsere Kinder getan. Jetzt ist es an der Zeit, an dein eigenes Glück zu denken. Und wenn dein Glück bei Paul in Guatemala liegt, dann auf nach Südamerika.«

»Mittelamerika, bitte!«, korrigierte Paul. »Also, Sophie, was sagst du? Kommst du mit mir dorthin, wo der Kaffee wächst, und heiratest mich?«

Sophies dunkle Augen schimmerten. Sie lächelte. »Ja, ich komme mit dir.«

Paul erhob sich, nahm seine Braut in die Arme und küsste sie.

Während sich alle zum Gratulieren um sie scharten, nahm Mina Anton beiseite und bat ihn, aus dem Keller ein paar Flaschen Sekt zu holen, um auf die freudigen Ereignisse anzustoßen. Obwohl sie sich sehr für Sophie freute, hatte sie eben mit den Tränen kämpfen müssen. Sie kannte ihr ehemaliges Kindermädchen schon so lange, dass sie sie unglaublich vermissen würde. Aber sie hatte ihr die Entscheidung leichter machen wollen und ihre Gefühle daher nicht preisgegeben. Mina ging wieder zu Edo hinüber und stellte sich dicht neben ihn. Heimlich, sodass niemand es sehen konnte, griff sie nach seiner Hand.

»Würdest du das auch wollen?«, fragte er flüsternd. »Ich meine, wenn es möglich wäre – würdest du mich heiraten?«

Sie schaute zu ihm hoch in sein bärtiges, von Narben durchzogenes Gesicht, und ihr Blick hielt sich an seinem fest.

»Das weißt du doch«, gab sie ebenso leise zurück. Sie sah Edo lächeln, und eine Flut reinen Glücks durchfloss sie. »Irgendwann, in der Zukunft …«, fügte sie hinzu.

Die Zukunft. Ein strahlendes, unendliches Land voller Verheißungen, das weit offen vor einem lag. Etwas, auf das man sich freuen konnte, nach dem man sich sehnte. Heute, an diesem Weihnachtsabend, schien es, als könne nichts dieser Zukunft im Wege stehen. Kein Schatten konnte darauf fallen, kein Unglück es trüben.

Mina hatte auf einmal das Gefühl, ihr Brustkorb sei zu klein für ihr pochendes Herz und all das Glück, das sie empfand.

Die Tür öffnete sich, und vor Anton, der drei Sektflaschen im Arm hielt, strömten alle Kinder des Hauses herein, Ella wie immer vorneweg, gefolgt von Richard, Amelie und Gerda.

Mina sah in die Runde auf all die Menschen, die sie liebte, und sie hatte das Gefühl, diesen perfekten Moment vollkommenen Glücks für immer in ihrem Herzen festhalten zu müssen, wie ein Foto, das dort nie verblassen könnte.

SIEBEN

Hamburg 1932

Mina steckte die Kappe auf die Feder des Füllers und legte ihn neben das aufgeschlagene Einschreibebuch. Sie ließ die wenigen verbliebenen leeren Seiten durch ihre Finger gleiten.

»Spätestens übermorgen brauche ich ein neues Tagebuch, dies hier ist so gut wie voll«, sagte sie zu Edo, der an seinem Schreibtisch im Chefbüro saß und die Post durchsah.

Er legte die Lupe beiseite, die er in letzter Zeit wieder häufiger zu Hilfe nahm, und drehte sich zu Mina um. »Du schreibst einfach zu viel«, sagte er ernst. »Vermutlich beklagst du dich laufend über mich. ›Liebes Tagebuch, Edo kümmert sich nicht genug um mich, Edo lässt mich ständig alles allein machen, und überhaupt, Edo ist ein furchtbarer Kerl.‹« Er zwinkerte ihr zu und grinste.

»Unfug!«, sagte Mina lachend. »Ich heiße doch nicht Irma. In das Buch kommt immer nur das Nötigste hinein: das Wetter, bedeutende Handelsabschlüsse und die wichtigsten Ereignisse in der Familie und im Freundeskreis.« Sie schlug die erste Seite auf. »Das hier hat fast vier Jahre vorgehalten. Und das davor …« Mina zog die Schublade ihres Schreibtisches auf und holte ein dickes, in braunes Leder gebundenes Buch heraus und schlug es auf. »Das hier sogar fast fünf Jahre.«

»Da waren die Zeiten noch besser«, sagte Edo mit einem Seufzen. Er griff wieder nach seiner Lupe und nahm sich den nächsten Brief auf seinem Schreibtisch vor.

»Allerdings.«

Mina blätterte ein wenig in dem Tagebuch herum, und immer wieder blieb ihr Blick dabei an interessanten Einträgen hängen.

Hochzeit von Paul und Sophie, las sie, und sofort stand ihr wieder die kleine Feier vor Augen, die sie für die beiden ausgerichtet hatten. Frau Kruse hatte sich bei dem Menü selbst übertroffen, Anton hatte ein paar Kollegen aus seiner Zeit als Mitglied einer Tanzkapelle gebeten, für angemessene Musik zu sorgen, und sie hatten bis in die frühen Morgenstunden in dem kleinen Saal getanzt, der entstand, wenn man die breite Schiebetür zwischen Esszimmer und Musikzimmer öffnete. Paul konnte kaum die Augen von seiner Frau lassen und schien es immer noch nicht recht glauben zu können, dass sie wirklich Ja gesagt hatte, und Sophie hatte in ihrem schlichten, hellgrauen Kleid mit dem Gesteck aus gelben Rosen im dunklen Haar wunderhübsch und strahlend ausgesehen.

Am nächsten Tag hatten Agnes und Ella die frisch Vermählten zum Kai gebracht, von dem aus ihr Schiff nach Mittelamerika abfuhr. Der Abschied war tränenreich gewesen, und Mina spürte das Echo des Verlustgefühls noch jetzt in sich aufsteigen. Sophie war immer so viel mehr als ein Kindermädchen oder eine Hauslehrerin für Agnes und sie gewesen.

»Nun macht nicht so ein Theater, Deerns«, hatte Paul schließlich gesagt. »Zum nächsten Jahreswechsel sind wir doch wieder hier! Und wenn ihr es gar nicht mehr aushaltet, könnt ihr uns ja zwischendurch auf der Plantage besuchen. Ihr wisst doch, ihr seid jederzeit willkommen.«

Die beiden hatten ihr Versprechen gehalten und waren seither in jedem Jahr über die Weihnachtstage nach Hamburg gekommen, und auch für diesen Dezember hatten sie sich schon angekündigt. Mina freute sich schon auf den Besuch ihrer Schwiegereltern, wie sie sie insgeheim nannte. Sie blätterte weiter.

Schönes Wetter. Sturm. Verspätete Ankunft des Rohkaffees aus Brasilien. Frühling. Ein guter Abschluss an der Börse. Die Geburt von Irmas Zwillingen.

Heiko war eines Morgens mit einer Flasche Schnaps in der Hand im Kontor aufgetaucht, um mit Mina und Edo auf die Geburt seines dritten Sohnes und seiner ersten Tochter anzustoßen. Alles war gut verlaufen, auch wenn sie zuerst Sorge wegen des Jungen gehabt hätten, der eine Weile gebraucht hatte, ehe er zu atmen begonnen habe. Aber nun sei alles in Ordnung. Irma gehe es gut und den beiden Kleinen auch. Der Junge solle Karl heißen und das Mädchen Rosa, nach Karl Marx und Rosa Luxemburg.

»Und damit ist Irma einverstanden?«, hatte Mina lachend gefragt.

»Nein. Sie möchte sie lieber nach ihren Eltern nennen, Margarethe und Klaus Ferdinand.«

»Das sind doch auch schöne Namen«, hatte Edo vorsichtig gesagt. »Und du hast doch schon die beiden großen Jungs nach deinem Vater genannt.«

»Damit war sie auch nicht glücklich, dabei sind Jens und Bernd doch vernünftige Namen.«

»Dann mach Irma doch einen Vorschlag zur Güte«, hatte

Mina gesagt. »Nennt den Jungen Klaus nach Irmas Vater und das Mädchen nach deiner Mutter.«

»Johanna?« Heiko hatte die Stirn gerunzelt.

»Warum nicht? Wenn dir das zu lang ist, ruft sie einfach Hanna.«

»Hanna?« Heikos Gesicht hatte sich merklich aufgehellt. »Hanna. Ist jedenfalls besser und kürzer als Margarethe.«

So war es gekommen. Die Zwillinge wurden auf die Namen Hanna und Klaus getauft, und Edo und Mina standen Pate.

Die kleine Hanna war ein aufgewecktes Kind mit rotbraunem, welligem Haar, das Irma ihr zu einer Tolle auf dem Kopf zu frisieren pflegte, die sie mit einer großen Schleife schmückte. Sie war im letzten Jahr eingeschult worden, obwohl sie da gerade erst sechs Jahre geworden war, und Irma wurde nicht müde zu erzählen, dass sie jetzt schon Klassenbeste war, obwohl sie doch die Jüngste in ihrer Klasse war.

Klaus war von der Schule noch zurückgestellt worden, aber das war auch kein Wunder. Im Gegensatz zu seinen Geschwistern war er kränklich und in seiner Entwicklung zurückgeblieben. Er hatte erst mit zwei Jahren laufen können und spät begonnen, zu sprechen. Irma vertraute Mina an, sie vermute, das hinge damit zusammen, dass er bei seiner Geburt zuerst nicht geatmet habe. Mina gab ihr insgeheim recht, war aber gleichzeitig überzeugt davon, dass die schlechten Abwehrkräfte des Jungen die Ursache für all seine Folgeprobleme waren. Von Geburt an war der Junge ständig krank. Jede Erkältung, jede Kinderkrankheit, die man sich nur vorstellen konnte, führte dazu, dass der Kleine für Wochen das Bett hüten musste. Kein Wunder, dass man sich da nicht gut entwickeln konnte. Hinzu kamen die Krämpfe, die ihn immer wieder schüttelten. Der

Arzt hatte gemeint, das verwüchse sich, aber bisher schien es eher schlimmer zu werden statt besser. Irmas unerschütterlichen Glauben an die Prognose des Arztes konnte Mina zwar nicht teilen, doch sie würde den Teufel tun, Irma ihren Optimismus zu nehmen. Wem nützte es, wenn Irma die Hoffnung verlor, dass Klaus irgendwann ganz gesund sein würde? Irma hatte es so schon schwer genug.

Dass die Ehe zwischen Heiko und ihr nicht glücklich war, wusste Mina schon seit Langem. Wie oft sich Irma schon darüber beschwert hatte, Heiko habe nie Zeit für sie und die Kinder, wusste Mina nicht zu sagen.

»Nie ist er zu Hause«, klagte sie. »In aller Herrgottsfrühe verlässt er das Haus, um zur Arbeit zu gehen, und jeden Abend trifft er sich mit den Parteigenossen und kommt erst mitten in der Nacht zurück. Ich hatte gehofft, es wird besser, wenn er den Sitz in der Bürgerschaft aufgibt, aber Pustekuchen! Er hat wichtige Parteiarbeit, sagt er immer, er muss Fäden im Hintergrund ziehen, damit die verflixten Nazis kein Oberwasser kriegen. Als würde mich Politik interessieren. Meinetwegen sollen sie sich doch auf den Straßen die Köpfe einschlagen. Ich möchte nur, dass mein Mann sich auch mal um mich und unsere Kinder kümmert und nicht nur um den Rest der Welt!«

Auch hierzu wagte Mina keine Stellung zu beziehen. Sie war sowohl mit Irma als auch mit Heiko eng befreundet und wusste, wie wichtig ihm sein politisches Engagement war. Und auch wenn er nie darüber sprach, ahnte sie doch, dass seine Liebe für Irma längst erloschen war. Ob es vielleicht eine andere Frau in Heikos Leben gab? Unwillkürlich schüttelte Mina den Kopf. Sicher nicht, das würde seinem ganzen Wesen widersprechen. Er sorgte vorbildlich für Irma und die Kinder, hing sehr an den beiden großen Jungs Bernd und Jens, die er gelegentlich schon in die Speicherstadt mitnahm, und kümmerte sich auch um die Zwillinge. Aber es war eben reine Pflichterfüllung für ihn. Heiko tat, was man von ihm als Ehemann und Vater erwartete, nicht weniger, aber eben auch nicht mehr.

Minas Blick wanderte zu Edo hinüber, und sie lächelte. Nicht jeder fand im Leben die Liebe, die er sich erträumt hatte. Vielleicht hatten sie beide einfach nur Glück gehabt.

Als habe er gespürt, dass sie ihn ansah, drehte Edo sich um und blickte Mina an. »Was ist denn?«, fragte er.

»Nichts. Ich freue mich nur, dass du hier bei mir bist.« Mina lächelte.

»Bist du immer noch mit deinem Tagebuch beschäftigt?«, wollte er wissen. »Ich dachte, wir sind zum Arbeiten hier. Jetzt, wo das Geschäft allmählich wieder anläuft, können wir uns keinen Schlendrian mehr leisten.« Obwohl sein Ton vorwurfsvoll klang, blitzte Schalk in seinem Auge auf.

»Du hast ja recht.« Mina seufzte, schob das Tagebuch zur Seite und nahm sich den obersten Aktendeckel vor, der auf dem Stapel neben ihr lag. Sie blätterte die Bestellungen darin durch.

»Langsam geht es wieder aufwärts. Die Röstereien bestellen endlich wieder größere Mengen Kaffee; die Kölner sogar etwas mehr als vor der Krise.« Sie hielt den Brief mit der Bestellung in die Höhe. Edo wandte sich nicht um, sondern gab nur ein zustimmendes Brummen von sich.

Ein paar schwierige Jahre lagen hinter dem Kontor. Der Börsenkrach in New York im Oktober 1929 und die darauffolgende weltweite Wirtschaftskrise hatten auch im Deutschen Reich und besonders im Hamburger Hafen ihre Spuren hinterlassen. Die Wirtschaft erlahmte, und der Überseehandel war weitgehend eingebrochen, woraufhin die Arbeitslosigkeit immer neue Rekorde erreicht hatte. Kein Wunder, dass es immer wieder zu Protesten und Unruhen kam, dachte Mina. Wer keine Arbeit findet, weil es einfach keine gibt, der muss hungern. Wer hungert, wird wütend. Und wer wütend und enttäuscht ist, der glaubt denjenigen, die am lautesten schreien und die einfachsten Lösungen parat haben. Und wenn die sich selbst noch als Heilsbringer bezeichnen und einen Sündenbock präsentieren, der an allem Schuld trägt, dann laufen die Verzweifelten diesen Führern nur umso eifriger hinterher. Wie sonst war es zu erklären, dass die Braunhemden bei der Wahl im Sommer dieses Jahres im Reichstag die meisten Sitze erobern konnten?

Mina hoffte, dass es jetzt, wo es mit der Wirtschaft immer mehr bergauf ging, auch in der Politik wieder gemäßigter zugehen würde. Ihr war vollkommen unverständlich, wie so jemand wie dieser Schreihals Hitler, der frech verkündete, die Juden seien an allem schuld, auch nur den Mund aufmachen durfte. Überhaupt, was hieß denn schon »die Juden«? Wer war damit gemeint? Leute wie die jüdischen Kaufleute, die ihr Kontor in der Speicherstadt hatten und genauso mit ihren Gütern handelten wie sie selbst? Oder ihr Hausarzt, der seine Praxis am Klosterstern hatte? Oder war jemand wie ihr Schwager Anton Rose gemeint? Der konnte nun wahrlich nichts für die hohe Arbeitslosigkeit und die vielen Firmenpleiten, genauso wenig wie Edo, der zwar jüdische Eltern hatte, aber konfirmiert worden war, weil seine Zieheltern evangelisch waren.

Mina stieß ärgerlich die Luft durch die Nase aus und wandte sich wieder den Bestellungen zu.

»Weißt du was? Wir sollten darüber nachdenken, den Kaffee selbst zu rösten und zu verkaufen. Da würde eine Menge mehr vom Gewinn bei uns bleiben«, sagte sie nachdenklich.

»Selbst rösten?« Nun drehte sich Edo doch zu ihr um und sah sie fragend an. »An sich ist das eine gute Idee, aber …«

»Ich weiß, ich weiß. Kaffeehändler rösten nicht, und Kafferöster handeln nicht. Das hat mein Vater schon immer gesagt. Aber das war vor dem Krieg. Damals konnte sich auch niemand vorstellen, dass eine Frau eine Importfirma leitet. Der Kopf ist bekanntlich rund, damit die Gedanken auch mal die Richtung ändern können.«

»Du hast ja recht.« Edo zog die Schultern hoch. »Aber wenn du eine Rösterei betreibst, werden sie dich umgehend aus dem Verein werfen, und dann kannst du nicht mehr an der Börse handeln.«

»Auch das weiß ich.« Mina lehnte sich zurück und biss auf ihre Unterlippe, wie sie es immer tat, wenn sie angestrengt nachdachte. »Trotzdem sollten wir uns umsehen, ob wir uns nicht an einer der Röstereien hier in Hamburg beteiligen oder sie vielleicht kaufen können. Nur für den Fall.«

»Für welchen Fall?«

»Dass mit dem reinen Handel nicht mehr genug zu verdienen ist. Du weißt doch: ›Je mehr Beine, desto fester kann man stehen.‹«

»Hat dein Vater immer gesagt«, ergänzte Edo lächelnd.

»Und es stimmt. Ganz im Ernst, lass uns einfach die Augen offen halten und zuschlagen, wenn die Gelegenheit günstig ist, eine Rösterei zu kaufen. Es hat ja keine Eile damit.«

»Und wovon sollen wir die bezahlen?«, fragte Edo. »Die Gewinne hielten sich in letzter Zeit leider sehr in Grenzen.«

»Das lass mal meine Sorge sein.« Mina lächelte breit und wandte sich wieder den Bestellungen zu.

Weder Edo noch Agnes wussten, dass Mina dem Beispiel ihres Großvaters gefolgt war und einen Teil der Gewinne des Kontors in Gold angelegt hatte. Der Tresor in ihrem Arbeitszimmer in der Villa war gut gefüllt mit Goldbarren und -münzen, die sie vor Beginn der Krise gekauft hatte, und sie war froh, dass sie bislang noch nicht auf diese eiserne Reserve hatte zurückgreifen müssen.

Es klopfte an der Tür des Chefzimmers, und ohne auf Minas Herein zu warten, trat Tilly Franke ein, im Arm eine Aktenmappe.

»Ich bringe euch die Post«, sagte sie gut gelaunt und reichte die Mappe an Mina weiter.

»Noch mehr Arbeit, danke, Tilly. Das ist genau das, worauf ich gewartet habe«, sagte Mina in gespielter Verzweiflung.

Tilly lachte. »Ich wollte gerade Kaffee machen. Wollt ihr auch eine Tasse, bevor Schröter mit den Proben kommt?«

Mina sah auf die Uhr. »Wann wollte er da sein? Gegen zehn?«

Tilly nickte.

»Dann schaffen wir gerade noch eine Tasse. Wenn wir ihm auch eine anbieten, bleibt er mindestens bis zwölf Uhr. Der Mann hat Sitzfleisch wie kein anderer.« Mina verdrehte die Augen.

»Möchtest du auch eine Tasse, Edo?«, fragte Tilly.

»Nein danke. Ich habe Kopfschmerzen, und die werden von Kaffee nur schlimmer. Aber ein Glas Wasser könntest du mir bringen. Das wäre nett.«

»Gern.« Tilly lächelte ihm zu und verließ das Chefzimmer wieder. Mina sah ihr einen Moment nachdenklich hinterher.

Mathilde Franke, die von allen hier Tilly genannt wurde, war jetzt schon seit fünf Jahren im Kontor, und sie machte ihre Arbeit hervorragend. Als Agnes nach der Geburt ihrer Tochter Clara beschlossen hatte, zunächst nicht wieder im Kontor arbeiten zu wollen, hatte Mina einige Zeit nach einem Ersatz für sie gesucht. Zuerst hatte sie Irma gefragt, aber die hatte bedauernd abgelehnt, weil sie sich um Klaus kümmern musste, der so oft kränkelte.

Mina und Edo hatten sich beraten und beschlossen, die Stelle Fräulein Neumann anzubieten, aber die hatte sich die Verantwortung nicht zugetraut und wollte lieber ihre Stellung als Schreibkraft beibehalten. Fräulein Jansen hatte inzwischen geheiratet und war nicht mehr im Kontor tätig. Etliche Wochen suchte Mina nach jemandem, der für die Stelle der Büroleitung geeignet war, aber sie fand einfach niemanden. Bewerber gab es reichlich, aber ausschließlich Männer, und die waren nicht gerade begeistert von dem Gedanken, eine Chefin vor ihrer Nase zu haben.

Bei einem ihrer regelmäßigen Besuche zum Sonntagnachmittagskaffee bei Luise Hermanns und ihrer Familie in Wedel klagte Mina darüber, wie schwer es sei, jemanden für die freie Stelle zu bekommen. Tante Ulla, wie Mina Luises Tochter inzwischen nannte, zog erstaunt die Augenbrauen hoch.

»Tilly würde das bestimmt Spaß machen«, sagte sie. »Sie beklagt sich immer, dass sie in der Bank so wenig Gelegenheit hat, selbstständig arbeiten zu können. Stimmt doch, nicht wahr?« Damit wandte sie sich ihrer Tochter Mathilde zu, die sich prompt an einem Stück Butterkuchen verschluckte, das sie gerade in den Mund geschoben hatte.

»Ein Mal hab ich das erwähnt, Mama. Ein einziges Mal«, erwiderte Tilly, nachdem der Hustenanfall abgeklungen war. »Ich bin in der Bank ganz zufrieden.«

»Zufrieden magst du vielleicht sein, aber bist du da wirklich glücklich?«, fragte ihre Mutter skeptisch. »Du erzählst doch immer, dass dein Chef dich nichts machen lässt und dir immer über die Schulter guckt.«

»So schlimm ist es eigentlich nicht.«

»Eigentlich?«, hakte Mina nach. »Eigentlich heißt meistens, dass es sogar noch schlimmer ist, als man zugeben mag. Bei uns im Kontor hättest du völlig freie Hand über deine Arbeit. Außerdem zahlen wir gut. Vielleicht guckst du dir das Kontor einfach mal unverbindlich an, dann weißt du, was auf dich zukäme. Wir sind eine nette und lustige Truppe.«

Ein paar Wochen später kam Tilly ins Kontor, um Mina und Edo für einige Stunden über die Schulter zu sehen und sich mit Fräulein Neumann zusammenzusetzen, aber es dauerte noch mehrere Monate, ehe sie sich schließlich dazu durchrang, dem Bankhaus Klemm endgültig den Rücken zu kehren und bei *Kopmann & Deharde* als Büroleiterin anzufangen.

Christoph Klemm beklagte sich bei geschäftlichen Terminen mit Mina beinahe jedes Mal, sie habe ihm sein bestes Pferd aus dem Stall entführt, doch Mina zuckte nur die Schultern und gab zurück, *Kopmann & Deharde* sei nun einmal ein Familienunternehmen und da Fräulein Franke und sie weitläufig verwandt seien, sei es nur naheliegend, sie mit einer leitenden Tätigkeit im Kontor zu betrauen.

Die Zusammenarbeit des Kontors mit dem Bankhaus Klemm litt zum Glück nicht unter Tillys Wechsel in den Kaffeehandel, und Herr Klemm war nicht nachtragend, gab ihm ihr Weggang doch die Gelegenheit, Tilly zu umwerben, was er, wie er sagte, vorher für unangebracht gehalten hätte. Liebschaften unter Kollegen gingen selten gut.

»Er ist amüsant und führt mich in die teuersten Restaurants aus«, hatte Tilly achselzuckend erwidert, als Mina sie nach dem Stand ihrer Beziehung zu Christoph Klemm befragte. »Mehr ist nicht und mehr wird auch nicht sein, aber das will er einfach nicht wahrhaben.«

Möglich, dass man Tillys Verhalten als berechnend bezeichnen könnte, aber Mina führte es auf Tillys Sinn fürs Pragmatische zurück, der sie für das Kontor so unverzichtbar machte. Gab es irgendwo Schwierigkeiten oder Hindernisse bei einer Lieferung, war es stets Tilly, die eine praktikable Lösung in petto hatte. Was sprach dagegen, dass sie mit Christoph Klemm ausging, solange sie ehrlich mit ihm war.

Mina öffnete die Aktenmappe mit der Post. Ganz oben lag ein ungeöffneter Brief aus Berlin, der an sie persönlich gerichtet war.

Sie nahm den Brieföffner vom Tisch und schlitzte den Umschlag auf.

»Na, das ist doch eine schöne Überraschung«, sagte sie, als sie den Inhalt überflogen hatte. »Stell dir vor, der Ball der Kaffeehändler findet dieses Jahr doch wieder statt.«

Edo drehte sich zu ihr um und warf ihr einen fragenden Blick zu.

»Nach allem, was ich in der Börse gehört habe, war ein großer Teil des Vorstands dafür, den Ball auch in diesem Jahr ausfallen zu lassen.«

»Vermutlich will man nach außen zeigen, dass die Wirtschaft sich allmählich erholt.«

»Das vermute ich auch. ›... freuen wir uns, Sie am Sonnabend, dem sechsundzwanzigsten November, um neunzehn Uhr im Saal des Hotels Atlantic begrüßen zu dürfen ...‹«, las Mina laut vor. »Das ist der Samstag vor dem ersten Advent.«

»Und? Wirst du hingehen?«, fragte Edo. Mina bemerkte, dass in seiner Wange ein Muskel zuckte. »Mit ihm?«

»Ich bin immer mit ihm zum Ball gegangen, seit ...«

»Ich weiß«, unterbrach er sie. »Diesmal auch?« Die leichte Schärfe in seinem Ton entging Mina nicht.

»Ich denke schon«, sagte sie so sachlich, wie sie konnte. »Mit Frederik beim Ball zu erscheinen hat meinen Stand im Verein deutlich gestärkt, das weißt du.«

»Den Stand hast du dir durch deine Arbeit verdient, nicht dadurch, dass du mit ihm dort aufgetaucht bist, um den Leuten vorzumachen, zwischen euch sei alles beim Alten.«

»Bei einigen der aufgeschlosseneren Herren im Verein vielleicht, aber für die älteren ist es wichtig, dass der Schein gewahrt bleibt, und das sind vor allem die, die im Vorstand den Ton angeben.«

»Und wenn ich dich bitte, nicht mit ihm zum Ball zu gehen?«, fragte Edo.

»Dann …« Mina brach ab, weil es an der Tür klopfte. »Ja, bitte?«

Tilly kam herein und balancierte ein Tablett auf der Hand, auf dem ein Glas Wasser und eine Tasse standen, aus der eine kleine Dampfwolke aufstieg.

»Oh, der Kaffee. Danke, Tilly«, sagte Mina, erleichtert, die Frage von Edo nicht beantworten zu müssen. »Könntest du den Lehrling gleich mit einem Brief zum Kaffeeverein schicken?«

»Er ist gerade mit den Lagerscheinen zu den Quartiermeistern am Kehrwieder unterwegs, aber er sollte in einer Viertelstunde wieder zurück sein.«

»Prima, bis dahin habe ich die Antwort auf die Einladung zum Winterball fertig.«

»Oh, es gibt wieder einen Ball?«, fragte Tilly erstaunt.

»Ja, und ich werde hingehen«, sagte Mina fest. Sie sah aus den Augenwinkeln, dass Edo aus seiner Tasche ein Fläschchen zog und einige Tropfen daraus in sein Glas träufelte.

Er nimmt schon wieder Morphium, dachte sie und spürte,

wie die Sorge um ihn sich wie ein Gewicht auf ihr Herz legte. *Vielleicht wäre es besser, wenn ich doch nicht zum Ball ginge.*

Mina beobachtete Edo, während er das Glas leerte und auf den Tisch zurückstellte. Dann stand er auf. »Ich gehe zum Kaiserspeicher hinunter und schnappe etwas frische Luft«, sagte er.

»Soll ich dich begleiten?«

»Nein, lass nur«, sagte er. Er holte seinen Mantel aus dem Garderobenschrank neben der Tür und zog ihn über. Nachdem er seinen Filzhut mit der breiten Krempe aufgesetzt hatte, stellte er den Mantelkragen hoch und lächelte ihr zu. »Ich bleibe nicht lange weg. Wenn der alte Schröter mit seinen Proben kommt, bin ich längst zurück.« Er beugte sich zu ihr herunter und küsste sie auf die Wange, ehe er zusammen mit Tilly ins Vorzimmer hinausging.

Mina sah ihm hinterher und seufzte, dann riss sie sich zusammen.

»Er wird sich schon wieder beruhigen«, murmelte sie, holte einen Briefbogen aus der Schublade, schraubte ihren Füller wieder auf und begann einen Brief an den Verein zu schreiben, in dem sie sich für die Einladung zum Winterball bedankte und auch im Namen ihres Ehemannes Frederik zusagte.

Im Laufe der nächsten Wochen hätte man den Eindruck gewinnen können, Edo habe akzeptiert, dass Mina mit Frederik auf den Ball gehen würde. Er sprach nicht mehr darüber, sagte auch nichts dazu, dass Mina sich ein neues Kleid für den Ball kaufte, weil ihr blaues Abendkleid nicht mehr der Mode entsprach. Aber Mina kannte Edo viel zu gut, um nicht zu bemerken, dass er strikt dagegen war. Sobald es um den Ball ging, wechselte er sofort das Thema oder verließ den Raum.

Als Mina ihn kurz vor dem Ball nochmals darauf ansprach und ihm noch einmal erklären wollte, warum sie glaubte, sich dort mit Frederik zeigen zu müssen, verfinsterte sich sein Gesicht.

»Du kennst meine Meinung zu diesem Kerl genau. Und du weißt, dass ich allen Grund dazu habe, schlecht von ihm zu denken, schließlich hat er dir damals Gewalt angetan. Du hast ihm offenbar vergeben? Du willst trotz allem hingehen? Bitte, dann tu das. Aber verlange nicht, dass ich vor Begeisterung in Jubel ausbreche.«

Damit war die Sache für ihn erledigt. Mina wusste, wie stur er sein konnte, und versuchte gar nicht erst, sich zu erklären oder gar zu rechtfertigen.

Nein, sie hatte nicht vergessen, was Frederik ihr angetan hatte, wie könnte sie das. Doch sie konnte nicht umhin anzuerkennen, dass er sich seit ihrer Trennung zum Positiven verändert hatte. Vielleicht war es gerade der Abstand, der dazu geführt hatte, dass jetzt Waffenstillstand, ja, Frieden zwischen ihnen herrschte. Jeder von ihnen hatte seinen Bereich, und keiner neidete dem anderen etwas. Außerdem brachte die gemeinsame Teilnahme am jährlichen Ball ihr einige geschäftliche Vorteile ein, und sie dachte gar nicht daran, darauf zu verzichten, nur weil es Edo nicht in den Kram passte.

Frederik schien bereits mit ihrem Anruf gerechnet zu haben, als sie sich meldete. Er sagte, er habe gleich nach dem Eintreffen der Einladung ein Zimmer im Hotel gebucht und freue sich schon sehr auf den Abend.

Trotzdem fühlte Mina eine leichte Nervosität in sich aufsteigen, als sie am Abend des Balls die Stufen zum Seiteneingang des Hotels hochstieg. Sie zog den Rock ihres weinroten

Abendkleides ein paar Zentimeter hoch, um nicht auf den Saum zu treten.

Frederik schien bereits in der Halle auf sie gewartet zu haben, und Mina stellte fest, wie gut ihm der silberne Schimmer stand, der sich über sein blondes Haar gelegt hatte.

Lächelnd kam er auf sie zu, deutete eine Verbeugung an und küsste sie dann auf die Wange.

»Wie machst du das, Mina?«, fragte er. »Du bist in den drei Jahren nicht einen Tag älter geworden.«

Mina lachte. »Du bist ein furchtbar schlechter Lügner, Frederik. Wollen wir hineingehen?« Frederik bot ihr seinen Arm, und Mina hakte sich bei ihm unter. Während sie auf die Türen zum Saal zuschritten, musste Mina an den Abend denken, an dem sie zum ersten Mal mit ihm zum Ball der Kaffeehändler gegangen war. Damals hatte sie das blaue Kleid getragen, und es war der Abend gewesen, als Edo mit Richard aus Amerika zurückgekommen war. Mein Gott, das schien eine halbe Ewigkeit her zu sein, und gleichzeitig schrumpfte diese Zeit in sich zusammen wie ein Stück Papier, das man ins Feuer geworfen hatte.

Frederik führte sie zum selben Tisch, an dem sie mit genau denselben Leuten zusammensaßen wie damals. Mina unterhielt sich mit Senator Müller, während Frederik seine Frau zur Tanzfläche führte und mit ihr einen Foxtrott tanzte. Die Gespräche drehten sich um die immer gleichen Themen: Wer mit wem Handel abgeschlossen hatte und wie die Geschäfte liefen. Es war wie bei einer Schallplatte, bei der die Nadel hakte und immer wieder und wieder in die gleiche Rille zurücksprang.

Mina trank Sekt mit Frederik, einen Likör mit Frau Müller und einen Rotwein mit derem Ehemann. Schon nach den ersten paar Schlucken des schweren Burgunders spürte sie, wie sich über ihrem rechten Auge etwas zusammenzog. Seit einiger Zeit schon bekam sie von Rotwein häufig Kopfschmerzen, die sich hartnäckig hielten und gegen die nur Ruhe in einem abgedunkelten Raum half.

Bis Mitternacht hielt sie noch durch, dann flüsterte sie Frederik zu, nach Hause fahren zu wollen.

»Jetzt schon?« Er warf ihr einen überraschten Blick zu. »Ist alles in Ordnung?«

»Ja, natürlich«, sagte sie leichthin. »Ich habe vom Wein nur Kopfschmerzen bekommen.«

»Wirst du etwa unsolide?«

»Nein, ich werde älter«, erwiderte sie mit einem schiefen Lächeln. Sie stimmte leise in sein Lachen ein.

»Ich fahre dich«, sagte er mit einer Bestimmtheit, die keinen Widerspruch duldete. Er erhob sich von seinem Stuhl und bot ihr den Arm. Nachdem sie sich von Senator Müller und seiner Frau verabschiedet hatte, verließen sie den Saal.

Kaum waren sie aus der Tür auf die Straße getreten, holte Mina tief und erleichtert Luft.

»Vielleicht war es auch nur die schlechte Luft«, sagte sie. »Es war ja zum Schneiden da drin.«

»Möchtest du ein Stück spazieren gehen?«, fragte Frederik. »Oder soll ich dich lieber gleich nach Hause bringen?«

Für Ende November war die Luft ziemlich mild, und ein beinahe voller Mond hing hoch über der Alster. Für einen Moment war Mina versucht, an Frederiks Arm ein Stück am Ufer entlangzugehen, doch dann siegte die Vernunft.

»Spazieren gehen?«, fragte sie. »Ein andermal gern, aber gewiss nicht heute in diesen Schuhen. Ich bin heilfroh, wenn ich die engen Dinger endlich von den Füßen bekomme.«

»Also gut«, sagte Frederik. Er winkte einen Hotelangestellten zu sich und bat darum, sein Auto vorfahren zu lassen, ehe er sich wieder Mina zuwandte. »Auch dann habe ich ja Gelegenheit, kurz allein mit dir zu reden.«

Als sie im Wagen saßen und Frederik losgefahren war, wandte sie sich zu ihm. »Also? Was gibt es so Wichtiges, dass du es nicht vor Senator Müller besprechen wolltest?«

»Wie geht es eigentlich deiner Schwester?«, fragte Frederik, ohne auf ihre Aufforderung einzugehen.

»Agnes?« Mina runzelte die Stirn. »Gut geht es ihr. Sie organisiert den Haushalt perfekt und ist sehr glücklich in ihrer Mutterrolle. Nun ist Clara aber auch ein reizendes Kind. Sie ist im Sommer sechs geworden und kommt Ostern in die Schule. Kaum zu glauben, wie die Zeit rennt.«

»Und ihr Mann? Wie heißt er noch mal?«

»Anton. Anton Rose. Dem geht es auch gut. Er ist schon seit ein paar Jahren im Orchester der Oper und sehr zufrieden da. Es steht im Raum, dass er Konzertmeister werden soll. Dann …«

»Er ist Jude, nicht wahr?« Etwas in Frederiks Stimme war merkwürdig. Er klang so angespannt.

»Ja, aber …«

»Ihr solltet besser vorsichtig sein«, fuhr er Mina ins Wort.

»Vorsichtig?«, fragte sie. »Wieso vorsichtig?«

Frederik starrte unverwandt nach vorn auf die Straße. Mina sah in seiner glatt rasierten Wange einen Muskel zucken. Schließlich seufzte er.

»Ich kenne eine Menge Leute in Berlin. Wichtige Leute. Leute mit Einfluss. Diese ständigen Unruhen, die Straßenkämpfe … all das führt dazu, dass die Rufe nach einem starken Mann immer lauter werden. Einer soll kommen, der endlich für Ruhe und Ordnung sorgt, so wie früher, als es noch den Kaiser gab. Im Parlament sind die Nationalsozialisten die stärkste Fraktion, und immer mehr meiner Freunde denken, dass es nicht mehr lange dauern wird, bis sie an die Regierung kommen.«

»Und?«

»Wie und?« Frederik warf ihr einen schnellen Blick zu. »Liest du keine Zeitung? Weißt du nicht, was die wollen?«

»Das sind doch alles nur Parolen«, sagte Mina. »Griffige Schlagworte, damit die Leute sie wählen. Du weißt doch, Übertreibung macht anschaulich.«

»Ich weiß nicht. Ich habe diesen Goebbels kennengelernt. Das ist nicht nur ein Schreihals, der Parolen herausposaunt. Der ist aalglatt und in meinen Augen brandgefährlich. Und wenn der schon so ist, wie ist dann erst dieser Herr Hitler? Die Leute rennen ihm jetzt schon in Scharen hinterher. Wie soll das erst werden, wenn er in der Regierung ist?«

»Aber Hindenburg ...«

»Hindenburg ist alt und krank. Meine Freunde glauben, wenn man ihm nur genügend um den Bart geht, dann könnte er Hitler zum Reichskanzler machen.«

»Ja und? Reichkanzler hatten wir in den letzten Jahren so viele verschiedene.«

Frederik schüttelte langsam den Kopf. »Aber nicht so einen ...«

Sie hatten inzwischen die Heilwegstraße erreicht. Frederik hielt den Wagen an und stellte den Motor aus. Im Licht der Laterne über der Garageneinfahrt sah Mina sein angespanntes Gesicht.

»Was soll Hitler schon groß anders machen als die Kanzler vor ihm?«, fragte Mina achselzuckend.

»Wenn der erst mal an der Macht ist, dann wird er das ganze Land umkrempeln. Meine Freunde sehen das schon kommen. Es ist doch ganz einfach: Wenn du ein Problem nicht lösen kannst, dann such dir einen Sündenbock. Und diesen Sündenbock haben die Nazis längst gefunden. Armut, Arbeitslosigkeit, dass wir den Krieg verloren haben: An allem sind die Juden schuld. Schau dir nur mal die Wahlplakate der NSDAP an.«

»So schlimm wird es schon nicht kommen. Leute, die Juden nicht mögen, hat es immer schon gegeben. Meine Großeltern gehörten auch dazu. Da zuckt man mit den Schultern und kümmert sich nicht weiter darum, was die sagen.«

»So einfach wird das diesmal nicht, glaub mir. Es kommen schwere Zeiten auf uns alle zu, besonders auf Leute wie deinen Schwager. Versprich mir, sei auf alles gefasst, vielleicht sogar darauf, dass er das Land verlassen muss.«

»Frederik, nun übertreibst du aber!« Mina lächelte ihm mitleidig zu, doch der besorgte Ausdruck in seinen Augen verschwand nicht. »Anton ist Deutscher. Was soll ihm denn im eigenen Land passieren?«

»Mein Geschäftspartner in Berlin ist auch deutscher Jude. Ihm haben sie vor dem Haus aufgelauert und ihn krankenhausreif geprügelt.«

»Oh Gott, wie furchtbar!«, rief Mina erschrocken. »Weiß man, wer es war?«

»Ein Trupp SA-Schläger, aber keiner der Nachbarn hat Anzeige erstattet, aus lauter Angst, als Nächster dran zu sein.« Frederik griff nach Minas Hand und drückte sie. »Nimm meine Warnung nicht auf die leichte Schulter, Mina. Ich weiß, für dich ist Berlin weit weg, aber die Entwicklungen dort werden auch vor Hamburg nicht haltmachen. Vielleicht passiert es hier später, vielleicht nicht so schlimm wie da, aber …« Er brach ab.

»Ich werde auf meine Familie gut aufpassen, das habe ich schon meinem Vater versprochen, bevor er starb. Und jetzt verspreche ich es dir.« Sie drückte seine Hand und ließ sie dann los. »Danke, Frederik. Wir sehen uns im nächsten Jahr beim Ball.«

»Möglich.«

»Möglich? Willst du mich etwa allein in die Höhle der Löwen schicken?«, fragte sie augenzwinkernd.

Frederik blieb ernst. »Das nicht, aber es könnte sein, dass ich dann nicht mehr in Deutschland bin«, sagte er. »Mein Geschäftspartner hat eine Schwester, mit der ich … nun ja … Wir haben darüber geredet, vielleicht nach Übersee zu ziehen.«

»Ich verstehe«, sagte Mina leise.

Einen Augenblick lang schwiegen beide. »Dann sei so gut und gib mir Nachricht, wohin es dich verschlägt, solltest du weggehen.«

»Das werde ich.« Frederik streckte ihr die Rechte hin, und sie ergriff sie. »Leb wohl, Mina! Küss die Mädchen von mir.«

»Ich verspreche es dir«, erwiderte sie. »Aber ich sage dir nicht Lebewohl, sondern lieber Auf Wiedersehen, Frederik.«

Sie öffnete die Tür, stieg aus und sah dem Wagen noch nach, als das Cabriolet schon längst in der Dunkelheit verschwunden war.

Mina hatte sich noch nie sehr für Politik interessiert. Ihr war nicht wichtig, wer an der Regierung war, solange derjenige nur dafür sorgte, dass das Geschäft florierte und der Staat nicht allzu viel von ihrem Gewinn als Steuern einkassierte. Berlin war weit weg. Was dort beschlossen wurde, war die eine Sache, was davon den Handel in der Hamburger Speicherstadt betraf, war eine völlig andere.

Je mehr Zeit verging, desto übertriebener schien ihr die Warnung, die Frederik geäußert hatte. Es gab Wichtigeres, um das sie sich kümmern musste. Da waren die neuen Kaffeelieferungen, der tägliche Handel an der Börse, die Bestellungen der Lieferanten. Weihnachten stand vor der Tür und damit der Besuch von Paul und Sophie Lohmeyer, die bis Ende Januar bei ihnen in der Villa blieben. Sie verbrachten eine fröhliche Zeit miteinander, und nicht nur die Kinder genossen den Besuch der Großeltern sehr.

»Es ist erstaunlich, wie sehr ihr in den letzten Jahren eine Familie geworden seid«, sagte Sophie zu Mina, als sie in dicke Mäntel gehüllt vom Eingang der Villa her zuschauten, wie Gerda, Ella und Richard sich abmühten, einen möglichst großen Schneemann auf dem Rasen des Gartens zu bauen. Amelie half Clara dabei, auch eine Kugel zu rollen, die als Kopf dienen sollte.

Wie in Hamburg üblich, hatten sie grüne Weihnachten erlebt, aber kurz nach Neujahr hatte es zu schneien begonnen, und jetzt lag eine geschlossene Schneeschicht, die von grünen Streifen durchzogen war, wo die Kinder ihre Schneekugeln herumgewälzt hatten.

Mina lachte leise. »Stell dir mal vor, meine Großmutter würde das sehen, sie hätte die Kinder sofort vom Rasen heruntergescheucht, damit sie die Grasnarbe nicht beschädigen.« Sophie stimmte in ihr Lachen ein und nickte.

Die Eingangstür zur Villa öffnete sich, und Agnes trat heraus.

»Brrr, ist das ungemütlich«, sagte sie und schauderte kurz. »Ich zieh mir lieber auch einen Mantel an.« Damit drückte sie Mina eine Möhre und diverse Kohlenstückchen, die sie mitgebracht hatte, in die Hand und verschwand wieder im Inneren des Hauses. Als sie ein paar Sekunden später zurückkam, trug sie ihren dicksten Wintermantel mit dem Pelzkragen am Revers und einen Schal. »So ist es besser«, stellte sie fest.

Sie hob die Hand und winkte den Kindern zu. »Ich hab Kohlen geholt, und eine Möhre als Nase habe ich hier auch«, rief sie. Im Nu war sie von den Kindern umringt, die sofort zu streiten begannen, wer welches Teil am Schneemann befestigen durfte.

»Halt!«, sagte Agnes streng. »Immer schön mit der Ruhe. Ihr müsst euch schon einig werden, sonst bringe ich die Augen und die Nase an, so wie ich es für richtig halte.«

Seit Claras Geburt hatte sie die Arbeit im Kontor an den Nagel gehängt und kümmerte sich nur noch um die Erziehung der Kinder und die Führung des Haushaltes und hatte sichtlich Spaß an der Aufgabe. Mina war sehr dankbar, dass Agnes sich auch Ellas und Amelies angenommen hatte, denn ein gebührender Ersatz für ihr altes Kindermädchen Sophie Brinkmann wäre ohnehin nur schwer zu finden gewesen.

»Na, das kann dann ja was werden!« Richard lachte. »Nachher hat der arme Erwin drei Augen und die Nase auf der Stirn.«

Aus dem verschüchterten und halb verhungerten kleinen Jungen, den Edo aus Chicago mitgebracht hatte, war inzwischen ein hoch aufgeschossener junger Mann von bald fünfzehn Jahren geworden, der seinem Vater immer ähnlicher wurde. Obwohl es kurz geschnitten war, wellte sich sein dunkles Haar hinter den Ohren. Seine braunen Augen glänzten, als er Mina zuzwinkerte und breit grinste. Er war jetzt schon ein gutes Stück größer als seine Schulfreunde, die gelegentlich zum Lernen vorbeikamen. Er besuchte die Untersekunda eines nahe gelegenen Gymnasiums und gehörte zu den Besten seiner Klasse. Insbesondere in Mathematik machte ihm niemand etwas vor. Edo wollte ihn so bald wie möglich im Kontor als Lehrling einstellen, aber Mina war dagegen. Richard solle erst einmal sein Abitur machen, hatte sie zu Edo gesagt, dann könne er immer noch entscheiden, was er mit seinem Leben anfangen wolle.

Ella knuffte Richard in den Oberarm. »Glaub bloß nicht, du darfst alles bestimmen, weil du ein Junge bist. Wir Mädchen sind in der Mehrheit, und wir stimmen ab.«

Ella stützte die Hände auf der Hüfte ab und funkelte Richard finster an. Mina wusste, dass der Zorn nur gespielt war. Ella und Richard waren die besten Freunde, es sei denn, Ella schaffte es nicht, ihren Willen durchzusetzen. Es stimmte zwar, dass die Mädchen in der Mehrheit waren, aber sie war definitiv die Erste unter Gleichen. Gerda, Lottes Tochter, die sich zu einem wirklich bildhübschen Fräulein gemausert hatte, tat immer genau das, was Ella vorschlug, oder folgte ihrem Beispiel. Und für die beiden jüngeren Mädchen war Ella sowieso die Heldin, der sie nacheiferten.

Aber Ella war eine gütige Herrscherin, keine Tyrannin. Sie kümmerte sich rührend um die kleine Clara, verteidigte ihre Schwester Amelie gegen die Sticheleien ihrer Mitschülerinnen und hatte ihrer Mutter so lange in den Ohren gelegen, bis diese Gerda in einem Schreibmaschinenkurs untergebracht hatte. Gerda sollte nicht nur Zimmermädchen oder Köchin werden so wie ihre Mutter Lotte. Bald würde sie mit dem Kurs fertig sein und danach im Kontor als Schreibkraft anfangen.

Wenn Mina ihre Große so ansah, dann schien es ihr, als blicke sie in einen Spiegel, und sie spürte einen unbändigen Stolz in sich aufsteigen. Ob es ihrem Vater wohl früher auch so gegangen war, wenn er sie angesehen hatte? Ella war jetzt vierzehn Jahre alt, genau wie Richard, und auch sie besuchte das

Gymnasium. In den Fächern, für die sie sich interessierte und die sie für wichtig hielt, brachte sie gute Noten heim, in allen anderen beklagten sich die Lehrer, Ella könnte deutlich besser sein, wenn sie sich nur ein wenig mehr Mühe geben würde, dem Unterricht zu folgen.

Am liebsten hätte Mina ihrer Großen über den Kopf gestrichen oder sie umarmt, aber das würde Ella nicht wollen. Sie fände es peinlich, wie es nun einmal so war, wenn man ins schwierige Alter kam, so wie ihre Tochter jetzt. Nicht mehr lang, und das kindlich Runde würde gänzlich aus Ellas Gesicht verschwunden sein, sie würde die Zöpfe nicht mehr tragen, aus denen sich ihre blonden Locken immer herauslösten, sondern die Haare hochstecken oder abschneiden, und schließlich würde Mina mit ihrer Tochter das ›Gespräch unter Frauen‹ führen müssen, das Sophie Brinkmann vor vielen, vielen Jahren mit ihr geführt hatte, um ihr zu erklären, was zwischen Männern und Frauen geschah.

»Nun seid mal friedlich, Kinder«, sagte Mina beschwichtigend. »Zuerst muss der Schneemann Erwin seinen Kopf bekommen.« Sie deutete auf die kleinste der Kugeln, die noch neben den anderen lag. »Außerdem hat Erwin noch gar keinen Hut. Richard, hol doch bitte mal einen Eimer aus dem Gartenhäuschen.«

Der Junge nickte und verschwand um die Hausecke, von wo er wenig später mit einem ganzen Stapel von Zinkeimern in verschiedenen Größen zurückkam.

»Können wir nicht einen echten Hut nehmen?«, fragte Amelie und sah aus ihren hellbraunen Augen flehentlich zu ihrer Mutter hoch. »Vielleicht den Zylinder von Opa Paul? Der hat bestimmt nichts dagegen. Ach, bitte, Mama!«

Mina streckte die Hand aus und streichelte ihrer zweiten

Tochter lächelnd über den Kopf. Amelie war jetzt fast zwölf und hatte noch nichts dagegen, liebkost zu werden, ja, sie liebte es noch immer, sich an die Mutter zu schmiegen, den Kopf gegen ihre Schulter gelehnt, und sich von ihr vorlesen zu lassen, so wie damals, als sie noch nicht selbst lesen konnte.

»Ich glaube nicht, dass er das gut finden würde, mein Schatz«, sagte Mina. »Ein Eimer ist besser als Hut für den Schneemann, glaub mir.«

»Aber …«

»Nichts aber, Amelie«, sagte Sophie in dem gleichen milden, aber bestimmten Tonfall, den Mina von früher so gut kannte. »Wenn es regnet oder schneit, dann ist Opas Zylinder nur noch ein Fetzen Stoff, der nicht mehr schön aussieht. Ein Eimer hält das hingegen aus.«

Amelie verzog das Gesicht und seufzte. »Na gut …«, erwiderte sie lang gezogen und senkte den Kopf, ehe sie sich umdrehte und zu den anderen Kindern zurückging, die inzwischen gemeinsam damit begonnen hatten, dem Schneemann ein Gesicht zu geben.

Mina sah Amelie lächelnd nach, als sie auf einmal Sophies Hand auf ihrem Arm spürte. »Mach dir keine Gedanken darüber«, sagte ihre ehemalige Hauslehrerin leise. »Allen Müttern geht das so.«

»Was meinst du?«, fragte Mina.

»Alle Mütter lieben alle ihre Kinder, aber eines ist ihren Herzen immer etwas näher als die anderen. Daran ist nichts Schlimmes.«

»Merkt man es so sehr, dass es Amelie ist?«, fragte Mina leise, ohne den Blick von ihrer jüngeren Tochter zu wenden.

»Nur wenn man dich sehr, sehr gut kennt, und ich werde es niemandem verraten«, sagte Sophie lächelnd. »Aber jetzt wird mir doch etwas kalt, Liebes. Kommst du mit hinein? Ich glaube, Lotte hat den Tee zu den Männern in den Salon gebracht.«

Der Schnee war nicht von langer Dauer, und als Paul und Sophie drei Wochen später wieder abreisten, erinnerte nur noch ein umgedrehter Zinkeimer, neben dem ein paar Kohlen lagen, an Erwin, den Schneemann. Die Möhrennase war ebenso verschwunden wie der Schnee, und Richard mutmaßte, sie habe wahrscheinlich den Gartenkaninchen prima geschmeckt.

Alles lief wieder seinen gewohnten Trott: Nach dem gemeinsamen Frühstück im Esszimmer gingen die Kinder zur Schule, und Mina und Edo fuhren in die Speicherstadt ins Kontor, während Agnes und Anton mit ihrer Clara im Haus blieben. Die Kleine konnte es kaum erwarten, nach Ostern endlich auch in die Schule zu kommen, und Agnes merkte kopfschüttelnd an, das werde auch höchste Zeit, sonst hätte Amelie Clara womöglich schon alles beigebracht, was es dort zu lernen gab. Jeden Nachmittag verbrachten die beiden Mädchen damit, Schule zu spielen.

»Bestimmt wird Amelie mal Lehrerin«, pflegte Agnes immer zu sagen. »Sie hat so viel Spaß daran, Clara das Lesen und Schreiben beizubringen.«

Mina bedauerte, nicht viel öfter Gelegenheit zu haben, Zeit mit den Kindern zu verbringen, so wie sie sie sich genommen hatte, während Paul und Sophie zu Besuch gewesen waren, aber auf der anderen Seite war sie natürlich froh darüber, dass die Nachfrage nach Kaffee endlich wieder stärker wurde und sie im Kontor viel zu tun hatten. Was für ein Glück, dass *Kopmann & Deharde* mit Kaffee handelte. Auf dieses Genussmittel wollten die wenigsten komplett verzichten, auch wenn in der Wirtschaftskrise auch daran sehr gespart wurde.

»Gäste im Haus zu haben ist ja wirklich schön, aber die liegen gebliebene Arbeit kann einem die Freude echt verleiden«, sagte Mina und zog beim Anblick des riesigen Aktenstapels auf ihrem Schreibtisch eine Grimasse. Seufzend setzte sie sich und nahm sich die erste Mappe vor.

»Ach, komm schon, Mina, du lebst doch erst richtig auf, wenn der Stapel fast bis zur Decke reicht.« Er lachte leise und nahm ebenfalls an seinem Schreibtisch Platz.

Sie hatten schon eine ganze Weile schweigend gearbeitet, als Mina aus dem Vorraum eine wohlbekannte dunkle Stimme hörte. »Sind beide da?«

»Schon, aber …« Das war Tillys Stimme.

»Für mich haben sie bestimmt Zeit, glauben Sie mir!«

Es klopfte einmal, im gleichen Augenblick wurde die Tür aufgerissen, und ein sichtbar aufgebrachter Heiko stürmte herein. »Habt ihr es schon gehört?«, rief er. »Die sind doch alle völlig bekloppt!«

Er warf die Zeitung, die er in der Hand gehalten hatte, mit Schwung auf Minas Schreibtisch.

»Dir auch einen guten Morgen, Heiko.« Mina schob die Zeitung ein Stück zur Seite und schraubte vorsichtshalber den Füller zu und legte ihn zur Seite.

»Pah! Was soll denn an einem solchen Morgen gut sein?«

»Was ist denn nur los, dass du dich so aufregst?«, fragte Edo. Er stand auf und kam zu Minas Schreibtisch herüber, um einen Blick auf die Zeitung zu werfen.

»Das da!« Heiko tippte mit dem Finger auf die Überschrift, die über die gesamte Breite der Titelseite lief. »Adolf Hitler zum Reichskanzler ernannt!«

»Ach, das«, sagte Edo und winkte ab. »Ja, das habe ich schon heute früh gelesen. Ja, und?«

»Wie und?« Heiko funkelte Edo aus seinen hellblauen Augen entrüstet an. »Das nimmst du einfach so als normal hin?«

Edo zuckte mit den Schultern. »Das war doch zu erwarten, oder? Immerhin ist seine Partei die stärkste Fraktion im Reichstag.«

Heiko starrte seinen Freund und Ziehbruder einen Moment lang mit offenem Mund an, dann schüttelte er den Kopf. »Das kann doch nicht dein Ernst sein! Hör mal, der Kerl hat doch nun offen genug gesagt, was er von Demokratie hält.«

»Das ist alles Gerede, um Stimmen zu fangen, mehr nicht. Er sagt das, was die Leute hören wollen: Deutschland soll wieder groß werden, und es soll wieder Arbeit für alle geben. Wenn er erst mal merkt, dass das nicht so einfach zu bewerkstelligen ist, wird er schon zur Vernunft kommen.« Edo zuckte die Schultern und steckte die stets zitternden Hände in die Hosentaschen.

»Zur Vernunft? Der? Niemals!«

»Alles ist doch wohl besser als dieses ewige Hin und Her«, sagte Mina. »Wie oft haben wir im letzten Jahr wählen gehen müssen, und wie viele Kanzler hatten wir? Drei oder vier? Ich habe so langsam den Überblick verloren. Vielleicht kommt mit Hitler ja ein bisschen Ruhe in die Regierung.«

»Blödsinn, Ruhe!«, schnaubte Heiko. »Im Gegenteil! Der wird nicht eher Ruhe geben, bevor er nicht das ganze Land so auf den Kopf gestellt hat, dass wir es nicht mehr wiedererkennen.«

»Ich glaube, da siehst du zu schwarz, Heiko«, sagte Mina. Sie erhob sich und ging zum Vertiko hinüber, aus dem sie eine Flasche Schnaps und ein paar Gläser holte. »So ganz allmählich geht es wieder bergauf. Man merkt es doch auch hier im Hafen: Die Werften haben wieder Arbeit, und es kommen endlich wieder mehr Schiffe an. Nicht mehr lange, und es brummt wieder wie vor zehn Jahren.«

Sie stellte die drei Gläser auf die Schreibtischplatte und goss ein, dann reichte sie den beiden Männern ein Glas. »Prost! Auf bessere Zeiten!«, sagte sie und trank.

Edo nippte nur an seinem Glas, während Heiko den Schnaps hinunterstürzte und das Glas dann geräuschvoll auf den Tisch zurückstellte.

»Auf bessere Zeiten sollten wir nicht hoffen. Dafür müssen wir schon selbst sorgen!« Er sah zwischen Mina und Edo hin und her. »Heute Abend treffe ich mich mit einigen Genossen. Mal sehen, was wir unternehmen können.« Er nickte den beiden zu und wandte sich zur Tür.

»Heiko, willst du nicht die Lagerscheine mitnehmen?«, rief Mina ihm hinterher. »Deswegen warst du doch eigentlich hier, oder?« Sie öffnete eine der Mappen und holte einen Stapel Papiere heraus, die sie ihm entgegenhielt.

Heiko blieb stehen und musterte sie einen Augenblick lang. »Wann fängst du endlich damit an, weiter als bis zu deiner eigenen Nasenspitze zu sehen, Mina? Hoffentlich nicht erst, wenn es zu spät ist.«

Er griff sich die Lagerscheine und ging ohne einen Gruß hinaus.

»Was war denn das für ein Auftritt?« Mina, die Ärger in sich aufsteigen fühlte, schüttelte den Kopf.

»Du kennst Heiko doch!«, sagte Edo und stellte sein kaum berührtes Glas auf den Tisch zurück. »Er regt sich über jede Kleinigkeit auf. So schlimm würde ich die Sache nicht sehen, dass dieser Hitler jetzt Reichskanzler ist.«

»Na ja, eine Kleinigkeit würde ich es nun auch nicht gerade nennen.« Mina ließ sich wieder auf ihren Stuhl sinken. »Frederik hat auf dem Ball im November so merkwürdige Andeutungen gemacht, was alles passieren könne, wenn Hitler erst an der Macht sei. Es klang beinahe wie eine Warnung, besonders für Agnes und ihre Familie. Frederik meinte, auf die deutschen Juden kämen schlechte, vielleicht sogar gefährliche Zeiten zu. Sein Geschäftspartner ist von der SA zusammengeschlagen worden, nur weil er Jude ist.«

Edo machte ein nachdenkliches Gesicht. »Nun mal nicht gleich den Teufel an die Wand, Mina«, sagte er dann. Er ging um Minas Schreibtisch herum, lehnte sich neben ihr an die Tischplatte und nahm ihre Hand in seine. »Es gibt immer noch Gesetze in diesem Land, und an die haben sich alle zu halten, auch Herr Hitler und seine Leute. Geben wir ihm ein paar Wochen, um zu beweisen, dass er sich aufs Regieren versteht, ehe wir uns ein Urteil über ihn erlauben.«

Er beugte sich vor und gab ihr einen Kuss.

ACHT

Gesetze!, dachte Mina bitter. Was sind Gesetze noch wert, wenn man sie einfach so außer Kraft setzen kann? Nicht mal das Papier, auf dem man sie gedruckt hat.

Keine vier Wochen hatte es gedauert, bis die Regierung in Berlin sich gegen ihre schärfsten Kritiker wenden konnte. Ein einziger Kommunist mit einem Streichholz hatte ausgereicht, alle Kommunisten zu Freiwild zu machen.

Ende Februar hatte der Reichstag wie eine Fackel gebrannt. Ein Schuldiger für die Brandstiftung war schnell gefasst worden, ein gewisser Marinus van der Lubbe, den man zum Tode verurteilt hatte. Reichspräsident Hindenburg hatte eine Verordnung erlassen, die die Grundrechte außer Kraft setzte und seinem Kanzler freie Hand gab, gegen seine politischen Gegner vorzugehen. Tausende von Kommunisten wurden verhaftet, etliche von ihnen einfach erschossen. Jetzt herrschte Willkür und kein Recht mehr.

»Du kannst mir nicht erzählen, dass Hitler bei dem Brand nicht seine Finger im Spiel hatte«, behauptete Heiko mit blitzenden Augen. »Das passt doch alles viel zu gut in seinen Plan. Die Kommunisten sind es gewesen, also können sie jetzt verboten werden. Die Sozialdemokraten stecken seiner Meinung nach mit ihnen unter einer Decke, also werden wir die Nächsten sein. Zuerst einmal wird unsere Zeitung in Hamburg verboten.« Er lachte schnaubend. »Hübsch eingefädelt! Und wie sollen wir jetzt unsere Leute informieren und bei der Stange halten?«

Aus Protest gegen das Verbot der Parteizeitung traten ein paar Tage später die Sozialdemokraten im Senat sowie Bürgermeister Petersen zurück. Anfang März wurde erneut ein Reichstag in Berlin und in Hamburg die Bürgerschaft gewählt, aber ob bei der Wahl alles mit rechten Dingen zugegangen war, wer konnte das sagen? Fest stand nur, dass drei Tage später die Bürgerschaft einen neuen Senat und einen Bürgermeister bestimmte. Krogmann hieß der neue Mann. Mina kannte ihn flüchtig, weil er als Reeder und Bankier auch in der Speicherstadt zu tun hatte, aber sie hatte ihn immer als farblos und nichtssagend eingeschätzt. Niemand, der in der Lage wäre, ein hohes Amt auszufüllen.

»Der Kerl ist nur eine Marionette, nichts weiter. Einer, auf den man sich unter den Bürgerlichen schon gleich zu Anfang geeinigt hat. Es gehen Gerüchte, es stehe schon seit Februar fest, dass dieser Krogmann es werden soll«, sagte Heiko, der jetzt jeden Tag im Kontor vorbeischaute, um sich seinen Groll von der Seele zu reden. »Der Strippenzieher im Hintergrund ist dieser Gauleiter Kaufmann. Der hat auch dafür gesorgt, dass auf dem Rathausmarkt die Hakenkreuzfahne gehisst und gefeiert wurde.«

Wie schon so oft sah Heiko fragend zu Mina und Edo und seufzte. »Wo soll das noch enden?«

Keiner von beiden antwortete. Mina schaute zu Edo hinüber, aber der hielt den Blick gesenkt.

»Ich würde ja am liebsten offen sagen, was ich von diesen Nazis halte, auch wenn mich das ins Gefängnis bringen würde, so wie viele meiner Genossen, aber wie kann ich das? Da ist meine Familie, die mich braucht: Irma, meine Jungs und die Zwillinge. Was soll aus ihnen werden, wenn ich einsitze? Und meine Quartierleute, die sich darauf verlassen, jeden Tag zur Arbeit zu kommen und anständig dafür bezahlt zu werden. Eine eigene Meinung kann man sich nur leisten, wenn man allein in der Welt ist. Sonst muss man den Buckel krumm machen, damit man in der Menge untergeht.«

Edo sah hoch, und es lag ein Funkeln in seinem verbliebenen Auge. »Auch wenn man in der Menge untergehen muss, heißt das noch lange nicht, dass man mit dem Strom schwimmt, Heiko.«

Heiko sah seinem Bruder lange ins Gesicht, dann nickte er. »Wenn man die trüben Stellen zum Tauchen findet, kann man gut mal die Richtung wechseln.«

»Oder aber wenn man ein bisschen Schlick vom Boden aufwirbelt«, sagte Edo.

Langsam nickte Heiko wieder, so als ließe er dieses Bild in seinen Gedanken wachsen und Kontur annehmen. »Ich glaube, ich verstehe, was du meinst, Edo.« Er stand auf und klopfte Edo auf die Schulter. »Darüber lass uns nächstens mal bei einem ordentlichen Bier reden.«

»Das sollten wir tun.« Edo lächelte nicht und hielt dem Blick Heikos ernst und entschlossen stand. Mina konnte sich nicht erinnern, diese Entschlossenheit in seinem Blick gesehen zu haben, seit er verletzt aus dem Krieg zurückgekommen war.

»Was hatte das denn eben zu bedeuten?«, fragte sie Edo, nachdem Heiko sich verabschiedet hatte.

»Was meinst du?«, erwiderte Edo, der in Gedanken schon wieder bei der Arbeit zu sein schien.

»Dieses ganze Gerede von wegen Schwimmen gegen den Strom und trübe Stellen zum Tauchen suchen.«

»Ach, das hat eigentlich gar nichts zu bedeuten. Ich habe Heiko nur daran erinnert, wie wir als Kinder immer am Elbstrand schwimmen gegangen sind.«

Mina zog eine Augenbraue hoch. »Danach klang es aber nicht gerade.«

»Mag sein.« Edo zuckte mit den Schultern. »Hast du den Lieferschein für die Rösterei Lülsdorff schon fertig gemacht? Die haben gestern angerufen, dass sie dringend die Ware brauchen.«

Es war klar, dass für Edo die Unterhaltung damit beendet war. Von ihm würde Mina nicht mehr erfahren – wenigstens nicht heute.

Ein paar Tage später nahm sie sich am Nachmittag ein paar Stunden Zeit, Irma zu besuchen und eine Tasse Tee zu trinken. Als sie ihrer Freundin von dem seltsamen Dialog zwischen Edo und Heiko erzählte, zuckte die nur mit den Schultern.

»Woher soll ich wissen, was damit gemeint ist?«, fragte sie spitz. »Mit mir redet Heiko ja kaum noch.«

In diesem Moment öffnete sich die Wohnzimmertür, und die Zwillinge standen in der Tür.

»Ich gehe mit Klaus in den Garten. Wir wollen spielen«, verkündete Hanna, ohne die Klinke loszulassen.

»Kommt doch erst mal herein und sagt Tante Mina guten Tag.« Irma winkte die beiden näher heran. Hanna griff nach Klaus' Hand und zog ihn mit sich. Sie blieb vor Mina stehen, gab ihr artig die Hand und wartete ab, bis Klaus ihrem Beispiel gefolgt war.

Irmas und Heikos Tochter war wirklich ein selbstständiges kleines Ding, dachte Mina, jedenfalls wenn man sie mit Agnes' Tochter Clara verglich, die nur wenige Monate jünger war. Vielleicht kam es daher, dass Hanna mit lauter Brüdern aufwuchs, vielleicht war es aber auch einfach das Erbe ihres rebellischen Vaters, von dem sie auch die roten Haare, die strahlend blauen Augen und die vielen Sommersprossen auf den Wangen geerbt hatte. »Können wir jetzt rausgehen?«, fragte die Kleine.

»Ja, natürlich, Hanna. Aber pass bitte auf, dass Klaus nicht nass wird. Du weißt doch, wie leicht er sich erkältet.« Irma stand auf, um Klaus den Schal zuzubinden und seine Mütze zurechtzuziehen.

»Mach ich, Mama.«

»Viel Spaß, ihr zwei. Und kommt wieder rein, wenn euch zu kalt wird.«

»Ist gut, Mama.« Wiederum nahm Hanna Klaus an die Hand und zog ihn mit sich hinaus.

Irma schloss die Tür und setzte sich wieder auf ihren Sessel. Sie griff nach der Teekanne und füllte die beiden Tassen auf dem Tisch erneut.

Mina bediente sich an Zucker und Sahne und rührte ihren Tee um, ehe sie einen Schluck aus der Tasse nahm. »Hanna kümmert sich wirklich sehr gut um ihren Bruder, aber glaubst du nicht, dass du ein bisschen zu viel von ihr verlangst?«, fragte sie vorsichtig

»Zu viel?« Irma warf Mina einen erstaunten Blick zu. »Sie macht das freiwillig, und ich bin froh darüber. Wen hat der Junge denn sonst zum Spielen?«

»Was ist denn mit Jens und Bernd? Können die zwei nicht mal auf ihren kleinen Bruder aufpassen?«

»Das könnten sie, aber dann will Klaus mit ihnen mithalten, was er nun einmal nicht kann, und darauf nehmen die

Großen keine Rücksicht.« Irma machte ein betrübtes Gesicht. »Klaus ist so furchtbar zart und empfindlich. Ich habe mir schon überlegt, mit ihm zur Kur zu fahren, damit er in der Schule überhaupt durchhält.«

»Ein paar Tage an der Nordsee wären bestimmt eine schöne Abwechslung für ihn.«

Irma nickte. Ihr Blick hing an der Teekanne, ohne sie überhaupt wahrzunehmen. In Gedanken schien sie ganz woanders zu sein. Die Uhr oben auf dem Stubenbüfett schnarrte und gab dann viermal ein melodisches Ding von sich.

Vier Uhr schon, dachte Mina. *Es wird allmählich Zeit, nach Hause zu fahren, wenn ich noch mit Agnes in die Stadt fahren will, bevor Anton zur Oper muss.* Sie leerte ihre Teetasse und beugte sich vor, um nach ihrer Handtasche zu greifen, die neben ihrem Sessel stand.

»Oder aber ich mache endlich Nägel mit Köpfen, nehme die Kinder und kehre zu meiner Mutter nach Ostpreußen zurück«, hörte sie Irma leise sagen. Erschreckt sah Mina hoch. Noch immer starrte Irma unverwandt auf die Teekanne auf dem Tisch.

»Aber Irma«, sagte Mina leise. »So was solltest du nicht sagen.«

Langsam wandte Irma den Kopf und schaute Mina aus müden Augen an. »Und wieso nicht?«

»Weil du Heiko liebst.«

Ein bitteres Lachen löste sich aus Irmas Kehle. »Das schon. Aber er liebt mich nicht.«

»Das ist doch Unsinn.«

»Meinst du?«, fragte Irma tonlos. »Du bist doch sonst so eine gute Menschenkennerin, Mina. Wie kommt es nur, dass du das Offensichtliche nicht erkennen kannst.«

»Wovon sprichst du?«

»Davon, dass Heiko eine andere liebt, nicht mich. Ich war immer nur ein schlechter Ersatz.«

»Das glaube ich nicht, Irma. Vermutlich ist das nur eine Phase, in der ihr euch voneinander entfernt habt. Glaub mir, das kommt in den besten Ehen vor, vor allem dann, wenn erst mal Kinder da sind. Ihr solltet euch mal wieder Zeit nur für euch nehmen, geht mal wieder zusammen tanzen oder ins Theater …«

»Dafür ist es längst zu spät, Mina.« In Irmas Augen schwammen Tränen. Sie blinzelte, worauf sich ein Tropfen löste, der über ihre Wange rollte und auf den Stoff ihrer Bluse fiel.

»Ich wollte so gern glücklich mit ihm werden, dass ich mir eingeredet habe, er würde mich im Laufe der Zeit lieben lernen.« Irma holte tief und zitternd Luft. »Aber Liebe kann man nun mal nicht lernen. Entweder man empfindet sie oder eben nicht. Und Heiko liebt mich nicht.«

»Ach, Irma …« Mina suchte nach aufmunternden oder doch wenigstens tröstenden Worten, aber ihr wollte nichts Passendes einfallen. »Vielleicht ist Liebe gar nicht so wichtig, wie man immer behauptet«, sagte sie schließlich und tätschelte Irmas kalte Hand. »Heiko hat dich gern, und ihr seid gute Freunde. Und er liebt seine Kinder. Ist das denn nichts wert?«

»Auf Jens und Bernd ist er stolz, und Hanna liebt er, weil sie ihm so ähnlich ist. Aber Klaus? Mit dem Jungen kann er nun mal nichts anfangen. Klaus ist so zart und zerbrechlich, das ist Heiko fremd. Ich habe immer mehr das Gefühl, Heiko meidet ihn und damit natürlich auch mich, weil ich mich um den Kleinen so viel kümmern muss. Immer ist er unterwegs.

Tagsüber bei der Arbeit, und fast jeden Abend trifft er sich irgendwo mit seinen Genossen von der Partei und kommt erst wieder nach Hause, wenn ich schon lange im Bett liege. Er hat ein eigenes Schlafzimmer bezogen, um mich nicht zu stören, sagt er, aber das glaube ich nicht. Wir haben schon seit einer Ewigkeit nicht mehr miteinander … du weißt schon.« Irma zog ihre Hand aus Minas Griff und wischte sich die Tränen aus dem Gesicht. Dann holte sie tief Luft. »Nein, Mina, ich will mir nichts mehr vormachen. Es ist vorbei, und das schon seit Jahren, aber ich habe es nicht wahrhaben wollen.«

»Und jetzt?«, fragte Mina. »Was willst du tun?«

»Wie ich schon sagte, ich werde nach Hause zurückfahren. Meine Mutter schreibt es zwar nicht so deutlich, aber man kann zwischen den Zeilen ihrer Briefe lesen, dass sie dringend Hilfe bei der Bewirtschaftung des Gutes braucht. Die letzten Jahre waren auch für sie nicht leicht. Die Landwirtschaft hat nicht mehr viel abgeworfen, und das Gut hat Schulden machen müssen. Einige Höfe in der Nachbarschaft mussten sogar aufgeben, aber ich denke, wir können das Gut retten.« Irma seufzte. »Die Zwillinge werden dort glücklich sein, und für Klaus ist das Leben auf dem Land sicher auch besser als die Stadtluft, nur die beiden Großen werden bestimmt nicht begeistert davon sein, aus Hamburg wegzugehen.«

»Gut möglich«, sagte Mina. »Du musst mit ihnen darüber reden. Hör dir ihre Meinung an, und nimm sie ernst. Die beiden sind keine kleinen Kinder mehr, über deren Kopf hinweg man Entscheidungen treffen kann. Sie würden dir ewig nachtragen, wenn du sie gegen ihren Willen zwingst, mit dir zu kommen, auch wenn du es kannst. Du weißt, Heiko würde sich gut um die zwei kümmern, und Edo und ich sind ja auch noch da. Schließlich sind wir die Paten.« Ihr Versuch, der

Freundin ermutigend zuzulächeln, misslang. Der Kloß in ihrem Hals wurde immer größer. »Ich werde dich furchtbar vermissen, Irma.«

»Ich dich auch, Mina.« Irma breitete die Arme aus und zog Mina an sich. »Aber ich bin ja nicht aus der Welt. Zwischen uns liegen nur ein paar Zugstunden, und wir können uns gegenseitig besuchen. Mal komme ich mit den Zwillingen zu dir, oder du verbringst mit deinen Kindern den Sommer bei uns auf dem Gut – immer abwechselnd. Sollst mal sehen, das wird wunderbar.«

»Ganz bestimmt wird es das«, versicherte Mina, aber eine diffuse Angst stieg in ihrem Inneren auf, die sie an ihren eigenen Worten zweifeln ließ.

Agnes schien von der Nachricht, Irma habe vor, mit den Kindern zu ihrer Mutter nach Ostpreußen zurückzufahren, nicht sonderlich überrascht.

»So was hatte ich mir schon gedacht«, sagte sie. »Wenn man von außen auf so eine Ehe schaut und genau hinsieht, dann bemerkt man das vielleicht eher. Ich hab die zwei oft beobachtet, und die große Liebe war es zwischen ihnen nicht, das steht fest. Großmutter hätte zwar zu dem Thema gesagt, zu einer guten Ehe braucht es keine Liebe, sondern ein gutes Auskommen, aber wen interessiert in dem Fall Großmutters Meinung.« Sie lachte.

Die beiden jungen Frauen waren auf dem Weg in die Spitalerstraße in der Innenstadt, wo sie in einem Kaufhaus ein Radiogerät für den Salon kaufen wollten. In der Küche stand schon seit einigen Jahren ein Empfangsgerät, aber nun hatte Mina beschlossen, auch für den Salon, in dem es bislang nur ein Grammofon gab, eines anzuschaffen.

Mina parkte den Wagen in der Nähe des Hauptbahnhofes. Das kurze Stück wollten sie zu Fuß zurücklegen. Kaum waren sie in die Spitalerstraße eingebogen, als sie auch schon den Menschenauflauf vor dem Eingang des Kaufhauses sahen.

»Nanu, was ist da denn los?«, fragte Mina.

»Keine Ahnung«, erwiderte Agnes. »Vielleicht erlaubt sich jemand einen Aprilscherz.«

»Stimmt ja, heute ist der erste.« Mina zwinkerte ihrer Schwester zu, während sie weiter auf die Menschentraube zugingen. Erst jetzt bemerkte sie, dass die Scheiben des Geschäftes mit Plakaten zugekleistert waren, auf denen in großen Buchstaben »Kauft nicht bei Juden!« zu lesen war.

»Was zur H…«, hörte sie Agnes sagen.

Vor der Tür standen vier oder fünf junge Männer in den hellbraunen Hemden der SA, die offenbar versuchten, die Kunden daran zu hindern, das Kaufhaus zu betreten.

»Weitergehen, hab ich gesagt«, schnauzte einer der Braunhemden einen älteren Herrn an. »Wird's bald?« Der Kerl in der SA-Uniform war noch sehr jung, vielleicht fünfundzwanzig Jahre alt, bestimmt nicht älter. Er baute sich vor dem Kunden auf und stützte die Hände in die Hüften. »Bei diesen Judenschweinen wird nichts mehr eingekauft!« Er streckte die Hand aus und stieß den alten Herrn vor die Brust.

Aus den Augenwinkeln sah Mina, wie Agnes eine Bewegung machte. Sie griff nach dem Arm ihrer Schwester und drückte ihn, um sie von einer unüberlegten Handlung abzuhalten. Dann richtete Mina sich zu ihrer vollen Größe auf und trat auf die SA-Leute zu.

»Nun lassen Sie mich mal durch, junger Mann«, sagte sie fest und blickte dem Anführer freundlich lächelnd ins Gesicht. Er war fast einen halben Kopf kleiner als sie, und sie registrierte mit Genugtuung, wie er zu ihr hochsehen musste. »Wir wollen ein Radio kaufen, um den Führer reden zu hören.«

»Aber nicht hier«, schnappte er.

»Wir kaufen immer hier«, gab Mina ungerührt freundlich zurück. Sie schaute ihm unverwandt in die Augen, ohne zu blinzeln. Dem anderen zeigen, wer das Sagen hat, hatte ihr Vater das immer genannt. »Schon seit mein Großvater unsere Firma gegründet hat, haben wir immer hier eingekauft, und ich habe nicht vor, mit dieser alten Kaufmannstradition zu brechen.« Sie legte ihre Hand auf den bronzenen Griff an der Tür, schob sie ein Stück auf und machte Anstalten, hineinzugehen.

Der SA-Mann griff nach ihrem Ärmel, um sie festzuhalten.

Mina blieb stehen, blickte einen Moment auf die Hand an ihrem Arm und dann in seine Augen. »Ich glaube nicht, dass es sich mit Ihrer Ehre als Deutscher vereinbaren lässt, eine verheiratete Frau zu belästigen, junger Mann.«

Verdattert ließ er Mina los, und sie stolzierte hocherhobenen Kopfes an ihm vorbei ins Geschäft hinein. Zu ihrer Erleichterung versuchte der SA-Mann nicht, Agnes aufzuhalten.

Sie ging zum Tresen hinüber, hinter dem sie einen der Inhaber der Firma erkannte, der mit ein paar Angestellten zusammenstand und beruhigend auf sie einredete. Als er Mina erkannte, hellte sich sein Gesicht auf. Eilig kam er hinter dem Tresen hervor und begrüßte sie mit einer angedeuteten Verbeugung.

»Liebe gnädige Frau«, sagte er. »Bitte entschuldigen Sie die Unannehmlichkeiten. Ich hoffe, Ihnen beiden ist nichts zugestoßen?«

»Lieber Herr Klemperer«, sagte Mina freundlich und gab ihm die Hand. Agnes folgte ihrem Beispiel. »Es gehört schon mehr dazu als ein Haufen aufgeblasener Jüngelchen, um mich und meine Schwester davon abzuhalten, Ihr Geschäft zu betreten.«

»Nun ja, aufgeblasene Jüngelchen ... Den ganzen Tag steht die SA schon vor der Tür und lässt keinen meiner Kunden herein. Sie verbietet ihnen tatsächlich, bei mir einzukaufen.« Herr Klemperer schüttelte traurig den Kopf. »Wie hat es nur so weit kommen können?«

»Ich denke, das ist nur jetzt so, bis sich die neue Regierung in ihr Amt eingefunden hat. Sie werden sehen, die ganze Aufregung gibt sich bald, und alles läuft wieder seinen gewohnten Gang.«

»Außerdem können sie ja nicht immer SA-Leute losschicken, um die jüdischen Läden zu verbarrikadieren, die müssen ja auch irgendeiner Arbeit nachgehen«, sagte Agnes. »Und auf die Steuern von den jüdischen Geschäften will der Staat bestimmt auch nicht verzichten.«

Herr Klemperer seufzte. »Hoffen wir es mal. Meine Frau hat das Gefühl, dass vermutlich schwere Zeiten auf uns zukommen. Die Rede von diesem neuen Bürgermeister – wie heißt er noch? Kaufmann oder Krogmann? Ist ja auch egal. Was er neulich im Radio gesagt hat, ließ nichts Gutes erahnen.«

»Sehen Sie, damit wären wir schon beim Thema. Wir wollen uns ein neues Radio für unser Wohnzimmer anschaffen. Könnten Sie uns etwas zeigen?«

Während der halben Stunde, in der Herr Klemperer sie über die Vorzüge der neuesten Radios informierte und sie sich schließlich für ein exquisites, aber ziemlich teures Modell entschieden, betrat kein weiterer Kunde das Kaufhaus. Als Mina und Agnes gehen wollten, standen noch immer die SA-Männer vor der Tür und hielten die Kunden zurück. Herr Klemperer ließ die Schwestern durch den Personalausgang hinaus und versprach, das Radio in den nächsten Tagen liefern zu lassen.

Mina verabschiedete sich mit Handschlag von ihm. »Vielen Dank noch mal, Herr Klemperer«, sagte sie. »Bleiben Sie gelassen, und denken Sie daran – letztlich setzt sich Qualität durch. Wir Hamburger Kaufleute mögen ja manchmal konservativ denken, aber gleichzeitig sind wir immer tolerant gewesen. Wenn Sie nur mal an die jüdischen Kaufleute in der Speicherstadt denken: Wenn die nicht mehr da wären, wäre fast die Hälfte der Kontore leer. Also Kopf hoch, es kommen auch wieder bessere Zeiten.«

Doch die besseren Zeiten ließen auf sich warten, das wurde Mina in den folgenden Tagen und Wochen immer klarer. Im Gegenteil, der Griff der Nationalsozialisten auf das, was von der Republik übrig war, wurde fester und reichte immer weiter in das tägliche Leben hinein.

Zwar hatte die Blockade der jüdischen Geschäfte wieder aufgehört, das hatte Herr Klemperer berichtet, als er persönlich das bestellte Radio brachte und aufstellte, doch die Kunden würden sein Geschäft jetzt aus Sorge vor Repressalien meiden und seine Umsätze seien völlig eingebrochen.

Kurz darauf kam Anton wutschnaubend von einer Orchesterprobe zurück und verkündete, der Posten als Konzertmeister, der ihm fest versprochen worden war, sei jetzt an einen anderen Violinisten gegangen.

»Und dann versichert mir dieser Intendant bei dem Gespräch noch scheinheilig, alles versuchen zu wollen, damit ich überhaupt im Orchester bleiben kann. Er habe ein paar Bekannte in der Partei und wolle sich für mich verwenden, aber er könne mir keine großen Hoffnungen machen, weil ja die Juden nicht weiter beschäftigt werden dürften.« Anton schnaubte. »Ich solle nur ja niemandem von unserem Gespräch erzählen. Vermutlich hat er Angst vor ebendiesen Bekannten in der Partei.«

»Und was hast du zu ihm gesagt?«, fragte Mina.

»Was sollte ich schon sagen? Ich habe ihm gedankt und mir auf die Zunge gebissen. Am liebsten hätte ich mein Engagement hingeworfen.«

»Vielleicht hättest du das tun sollen«, meinte Edo nachdenklich. »Wenn alle immer nur kuschen, wie soll sich dann etwas ändern?«

»Gar nichts wird sich ändern, weil die, die den Mund aufmachen und nicht kuschen, in Fuhlsbüttel eingesperrt werden«, gab Anton zurück. »Einer der Flötisten hat gestern erzählt, dass einer seiner Freunde verhaftet wurde, nur weil er Gewerkschafter ist. Ist das zu glauben? Ich meine, wo sind wir denn? Nicht mal im Kaiserreich konnte man so mir nichts, dir nichts eingesperrt werden. Aber jetzt? Kommunisten, Gewerkschafter und inzwischen sogar Sozialdemokraten kommen ins Gefängnis, ohne je einen Richter gesehen zu haben. Das ist doch reinste Willkür!«

Agnes, die neben ihrem Mann auf dem Sofa saß, griff nach seiner Hand. »Nun reg dich doch nicht so auf, Anton«, sagte sie beruhigend.

»Wie soll man sich da nicht aufregen?« Anton schnaubte abermals. »Ich war immer stolz, ein Deutscher zu sein, aber so allmählich …«

Es war still im Salon, und das Ticken der Kaminuhr war überlaut zu hören. Mina war nur froh, dass keines der Kinder etwas von diesem Gespräch mitbekommen hatte. Gerade die sensible Amelie und Clara hätten von der dumpfen Angst, die aus sämtlichen Ecken des Raumes zu kriechen schien, angesteckt werden können.

Auf einmal stand Heikos Gesicht vor ihr, der einige Jahre lang für die SPD in der Bürgerschaft gesessen hatte. Was, wenn er auch verhaftet werden würde? Was sollte dann werden? Sie dachte an Irma und die Kinder und auch an die Quartiermeisterei, die er leitete und in der der größte Teil der Rohkaffeebestände des Kontors lagerte.

Seine Freundschaft hatte sie über viele Jahre begleitet, ihr Halt gegeben, wenn sie nicht weitergewusst hatte. Heiko war immer für sie da gewesen wie der sprichwörtliche Fels in der Brandung, und es hatte sogar Zeiten gegeben, als sie das Gefühl gehabt hatte, er habe mehr als nur freundschaftliche Gefühle für sie.

Die Erkenntnis traf sie wie ein Schlag. Das war es, was Irma ihr zu sagen versucht hatte, als sie davon gesprochen hatte, Heiko liebe eine andere und sie sei immer nur ein Ersatz für diese andere gewesen. Diese andere Frau war sie selbst! Heiko liebte sie – Mina – und nicht Irma. Wie hatte sie nur so blind sein können? Jetzt ergab alles einen Sinn.

Minas Herz klopfte bis zum Hals, und sie hatte plötzlich das Gefühl, der ganze Raum drehe sich um sie. Tief und zitternd holte sie Luft, während sie fieberhaft überlegte, wie man dieses Dilemma nur lösen konnte, aber es wollte ihr einfach nichts einfallen.

Heiko liebte sie, aber sie liebte Edo, hatte ihn immer geliebt. Heiko hätte seinem besten Freund und Ziehbruder nie im Leben die Frau ausgespannt. Also hatte er sich Irma zugewandt, doch mehr als Freundschaft konnte er für sie nicht empfinden. Und das machte Irma todunglücklich, die Heiko von Herzen liebte und wiederum Minas beste Freundin war.

Das ist wie bei einem Hund, der sich in den eigenen Schwanz beißt und sich immer schneller im Kreis dreht, dachte Mina.

Edo warf ihr einen besorgten Blick zu. »Du bist ja auf einmal ganz blass. Ist alles in Ordnung?«

»Wie?« Verständnislos sah sie ihn an. »Ach so, jaja. Es geht schon wieder. Ich musste nur gerade an Heiko denken. Der ist doch auch Sozialdemokrat.«

»Ich glaube, du musst dir um Heiko keine Sorgen machen, Liebes«, sagte Edo. »Der fällt immer auf die Füße wie eine Katze.« Er zwinkerte ihr zu, um sie aufzumuntern. »Oder besser gesagt, wie ein dicker roter Kater.«

Mina zwang sich zu einem Lächeln und nickte. »Trotzdem mache ich mir Gedanken«, sagte sie. »Heiko ist ein Hitzkopf und sagt manchmal Dinge, die er hinterher bereut. Du kennst ihn doch.«

»Auch er ist älter und klüger geworden, glaub mir.« Edo lächelte dünn. »Er hat übrigens erzählt, dass Irma für einige Zeit nach Ostpreußen fährt, um ihrer Mutter bei der Verwaltung des Gutes zu helfen. Um sie und die Kinder musst du dir also keine Sorgen machen.«

Vielleicht hatte Edo mit seinen Worten beabsichtigt, Mina zu beruhigen, aber das Gegenteil war der Fall. Sie hatte das Gefühl, vor einem Strudel zu stehen, der sie und alles, was ihr im Leben wichtig war, zu verschlingen drohte.

»Aber wenn Irma und die Kinder nicht mehr hier sind, was hindert ihn dann …«, begann sie und brach ab.

»Ich.« Edos verbliebenes Auge ruhte mit solcher Wärme und Zuversicht auf ihr, dass sie plötzlich mit den Tränen kämpfen musste. »Ich werde aufpassen, dass Heiko keine Dummheiten macht.«

Ostern fiel in diesem Jahr auf Mitte April, und da Irma den Kindern die Gelegenheit geben wollte, sich etwas einzugewöhnen, ehe sie die Schule besuchen würden, reiste sie bereits Anfang April ab. Tränenreich umarmten sich die Freundinnen am Bahnsteig, kritisch von Jens und Bernd beäugt, die Richard und Ella, die ebenfalls zur Verabschiedung mitgekommen waren, lediglich die Hand gaben.

»Die tun ja so, als ob sie sich in den nächsten hundert Jahren nicht mehr zu Gesicht bekommen werden«, hörte Mina Jens zu Richard und Ella sagen. »Dabei kommen wir doch zurück, sobald es Großmutter wieder besser geht. Ich will nicht zu viel in der Schule verpassen.«

Richard nickte mitfühlend.

Also hat Irma den Jungen nicht gesagt, dass sie in Ostpreußen bleiben werden, dachte Mina. Vielleicht weil sie befürchtete, der hitzköpfige Jens könnte sich einfach weigern, die Mutter zu begleiten, wenn er wüsste, dass er nicht zurückkommen wird.

Als Mina die beiden Jungs betrachtete, schoss es ihr durch den Kopf, dass so wohl auch ihre Väter in dem Alter ausgesehen haben mochten: Richard dunkel, schmal und schlaksig und groß für sein Alter; Jens mit seinen rotgoldenen Haaren und den Sommersprossen war für sein Alter breitschultrig und kräftig, aber über einen Kopf kleiner als sein Freund.

»Tante Mina hat gesagt, wir besuchen euch bald«, sagte Richard.

»Ja, das hat Mama erzählt. Hoffentlich kommt nichts dazwischen.« Jens streckte Richard die Hand hin. »Bis dahin, Richard. Halt die Stellung.«

»Mach ich, Jens.« Der Handschlag zwischen den beiden wirkte so wichtig, als hätten die beiden gerade einen Kaffeehandel abgeschlossen.

Jens nickte noch einmal flüchtig in Ellas Richtung, dann steckte er die Hände in die Hosentaschen, pfiff seinem Bruder Bernd zu und machte mit dem Kopf eine Geste in Richtung des Zuges. Zusammen schlenderten sie zum Waggon hinüber und kletterten die Stufen hinauf. Ein paar Sekunden später zog Jens das Fenster des Abteils auf und lehnte sich ein Stück hinaus. »Steigt ihr jetzt auch endlich mal ein?«, rief er.

Obwohl Minas Herz beim Abschied von Irma schwer war, musste sie lachen. »Ganz der Vater, was den Befehlston angeht«, sagte sie und wischte sich die Tränen aus den Augen.

»Allerdings!«, gab Irma zu. »Immer wenn ich ihn ansehe, werde ich sofort an Heiko denken müssen.«

»Das wirst du sowieso, wie ich dich kenne.«

Irma senkte die Augen und nickte. »Ja, schon. Trotzdem glaube ich, dass es richtig ist, was ich tue. Nicht nur für mich, auch für ihn.« Sie sah auf, und ihre Blicke trafen sich. »Du hast ein Auge auf Heiko, nicht wahr? Versprichst du mir das?«

»Natürlich. Edo und ich werden schon dafür sorgen, dass es ihm gut geht.«

»Dann bin ich beruhigt.« Tränen stiegen in Irmas Augen, aber sie lächelte. »Na kommt, ihr beiden«, sagte sie zu den Zwillingen und nahm Klaus an die rechte Hand, während Hanna seine andere Hand ergriff. »Wir steigen jetzt auch ein.«

Zu zweit führten sie den Jungen zum Waggon, aus dessen Fenster die beiden Großen herausschauten.

Mina legte ihren Arm um Ellas Taille, zog ein Taschentuch aus ihrem Mantel und begann zu winken, als die Lokomotive eine Dampfwolke ausstieß und anfuhr.

»Und schreib mir!«, rief sie zu Irma hinüber, die sich zu den beiden Großen ans Fenster gestellt hatte. »So wie früher, jeden Tag!«

Irma lachte, doch dann nickte sie. »Genauso wie früher.«

Mina winkte noch, als der Zug längst aus dem Bahnhof hinausgefahren und hinter der ersten Kurve der Gleise verschwunden war. Erst dann riss sie sich endlich los und drehte sich zu Richard und Ella um.

»Na kommt, Kinder, lasst uns nach Hause fahren.«

NEUN

Es geschah nicht von heute auf morgen, aber Mina hatte immer mehr das Gefühl, dass die Stimmung im Land, in der Stadt, ja in ihrem direkten Umfeld sich wandelte. Die Veränderung war schleichend, zu Beginn kaum zu erkennen, dann immer deutlicher.

Auf der einen Seite war da die größer werdende Zustimmung zur neuen Regierung in Berlin und deren Politik.

»Wurde auch Zeit, dass endlich mal jemand durchgreift«, war ein Satz, der im Restaurant an der Kaffeebörse immer wieder in Gesprächen zu hören war. »Dieses ewige Hin und Her, das war ja nicht mehr auszuhalten! Was wir brauchen, ist endlich wieder ein starker Mann an der Spitze. Ein Führer eben.«

Hitler hatte sich vom Reichstag bestätigen lassen, Gesetze auch ohne den Präsidenten und die Zustimmung des Parlamentes erlassen zu können. Jetzt konnte er machen, was er für richtig hielt.

»Endlich keine ewigen Debatten mehr in dieser Kasperbude«, sagten manche, andere nickten zustimmend und zündeten sich eine neue Zigarre an.

Widerspruch erhielten sie für diese Äußerung nie. Selbst diejenigen, die der Meinung waren, es sei wichtig, die Regierung kontrollieren zu können, schwiegen.

Das war die andere Seite der Medaille: Niemand wagte zu protestieren. Wenn man anderer Meinung als sein Gegenüber war, dann schwieg man lieber. Wer wusste schon, wer gerade in Hörweite war und einen vielleicht bei den Behörden meldete, die inzwischen auch alle auf Linie gebracht worden waren. Auch die Polizei war in der Hand der Nazis.

Außer der NSDAP gab es keine anderen Parteien mehr, sie waren entweder verboten, hatten sich aufgelöst oder waren mit wehenden Fahnen zu den Nazis übergelaufen.

Die Wände hatten Ohren, und hinter den Fenstern lauerten Augen. Die Bevölkerung schien es hinzunehmen. Wo früher noch gestreikt oder doch wenigstens protestiert worden war, herrschte nun Stille.

Manchmal fragte sich Mina, ob die Leute aus Angst vor Repressalien schwiegen oder ob sie damit einverstanden waren, dass ihnen ihre Freiheit immer mehr genommen wurde. Vielleicht war das der Preis dafür, dass es allmählich wieder bergauf ging.

Die Arbeitslosenzahlen sanken, der Handel im Hafen brummte, die Menschen hatten wieder mehr Geld zur Verfügung. Es wurde sogar wieder mehr Kaffee gekauft. Wen kümmerte da schon, dass man nicht mehr frei sagen konnte, was man wollte? War das nicht ein kleiner Preis für den Wohlstand?

Und eine weitere Frage stellte sich: Wollten die Menschen in Deutschland denn wirklich etwas anderes sagen als das, was die Nazis ihnen eintrichterten? Woher sollten sie denn auch eine andere Weltsicht herbekommen, woher das Wissen, das es ihnen erlaubte, selbst zu entscheiden, was richtig und was falsch war?

Früher hatte man zwanzig verschiedene Zeitungen kaufen

können, inzwischen gab es nur noch die zwei oder drei, die die Partei für gut befand. Und die Bücher der freien Denker wurden jetzt öffentlich auf Scheiterhaufen verbrannt.

Nur in ihrem eigenen Haus fühlte Mina sich sicher genug, offen darüber zu reden, was vor sich ging. Und auch nur dann, wenn die Kinder nicht dabei waren.

Sie fragte sich immer öfter, wie sie Richard, Ella und Amelie beibringen sollte, was richtig und was falsch war, wenn in der Schule nur noch das einseitige Gedankengut der Partei gelehrt wurde.

Amelie kam eines Tages weinend aus der Schule zurück, weil sie der Lehrerin gesagt hatte, nicht alle Juden seien schlecht, das wisse sie genau. Dafür hatte sie einen Eintrag ins Klassenbuch bekommen und war nach Hause geschickt worden.

»Ich hab an Onkel Anton gedacht«, sagte sie schluchzend zu ihrer Mutter.

Ella, die den Arm um ihre Schwester gelegt hatte, versuchte sie zu trösten. »Am besten, du sagst gar nichts. Vor allem nicht, dass Onkel Anton mit bei uns im Haus wohnt. Sonst kommt die HJ noch bei uns vorbei und schmeißt uns die Scheiben ein.«

Anton, der ihr am Tisch gegenübersaß, hob den Kopf. »Ist so was schon passiert?«, fragte er.

Ella nickte. »Bei Dr. Stern in der Isestraße haben sie vor zwei Wochen einen Pflasterstein durchs Fenster in die Praxis geworfen. Ich gehe mit der Tochter der Nachbarn in eine Klasse, die hat es mir erzählt.«

Edos Mund war nicht mehr als ein schmaler Strich, als er sich vorbeugte. »Seid bitte in Zukunft sehr vorsichtig, was ihr in der Schule erzählt, hört ihr?« Nacheinander deutete er auf

Richard, Ella und Amelie. »Und zwar alle drei. Ihr bringt uns sonst in Schwierigkeiten.«

Anton war inzwischen arbeitslos. Er hatte seine Stelle im Orchester schließlich doch verloren. Einen jüdischen Musiker könnten sie jetzt einfach nicht mehr beschäftigen, hatte ihm die Intendanz, die jetzt auch in Parteihand lag, mitgeteilt, und er hatte es, ohne zu protestieren, hingenommen. Was hätte er auch tun sollen? Da das Berufsverbot inzwischen Gesetz war, konnte er keine Klage dagegen anstrengen. Eine Weile hatte er versucht, Privatstunden zu geben, aber es waren keine Schüler gekommen.

Agnes wollte ihn damit trösten, dass sie ihm sagte, er solle doch froh sein, endlich mehr Zeit mit seiner Frau und seiner Tochter verbringen zu können, aber das half nicht viel gegen seine permanent schlechte Laune.

»Er braucht etwas zu tun!«, sagte Agnes zu Mina. »Ihm fällt einfach die Decke auf den Kopf.«

Mina nickte mitfühlend und versprach, sich nach einer neuen Aufgabe für Anton umzusehen, wohlwissend, dass das nicht leicht werden würde. Das Einfachste wäre natürlich gewesen, ihn im Kontor arbeiten zu lassen, aber wie alle anderen Kaufleute des Kaffeevereins war auch sie inzwischen aufgefordert worden, keine Juden mehr zu beschäftigen.

Den jüdischen Kaufleuten in der Speicherstadt wurde das Leben immer schwerer gemacht. Der Verein der Kaffeehändler hatte zuerst die jüdischen Mitglieder aus dem Vorstand entfernt und sie schließlich aufgefordert, auszutreten, was gleichzeitig einen Ausschluss von der Börse und damit ihr geschäftliches Ende bedeutete. Niemand hatte in der Vollversammlung des Kaffeevereins dagegen einen Einwand geäußert, auch Mina nicht.

Sie empfand Scham über ihre Feigheit, aber was blieb ihr übrig, wenn sie ihre eigene Firma behalten wollte? Sie hatte eine Familie zu ernähren, die sich auf sie verließ. Also duckte sie sich, statt gegen das Unrecht aufzustehen.

Eines aber schwor sie sich: Sie würde sich den Nazis nicht anschließen, auch wenn sie von einigen der Kaufleute an der Kaffeebörse immer wieder gefragt wurde, ob sie denn inzwischen auch in die Partei eingetreten sei. Bei solchen Gelegenheiten redete sie sich damit heraus, bislang einfach noch nicht dazu gekommen zu sein, die Formalitäten zu erledigen, und wechselte dann das Thema, so schnell es ging.

Mina war glücklich, sich wenigstens in ihrem Umfeld nicht verstellen zu müssen. Sie wusste, Edo und der Rest ihrer Familie dachten ebenso wie sie, und auch Irma machte in ihren Briefen keinen Hehl daraus, dass sie über die politischen Entwicklungen nicht glücklich war, selbst wenn es den Bauern, die sehr unter der Wirtschaftskrise gelitten hatten, finanziell wieder besser zu gehen begann.

Irma schien mit dem Leben auf dem Gut zufrieden zu sein. Sie schrieb, sie sei froh, ihrer Mutter beistehen zu können, die gesundheitlich doch deutlich angeschlagener sei, als sie zugeben wolle. Vor allem den Zwillingen gefiele das Leben auf dem Land, und Klaus habe schon seit ein paar Wochen keine Krampfanfälle mehr gehabt. Allerdings täten sich die großen Jungs, besonders Jens, noch schwer mit dem Gedanken, nicht so schnell wieder nach Hamburg zurückzukehren.

»Er vermisst seinen Vater eben sehr«, schrieb Irma. »Und er möchte zurück, um in der Quartiermeisterei seine Lehre zu machen, wie Heiko es ihm versprochen hat.«

Wenige Tage nach dem Eintreffen von Irmas Brief sprach Mina Heiko auf das Thema an. Er war ins Kontor gekommen, um seine Lagerscheine zu holen und die übliche Tasse Kaffee zu trinken.

»Dass der Junge nach Hamburg kommt, geht nun wirklich nicht«, sagte Heiko sofort. »Jedenfalls jetzt noch nicht.« Er griff nach dem Zuckertopf und bediente sich. »Zuerst mal soll er seine Schule zu Ende machen, und das kann er auch prima in Ostpreußen.«

»Dann solltest du ihm das vielleicht schreiben. So wie ich Irma verstanden habe, glaubt er immer noch, dass er spätestens im Herbst wieder herkommt, den Abschluss an der Volksschule macht und dann seine Lehre beginnt.«

»Wie stellt der Junge sich das denn vor? In meiner Junggesellenbude kann ich ihn nicht brauchen.« Heiko rührte so heftig in seiner Tasse, dass der Kaffee überschwappte.

»Junggesellenbude? Was soll das denn bedeuten? Du bist immer noch verheiratet, auch wenn Irma und die Kinder nicht mehr bei dir sind«, fragte Mina. »Du wohnst noch im selben Haus, und da hat Jens doch noch immer sein Zimmer.«

»Das bedeutet, dass ich mich neben meiner Arbeit und allem anderen nicht auch noch um den Jungen kümmern kann.«

Mina runzelte die Stirn. »Allem anderen?«, fragte sie. Aus den Augenwinkeln sah sie, dass Edo, der auf dem Sessel ihr gegenübersaß, Heiko einen warnenden Blick zuwarf.

»Na ja, was Männer halt so machen«, sagte Heiko ausweichend und trank einen Schluck aus seiner Tasse. »Ist der hier aus der letzten Lieferung vom brasilianischen Arabica?«

»Ja, aber das tut jetzt nichts zur Sache, Heiko.« Mina blickte abwechselnd Heiko und Edo an. »Was geht hier eigentlich vor?«, fragte sie. »Irgendwas verbergt ihr doch vor mir.«

»Unfug«, sagte Heiko und schnupperte an seiner Tasse. »Der ist aber wirklich gut. Schön mild geröstet wird der weggehen wie warme Semmeln. Der schmeckt ja fast wie Kakao.«

»Heiko!« Mina funkelte ihn an, doch er sah stoisch auf seine Tasse hinunter, darum wandte sie sich an Edo. »Kannst du mir erklären, was los ist?«

Edo wich ihrem Blick nicht aus, sein Gesicht war ernst. »Vielleicht wäre es besser, wenn du es nicht weißt, Mina.«

»Ihr zwei fangt an, mir Angst zu machen«, sagte Mina. »Wenn es irgendetwas Ungesetzliches ist …«

»Nein, das ist es nicht«, unterbrach Edo sie. »Jedenfalls jetzt noch nicht.«

»Das wird ja immer schlimmer!« Mina hob aufgebracht die Hände. »Also raus mit der Sprache! Wir sind doch Freunde, oder? Freunde sollten ehrlich zueinander sein.«

Mina bemerkte den fragenden Blick, den Edo Heiko zuwarf, und registrierte auch das knappe Nicken Heikos, ehe er sich Mina zuwandte.

»Wir dachten, es sei besser, dich da rauszulassen, weil wir nicht wissen, wie sich das alles entwickeln wird.«

»Wie sich was entwickeln wird?« Verständnislos runzelte Mina die Stirn. »Nun mal Butter bei die Fische, was ist passiert? Was verheimlicht ihr mir?«

»Ich bin in die Partei eingetreten, Mina«, sagte Heiko. »Schon vor ein paar Wochen.«

»Was? Aber …«

»Ja, ich war ein Sozi, solange ich denken kann. Deswegen habe ich mich damals mit meinem Vater so zerstritten, dass wir jahrelang kein Wort miteinander gewechselt haben, aber jetzt bin ich zu den Nazis übergelaufen.«

»Oder jedenfalls sollen sie das denken«, ergänzte Edo.

Heiko kramte in der Innentasche seiner Jacke und zog eine kleine runde Nadel heraus, die er mit einem Seufzen an seinem Revers befestigte. Mina schluckte, als sie das Hakenkreuz erkannte.

»Ich verstehe dich nicht.« Mina schüttelte den Kopf. »Wie kannst du nur all deine Prinzipien über Bord werfen?«

Heikos blaue Augen ruhten warm auf ihr. »Ganz im Gegenteil, Mina. Eben weil ich meinen Prinzipien folge, muss ich so handeln. Was tut ein Wolf, der sich unter die Schafe mischen will? Richtig. Er wirft sich ein Schaffell über.«

Eine kalte Hand schien nach Minas Herz zu greifen. »Ein Wolf? Was habt ihr denn vor?«

»Wir wollen wissen, was vor sich geht«, sagte Edo ruhig. »Und zwar nicht nur das, was man in der Zeitung lesen kann. Heiko geht zu allen Versammlungen und versucht unauffällig in der Hierarchie aufzusteigen. Wir hoffen, dass wir dann erfahren, was die Nazis vorhaben.«

»Aber …« Mina suchte nach Worten. »Ich meine … Ist das nicht gefährlich?«

»Was soll daran gefährlich sein?« Heiko zuckte mit den Schultern. »Was meinst du, wie viele ehemalige Sozis ich da schon getroffen habe. Ich falle gar nicht groß auf. Edo hat auch überlegt, in die Partei einzutreten, aber ich habe ihn davon abgebracht.«

»Heiko hält sich für den besseren Schauspieler.« Ein schmales Lächeln umspielte Edos Mund.

»Das nun nicht. Aber ich habe zu Edo gesagt, dass vielleicht irgendjemand in der Partei darauf stoßen könnte, dass sein Name nicht immer Becker, sondern früher Blumenthal war. Das ist genau der Punkt, der uns interessiert: Was haben die Nazis mit den Juden vor?«

»Was werden sie schon vorhaben?«, fragte Mina. »Sie werden zum Sündenbock für alles gemacht. Die Nazis wollen sie aus dem Land hinausekeln.« Sie schnaubte durch die Nase. »An der Börse habe ich gehört, der Teehändler Ehrlich am Kehrwieder hat sein Kontor jetzt zugemacht und will nach Holland übersiedeln. Und er ist bestimmt nicht der letzte jüdische Kaufmann, der sich überlegt, das zu tun.«

»Hast du auch gehört, was ihn das kosten wird?«, wollte Heiko wissen. »Da liegt nämlich der Hase im Pfeffer. Wenn du nicht genug zahlen kannst, kriegst du keine Genehmigung zur Ausreise. Und die Behörden nehmen nur Gold oder Devisen. Der alte Ehrlich mag ja zahlen können, aber was ist mit all den anderen, die raus aus Deutschland wollen?«

»Aber warum nur Gold oder Devisen?«, fragte Mina verständnislos.

Edo stellte seine leere Tasse auf die Untertasse zurück. »Überleg mal, Mina. All das viele Geld, das Hitler mit vollen Händen ausgibt, um die unzufriedenen Leute wieder in Arbeit zu bringen – die Autobahnen und all die anderen teuren Baupläne, die ganzen Steuergeschenke. Wie wollen sie das finanzieren, wenn der Staat zuvor praktisch pleite war? Das geht nur auf Pump. Alles nur heiße Luft. Die Reichsmark verliert immer mehr an Wert, und irgendwann platzt die Blase, so wie damals bei der großen Inflation. Außerdem muss Deutschland fast alle Rohstoffe einführen, und das geht nur mit Devisen oder Gold, das brauche ich dir doch nicht zu erklären.«

»Nein, das weiß ich nur zu gut. Rohkaffee wird auch in Devisen bezahlt, und als wir während und nach dem Krieg an unsere Auslandskonten nicht herankamen, konnten wir keinen kaufen.«

»Ganz genau.« Heiko nickte. »Also nimmt man den Juden, die Deutschland verlassen wollen, ihr Vermögen ab, um damit die Rohstoffe einzukaufen, die man braucht, um die Wirtschaft in Gang zu bringen. Was sollen sie auch damit, sie sind ja sowieso an allem schuld.« Er beugte sich ein Stück vor und deutete mit dem Finger auf Mina. »Nur was passiert mit den Sündenböcken, die nicht wegwollen oder -können? Glaubst du, man wird sie in Ruhe lassen?« Er zog die Augenbrauen in die Höhe und machte ein skeptisches Gesicht. »Also, ich nicht. Wenn man erst einmal einen Sündenbock gefunden hat, sind die, die auf ihn eindreschen dürfen, alle einträchtig bei der Sache.«

»Du glaubst also, dass es mit den Schikanen weitergehen wird?«

»Ich … ich meine, wir …« Heiko deutete auf Edo. »Wir glauben beide, dass es noch viel schlimmer werden wird.«

Mina sah von einem zum anderen. »Und was wollen wir dagegen unternehmen?«

»Du wirst gar nichts unternehmen. Das überlass mal schön uns Männern.«

»Tühnkram«, sagte Mina knapp. »Wenn ihr nicht wollt, dass ich euch helfe, dann hättet ihr mir nichts davon erzählen dürfen.«

Edo setzte sein beruhigendes Gesicht auf. »Aber Mina, wir …«, begann er.

»Ganz genau. Wir …«, unterbrach sie ihn und funkelte ihn aufgebracht an. »Wir drei zusammen. So wie früher auch schon immer. Wir drei gegen den Rest der Welt. So wie damals, als wir noch halbe Kinder waren und meinten, alles verändern zu können. Glaubt nicht, dass ich mich davon abhalten lasse, euch zu helfen. Mich betrifft es genauso, denn es geht auch um meine Familie. Es geht um Anton und damit auch um Agnes und Clara.«

Edo sah ihr lange in die Augen. Dann lächelte er.

»Also gut, Mina, zukünftig keine Geheimnisse mehr«, sagte er. »Von jetzt an wir drei gegen den Rest der Welt.«

Einen Plan zu schmieden, geheime Vorhaben aufzudecken war die eine Sache, aber wirklich etwas herauszufinden war etwas ganz anderes. Das wurde Mina im Laufe der nächsten Wochen und Monate immer klarer.

Heiko ging zwar regelmäßig zu Sitzungen der Partei, aber dort etwas mitzubekommen, was nicht sowieso im »Völkischen Beobachter« stand, erwies sich als äußerst schwierig. Und in der Partei so weit aufzusteigen, dass er an wirklich wichtige Informationen herankommen konnte, dazu fehlte ihm neben seiner Arbeit als Quartiermeister die Zeit. Außerdem befürchtete er, sich verdächtig zu machen, wenn er sich zu sehr darum bemühe, erklärte er. Immerhin sei allgemein bekannt, dass er vor nicht allzu langer Zeit noch für die SPD in der Bürgerschaft gesessen hatte.

So blieb es für die drei eine ganze Weile lang bei der guten Absicht, etwas herauszufinden oder gar zu unternehmen. Das Tagesgeschäft lief weiter, Rohkaffee wurde geordert, eingelagert und weiterverkauft. Mina empfing Makler mit ihren Probentüten, orderte und handelte an der Börse, schrieb Lagerscheine, Lieferscheine und Rechnungen.

Wochen wurden zu Monaten, der Frühling kam und ging, ebenso der Sommer, und für den September wurden die ersten Lieferungen der neuen Kaffeeernte erwartet.

Alltag hatte Einzug gehalten, soweit man von Alltag sprechen konnte, wenn bei jeder sich bietenden Gelegenheit die ganze Stadt in Hakenkreuzflaggen gehüllt war und an den etlichen jüdischen Geschäften, Arztpraxen und Rechtsanwaltskanzleien Warnplakate hingen. Auch die jüdischen Beamten waren aus dem Dienst entlassen worden, und ein paar der Banken, mit denen Minas Vater früher Geschäfte zu machen pflegte, hatten aufgeben müssen.

Immer noch stand niemand auf und protestierte. Es beklagte sich nicht einmal jemand hinter vorgehaltener Hand darüber. Agnes erzählte, eine der Nachbarinnen, die zum Teekränzchen ihrer Großmutter gehört hatte und früher oft zu Besuch gewesen war, habe die Straßenseite gewechselt, als Agnes ihr auf dem Bürgersteig entgegengekommen war, nur um sie nicht grüßen zu müssen.

Jetzt gehörte es zum guten Ton, auf die jüdische Bevölkerung hinunterzusehen, und man machte sich verdächtig, wenn man ihnen so wie früher begegnete.

»Mach dir nichts draus«, versuchte Mina ihre Schwester zu trösten. »Die ist sowieso dumm wie Bohnenstroh.«

»Ich weiß«, erwiderte Agnes. »Trotzdem tut es weh, so behandelt zu werden, als habe man eine ansteckende Krankheit oder etwas verbrochen.«

»Hier geht es ähnlich zu«, schrieb Irma. »Es wird überall auf die Juden geschimpft, dabei haben wir hier mitten auf dem Land nicht einmal eine nennenswerte Anzahl von ihnen. Ich glaube, die, die am lautesten schreien, haben noch nie einen Juden zu Gesicht bekommen, und wenn, würden sie ihn nicht einmal erkennen.«

Irmas Einladung, sie im Sommer für ein paar Wochen zu besuchen, hatte Mina schweren Herzens eine Absage erteilen müssen. Edo hatte sich eine hartnäckige Erkältung eingefangen, von der er sich nur sehr langsam wieder erholte. Wie schlecht er sich wirklich fühlte, war daran zu erkennen, dass er ohne Murren zu Hause blieb und sie nicht ins Kontor begleitete.

Wenn sie ihn fragte, was er gemacht habe, antwortete er, er habe gelesen und sich mit Anton unterhalten, doch Richard, der seinem Vater nachmittags Gesellschaft leistete, erzählte ihr, Edo sei so schwach gewesen, dass er beinahe den ganzen Tag im Bett verbracht habe.

»Bitte verrate Vater nicht, dass ich es dir erzählt habe«, bat Richard. »Ich habe ihm versprechen müssen, es dir nicht zu sagen.«

Mina versprach es, aber betrachtete Edo fortan mit noch größerer Sorge.

Seit er schwer verletzt aus dem Krieg zurückgekommen war, war er eigentlich nie wirklich gesund gewesen. Immer wieder hatte es Phasen gegeben, in denen er kränkelte, aber so schlimm wie diesmal war es nie gewesen. Vor allem hatte es nie so lange gedauert, bis er sich von einer Erkältung erholt hatte.

Natürlich waren da seine ständigen Kopfschmerzen, die er mit Morphium bekämpfte, sein Zittern, das manchmal so schlimm war, dass er kaum ein Glas halten konnte, und die Narbenschmerzen, die ihn immer quälten, wenn das Wetter umschlug, aber er versuchte, sich Mina gegenüber nichts davon anmerken zu lassen.

Dieses Verhalten hatte zu so etwas wie einem Schatten auf ihrer Liebe geführt, einem dunklen Ort, der zwischen ihnen lag und über den sie beide nicht hinwegzureichen wagten. Mina fragte ihn nicht, wie es ihm ging, und tat so, als bemerkte sie nicht, wenn er wieder einmal vor Schmerzen das Gesicht verzog oder aber so heftig zitterte, dass er die Hände verschränkt hielt. Auch auf seinen stetig steigenden Morphiumkonsum wagte sie ihn nicht anzusprechen, aber ihr entging keines der leeren Fläschchen im Papierkorb.

Dieser blinde Fleck zwischen ihnen war im Laufe der Jahre schleichend immer größer und undurchdringlicher geworden. Es hatte einmal damit begonnen, dass Mina Edo nicht das Gefühl hatte geben wollen, in ihm nur den Kriegsversehrten zu sehen, und aus diesem Grund hatte sie einfach so getan, als gäbe es seine gesundheitlichen Beeinträchtigungen nicht. Wenn sie gesehen hatte, dass er etwas nicht entziffern konnte, hatte sie ihm nie unaufgefordert eine Lupe gereicht. Sie hatte ignoriert, wenn er etwas verschüttet hatte, und erst dann den Fleck weggewischt, wenn er den Raum verlassen hatte. Schließlich hatte sie es auf seine Kopfschmerzen geschoben, wenn er wortkarg oder schlecht gelaunt war, ohne ihn zu fragen, ob es wirklich daran lag.

Sie liebte Edo, daran hatte sich nichts geändert, aber sie spürte immer deutlicher, wie er sich von ihr entfernte, und das beunruhigte sie mehr als seine angegriffene Gesundheit.

Irma bedauerte zwar Minas Absage, schrieb aber gleichzeitig, sie sei wegen Jens und Bernd eigentlich sogar ganz froh darüber. Inzwischen hätten die beiden großen Jungs sich einigermaßen eingelebt, und sie habe keine Ahnung, ob sie nicht wieder Heimweh nach Hamburg bekommen würden, wenn Mina mit den Kindern zu Besuch käme. Im nächsten Sommer sähe sicher alles besser aus.

So ging der Sommer 1933 vorüber.

Agnes und Anton fuhren mit allen Kindern für zwei Wochen an die Nordsee, und Mina gelang es zu ihrer eigenen Verblüffung, Edo dazu zu bewegen, sie zu begleiten. Seine verschleppte Erkältung ging nur langsam vorbei und hatte einen hartnäckigen Husten zurückgelassen, von dem sie hoffte, er werde in der Seeluft endlich besser werden.

Edo war zwar nicht so braun gebrannt wie die Kinder, als sie zurückkamen, doch zu Minas Erleichterung schien er sich erholt zu haben.

»Das nächste Mal musst du mitkommen«, sagte er, als sie am Abend im Bett lagen. »Es wird dir dort gefallen, wo wir untergebracht worden sind. Eine kleine Pension, in einem ehemaligen Bauernhof. Etwas abseits vom Trubel in Westerland, aber dafür mitten in den Dünen, idyllisch gelegen und vor allem sehr ruhig.«

»Ihr wart nicht im Hotel in Westerland? Wieso denn das nicht? Die Zimmer hatte Tilly doch schon vor Wochen gebucht.«

Edo seufzte. »Wegen Anton. An der Rezeption hat man uns mitgeteilt, dass man keine Juden mehr beherbergen dürfe. Er müsse sich eine andere Unterkunft suchen.«

»Denen hätte ich was erzählt …«

Mina fühlte Edos Hand auf ihrem Arm. »Das hat Agnes schon erledigt. Sie hat sich gegenüber dem Portier so aufgeregt, dass Anton und ich Mühe hatten, sie zu beschwichtigen. Natürlich haben wir alle zusammen das Hotel verlassen und standen dann wie bestellt und nicht abgeholt vor dem Eingang. Agnes wollte sofort nach Hamburg zurückfahren, aber ich habe ihr gesagt, wir sollten versuchen, eine andere Unterkunft zu finden, weil die Kinder sich schon so auf den Strand gefreut hatten. Schließlich hatte sie sich so weit beruhigt, dass sie zustimmte. Zum Glück war uns ein Mitarbeiter des Hotels hinausgefolgt. Er zog uns um die Straßenecke und empfahl uns flüsternd die Pension seiner Mutter. Dort sind wir dann untergekommen.«

»Und die Mutter hatte keine Angst, Ärger zu bekommen?«

»Nein, die ist vom alten Schlag; eine friesische Bauersfrau, die im Sommer ihr Wohnhaus an Feriengäste vermietet, wie man sie häufig auf Sylt findet. Die Zimmer waren nicht groß, nicht luxuriös, aber sauber und sehr gemütlich. Frau Kröger hat mich an meine und Heikos Mutter erinnert, und das habe ich ihr zum Abschied auch gesagt, was sie offenbar sehr gefreut hat. Ich habe ihr versprochen, nächstes Jahr wiederzukommen. Dann solltest du mitfahren, das würde dir bestimmt gefallen.«

»Ich weiß nicht, ob ich so lange vom Kontor wegbleiben kann. Außerdem habe ich doch Irma schon zugesagt, sie im nächsten Sommer zu besuchen.«

»Stimmt.« Edo strich mit den Fingerspitzen ihren Arm entlang. »Aber bis zum nächsten Sommer kann noch viel passieren. Bis dahin fließt noch viel Wasser die Elbe hinunter. In jedem Fall würde ich es schön finden, mit dir am Strand entlang spazieren zu gehen.«

»Ja, das wäre wunderbar.«

Mina schmiegte sich an ihn und fühlte sich so glücklich und leicht wie lange nicht. Selbst das Echo von Edos Stimme, die ihr aus den Schatten zuflüsterte, bis zum Sommer könne noch viel passieren, vermochte nicht, ihr die Vorfreude auf ein paar Sonnentage an der See zu nehmen.

Zeit hat etwas Merkwürdiges an sich, dachte Mina oft. Eigentlich sollte doch jede Minute, jeder Tag und jede Woche gleich lang sein, jedenfalls ist es das, was die Uhren und Kalender einem weismachen wollen. Aber so ist es nicht.

Eine Woche war furchtbar lang, und ein Monat dauerte eine Ewigkeit, als sie noch ein Kind war. Die Zeit vom ersten Advent bis zum Weihnachtsabend verging nur im Schneckentempo, und ein ganzes Jahr zog sich so unendlich, dass sie sich nicht einmal ausmalen konnte, wie sie diese Ewigkeit überstehen sollte.

Jetzt hingegen, da sie eine erwachsene Frau von fast vierzig Jahren war und in den Augen ihrer Töchter schon uralt, rannte die Zeit nur so, als könne sie es gar nicht eilig genug bekommen, an ihr vorüberzurauschen.

Ein Arbeitstag mündete in den nächsten gleichförmigen, ohne eine Spur seiner selbst zu hinterlassen. Nur an den Kindern, die schon wieder neue Mäntel für den Winter brauchten, weil die vom Vorjahr zu kurz und eng geworden waren, sah man, wie die Zeit verging.

Ella und Richard wurden jetzt siebzehn Jahre alt, und auch die vierzehnjährige Amelie, die immer klein und zart gewesen war, war zu einem hübschen jungen Fräulein herangewachsen. Alle drei hatten so lange gequengelt, bis Mina und Edo nachgegeben und ihnen die Mitgliedschaft in der Hitlerjugend und beim Bund deutscher Mädel erlaubt hatten.

»Alle anderen sind auch beim BDM«, hatte Ella gejammert, als Mina zunächst gezögert hatte, ihr Einverständnis zu geben. »Man fühlt sich ganz ausgeschlossen, wenn man nicht mitmachen darf.«

Begeistert berichtete Ella davon, was sie an den Gruppenabenden gemacht hatten, und bestand darauf, in den Ferien mit ins Zeltlager zu dürfen.

»Aber genau zu der Zeit wollten wir doch zu Tante Irma nach Ostpreußen«, hatte Mina einzuwenden versucht.

»Dann fahrt ihr eben ohne mich«, hatte Ella achselzuckend erwidert. »Ich muss beim Lager dabei sein, ich bin schließlich Scharführerin, und die anderen verlassen sich auf mich. Es ist doch für die Sache!«

Auch wenn ihr bei der Begeisterung ihrer Tochter für »die Sache« nicht recht wohl wahr, gab Mina schließlich nach, und so trat sie nur mit Amelie und Richard die lange Zugfahrt zu Irma nach Ostpreußen an.

In Danzig wartete Irma bereits mit dem Auto auf die drei, um die letzten dreißig Kilometer bis zum Gut der von Gusnars zurückzulegen. Kaum hatten sie die Stadt hinter sich gelassen, führte die Straße sie durch flaches Weideland, wogende Kornfelder, die bald abgeerntet werden würden, bis zu einem See, auf dessen gegenüberliegender Seite sie das Herrenhaus liegen sahen. Die tiefstehende Sonne brachte die zahlreichen Fenster zum Blinken und die gelb verputzten Wände der drei Giebel, die zum See zeigten, zum Strahlen.

»Das ist ja ein richtiges Schloss!«, rief Amelie beeindruckt.

»Woanders würde man es vielleicht so nennen«, erwiderte Irma lachend. »Hier nennt man es schlicht Herrenhaus oder Gutshof.«

Irma lenkte den Wagen die Allee entlang, die von alten Ulmen beschattet wurde, deren Kronen ein so dichtes Dach über ihnen bildeten, dass sich kaum ein Sonnenstrahl bis zum Backsteinpflaster verirrte.

»Es ist wirklich schön hier«, sagte Richard, der neben Amelie im Font des Wagens saß. »Ella verpasst einiges in diesem Ferienlager, auf das sie so erpicht war.«

»Ella ist im Ferienlager?«, fragte Irma. »Von der Hitlerjugend?«

»Ja«, erwiderte Mina knapp. Ihr war nicht danach, dieses leidige Thema vor Richard und Amelie zu erörtern.

»Meine großen Jungs sind auch ganz begeistert von der HJ. Jens ist Scharführer und mächtig stolz darauf. Sie sind auch gerade beide im Zeltlager in der Nähe von Königsberg. Und du, Richard? Hattest du keine Lust auf ein bisschen Lagerromantik und Abenteuer?«

»Nicht so recht. Ich stehe jetzt kurz vor dem Abitur und möchte mich lieber auf mein Studium vorbereiten.«

»Oh, studieren willst du? Willst du etwa Anwalt werden?«

»Nein, eigentlich nicht, Jura ist mir zu trocken. Ich interessiere mich mehr für Medizin. Aber um dafür einen Studienplatz zu bekommen, brauche ich sehr gute Noten.«

»Oh, der Herr Doktor Becker. Ja, das kann ich mir gut vorstellen. Du im Kittel, mit Stethoskop um den Hals und einem Kneifer auf der Nase.« Irma lachte vergnügt. »Für Jens und Bernd wäre das sicher nichts. Bernd interessiert sich für die Landwirtschaft und hilft auch schon fleißig auf dem Gut mit, und Jens möchte lieber heute als morgen nach Hamburg zurück, um bei seinem Vater in die Lehre zu gehen.«

»Das klingt doch so, als hätte wenigstens einer der beiden hier seine Bestimmung gefunden.« Mina schaute zu Irma hinüber, die ihren Blick fest nach vorn aus dem Fenster gerichtet hielt.

»Ich hoffe es sehr«, antwortete Irma leise.

»Wie geht es den Zwillingen?«

»Gut. Du wirst sie ja gleich sehen. Hanna kümmert sich immer noch rührend um ihren Bruder und hilft ihm, wo sie nur kann. Leider ist es mit seinen Anfällen in den letzten Monaten wieder schlimmer geworden, sodass er nur selten zur Schule gehen kann. In den ersten Wochen hier sah es so aus, als würde sich das Landleben positiv auf die Anfälle auswirken, aber das hielt nicht lange vor.« Sie seufzte. »Hanna bringt ihm am Nachmittag alles bei, was sie am Vormittag gelernt hat.«

»Und wie geht es deiner Mutter?«

Jetzt schaute Irma kurz zu Mina herüber, und in ihren

blauen Augen lag Schmerz. Sie schüttelte unmerklich den Kopf.

»Oh«, flüsterte Mina.

Irma lenkte den Wagen auf den Hof des Gutes, auf dem gerade eine Gruppe Männer damit beschäftigt war, einen Erntewagen mit Heu abzuladen.

Als Irma aus dem Auto stieg, tippten sie sich an die Mützen und murmelten einen Gruß in ihre Richtung.

»Wie viele Wagen habt ihr noch?«, rief sie zu ihnen hinüber.

»Noch vier, Frau Gräfin«, rief einer der Männer zurück. »Sollten wir wohl vor dem Abend schaffen!«

»Sehr gut, Fritz. Dann beeilt euch mal. Für morgen habe ich euch etwas Hilfe mitgebracht.« Sie deutete auf Richard, der inzwischen auch aus dem Wagen gestiegen war, und lachte.

»Ist gut, Frau Gräfin«, sagte der Mann, den sie Fritz genannt hatte. »Hauptsache, der Junge kann ordentlich zupacken.«

»Ich?« Richard zog die Augenbrauen in die Höhe. »Tut mir leid, aber ich hab meine Bücher dabei und muss für meine Prüfungen lernen.«

»Aber du hast doch Ferien!«, rief Irma. »Solltest du dich denn nicht erholen?«

»Schon!«, gab Richard zurück. »Aber dass Heu abzuladen so erholsam ist, möchte ich mal bezweifeln.«

Alle lachten.

»Dann lasst uns mal hineingehen, der Kaffee ist bestimmt schon fertig«, meinte Irma schließlich, als sie sich beruhigt hatten. Sie folgten ihr ins Innere des Gutshauses.

Mina fiel sofort auf, dass dort alles einen etwas heruntergekommenen Eindruck machte. Es war deutlich zu sehen, dass die von Gusnars einst wohlhabend gewesen waren, diese

Zeiten aber schon eine Weile zurücklagen. Die Schränke in der Halle waren groß und düster, mit geschnitzten Verzierungen und welligem Furnier. Sie erinnerte sich daran, dass Irma früher oft erzählt hatte, ihre Mutter habe immer wieder viel Mühe aufwenden müssen, den Verkauf des Gutes, das sie völlig überschuldet übernommen hatte, zu verhindern. Jeden Pfenning habe sie in das Gestüt gesteckt. Natürlich blieb dann nichts für neue Möbel oder die Renovierung des Hauses übrig.

Es war schon einige Jahre her, dass Mina Irmas Mutter, damals eine patente Frau Mitte fünfzig mit wachen Augen und einem trockenen Humor, zuletzt gesehen hatte. Umso mehr erschrak sie jetzt beim Anblick der Gräfin. Die alte Dame saß teilnahmslos und in sich zusammengesunken in ihrem Sessel und starrte auf den Apfelkuchen auf ihrem Teller hinunter, ohne ihn wirklich wahrzunehmen. Sie schaute nicht einmal auf, als Irma mit Mina und den beiden Kindern eintrat. Ihre Haare waren inzwischen schlohweiß geworden und standen unordentlich von ihrem Kopf ab.

Auf dem Sofa neben ihr saßen die Zwillinge Hanna und Klaus nebeneinander. Hanna ließ die Hand ihres Bruders los, als sie Mina hereinkommen sah, und kam strahlend auf sie zugelaufen.

»Tante Mina!«, rief sie und schlang die Arme um sie. »Ich freue mich so, dass ihr endlich hier seid. Ich konnte die ganze Nacht nicht schlafen, weil ich so aufgeregt war.«

Mina beugte sich zu ihr herunter und erwiderte die Umarmung herzlich. »Wir haben auch nicht viel geschlafen, Hanna«, sagte sie lächelnd. »Der Zug hat eine halbe Ewigkeit gebraucht, bis wir endlich in Danzig waren, und wir sind sehr froh, jetzt hier bei euch zu sein!«

»Ihr müsst müde sein. Als wir damals hergekommen sind, waren wir auch furchtbar müde, nicht wahr, Klaus?« Das Mädchen ließ Mina los und wandte sich zu ihrem Bruder um. »Na, komm schon, sag guten Tag. Du musst keine Angst haben, du kennst Tante Mina doch.«

Der schmächtige Junge stand auf und kam zögernd näher. Mit schräg gelegtem Kopf sah er zu Mina auf und streckte dann seine Hand aus.

»Hallo, Klaus.« Mina lächelte ihm zu, als sie nach seiner Hand griff. »Du bist aber tüchtig gewachsen.«

Hanna stieß Klaus mit dem Ellenbogen an. »Na komm schon, Klaus, wir haben das doch geübt.«

»Hallo, T…t…tante M…mina«, stotterte der Junge mit Mühe.

Hanna strahlte. »Siehst du, das war doch ganz einfach.« Sie blickte Mina an und lächelte verlegen. »Er hat immer Angst, dass alle lachen, weil er stottert.«

»Von uns wird niemand über ihn lachen«, versicherte Mina und sah sich zu Richard und Amelie um. Beide nickten. »Siehst du, Klaus, keiner lacht über dich, davor musst du keine Angst haben.«

»Es ist ja nur, weil in der Schule immer alle lachen, sobald er den Mund aufmacht. Deshalb hat er Angst und muss dann noch mehr stottern«, erklärte Hanna.

»Die Lehrerin sagt, Hanna nimmt ihn vor den anderen Kindern in Schutz«, sagte Irma mit Stolz in der Stimme. »Sie hat sich seinetwegen sogar schon mit ein paar Jungens geprügelt.«

»Musste ich doch! Ich bin doch seine Schwester«, verteidigte sich Hanna.

»Und du bist eine gute Schwester«, sagte Mina.

»Ella hat mich auch immer gegen die anderen Kinder verteidigt, wenn die mich geärgert haben«, fügte Amelie hinzu.

»Das hat sie sogar für mich gemacht«, erklärte Richard. »Als ein paar Jungs meinten, sie müssten mich damit aufziehen, dass ich ja keine richtigen Eltern hätte, hat sie ihnen Haue angedroht.«

»Davon weiß ich ja gar nichts!«, sagte Mina erstaunt.

»Wir haben es nur Tante Agnes erzählt, und die meinte, Ella würde vielleicht deswegen Ärger von dir bekommen. Dabei hätte Ella nur das getan, was du auch gemacht hättest. Sie sagte, Ella und du, ihr seid euch ungeheuer ähnlich.«

Mina unterdrückte ein Lachen. »Damit könnte Agnes recht haben, schätze ich.«

Es klopfte an der Tür, und ein Dienstmädchen kam mit einer Kaffeekanne herein, aus deren Tülle ein verführerischer Duft strömte.

»Hoffentlich hast du daran gedacht, mir neuen Kaffee mitzubringen, Mina«, sagte Irma. »Der aus deinem letzten Paket ist inzwischen so gut wie alle.«

»Wie könnte ich das vergessen!« Mina zwinkerte Irma zu. »Fünf Pfund vom milden Guatemala Arabica, von mir selbst geröstet, wie bestellt.«

Irma lachte. »Du weißt eben, was mir schmeckt.« Sie deutete auf den Tisch, an dem ihre Mutter noch immer bewegungslos auf den Kuchen starrte. »Nehmt doch Platz.«

Mina ging zu der alten Frau und lächelte zu ihr hinunter. »Frau Gräfin, wie schön, Sie wiederzusehen«, sagte sie. Irmas Mutter rührte sich nicht.

»Lass nur, Mina, sie versteht dich nicht«, sagte Irma. »Seit dem Schlaganfall im Winter lebt sie nur noch in ihrer eigenen Welt.« Sie setzte sich neben ihre Mutter, griff nach der Kuchengabel, teilte damit ein Stückchen von der Torte ab und spießte es auf. Mechanisch öffnete die alte Frau den Mund und ließ sich damit füttern.

Mina beobachtete in einer Mischung aus Faszination und Abscheu, wie sie mit offenem Mund kaute und ihr dabei immer wieder Krümel aus dem Mund auf ihre Serviette rieselten.

Zwar hatte Irma geschrieben, dass es ihrer Mutter immer schlechter ging, aber dass es so schlimm um sie stand, davon hatte sie keine Ahnung gehabt, sonst hätte sie die Reise abgesagt. Sie warf einen vorsichtigen Blick auf Richard und Amelie. Ihre Tochter starrte Irmas Mutter an, aber zum Glück saß Richard neben ihr. Er stieß sie mit dem Ellbogen an und schüttelte den Kopf, ehe er eine unverfängliche Unterhaltung mit Hanna anfing, der sich Amelie anschloss.

Nachdem die Kinder ihren Kuchen gegessen hatten, schlug Mina vor, dass Hanna und Klaus mit den beiden anderen hinausgehen sollten, um sich ein bisschen umzusehen, und sowohl Richard wie auch Amelie schienen froh über den Vorschlag zu sein.

Kaum hatte sich die Tür hinter den Kindern geschlossen, lehnte Mina sich zurück und schaute Irma entgeistert an.

»Warum hast du mir denn nichts davon gesagt, wie schlecht es deiner Mutter geht?«, fragte sie mit Blick auf die alte Frau. »Ich meine …«

»Weil du dann bestimmt nicht hergekommen wärst.« Irma seufzte. Sie beugte sich ein Stück vor und wischte mit einer Serviette die Sahnereste vom Mund ihrer Mutter weg. »Ist es nicht so?«

»Jedenfalls hätte ich die Kinder dann wahrscheinlich nicht mitgebracht.«

»Hanna redet seit Tagen von nichts anderem mehr, als dass

Amelie endlich zu Besuch kommt. Es wäre ihr gegenüber ungerecht gewesen, wenn …« Irma legte die Serviette auf den Tisch. »Die Kleine hat es sowieso nicht gerade leicht, weil sie sich immer um Klaus kümmern muss. Ich hatte gehofft, wenn sie ein bisschen Zeit mit Amelie verbringt, dann kann sie wieder mal Kind sein.«

In Irmas blauen Augen schwammen auf einmal Tränen, und sie zog hilflos die Schultern hoch.

»Ach, Irma … Arme Irma.« Mina griff nach Irmas Hand, zog sie an sich und nahm sie fest in die Arme. Schließlich, als ihr Schluchzen allmählich leiser wurde und dann versiegte, strich sie ihr mit der Hand über den Rücken und ließ sie los.

Irmas Mutter starrte noch immer vor sich hin. Für Mina war das das deutlichste Zeichen, dass die alte Frau ganz in ihrer eigenen Welt gefangen war. So mitfühlend, wie sie die Gräfin kennengelernt hatte, wäre sie bei Irmas Weinen niemals unbeteiligt geblieben.

»Es tut mir leid, Mina«, sagte Irma mit rauer Stimme. »Ich hatte mir so fest vorgenommen, dir nichts vorzuheulen, aber kaum waren wir beide allein, konnte ich einfach nicht anders.«

»Aber Irma, was ist das für ein Unfug! Wozu sind wir beide denn Freundinnen, wenn wir uns nicht gegenseitig erzählen können, was uns auf der Seele liegt?«

Irma gab ein tränenersticktes Lachen von sich. »Eine schöne Freundin bin ich dir, was?«

Mina zwinkerte ihr zu. »Die beste von allen.«

Irma lachte und wischte sich die Tränen von den Wangen. »Weißt du, es vergeht kein Tag, an dem ich nicht darüber nachdenke, dass es viel einfacher gewesen wäre, wenn ich bei Heiko in Hamburg geblieben wäre. Dann wäre alles so viel leichter für mich. Doch jedes Mal, wenn dieser Gedanke in mir hochkommt, schiebe ich ihn wieder weit von mir. Ich muss tun, was richtig ist, und nicht, was das Einfachste wäre.«

»Das verstehe ich, aber …«

»Da gibt es kein Aber, Mina«, unterbrach Irma. »Hier werde ich gebraucht, in Hamburg werde ich nicht einmal vermisst, da möchte ich beinahe drauf wetten. Erst jetzt weiß ich, dass ich dort nie wirklich hingepasst habe. Meine Mutter wollte immer, dass ich ihr bei der Verwaltung des Gutes zur Hand gehe, weißt du noch? Und jetzt, wo ich das tue, was sie immer wollte, bekommt sie nichts mehr davon mit.« Sie sah zu ihrer Mutter hinüber und griff nach der Hand der alten Frau. »Ob sie wohl stolz auf mich wäre, wenn sie es wüsste?«

»Meinst du nicht, dass sie es nicht doch mitbekommt?«

Irma schüttelte den Kopf, ohne den Blick von ihrer Mutter zu wenden. »Der Arzt sagt, nein. Er meint, es sei ein Wunder, dass sie den letzten Schlaganfall überhaupt überlebt hat, und dass er keine Hoffnung hat, dass sich ihr Zustand noch einmal bessert. Es wäre einfacher, sie den ganzen Tag in ihrem Bett zu lassen. Aber trotzdem sorge ich dafür, dass sie angezogen und auf ihren Platz gesetzt wird, weil sie doch nun einmal zur Familie dazugehört. Sie ist meine Mutter, und ich kann sie nicht aufgeben, verstehst du das?«

»Ja, natürlich.«

»Ich habe ihr alles zu verdanken, und jetzt muss ich es wiedergutmachen.«

»Glaubst du, sie würde das wollen, dass du dein eigenes Leben aufgibst?«

Irma drehte sich wieder zu Mina um. »Aber das tue ich nicht, Mina. Mein Leben ist jetzt hier, wo ich zu Hause bin. Ich habe das Gut zu verwalten, ich kümmere mich darum, dass es meinen Leuten gut geht und alle genug zum Leben haben. Die Zwillinge sind hier glücklich, und Klaus ist bis auf die Anfälle kaum krank gewesen und ein ganzes Stück gewachsen. Es hat lange gedauert, bis ich es erkannt habe, aber ich bin jetzt genau dort, wo ich immer hätte sein sollen, und ich werde nicht nach Hamburg zurückkehren.«

ZEHN

»Ich glaube nicht, dass es eine gute Idee ist, wenn wir uns da einmischen, Mina.«

Edo senkte den Kopf und machte ein nachdenkliches Gesicht, aber vermied es weiter, Mina anzusehen. Stattdessen ließ er den Blick über das Watt schweifen, das sich weit und einsam zwischen Keitum und Morsum erstreckte. Über ihnen wölbte sich ein Septemberhimmel voller hoch aufgetürmter Wolken, zwischen denen immer wieder die Sonne hervorblitzte, die sich auf den Wattflächen spiegelte.

Während Anton, Agnes und die Kinder schon wieder die Rückfahrt nach Hamburg angetreten hatten, war Edo noch eine Woche länger auf Sylt geblieben, weil ihm die Ruhe und die Seeluft so guttaten. Mina war über das Wochenende hergekommen, um ihn abzuholen. Erst jetzt hatte sie Gelegenheit, mit ihm über ihren Besuch bei Irma zu reden. Zwar hatte er sein Mitgefühl für Irmas verfahrene Situation geäußert, es jedoch strikt abgelehnt, mit Heiko auch nur über die Möglichkeit zu sprechen, nach Ostpreußen zu fahren, um sie zurückzuholen.

»Wenn der Fall umgekehrt wäre, würdest du das auch nicht wollen.«

»Ich weiß nicht, Edo. Da bin ich mir nicht so sicher.« Mina, die sich bei Edo untergehakt hatte, zog ihn näher an sich heran. »Ich würde wollen, dass der Mann, den ich liebe, für mich und unsere Familie kämpft. Dass er meine Entscheidung, zu gehen, nicht einfach widerstandslos hinnimmt, sondern versucht, mich zurückzuholen.«

Endlich sah er Mina in die Augen. »Aber würde Irma überhaupt wollen, dass ich mit Heiko rede?«

»Das wohl nicht«, gab Mina zu. »Sie hat mir sogar das Versprechen abgenommen, Heiko nichts davon zu sagen.«

»Na also, da hast du es doch.«

»Aber ich bezweifle, dass sie wirklich weiß, was richtig für sie ist.«

»Wenn sie es nicht einmal selbst weiß, wie kannst du dir da so sicher sein?«

»Weil sie meine beste Freundin ist und mir ihr Wohlergehen am Herzen liegt.«

Edo blieb stehen und hielt ihre Hand fest. »Das verstehe ich, Mina, aber Heiko und Irma sind beide erwachsen und müssen ihre eigenen Entscheidungen treffen. Außerdem glaube ich nicht, dass Heiko sie und die Kinder im Moment in seiner Nähe haben möchte. Ich habe den Eindruck, er ist ganz froh, dass sie aus dem Schussfeld sind.«

»Aus dem Schussfeld?« Mina runzelte die Stirn. »Wie meinst du das? Was tut er denn?«

Edo wandte den Kopf und blickte sich nach allen Richtungen um. Außer ein paar Spaziergängern in großer Entfernung war niemand am Strand zu sehen. »Er kümmert sich um die Ausreise von ehemaligen Parteigenossen, die ins Ausland wollen«, sagte er mit gedämpfter Stimme. »Das ist schon die dritte Familie, der er aus Deutschland heraushilft.«

Mina spürte Ärger in sich hochsteigen. »Ihr hattet mir versprochen, mich in alles einzuweihen, erinnerst du dich? Wir drei gegen den Rest der Welt.«

»Heiko meinte …«

»Ach, Heiko meinte«, unterbrach sie ihn und schnaubte. »Traut ihr mir etwa nicht?«

»Mina …« Edo hielt ihre Arme so fest, dass es schmerzte. »Leise, bitte. Man kann nie wissen, wer mithört.«

»Blödsinn, hier ist doch kein Mensch!«

Sein Griff wurde fester, und der durchdringende Blick ließ sie verstummen.

»Also gut«, sagte sie. »Wir reden nachher in der Pension darüber.«

»Besser, wenn wir wieder in Hamburg sind«, gab er zurück. »Sicher ist sicher.«

Mina schaute ihm ins Gesicht und sah an seiner Miene, dass es Edo sehr ernst damit war. Sie seufzte und hakte sich wieder bei ihm ein.

»Na gut. Dann eben wenn wir wieder zu Hause in Hamburg sind.«

Er beugte sich zu ihr hinüber und küsste sie auf die Wange. »Versprochen, Mina.«

Die Gelegenheit zu einem Gespräch unter vier Augen ergab sich erst einige Tage später, als Heiko zu seinem üblichen morgendlichen Kaffeebesuch ins Kontor kam.

»So eine große Sache ist das gar nicht«, sagte er beschwichtigend zu Mina. »Kein Grund, dass du dir Sorgen machst. Ich organisiere nur für ein paar Leute eine günstige Passage auf einem Frachter.«

»Mehr nicht?«, fragte Mina nach. Sie schenkte ihm noch eine Tasse Kaffee ein und schob den Zucker in seine Richtung.

»Nein, mehr wirklich nicht.« Heiko bediente sich am Zuckertopf und rührte um. »Ich kenne den Mann schon seit Jahren aus meiner Zeit bei der SPD. Er ist wochenlang im Umerziehungslager gewesen, und jetzt hat die Familie auch noch die Wohnung verloren. Natürlich musste ich da helfen. Jetzt sind die drei erst mal bei mir untergekommen, bis sie ausreisen können.«

»Und wie lange bleiben sie bei dir?«

Heiko zuckte mit den Schultern. »Keine Ahnung. Je nachdem, wie schnell ich ein Schiff finde, das sie für wenig Geld mitnimmt.«

»Aber die Papiere haben sie?«, bohrte Mina nach. »Ich meine, du tust doch nichts Illegales, oder?«

»Ich?« Heiko grinste schief. »Du kennst mich doch!«

»Ebendrum.« Mina lehnte sich zurück. »Also sag schon!«

»Bei der Frau und den beiden Kindern gibt es kein Problem. Bei dem Mann …« Heiko zuckte mit den Schultern.

»Du bist völlig verrückt. Das ist doch …«

Heiko stieß ein bitteres Lachen aus und stellte seine Tasse so heftig auf den Tisch zurück, dass es klapperte. »Nein, ich nicht. Weißt du, was verrückt ist? Dass man Dierk einfach so eingesperrt hat, ohne Haftbefehl, ohne Richter, einfach so.« Er schnippte mit den Fingern. »Und was sie mit ihm im Lager angestellt haben. *Das* ist verrückt. Natürlich muss ich der Familie helfen!«

»Vergiss nicht, du bist einer von ihnen«, sagte Edo ruhig.

»Auf dem Papier, ja. Aber ich bin der Partei nur deshalb beigetreten, damit ich frühzeitig mitbekomme, was vor sich geht. Auf diese Weise kann ich Leuten wie Dierk helfen, aus diesem Irrenhaus herauszukommen.«

Für Mina wurde im Laufe der nächsten Monate immer deutlicher, was Heiko mit »diesem Irrenhaus« meinte.

Trotz aller Bemühungen gelang es Anton nicht, wieder eine Anstellung als Geiger zu bekommen. Egal, wo er es auch versuchte, immer bekam er nur Absagen. Selbst von einer Tanzkapelle, die auf einem der großen Passagierschiffe auf der Route nach Nordamerika spielte, wurde er abgelehnt.

Auch wenn Agnes ihm immer wieder Mut zusprach und ihm versicherte, irgendetwas werde sich im Laufe der Zeit schon ergeben, es war doch nicht zu übersehen, dass er mit seiner Situation immer schlechter zurechtkam.

»Ich weiß gar nicht mehr, was ich machen soll«, beklagte sich Agnes immer wieder bei Mina, wenn die beiden Frauen allein waren. »Ich kann nichts mehr sagen, ohne dass er aus der Haut fährt. Neulich sind wir wegen einer Kleinigkeit aneinandergeraten, und ich habe zu ihm gesagt, er soll sich zusammenreißen, immerhin geht es uns besser als den meisten anderen Betroffenen. Uns sieht niemand schief an, und es wird uns auch niemand aus dem Haus treiben, weil wir die Miete nicht mehr bezahlen können. Für eine Sekunde dachte ich, er würde mich ohrfeigen, aber dann ist er nur wortlos nach unten ins Musikzimmer gegangen und hat sich betrunken.«

»Und wenn ihr auch ins Ausland zieht?«, fragte Mina vorsichtig. »Ich habe gehört, es werden immer mehr, die nach Amsterdam oder Paris gehen.«

Agnes seufzte. »Die Möglichkeit habe ich auch schon mal angesprochen, aber das will Anton auf keinen Fall, da ist nicht mit ihm zu reden.«

»Warum denn nicht?«

»Er sagt, er ist Deutscher und das hier ist seine Heimat.«

Agnes zog hilflos die Schultern hoch. »Ich meine, damit hat er ja recht.«

»Natürlich hat er das, aber …«

»Vielleicht hängt sein Zögern auch mit seinem Alter zusammen. Anton ist schon über fünfzig. Dann noch einmal in einem fremden Land ganz von vorn anzufangen wäre sicher nicht leicht.«

»Nein. Bestimmt nicht. Aber er wäre ja nicht allein, oder?«

»Nicht wenn es nach mir ginge, doch Anton ist absolut dagegen, Clara aus ihrer gewohnten Umgebung zu reißen. Und von ihr trennen will er sich natürlich auch nicht. Ich habe noch nie einen Mann gesehen, der so närrisch nach seiner Tochter ist wie er.«

Mina musste lächeln. »Nein, ich auch nicht. Hat Frieda dir erzählt, dass die beiden im Musikzimmer mit Claras Puppen gespielt haben? Frieda kam herein, um sauber zu machen, und da saßen sie auf dem Boden und haben die Puppen umgekleidet. Clara wollte Hochzeit spielen.«

Agnes lachte, doch es klang irgendwie traurig. »Das erinnert mich an uns früher. Weißt du noch? Der Teddybär war immer der Pastor, und wir haben für den Empfang hinterher Kekse von Frau Kruse erbettelt.«

»Wie könnte ich das vergessen?« Mina warf ihrer kleinen Schwester einen liebevollen Blick zu. »Eigentlich hatten wir eine ganz schöne Kindheit, oder?«

»Die hatten wir. Und die wünschen wir uns auch für Clara. Ist das zu viel verlangt, Mina?«

Darauf fiel Mina nichts Tröstliches ein. Wortlos nahm sie ihre weinende Schwester fest in die Arme.

Ein paar Wochen später, Mina saß gerade allein im Chefbüro, klopfte es an der Tür und Tilly trat mit einem Stapel Umschlägen herein, die offenbar gerade vom Postboten gebracht worden waren.

»Sieht aus, als sei die Einladung zum diesjährigen Ball auch schon gekommen«, sagte sie und legte das Kuvert mit dem eingeprägten Siegel der Kaffeehändler auf der Rückseite ganz oben auf den Stapel.

Mina seufzte. »Ist es schon wieder so weit? Meine Güte, die Zeit rennt nur so.«

Tilly lächelte und blieb vor Minas Schreibtisch stehen, was für sie sehr ungewöhnlich war.

»Hast du etwas auf dem Herzen, Tilly?«, wollte Mina wissen.

Tilly griff nach dem Stuhl vor Minas Tisch und setzte sich. »Könnte man beinahe so sagen. Ich habe schon seit Tagen auf eine Gelegenheit gewartet, dich allein sprechen zu können.«

»Du hättest mich doch nur fragen müssen, statt abzuwarten, bis Edo seinen Arzttermin hat.«

»Schon, aber so ist es einfacher. Je weniger Leute von meiner Bitte wissen, desto besser.« Tilly lächelte dünn. »Jedenfalls falls du ablehnst.«

Mina zog die Augenbrauen zusammen und musterte ihre Cousine prüfend. »Jetzt machst du mich aber neugierig. Um was geht es denn?«

Auch wenn Tilly äußerlich ruhig und souverän wirkte, so entging Mina nicht, dass sie ihre Hände so eng faltete, dass sich die Knöchel weiß färbten.

»Es geht um die Familie meiner Tante, der jüngeren Schwester meines Vaters«, sagte sie. »Sie möchte mit Mann und Kindern das Land verlassen, weil er als Jude nicht mehr an der Universität lehren darf.«

Mina nickte. »Nachvollziehbar.«

»Ich hatte gehofft, dass du das so siehst. Immerhin kennst du das Problem ja durch Agnes auch aus erster Hand.«

»Nur dass Agnes und Anton beschlossen haben, hierzubleiben.«

»Oh.« Einen Sekundenbruchteil schien Tilly etwas darauf erwidern zu wollen, dann war ihr geschäftsmäßiger Gesichtsausdruck wieder da. »Nun, das müssen sie ja selbst wissen«, sagte sie. »Meine Tante hat mich angesprochen, weil ich früher in einer Bank tätig war und noch immer Kontakte zu einigen Bankhäusern habe. Sie hat mich gefragt, ob es nicht eine Möglichkeit gibt, wenigstens einen Teil ihres Vermögens zu retten. Versteh mich nicht falsch, Mina, es geht nicht um Reichtümer, nur um das, was mein Onkel während seines Arbeitslebens auf die Seite legen konnte, und um ihr Haus. Sie haben versucht, es zu einem angemessenen Preis zu verkaufen, aber man hat ihnen immer nur einen lächerlichen Betrag dafür angeboten. Hinzu kommt, dass sie alles, was sie an Geld haben, bei der Ausreise hierlassen müssen. Mein Onkel ist fast sechzig, Mina. Wie soll der Mann für sich und seine Familie ohne irgendwelche Mittel ein Leben in Amerika aufbauen?«

Mina seufzte, doch bevor sie etwas sagen konnte, hob Tilly die Hand. Offenbar hatte sie sich ihren Text sorgfältig zurechtgelegt und wollte sich nicht unterbrechen lassen. »Ich habe schon mit Christoph Klemm gesprochen. Du weißt ja, wir sind gut befreundet. Er hat mir erzählt, dass er einige Leute kennt, die in der gleichen Situation sind, und er zerbricht sich seit Wochen den Kopf, wie er ihnen helfen könnte. Er hat vorgeschlagen, das Geld über bestehende Firmenkonten ins Ausland zu transferieren – getarnt als ganz normalen Handel. Nie allzu große Summen auf einmal und immer über mehrere

Transaktionen verteilt. Er hat sogar schon eine Bank in New York an der Hand, die bereit ist, mitzumachen. Er kennt offenbar den Juniorchef recht gut. Und was die Firma angeht, über deren Konten alles abgewickelt werden soll …«

»Da hat er an *Kopmann & Deharde* gedacht.« Mina holte tief Luft und ließ sie langsam wieder entweichen, während sie sich in ihrem Sessel zurücklehnte. »Dass es sich dabei um Geldwäsche handelt, muss ich dir wohl nicht sagen. Und ich muss dir auch nicht erzählen, dass wir hierbei mit einem Fuß im Gefängnis stehen.«

»Das ist mir bewusst. Und genau deshalb wollte ich zuerst allein mit dir sprechen.« Mathilde Frankes Augen blitzten auf. »Ich kenne dich inzwischen gut, Mina. Du hast Rückgrat und fürchtest dich nicht vor dem Risiko. Das schätze ich an dir. Aber noch wichtiger ist für mich, dass du keine Vorurteile hast und weißt, was richtig und was falsch ist. Ich glaube, ich lehne mich nicht zu weit aus dem Fenster, wenn ich sage, dass wir beide einer Meinung sind, was die Behandlung der Juden betrifft.«

»Da hast du natürlich recht, aber …«

Tilly zog die Augenbrauen in die Höhe. »Aber?«

»Ich gehöre zur ehrbaren Hamburger Kaufmannschaft, und Geld am Finanzamt und den Behörden vorbei ins Ausland zu schaffen ist nicht gerade ehrenhaft.«

Tilly sah sie einen Moment lang verblüfft an, dann seufzte sie. »Schade!«, sagte sie und erhob sich. »Ich war mir so sicher, dass …« Sie brach ab und zuckte mit den Schultern. »Versprichst du mir wenigstens, mit niemandem über unsere Unterhaltung zu reden?«

»Du hast mich missverstanden, Tilly.« Auch Mina erhob sich. »Oder besser gesagt, du hast mich nicht ausreden lassen. Es mag nicht ehrenhaft sein, aber ich glaube genau wie du, dass es notwendig und richtig ist. Aber ich habe eine Bedingung: Wir stellen unsere Dienste nicht umsonst zur Verfügung. Wer meine Konten benutzt, wird dafür bezahlen müssen. Denn eins steht fest: Es wird nicht nur bei deinem Onkel und den Freunden von Herrn Klemm bleiben, und nicht alle, die Deutschland verlassen wollen oder müssen, haben das Geld, das zu tun. Solange wir unsere Einnahmen dann dafür benutzen, diesen Menschen zu helfen, bin ich einverstanden.«

Auf einmal flog ein Strahlen über Mathildes Züge. »Ich wusste, dass ich bei dir an genau der richtigen Adresse bin.«

Als Mina später am Abend Edo von der Idee erzählte, war der zuerst strikt dagegen.

»Ich glaube, du schätzt das Risiko falsch ein«, sagte er. »Was, wenn dir die Ämter auf die Schliche kommen, was, wenn …«

»Was, was, was!« Mina schnaubte durch die Nase. »Aber dass Heiko die Familie eines Sozialisten aufnimmt, der im Arbeitslager gesessen hat, ist kein Risiko?«

»Doch natürlich ist es das, aber Heiko weiß, was er tut.«

»Meinst du!«

»Ja, ich bin überzeugt davon. Außerdem ist er allein und hat nicht noch seine Familie um sich, die er in Gefahr bringt.«

»Glaubst du ernsthaft, ich würde absichtlich unsere Familie in Gefahr bringen?«

»Absichtlich sicher nicht.« Er beugte sich in seinem Sessel vor und griff nach Minas Händen. »Ich verstehe ja, warum du Tilly helfen willst, doch ich bitte dich, sehr, sehr vorsichtig zu sein. Versprichst du mir das?«

»Natürlich. Aber …«

»Kein Aber. Wir alle hier sind auf dich angewiesen, Mina. Die Kinder, deine Schwester und vor allem ich, wir verlassen uns auf dich. Wenn Tilly also die Firmenkonten benutzen will, um Geld ins Ausland zu bringen, dann bitte so, dass du möglichst wenig darin eingebunden bist.«

»Keine Sorge, Edo. Ich werde vorsichtig sein, das schwöre ich dir.«

Draußen in der Eingangshalle klingelte das Telefon. Mina erhob sich und küsste Edo auf die Wange.

»Wir sollten uns wirklich langsam einen Apparat hier hineinlegen lassen«, sagte sie mit einem Seufzen und ging in den Flur hinaus. »Ich geh schon ran!«, rief sie Frieda entgegen, die gerade aus dem Küchentrakt gelaufen kam, und hob den Hörer von der Gabel.

»Bei Lohmeyer und Rose«, meldete sie sich.

»Könnten Sie mir bitte Frau Lohmeyer geben?«, hörte sie eine Männerstimme sagen.«

»Ich bin am Apparat.«

»Ah, Mina. Gut, dass ich dich gleich dran habe. Ich bin es, Frederik.«

»Nanu, Frederik, ist etwas passiert?«, fragte sie erstaunt.

Frederik hatte nicht mehr in der Villa angerufen, seit er vor Jahren ausgezogen war. Wenn überhaupt, dann telefonierte er mit ihr, wenn sie im Kontor war. Es musste also etwas Wichtiges sein, das ihn dazu bewogen hatte, auf diesem Anschluss anzurufen.

»Nein, passiert ist nichts«, antwortete er. »Aber ich dachte, ich rufe dich gleich an, weil die Einladung für den Ball der Kaffeehändler heute gekommen ist.«

»Stimmt, die war in der Post. Wann kommst du denn nach Hamburg?«

»Das ist das Problem, Mina. Ich komme dieses Jahr gar nicht. Du wirst wohl allein hingehen müssen.«

»Oh!« Beinahe wäre Mina ein »Schade« herausgerutscht. Mit ihm zum Ball zu gehen war inzwischen so etwas wie ein jährliches Ritual geworden, und sie verspürte tatsächlich eine Spur Enttäuschung. »Was ist denn so wichtig, dass du unsere jährliche Verabredung absagen musst?«

»Ich bin jetzt allein für den Tanzpalast in Berlin zuständig und komme kaum zum Luftholen. Da kann ich mich nicht für ein paar Tage absetzen, um mit dir das Tanzbein zu schwingen, so gern ich auch wollte.« Er lachte, aber irgendetwas in seiner Stimme klang gezwungen.

»Ist wirklich alles in Ordnung?«, fragte sie.

»Ja, natürlich, alles in schönster Ordnung, was soll denn sein? Wir sehen uns dann zu Weihnachten. Grüße bitte alle schön von mir, besonders die Mädchen.«

»Zu Weihnachten?«, fragte Mina verdutzt. »Aber …«

»Ja, natürlich, Liebes, so wie sonst auch immer, zu Weihnachten unter dem Baum mit der ganzen Familie. Tut mir leid, aber ich muss jetzt wirklich Schluss machen. Bis bald, Mina!« Es knackte in der Leitung. Er hatte aufgelegt.

Mina starrte mit gerunzelter Stirn auf den Hörer in ihrer Hand, ehe sie ihn langsam auf die Gabel legte. Sie kehrte in den Salon zurück, wo Edo ihr fragend entgegensah.

»Das war Frederik am Telefon«, sagte sie. »Und das war das merkwürdigste Gespräch, das ich je mit ihm geführt habe.«

Mina hatte so gar keine Lust, allein zum Ball der Kaffeehändler zu gehen, und war schon entschlossen abzusagen, als sie an der Börse Konsul Müller traf, der sie spontan zum Essen einlud und sie fragte, ob sie sich denn schon auf ihren alljährlichen gemeinsamen Walzer freue. Sie erzählte ihm, dass Frederik ihr leider abgesagt habe und sie ohne Begleitung wohl kaum kommen könne.

»Dass Ihr Mann keine Zeit hat, weil er in Berlin zu stark eingebunden ist, muss doch für Sie kein Grund sein, nicht zum Ball zu gehen, liebe gnädige Frau«, sagte er und zündete sich eine Zigarre an. »Meine Frau wird ihn zwar als Tanzpartner schmerzlich vermissen, aber ich verspreche Ihnen, wir werden auch ohne ihn einen vergnüglichen Abend verbringen.« Er schüttelte sein Streichholz aus, nahm einen Zug von der Zigarre und blies den Rauch genüsslich zur Decke des Restaurants hinauf. »Ganz ehrlich, jetzt haben Sie es so weit gebracht, dass man Sie hier an der Börse ganz selbstverständlich begrüßt, dann sollten Sie den Ballbesuch auch nicht von einem Mann abhängig machen.«

Mina unterdrückte ein breites Grinsen und legte die Serviette neben ihren Teller. »Da haben Sie auch wieder recht, lieber Senator. Dann freue ich mich jetzt schon darauf, mit Ihnen einen gemütlichen langsamen Walzer zu drehen.«

Und so geschah es dann auch. Mina hatte einen fröhlichen Abend am Tisch des Senators und dessen Frau, sie tanzte mit etlichen der anderen Kaffeehändler und wunderte sich auch kein bisschen, als plötzlich der Chef ihrer Bank, Christoph Klemm, vor ihr stand, sich lächelnd verbeugte und um den nächsten Foxtrott bat. Sie zwinkerte ihm zu, stand auf und ließ sich von ihm zur Tanzfläche führen.

Eine Weile bewegten sie sich schweigend, ehe Christoph Klemm sie etwas näher zu sich heranzog, um einem anderen Paar auszuweichen.

»Ich habe mich noch gar nicht bei Ihnen bedankt«, sagte er gedämpft dicht neben ihrem Ohr. »Wenn Sie nicht mitgemacht hätten, wären mein bester Freund und seine Familie jetzt nicht sicher in New York eingetroffen.«

»Es hat also funktioniert?«, fragte sie ebenso leise und sah ihm ins Gesicht. Herr Klemm blickte weiter an ihr vorbei auf die Tanzfläche.

»Ja, das hat es«, antwortete er. »Aber bitte, lassen Sie sich nichts anmerken. Selbst in dieser Umgebung weiß man nie, wer die Ohren spitzt.«

Mina sah an den Fältchen in seinen Augenwinkeln, dass er lächelte. »Übrigens hat es jetzt schon viermal geklappt.«

»Und Tillys Tante?«

»Die habe ich schon mitgezählt.«

»Und wie viele kommen jetzt noch?«

»So viele, wie wir schaffen, ohne dass es auffällt.«

Wieder zog er sie etwas fester in seinen Arm, um einem anderen Paar auszuweichen.

»Vielleicht wüsste ich noch jemanden, der infrage kommt. Allerdings sind das Leute, die nicht viel Geld haben.«

Klemm warf ihr einen schnellen Blick zu. »Das sollte kein Problem darstellen.«

»Gut. Allerdings muss ich dann jemanden mit ins Boot holen. Sie kennen doch Heiko Peters.«

»Den Quartiermeister?«

»Genau den. Er hat die Familie eines Sozialisten bei sich zu Hause untergebracht, die das Land verlassen will. Er sucht eine Überfahrt auf einem Frachter für sie.«

»Ist Peters vertrauenswürdig?«

»Ganz sicher. Ich würde meine Hand für ihn ins Feuer legen.«

»Das wird hoffentlich nicht nötig sein«. Christoph Klemm lächelte amüsiert zu ihr hinunter. »Trotzdem müssen wir natürlich aufpassen, dass nichts von unseren Unternehmungen bekannt wird. Im Moment verbergen wir die Geldtransfers über Immobiliengeschäfte, aber das können wir nicht unbegrenzt machen.«

»Aber eine Weile wird das gehen. Besonders wenn ich verlautbaren lasse, dass ich auf der Suche nach Häusern und Grundstücken bin, um die Firma um weitere Bereiche zu erweitern.«

»Die Leute werden Sie noch für einen Gierschlund halten, Frau Lohmeyer.«

»Sollen sie doch reden!« Mina zuckte mit den Achseln. »Was andere von mir denken, ist mir egal.«

»Das sollte es aber nicht sein«, sagte der Bankier. »Sie sollten sich vielleicht überlegen, in die Partei einzutreten. Das wird den Misstrauischen das Maul stopfen.«

»Das könnte ich nicht. So sehr verbiegen kann ich mich nicht.«

Ein spöttisches Lächeln umflog seine Lippen. »Man kann sich ziemlich weit beugen, ehe man umkippt. Sehen Sie mich an: Ich bin auch eingetreten.«

Erst jetzt bemerkte Mina das kleine Abzeichen, das im Knopfloch seines Revers steckte. »Auch du, Brutus ...« Sie seufzte.

»Ja, auch ich.« Er lachte leise und schwenkte Mina in die Runde. »Sie glauben gar nicht, wie viele Türen mir dies kleine Opfer schon geöffnet hat.«

Die Kapelle beendete das Stück, die tanzenden Paare blieben stehen und applaudierten, dann bot Herr Klemm Mina seinen Arm.

»Ich werde mir Ihren Vorschlag überlegen, Herr Klemm, aber derzeit glaube ich, dass ich nicht zu diesem Opfer bereit wäre«, sagte Mina, während sie zu ihrem Tisch zurückgingen. »Vielen Dank für den Tanz.«

»Herzlich gern wieder.« Christoph Klemm lächelte und verbeugte sich vor ihr, bevor er zu seinem eigenen Tisch auf der anderen Seite des Saales zurückging.

»Irgendwie gefällt mir dieser Klemm nicht«, sagte Senator Müller mit gerunzelter Stirn und sah ihm hinterher. »Dieser Bankfritze hat so etwas Jüdisches an sich.«

Zu ihrer Überraschung lachte Edo darüber, als sie ihm später von Senator Müllers Bemerkung erzählte.

»Klemm? Der ist doch erzkatholisch und stammt vom Niederrhein. Senator Müller hat nur allgemein was gegen Bankiers, das ist alles.«

»Natürlich hast du recht, aber ich will auf etwas anderes hinaus. Das Bild, das die Leute haben, verschiebt sich immer mehr, fällt dir das nicht auch auf? Leute, die was gegen Juden hatten, gab es immer. Meine Großeltern gehörten dazu. Aber was jetzt passiert, ist irgendwie anders. Egal, worum es geht, alles, was den Leuten nicht passt, ist sofort jüdisch. Das hat mit der Herkunft oder dem Glauben rein gar nichts mehr zu tun. Für Müller ist Klemm jüdisch, weil der ein Bankier ist und er vermutlich Schwierigkeiten hat, Kredit zu bekommen. Verstehst du? Das Feindbild verschiebt sich immer mehr. Die Juden sind inzwischen der Sündenbock für alles.«

»Das waren wir schon immer.« Edo war plötzlich sehr ernst.

»Mag sein, dass das von deinem Standpunkt aus so gewirkt hat, aber du musst zugeben, dass es noch schlimmer geworden ist, seit die Nazis am Ruder sind.«

»Vor allem eins ist schlimmer geworden: Man darf nicht mehr anderer Meinung sein als die Regierung. Vor lauter

Angst laufen alle brav mit wie die Schafe, ob sie nun ehrlich davon überzeugt sind, was der Führer sagt, oder nicht.« Er drehte nachdenklich das Glas in seinen Händen hin und her. »Das ist wohl spätestens im letzten Jahr deutlich geworden, bei der Sache um diesen SA-Chef Röhm. Aus lauter Angst, dass sich da ein Staat im Staate bilden könnte, lassen sie die ganze Spitze der SA erschießen. Wer nicht genau auf Linie ist, spielt mit seinem Leben.«

»So ein Leben ist eben nicht so viel wert wie die Überzeugung des Führers.« Mina lachte bitter.

Edo sah zu ihr herüber. »Schon gar nicht, wenn es so wertlos ist wie das eines Juden.«

Er stand auf und stellte sein halb volles Glas auf den Tisch. »Tut mir leid, aber ich habe Kopfschmerzen. Ich gehe jetzt lieber ins Bett. Gute Nacht, Mina.«

Ohne eine Antwort abzuwarten, ließ er Mina allein, die im Salon zurückblieb und ihren Gedanken nachhing.

In den folgenden Tagen musste sie immer wieder an Edos Worte denken, und mehrmals war sie kurz davor, ihm vorzuschlagen, ebenso wie so viele andere das Land zu verlassen. Doch je länger sie damit wartete, desto verrückter erschien ihr selbst diese Idee zu sein, und darum schwieg sie. Andere Dinge wurden wichtiger, und so verschwand diese Überlegung allmählich ganz.

Weihnachten rückte näher, und wie immer vor den Festtagen war im Kontor so viel zu tun, dass Mina der Kopf schwirrte. Hinzu kam, dass wie in jedem Jahr ihr Schwiegervater und Sophie ihren Besuch angekündigt hatten. Sie würden bis Mitte Januar bleiben, und ebenso wie ihre Töchter freute sich Mina schon sehr darauf, die beiden wiederzusehen.

Doch dann traf Mitte Dezember ein Brief aus Guatemala

ein, in dem Paul den Besuch kurzfristig absagte. Paul junior, Frederiks älterer Bruder, der inzwischen die Plantage leitete, habe einen Autounfall gehabt und sich das Bein gebrochen, sodass er die Ernte nicht beaufsichtigen könne, die im vollen Gange sei. Er habe Sophie zu überreden versucht, allein zu fahren, aber sie habe rundheraus abgelehnt, ihn im Stich zu lassen. Im nächsten Jahr sei schließlich wieder Weihnachten, und wenn die Mädchen Sehnsucht nach ihren Großeltern hätten, könnten sie doch in den nächsten Ferien mit Mina nach Guatemala kommen, der Weg sei schließlich in beide Richtungen gleich weit.

Mina musste lachen, als sie den Brief am Esstisch vorlas. »Das ist typisch Sophie«, sagte sie. »Sie redet schon seit Jahren davon, dass wir ja auch mal die Plantage besuchen könnten.«

»Ja, warum denn eigentlich nicht, Mama?«, fragte Ella. »Wenn wir im nächsten Frühling fahren, sind Richard und ich mit der Schule fertig. Dann haben wir beide unser Abitur, und das wäre doch eine tolle Belohnung für uns, wenn wir ...«

»Erst mal müsst ihr das Abitur in der Tasche haben, und zwar mit guten Noten, dann können wir darüber reden.«

»Aber ...«, protestierte Ella.

»Nichts aber!« Mina zog die Augenbrauen in die Höhe. »Wenn es eine Belohnung sein soll, dann müsst ihr euch die auch verdienen.«

»Das ist so ungerecht«, maulte Amelie. »Ich will auch mit und bei mir dauert es noch eine Ewigkeit, bis ich mit der Schule fertig bin. Muss ich dann etwa allein hierbleiben?«

»Bring gute Zensuren nach Hause, dann sehen wir weiter.« Mina schob ihrer Tochter die Butter hinüber und zwinkerte ihr zu.

»Und ich?«, fragte Clara. »Darf ich auch mit?«

»Das müssen deine Eltern entscheiden, Liebes.« Mina nickte Agnes lächelnd zu, die ihr gegenübersaß. »Vielleicht haben sie ja sogar Lust, mitzukommen.« Sie sah, dass ihre Schwester blass wurde und ihrem Mann am Ende des Tisches einen schnellen Blick zuwarf.

Anton sagte nichts, sondern griff nach der Serviette auf seinem Schoß und warf sie auf den Tisch, dann stand er auf und verließ ohne ein Wort das Esszimmer.

»Habe ich was Falsches gesagt?«, fragte Mina vorsichtig.

Agnes seufzte vernehmlich. »Du konntest es ja nicht wissen, aber ich habe ihm erst vor ein paar Tagen vorgeschlagen, nach Übersee zu gehen.«

»Und er will nicht.«

Ihre Schwester schüttelte den Kopf. »Wir haben uns deswegen gestritten. Lass uns bitte später darüber reden«, fügte sie hinzu und warf einen schnellen Blick in Richtung von Ella und Amelie, die der Unterhaltung mit unverhohlener Neugier folgten.

»Sicher!«, sagte Mina und warf ihren Töchtern einen missbilligenden Blick zu.

»Könntest du mir bitte den Brotkorb reichen, Ella?«, fragte Richard höflich und zwinkerte dabei Mina mit Verschwörermiene zu, während er Ella mit dem Ellenbogen anstupste. »Das ist Erwachsenenkram, der uns Jungvolk nichts angeht.«

Nach dem Abendessen gingen die Kinder nach oben, und die Erwachsenen setzten sich wie jeden Abend in den Salon. Nur Anton fehlte. Er hatte sich ins Musikzimmer zurückgezogen. Aus dem Raum ertönte Musik.

»Besser, ich störe ihn nicht«, sagte Agnes und hob in einer hilflosen Geste die Arme. »Wenn er Opernschallplatten auflegt, will er sich in seinem Selbstmitleid suhlen.«

»Ach, Agnes!« Mina legte ihrer Schwester den Arm um die Schultern, doch diese befreite sich sofort.

»Lass lieber, sonst muss ich nur heulen«, sagte sie mit verdächtig glänzenden Augen. »Anton ist so verdammt stur, das ärgert mich maßlos!«

»Inwiefern?«, fragte Edo.

»Ich habe ihn freundlich gebeten, ich habe ihn angefleht, ja geradezu angebettelt, von hier wegzugehen, aber nein, er will davon nichts wissen. ›Was soll uns denn schon passieren?‹ Das ist alles, was er dazu sagt. ›Ich bin doch kein Ausländer, ich bin Deutscher und habe das Recht, hier zu leben. Das sollen sie mir erst mal streitig machen.‹«

Edo zog die Augenbrauen hoch. »Das stimmt ja auch. Aber recht haben und recht bekommen sind leider zwei unterschiedliche Dinge. Trotzdem bin ich Antons Meinung. Wegzulaufen ist keine Lösung. Und woanders ist es nicht automatisch besser als hier.«

»Aber da könnte er wenigstens arbeiten und wäre bestimmt glücklicher.«

Edo legte den Kopf ein wenig schräg und sah Agnes fragend an. »Wäre er das wirklich? Und du? Wie wäre es bei dir? Du bist dein ganzes Leben lang hier gewesen und hast tiefe Wurzeln geschlagen. Ich war schon einmal für einige Zeit in Amerika, Agnes. Es ist nicht das Schlaraffenland, für das es gehalten wird, und wenn deine Wurzeln hier in Hamburg bleiben, wird das Heimweh irgendwann unerträglich.«

Eine Träne rollte Agnes' Wange hinunter und fiel auf ihre Bluse. »Aber ich habe Angst«, sagte sie heiser.

»Ja, ich weiß.« Edo hob die Hand und wischte ihr die Tränenspur ab. »Die habe ich auch.«

Sie blieben zu dritt im Salon sitzen und lauschten schweigend der Musik von Verdis Aida, die undeutlich aus dem Musikzimmer erklang. Alle hingen sie ihren Gedanken nach.

Erst als die Oper verklungen war, hörten sie die Tür klappen und die leisen Schritte Antons die Stufen hinaufgehen.

Agnes erhob sich. »Ich werde jetzt auch ins Bett gehen«, sagte sie. »Mal sehen, ob wir miteinander reden können, ohne dass es gleich wieder im Streit endet.« Ihr Versuch, zu lächeln, misslang. »Danke fürs Zuhören und für alles andere.«

»Keine Ursache. Wenn es Schwierigkeiten gibt, müssen wir eben Kriegsrat halten, so wie früher«, sagte Mina, stand auf und umarmte ihre Schwester herzlich. »Dafür sind Schwestern da.«

»Wenn nur die Lösungen so einfach wären wie früher«, sagte Agnes traurig und drückte ihre Hand, ehe sie sie losließ.

Mina fragte Agnes nicht, ob sie und Anton zu einer Entscheidung gelangt waren. Wenn Agnes ihren Mann doch hatte überzeugen können, dann würde sie es ohnehin früher oder später erfahren.

Weihnachten fiel in diesem Jahr auf einen Montag, sodass Mina die letzten Besorgungen für das Fest am Vormittag des Heiligen Abends erledigte. Mit Geschenken bepackt betrat sie die Villa, stellte ihre Einkaufstaschen vor der Garderobe ab, hängte ihren Mantel auf und schlich sich eilig am Salon vorbei nach oben, um die Päckchen in ihrem Schrank zu verstecken.

Als sie danach mit Unschuldsmiene im Gesicht den Salon betrat, fand sie dort nur Edo vor.

»Wo sind denn alle?«, fragte sie überrascht.

»Ich habe ihnen vorgeschlagen, schon mal mit dem Baumschmücken anzufangen. Richard und Ella helfen den Erwachsenen, während Amelie oben mit Clara spielt.« Edo erhob sich von seinem Sessel, kam auf sie zu und griff nach ihren Händen. »Ich muss dringend mit dir sprechen, und zwar allein.«

Verwundert sah sie ihm ins Gesicht. Seine Züge schienen angespannt, und in seiner Wange zuckte ein Muskel.

»Nanu? Das klingt wichtig. Was ist denn los?«

»Setz dich besser«, sagte er und schob sie zu den Sesseln hinüber. Er nahm ihr gegenüber Platz, beugte sich vor und blickte ihr direkt in die Augen. »Ich fürchte, wir haben ein Problem. Ich habe …«

In diesem Moment klopfte es, und die Tür wurde geöffnet, ohne dass jemand »Herein« gerufen hätte.

»Nicht jetzt, Frieda«, sagte Edo ungeduldig.

Mina drehte sich um. Das Dienstmädchen stand in der Tür. Sie wirkte nervös, und ihre Augen waren ängstlich aufgerissen. »Entschuldigen Sie bitte, aber da sind zwei Herren an der Tür, die Sie dringend sprechen möchten, Frau Lohmeyer. Sie sagen, sie sind von der Polizei.«

»Polizei?«, fragte Mina erschrocken. Ihr Herzschlag begann plötzlich in ihren Ohren zu dröhnen. Sie sprang auf die Füße und warf Edo einen fragenden Blick zu. »Was will denn die Polizei von mir?«

Edo antwortete nicht, sondern sah bloß voll Sorge zu ihr hoch.

»Ich komme«, sagte Mina zu Frieda und folgte ihr in die Eingangshalle hinaus. In der geöffneten Haustür standen zwei Männer, beide mit unscheinbaren Trenchcoats bekleidet. Statt den Hut abzunehmen, tippten sie sich an die Krempe.

Während Mina an Frieda vorbei auf die Tür zuging, straffte sie die Schultern und zwang sich dazu, die Angst hinunterzuschlucken.

»Meine Herren, Sie wollten mich sprechen?«, fragte sie kühl und blieb in der halb geöffneten Eingangstür stehen.

»Sind sie Wilhelmina Lohmeyer, geborene Deharde?«

»Das ist richtig.«

»Sie sind die Ehefrau von Frederik Lohmeyer, vormals wohnhaft Heilwigstraße 17, in Hamburg?«

»Ja. Aber mein Mann lebt schon seit einigen Jahren nicht mehr hier.« Mina spürte, wie ihre Finger zu zittern begannen, und verbarg sie in den Falten ihres Rockes. »Darf ich fragen, warum Sie sich nach ihm erkundigen?«

Der jüngere der zwei Männer, er mochte Mitte dreißig sein und hatte ein nichtssagendes, ebenmäßiges Gesicht, sah sie herausfordernd an.

»Später«, sagte er harsch. »Jetzt werden Sie erst einmal unsere Fragen beantworten.«

In Mina stieg Ärger hoch, der ihre Angst verdrängte. »Gern, sobald Sie sich ausgewiesen haben, meine Herren.«

Der ältere Polizist griff in seine Tasche und zog einen Ausweis hervor, den er ihr kurz vor die Nase hielt. »Petersen, Gestapo«, stellte er sich vor und machte eine Kopfbewegung zu seinem Kollegen. »Das ist mein Kollege Fuhrmann.«

»Also gut, worum geht es?« Mina blickte von einem zum anderen. Sie blieb mit der Hand an der Klinke der Tür stehen und dachte gar nicht daran, die Polizisten hereinzubitten.

»Wann haben Sie Ihren Mann zuletzt gesehen?«

»Letztes Jahr im November. Wir treffen uns normalerweise immer beim Ball der Kaffeehändler, aber in diesem Jahr rief er an und sagte, er sei verhindert.«

»Warum verhindert?«

»Das hat er mir nicht gesagt. Nur dass er zu viel Arbeit hätte, um nach Hamburg zu kommen.«

Petersen warf seinem Kollegen einen kurzen Seitenblick zu. »Hat er sonst noch etwas gesagt?«, fragte er dann.

»Nicht dass ich mich daran erinnern könnte.«

»Und er hat Ihnen auch keinen Brief oder so etwas geschrieben? Oder vielleicht Ihren Kindern zu Weihnachten? Sie haben doch Kinder, nicht wahr?«

»Ja, zwei Mädchen. Ich hätte sicher erfahren, wenn sie Post von ihrem Vater bekommen hätten. Er ist nie ein großer Briefeschreiber gewesen. Aber warum erkundigen Sie sich bei mir nach ihm? So gut, wie Sie informiert sind, sollten Sie doch auch wissen, dass er mich schon vor Jahren verlassen hat, um in Berlin zu leben.«

Mina sah den kurzen, vielsagenden Blick, den die Polizisten sich zuwarfen, ehe Petersen sich wieder an sie wandte. »Wissen Sie, womit er sein Geld verdient hat?«

Ihr entging nicht, dass der Polizist in der Vergangenheitsform sprach, doch sie entschloss sich, nicht darauf einzugehen. »Er betreibt verschiedene Tanzlokale, unter anderem den Tanzpalast in Berlin-Mitte.«

»Ja, unter anderem.«

»Unter anderem?« Mina zog die Augenbrauen hoch.

»Er hatte seine Finger wohl in verschiedenen Unternehmungen. Einige davon könnte man wohlwollend als zwielichtig bezeichnen.«

»Davon weiß ich nichts«, erwiderte Mina entschieden. »Wie ich schon sagte, er hat mich vor Jahren verlassen. Woher soll ich also genau wissen, womit er sein Geld verdient?«

»Sie scheinen aber nicht besonders überrascht darüber zu sein, dass er in kriminelle Machenschaften verwickelt war.«

Mina presste die Lippen zusammen und stieß die Luft durch die Nase aus. »Sagen Sie, worauf wollen Sie eigentlich hinaus?«

Wieder war da der kurze Blick, den die Polizisten sich zuwarfen.

»Ihr Mann hat offensichtlich Verbindungen zur Berliner Unterwelt gehabt, und das scheint ihm letztlich zum Verhängnis geworden zu sein«, sagte Petersen.

»Zum Verhängnis?« Mina runzelte die Stirn.

Petersen holte tief Luft. »So sieht es aus. Der Tanzpalast in Berlin ist vor drei Tagen bis auf die Grundmauern niedergebrannt, und die dortige Polizei geht von Brandstiftung aus. In den Trümmern wurden zwei Leichen gefunden, ein Mann und eine Frau – beide wurden erschossen.« Er sah Mina prüfend an. »Wir gehen davon aus, dass es sich dabei um Ihren Mann und seine Geliebte handelt.«

»Frederik ist tot?« Minas Mund und ihre Lippen fühlten sich taub an, als sie die Worte ausstieß.

»Wir konnten die Leichen nicht eindeutig identifizieren, aber wir haben neben dem Mann das hier gefunden.« Petersen griff in die Innentasche seines Mantels und zog ein Stück Papier heraus, das er Mina reichte.

Es war ein Foto, das einen Siegelring mit einem Stein zeigte, in den ein großes »F« eingeschnitten war. Der Stein war dunkelblau gewesen, Mina wusste es, auch wenn es ein Schwarz-Weiß-Foto war, das sie in Händen hielt. Sie schluckte trocken.

»Das ist Frederiks Ring«, sagte sie heiser. »Ich habe ihm den Ring zu unserem ersten Weihnachtsfest geschenkt.«

Sie gab dem Polizisten das Foto zurück. Dass Frederik diesen Ring schon während ihrer gemeinsamen Zeit nur gelegentlich getragen hatte und sie ihn später nie mehr damit gesehen hatte, sagte sie nicht. Wozu auch? Den Ring hatte sie extra für ihn anfertigen lassen, und sie hatte keinen Zweifel, dass es sich um Frederiks Eigentum handelte.

»Ihr Mann war sehr groß, nicht wahr?«

»Ja, beinahe zwei Meter«, sagte sie mühsam.

»Das könnte dann dafür sprechen, dass es sich bei der gefundenen Leiche wirklich um ihn handelt. Wir konnten ihn bisher nicht eindeutig identifizieren, vor allem, weil es keine Zahnarztunterlagen von ihm gibt.«

»Er hatte gute Zähne. Darauf hat er sehr geachtet.«

»Wissen Sie, wer die Frau sein könnte, die gefunden wurde?«

»Nein, ich habe keine Ahnung.«

Minas Kopf drehte sich. Auch wenn ihre Ehe eine Katastrophe gewesen war, so hatte sich ihr Verhältnis zu Frederik in den letzten Jahren doch deutlich gebessert, und es hatte sich beinahe so etwas wie eine Freundschaft entwickelt. Er war Ellas Vater, und jetzt war er tot – war erschossen worden und bis zur Unkenntlichkeit verbrannt. Sie versuchte, die Ungeheuerlichkeit zu fassen, aber es wollte ihr nicht gelingen.

»Bitte, was?«, fragte sie, weil sie dem, was Petersen gerade gesagt hatte, nicht hatte folgen können.

»Ich habe nur gesagt, dass ihr Mann sich offenbar mit den falschen Leuten eingelassen hat und in Schwierigkeiten geraten ist. Wir werden weiter nach ihm fahnden, bis endgültig geklärt ist, ob es sich bei der Leiche im Tanzpalast wirklich um ihn handelt. Sie sollten in jedem Fall vorsichtig sein, und falls Sie etwas von ihm hören oder er herkommt, müssen Sie uns sofort benachrichtigen.« Er zog eine Visitenkarte aus der Jacke und hielt sie Mina vors Gesicht.

Da platzte Mina der Kragen. »Was denn jetzt?«, fragte sie aufgebracht. »Zuerst teilen Sie mir mit, mein Mann sei tot, und zeigen mir ein Foto von seinem Ring, und dann deuten Sie an, dass ich mit ihm unter einer Decke stecke? Hören Sie, Frederik hat mich vor Jahren verlassen, und ich habe keine Ahnung, in was für krumme Geschäfte er danach möglicherweise verwickelt war. Ich will mit ihm nichts mehr zu tun haben, und ich würde ihn nie hier verstecken. Wenn Sie das nicht glauben, können Sie sich gern selbst davon überzeugen, dass er nicht hier ist!« Wutentbrannt riss sie die Tür auf und machte eine Handbewegung in Richtung des Flurs. »Bitte, schauen Sie sich ruhig überall um. Wir haben nichts zu verbergen!«

Petersen und Fuhrmann sahen einander verblüfft an. Petersen nickte seinem Kollegen kurz zu.

»Ich denke, das wird nicht nötig sein, Frau Lohmeyer«, sagte er dann höflich. Er hielt ihr die Visitenkarte immer noch entgegen. »Aber sollten Sie doch etwas hören, zögern Sie nicht, uns anzurufen. Einen schönen Abend noch, Frau Lohmeyer.« Er griff sich an den Hut und lüpfte ihn an. »Und frohe Feiertage.«

Auch Fuhrmann murmelte einen Gruß, ehe sich die beiden Männer zum Gehen wandten.

Mina schloss die Tür und lehnte sich einen Augenblick lang schwer atmend mit der Stirn gegen das Holz. Erst als sie eine Hand auf ihrer Schulter fühlte, drehte sie sich um. Edo war neben Frieda getreten und zog sie in seine Arme.

Aus dem Esszimmer drangen Musik und Gelächter. Vermutlich hatte Anton die Tür zum Musikzimmer geöffnet und den Plattenspieler angestellt.

»Oh du fröhliche …«, sang ein Chor. »Oh du selige, gnadenbringende Weihnachtszeit.« Es klang wie Hohn in Minas Ohren.

»Hast du alles mit angehört?«, fragte sie Edo.

Er nickte. »Du bist die mutigste Frau, die ich kenne. Und so überzeugend, dass sogar die Gestapo dir glaubt.«

»Ich komme mir gerade gar nicht mutig vor.«

Er küsste sie flüchtig. »Wie gut, dass wir vorhin nicht zum Reden kamen.«

Mina löste sich ein wenig aus seinem Arm und sah ihn fragend an. »Was ist denn?«

Edo legte den Finger auf die Lippen. »Ich muss dir etwas zeigen«, sagte er leise und fügte zu Frieda gewandt hinzu: »Ich glaube, wir könnten gleich noch einen Tee gebrauchen.«

»Gern.« Frieda nickte, deutete einen Knicks an und verschwand im Küchentrakt.

Edo wartete, bis sie außer Sichtweite war, bevor er Mina an der Küche vorbei aus dem Hintereingang der Villa zog und mit ihr durch die einsetzende Dämmerung zur Garage hinüberging. Dabei blickte er sich suchend auf dem Hof um. Alles war ruhig und weit und breit niemand zu sehen. Ein leichter Nieselregen ging nieder. Kein Wetter, bei dem man das Haus verließ.

Er führte sie weiter um die Garage herum bis zum Seiteneingang, der zur Kutscherwohnung führte, in der Edo offiziell noch immer wohnte. Ohne Licht zu machen, lief er die Treppe hinauf, klopfte zu Minas Überraschung einmal an die Tür und trat dann ein. Die Vorhänge in dem kleinen Raum waren zugezogen, und nur eine kleine Lampe, die mit einem Handtuch halb bedeckt war, brannte auf der Kommode und tauchte den Raum in ein trübes Licht.

Die beiden Menschen, die auf dem Bett saßen, schauten hoch. Dicht nebeneinander kauerten dort ein Mann und eine zierliche, dunkelhaarige Frau. Die Frau hatte Mina noch nie in ihrem Leben gesehen, aber den Mann kannte sie nur zu gut.

»Hallo, Mina,« sagte Frederik. »Ich habe doch am Telefon gesagt, bis Weihnachten.«

Sie seien am späten Vormittag in Hamburg eingetroffen, berichtete Frederik, den Arm fest um seine Geliebte gelegt, die er als Anne vorstellte. Zwei Tage habe ihre Odyssee gedauert, von Berlin über Hannover und Köln bis nach Hamburg – zuerst mit dem Auto, dann später von Köln aus mit der Eisenbahn, immer in Sorge, jemand könne sie entdecken und erkennen.

»Die Polizei war vorhin hier«, sagte Mina. »Sie haben erzählt, du seist erschossen worden und die Leiche sei bis zur Unkenntlichkeit verbrannt.«

Ein schmales Lächeln umspielte Frederiks Lippen. »Dann hat es ja geklappt«, sagte er erleichtert und zog Anne an sich heran. »Sie haben es geschluckt.«

»Ganz so einfach ist es wohl nicht. Ich soll mich bei ihnen melden, sollte ich etwas von dir hören. Das würden sie kaum verlangen, wenn sie keinerlei Zweifel daran hätten, dass du tot bist.«

Frederik sah Mina durchdringend an. »Du wirst uns doch nicht verraten, oder?«

»Wie kann ich das entscheiden, wenn ich nicht einmal weiß, was dir vorgeworfen wird? Die Polizisten sagten was von zwielichtigen Geschäften mit Kriminellen, in die du verwickelt warst.«

Frederik lachte bitter. »So kann man das natürlich auch ausdrücken.« Er strich Anne über den Rücken und ließ sie dann los. »Nein, Mina, keine zwielichtigen Geschäfte wie früher. Nicht was du vielleicht denkst. Es geht um etwas anderes. Ich habe Nachrichten verkauft, und zwar an den, der am besten gezahlt hat. Im Tanzpalast gingen viele Leute ein und aus, und sie waren nicht eben vorsichtig mit dem, was sie erzählt haben. Das lief lange Zeit gut, und alle haben profitiert, die Nachrichtendienste, die Spione und die Politiker aller Parteien. Selbst nachdem Hitler Reichskanzler geworden war, habe ich noch gute Geschäfte gemacht. Aber dann habe ich etwas gehört, das mich ... das uns bewogen hat, das Land so schnell wie möglich zu verlassen.« Er griff nach Annes Hand. »Anne ist Jüdin, und während ihr Bruder, ein alter Kompagnon von mir, schon längst nach Wien ausgereist ist, ist sie bei mir geblieben.«

»Was haben Sie gehört?«, fragte Edo.

Frederik schaute ihm ins Gesicht, dann seufzte er. »Etwas so Verrücktes, dass nicht einmal die Briten und Amerikaner es glauben wollten, die sonst immer gut für alles gezahlt haben, was ich ihnen mitteilen konnte. Sie haben gemeint, ich hätte es mir aus den Fingern gesaugt, und mich der Lüge bezichtigt.« Frederiks Blick traf Mina, und sie erkannte die Angst darin. »Bald wird es neue Gesetze geben, nach denen die Juden nur noch Bürger zweiter Klasse sind. Ihre Rechte werden noch stärker beschnitten, Ehen mit ihnen werden verboten, sie können enteignet werden. Aber damit ist noch längst nicht Schluss, so wie ich es verstanden habe. Langfristig ist geplant, eine Endlösung zu schaffen, wie man es nennt.«

»Endlösung?«, fragte Mina. »Was kann damit gemeint sein?«

»Du bist doch sonst nicht so naiv, Mina.« In Frederiks Stimme klang beißender Spott mit. »Was wird damit wohl gemeint sein? Man will sie loswerden, so oder so. Entweder man wirft sie aus dem Land oder ...« Er brach ab.

»Das kann nicht stimmen.« Mina sah ihn ungläubig an. »Ich meine ...« Einen Augenblick lang suchte sie nach Worten. »Es gibt doch hunderttausende Juden in Deutschland. Die kann man doch nicht alle aus dem Land werfen«, fuhr sie dann fort. »Wo sollen sie denn hin?«

»Merkwürdig, genau dasselbe hat mich der Mann vom britischen Geheimdienst auch gefragt.« Frederik lachte heiser. »Ich habe zu ihm gesagt, die Schubladen sind schon voller Pläne, wie das zu bewerkstelligen ist. Und einer dieser Pläne heißt Krieg.«

»Das würde Hitler nicht wagen.« Edo schüttelte langsam den Kopf.

»Es läuft alles darauf hinaus. Hören Sie sich Hitlers Reden an. Hören Sie dem albernen Schwätzer Göring zu und dem aalglatten Goebbels. All dieses Gerede von der Schmach von Versailles, von Volk ohne Raum, von der deutschen Herrenrasse. Hören Sie einfach genau hin, was gesagt wird. Und vor allem versuchen Sie zu begreifen, was damit gemeint ist. Es wird zum Krieg kommen. Nicht sofort, aber in ein paar Jahren ist es unausweichlich.« Er blickte zu Edo hoch, der sich an die Kommode gelehnt hatte. »Ich bin mein halbes Leben lang Soldat gewesen, aber für diese Leute werde ich nicht kämpfen. Sie sollten das doch am besten verstehen.«

»Ich?«

Frederik nickte. »Ja, Herr Blumenthal. Sie!«

»Sie müssen mich verwechseln. Mein Name ist Becker.«

»Aber nicht doch!« Frederiks Augen funkelten amüsiert. »Ich habe Sie schon damals sofort erkannt, als ich Sie nach dem Krieg in Minas Büro gesehen habe. Aber keine Sorge. Bei wem wäre ihr Geheimnis besser aufgehoben als bei mir? Schließlich bin ich ja tot.« Er lachte.

Edo schwieg. Nur das Ticken der Wanduhr war zu hören. Es klang unangenehm laut in Minas Ohren.

Anne, die junge hübsche Frau, die neben Frederik saß, räusperte sich schließlich. »In jedem Fall sind wir beide Ihnen zu Dank verpflichtet. Wenn Sie uns vorhin nicht hier hereingebracht hätten ...«

»Es ist Weihnachten. Nimmt man da nicht Flüchtlinge auf?«, fragte Edo trocken.

»Nicht jeder würde das tun«, antwortete Anne schlicht. »Ich habe da andere Erfahrungen gemacht.« Sie strich sich mit der Hand das wellige, gut frisierte Haar zurück und griff nach dem Hut, der neben ihr auf dem Bett lag. »Wir sollten Ihre Freundlichkeit nicht zu sehr strapazieren. Wir waren ja nur hier, weil …« Sie brach ab und setzte den Hut auf, ehe sie Anstalten machte, sich zu erheben. Frederik hielt sie zurück, und sie blieb sitzen.

»Warum bist du hergekommen, Frederik?«, fragte Mina leise in die entstandene Stille hinein.

Er atmete tief ein und aus, dann sagte er: »Du hast vor einiger Zeit mal erzählt, dass mein Vater jedes Jahr zu Weihnachten zu euch kommt. Ich wollte mit ihm reden.« Er blickte Mina in die Augen. »Nein, ich wollte ihn um Verzeihung bitten, das trifft es besser. Er ist jetzt ein alter Mann, und ich weiß nicht, ob ich noch einmal die Gelegenheit habe, mit ihm zu sprechen und die Dinge zurechtzurücken. Und ich würde ihm gern Anne vorstellen, weil sie es war, die mich dazu gebracht hat, mein Leben und mich selbst zu ändern.« Er warf der jungen Frau einen liebevollen Blick zu, dann beugte er sich vor und küsste sie auf die Wange.

»In diesem Jahr konnte Paul nicht kommen. Dein Bruder hatte einen Beinbruch, und Paul ist in Guatemala geblieben, um die Ernte zu überwachen«, erklärte Mina.

»Das hat Herr Blumenthal … ich meine, Herr Becker schon erzählt.« Frederik seufzte. »Wir müssen jetzt für zwei Tage eine Unterkunft finden, bevor wir unser Schiff besteigen können.«

»Ein Schiff?« Mina zog die Augenbrauen zusammen.

»Ja, ein Frachter, mit dem wir nach Oslo fahren. Von da aus geht es nach London und danach nach Amerika. Alles ist genau und von langer Hand geplant worden, der Brand, die Flucht, einfach alles. Es gibt in Berlin ein paar Leute, dir mir noch einen Gefallen schuldig waren.«

»So einen großen, dass sie dafür töten?«, fragte Mina trocken. »Oder wie sind die beiden Leichen in den Tanzpalast gekommen?«

»Wenn du spurlos verschwinden willst, dann musst du sicherstellen, dass sie nicht nach dir suchen.« Frederik zuckte mit den Schultern. »Das geht am besten, wenn du ihnen deine Leiche lieferst. Mehr kann ich dir nicht sagen, Mina, weil ich selbst nicht mehr weiß, und das ist auch gut so.«

»Aber …«

Wieder holte Frederik tief Luft. »Wirklich, Mina, ich weiß nicht, wer die beiden Toten waren. Und weil ich die Leute kenne, die unsere Flucht organisiert haben, habe ich lieber nicht nachgefragt. Und daran, dass ich trotzdem entschlossen bin, das Land zu verlassen, siehst du, wie ernst mir die Sache ist. Ich will Anne aus Deutschland hinausbringen, und du und Herr Becker, ihr solltet auch gehen.«

Edo zog die Nase hoch und schüttelte den Kopf. »Ich glaube nicht, dass das nötig sein wird. Niemand kennt mich unter meinem alten Namen.«

»Und was ist mit deiner Schwester und ihrem Mann? Der ist doch auch Jude, oder?«, fragte Frederik an Mina gewandt.

»Schon, aber er will auf keinen Fall weg aus Deutschland.« Mina zog die Schultern hoch. »Da lässt er nicht mit sich reden.«

»Hauptsache, er wartet nicht zu lang und kommt dann nicht mehr raus aus dem Land.« Frederik rieb sich das Kinn, eine Geste der Nachdenklichkeit, die Mina noch von früher kannte. »Und wenn wir mal mit ihm sprechen würden? Was meinst du, Anne?«

Anne sah ihm einen Augenblick ins Gesicht. »Ich meine, wir sollten unseren Gastgebern jetzt nicht länger zur Last fallen, Frederik.« Sie stand auf und griff nach dem Mantel, der neben ihr auf dem Bett lag.

»Davon kann keine Rede sein«, sagte Mina sofort. »Natürlich bleiben Sie bei uns. Allerdings wäre es vermutlich besser, wenn niemand aus dem Haus Sie zu Gesicht bekommt, solange Sie hier sind. Richard und die Mädchen sind in der Hitlerjugend aktiv, und ich möchte nicht, dass sie sich dort verplappern. Da muss nur einer der Gruppenführer etwas weitergeben, und dann steht wieder die Gestapo vor der Tür.«

Frederik stieß ein kurzes, bitteres Lachen aus. »Du traust deinen eigenen Töchtern nicht, dass sie den Mund halten und uns nicht an die Behörden verraten? Und du willst mir erzählen, dass in Deutschland alles in schönster Ordnung ist?«

ELF

Sommer 1939

»Das ist vielleicht eine Hitze heute! Selbst am Wasser ist es kaum auszuhalten.« Heiko zog seine Jacke aus und legte sie über den Arm, während er die Ärmel seines Hemdes ein Stück hochkrempelte. Seine Unterarme waren von so vielen Sommersprossen bedeckt, dass sie beinahe wie eine durchgehende Fläche wirkten. Mina unterdrückte ein Lächeln.

»Mir ist eben warm«, sagte er entschuldigend. »Was gibt es da zu grinsen?«

»Gar nichts, nur dass du jetzt wieder aussiehst wie damals, als wir uns kennengelernt haben.«

»Blödsinn. Da hatte ich noch meinen wilden Bart und meine rote Lockenpracht. Von der ist jetzt leider nicht mehr sehr viel übrig.« Er lüpfte seine Schiffermütze und deutete auf sein Haar, das hinten am Scheitel schütter zu werden begann. »Nicht jeder hat so ein Fuder Locken auf dem Kopf wie du.«

»Die sind übrigens auch ganz schön warm bei dem Wetter.« Mina lachte. »Aber wenigstens muss ich bei der Arbeit keine schwere Hose und keine wollene Mütze tragen.«

»Jaja, mach dich nur über das Arbeitervolk lustig.« Auch wenn sein Ton maulig war, zwinkerte Heiko ihr zu. »Wollen wir zum Kaiserspeicher rübergehen und übers Hafenbecken schauen, während wir unsere Limonade trinken?«, fragte er. »Dann fühlen wir uns noch mehr wie früher, als wir noch jung und hübsch waren.«

»Was heißt hier ›waren‹?«, rief Mina lachend und knuffte ihn spielerisch auf den Arm. »Ich für mein Teil finde mich immer noch recht hübsch.«

»Das ist gut. Ich erinnere mich noch daran, dass du dich früher nicht sehr schön gefunden hast.« Heiko steckte seine Hände in die Hosentaschen und streckte ihr einen Ellenbogen entgegen, damit sie sich dort einhaken konnte.

Er war wie üblich zu seinem morgendlichen Besuch im Kontor aufgetaucht, aber als Mina ihn gefragt hatte, ob er einen Kaffee wollte, hatte er den Kopf geschüttelt.

»Bei der Affenhitze Kaffee? Um Gottes willen, da kriegt man ja einen Hitzschlag. Lass uns lieber ein paar Schritte gehen, dann gebe ich dir eine Limonade aus«, hatte er vorgeschlagen, und sie hatte zugestimmt, froh, dem ewigen Kreislauf von Bestellungen, Lieferscheinen und Rechnungen für einen Augenblick entfliehen zu können. Heiko kaufte an einer der Buden, bei der sich die Arbeiter mit Getränken eindecken konnten, zwei Flaschen Zitronensprudel und reichte eine davon an Mina weiter.

»Schade, dass Edo nicht dabei ist, dann wäre es sogar genau wie früher«, sagte Heiko nachdenklich und kickte einen Kiesel, der auf dem Pflaster lag, ein Stück den Bürgersteig hinunter.

Mina kannte ihn viel zu gut, als dass ihr entgangen wäre, dass das der Punkt war, über den Heiko sprechen wollte – oder doch wenigstens einer der Punkte.

»Hast du eine Ahnung, was mit ihm in letzter Zeit los ist?«, fragte Heiko. »Ja, er hat immer diese Kopfschmerzen, das weiß ich. Und ich weiß auch, dass er auf seinem Auge schlechter sieht als noch vor einiger Zeit. Aber ist das wirklich alles?«

Mina hielt sich an Heikos Arm fest und sah hinunter auf das Pflaster, das unter ihren Füßen vorbeizog. »Keine Ahnung, Heiko, wirklich nicht.«

»Aber du kennst ihn doch am besten.«

»Das sollte man annehmen.« Sie seufzte. »Doch mit mir redet er über so was nicht. Wie war es denn, während ich weg war?«

Mina war erst vor ein paar Tagen von ihrem alljährlichen Besuch bei Irma in Ostpreußen zurückgekommen und hatte Heiko gebeten, ein Auge auf Edo zu haben, solange sie weg war.

»Er war beinahe jeden Tag im Kontor, die meiste Arbeit hat allerdings Tilly erledigt. Du kannst wirklich froh sein, dass du sie hast.«

»Das bin ich. Es war eine sehr gute Entscheidung, sie damals bei Klemm abzuwerben.« Mina nickte und sah zu Heiko hinüber. »Und was hat Edo getan, während ich weg war?«

»Sein Schreibtisch war so gut wie leer, und die wenigen Akten, die darauflagen, waren immer dieselben, das ist mir aufgefallen. Er schien sich zu freuen, wenn ich kam, und wir haben uns nett unterhalten, aber er wirkte sehr abwesend, konnte sich gar nicht richtig am Gespräch beteiligen, sondern hörte lieber zu. Er machte einen müden und in sich gekehrten Eindruck, verstehst du? So als würde er mir gar nicht richtig zuhören, sondern sei mit seinen Gedanken immer woanders.«

»Aber wo?«

»Ich habe keine Ahnung. Ich dachte, das könntest du mir vielleicht sagen.« Heiko sah sie fragend an.

Sie hatten den Kaiserspeicher erreicht. Vor ihnen erstreckte sich das Hafenbecken, auf dem etliche Ewerboote hin und her schipperten, um Fracht von den Handelsschiffen abzuholen und in die Speicherhäuser zu bringen. Der Wind trug das Hämmern und metallische Kreischen von den Werften herüber, in das sich das Schreien der Möwen mischte, die über dem Wasser nach etwas Essbarem Ausschau hielten.

»Unsere Bank ist immer noch da«, sagte Mina und deutete auf die Holzbank, von der die Farbe in großen Splittern abgeplatzt war.

»Und zum Glück hat noch niemand eines dieser verdammten Schilder daran angebracht,« erwiderte Heiko grimmig. »›Nur für Deutsche.‹ Pah!«

»Pst, Heiko«, flüsterte Mina und blickte sich vorsichtig um. Zum Glück schien niemand so nah, dass er es gehört haben könnte.

»Es stimmt doch.«

»Natürlich stimmt es. Trotzdem solltest du deine Meinung nicht so hinausposaunen.«

Heiko zuckte mit den Schultern, dann nahm er seine Jacke vom Arm und breitete sie auf der Bank aus. »Setz dich lieber hier drauf«, sagte er. »Nicht dass du noch Flecken auf deinen Rock bekommst.«

»Da mach dir mal keine Sorgen. Der Stoff ist nicht empfindlich, und die Bank ist ja trocken.« Trotzdem nahm sie sein Angebot an und setzte sich auf den rauen Stoff seiner Arbeitsjacke. Sie nahm den Strohhalm in den Mund, der in der Sprudelflasche steckte, und trank durstig.

»Es tut mir leid, aber ich kann auch nur raten, was in Edo vorgeht, wenn er sich so in sich selbst zurückzieht«, sagte sie nachdenklich und griff damit wieder ihr Thema von vorhin auf.

Heiko atmete tief ein und aus. »Weißt du, ich habe das schon oft bei Veteranen wie Edo gesehen. Viele erleben dieses Auf und Ab. Eine ganze Zeit geht es ihnen offenbar gut, und dann holt sie die Vergangenheit wieder ein. Die Erinnerungen an den Krieg kommen zurück und mit ihnen die Bilder, die sie nicht loslassen. Bei einigen sind es wiederkehrende Albträume, die sie quälen, andere geraten so aus dem Tritt, dass sie mit dem Leben gar nicht mehr zurechtkommen. Manche …« Er brach ab und rieb mit dem Daumen über die Narbe an seiner linken Hand, an der ihm zwei Finger fehlten. »Das ist es, wovor ich bei Edo Angst habe.«

»Glaubst du wirklich, er würde sich etwas antun?« Mina sah ihn erschrocken an.

Heiko zuckte mit den Schultern und kniff die Augen zusammen, um nicht geblendet zu werden, während er über das Hafenwasser starrte, auf dem die Sommersonne glitzerte. »Früher hätte ich Nein gesagt, jetzt bin ich mir nicht mehr so sicher.« Heiko seufzte. Er zog ein Päckchen Zigaretten aus der Hosentasche und zündete sich eine an. Nachdenklich sah er dem Rauchwölkchen hinterher, das er ausgeatmet hatte.

»Ich fürchte, er könnte den Halt verlieren, an dem er sich festklammert, verstehst du?«

»Ehrlich gesagt, nein.« Mina beobachtete, wie eine weitere Rauchschwade über das Wasser wehte und sich dann auflöste. »Es hat sich doch seit Jahren für ihn nichts geändert. Er hat die Familie, er hat seine Arbeit, er hat mich.«

In Heikos tiefblauen Augen, die sie aufmerksam musterten, lag Zweifel. »Hat sich wirklich nichts geändert, Mina? Versuch doch mal, es von seiner Warte aus zu sehen: Seine Sehkraft lässt nach, und um ihn zu schonen, gibst du immer mehr seiner Arbeit an Tilly ab. Was denkst du, wie er sich dabei fühlt? Die Kinder sind fast erwachsen und bald aus dem Haus. Die brauchen ihn nicht mehr. Ja, er hat dich. Aber ob er sich da auch sicher ist?« Ein schmales Lächeln erschien auf Heikos Gesicht. »Vielleicht solltet ihr endlich heiraten.«

»Heiraten?« Mina musste lachen. »Du hast vielleicht Ideen.«

»Ja, warum denn nicht?« Heiko warf die halb gerauchte Zigarette auf den Boden und trat sie aus. »Er ist verwitwet, du bist Witwe, warum also traut ihr euch nicht?«

Heiko gehörte zu den wenigen Eingeweihten, die wussten, dass Frederik das Land verlassen hatte und jetzt unter falschem Namen in Kalifornien lebte. Für alle anderen war er tot. Als die Kriminalpolizei den Fall endlich zu den Akten gelegt und die Leiche freigegeben hatte, hatte Mina für ein Begräbnis in Berlin gesorgt und eine Todesanzeige in den Hamburger Zeitungen geschaltet. Sie hatte sogar für ein paar Wochen Schwarz getragen, nur um sicherzugehen, dass niemand in Zweifel zog, dass sie wirklich verwitwet war.

»Du kennst den Grund«, erwiderte Mina. »Hinzu kommt, dass Edo mich nie gefragt hat.«

»Wie sollte er auch, wenn er das Gefühl hat, wertlos und nur noch eine Last zu sein.«

Mina riss überrascht die Augen auf. »Hat er das gesagt?«

»Nein, aber trotzdem glaube ich, dass etwas dran ist. Du nicht?«

»Ich weiß nicht, ich habe bislang nie den Eindruck gehabt.« Sie seufzte. »Vielleicht habe ich es aber auch einfach nicht wahrhaben wollen.«

Heiko sah sie erstaunt an, dann nickte er. »Ich verstehe, was du meinst. Es ist leicht, sich einzureden, dass alles in Ordnung ist, nicht wahr? Selbst wenn man eigentlich längst weiß, dass etwas schiefläuft.« Er drehte den Kopf und blickte über das Wasser hinaus. »So war es jedenfalls bei mir und Irma. Ich hatte von Anfang an so eine Ahnung, dass es keine gute Idee ist, sie zu heiraten, aber ich dachte, wenn sie dich so sehr liebt, dann kannst du vielleicht auch …« Er verstummte.

Ein Stück entfernt stieß einer der Schlepper, die dabei waren, einen Frachter zu seinem Liegeplatz zu bugsieren, ein lang gezogenes Tuten aus, das von einem ebensolchen beantwortet wurde.

»… dann kannst du vielleicht auch lernen, sie zu lieben?«, fragte Mina leise.

»Ja, so ähnlich.« Er zog erneut die Zigaretten aus seiner Tasche und drehte das Päckchen unschlüssig in den Händen. Dann holte er eine Zigarette heraus und steckte sie sich in den Mundwinkel. »Wie geht es Irma?«, fragte er.

»Sie scheint sehr zufrieden mit ihrem Leben zu sein, jetzt, wo ihre Mutter endlich erlöst ist. Irma hat zwar immer versucht, es sich nicht anmerken zu lassen, aber es hat sie sehr belastet, dass ihre Mutter sie nach dem Schlaganfall nicht mehr erkannt hat und die letzten Monate bettlägerig war. Jetzt ist Irma wie ausgewechselt – gut gelaunt und fröhlich. Das Gut läuft besser denn je, und sie hat gerade fünfzehn Pferde an die Armee verkauft. Was sie aber am glücklichsten macht, ist, dass es den Kindern so gut geht. Besonders Klaus hat sich mächtig gemacht, du würdest ihn vermutlich kaum wiedererkennen. Er hatte schon seit Monaten keine Anfälle mehr, nur mit der Schule kommt er immer noch nicht zurecht.«

»Und wie geht es den anderen? Ich höre nicht so oft von ihnen. Die Kinder sind genauso schreibfaul wie ich.«

Mina zwinkerte ihm zu und dachte dabei an die knappen Postkarten, die Heiko ihr damals ins Pensionat geschickt hatte.

»Jens brennt darauf, endlich seinen Wehrdienst abzuleisten.

Wie du weißt, will er zur Marine, er hat mir erzählt, am allerliebsten zu den U-Bootfahrern. Und Bernd ist maulig, dass er noch ein ganzes Jahr warten muss, bis er auch endlich loskann. Jens und er würden am liebsten zusammen auf ein Boot gehen.«

»Die haben schon immer alles zusammen gemacht, schon damals, als sie noch in der Sandkiste gesessen haben. Und Hanna? Muss sie sich immer noch so viel um Klaus kümmern?«

»Ja, schon. Sie ist es nicht anders gewohnt, aber jetzt, da sie langsam erwachsen wird, wird sie manchmal etwas ungeduldig mit ihm. Sie hat sich mit Amelie angefreundet, und ich habe sie eingeladen, uns im nächsten Jahr für eine Weile zu besuchen. Das wäre mal eine schöne Abwechslung für sie, ohne ihren Bruder ständig im Schlepptau zu haben.«

»Ja, bestimmt.« Er zündete die Zigarette an. »Vielleicht hat sie ja Lust, mal wieder ein bisschen Zeit mit ihrem alten Vater zu verbringen.«

Mina lächelte und tätschelte seinen Arm. »Du gehörst zu denen, die nie wirklich alt werden, dazu bist du zu sehr ein Feuerkopf, wie Edo sagen würde. Hanna ist dir sehr ähnlich, und ich glaube, sie wird dich im nächsten Sommer schön um den Finger wickeln, wenn sie uns besucht.«

»Bis dahin fließt noch viel Wasser die Elbe hinunter.«

»Komisch, das hat mein Vater auch immer gesagt.«

»Ich weiß. Von ihm habe ich doch den Spruch.« Heiko zwinkerte ihr zu, dann warf er einen Blick auf seine Armbanduhr. »Ich glaube, ich muss mal langsam wieder an die Arbeit. Wie schnell doch die Zeit vergeht, wenn man sich amüsiert.«

Er stand auf und nahm ihr die leere Limonadenflasche aus der Hand. »Es war schön, mal wieder einen ordentlichen Klönschnack mit dir zu halten, Mina.«

»Ja, das fand ich auch.« Mina lächelte ihm zu und erhob sich ebenfalls, um ihm zum Abschied die Hand zu geben.

»Und wenn du dir selbst und Edo einen Gefallen tun willst, dann mach endlich Nägel mit Köpfen. Wenn er dich nicht fragt, ob du seine Frau werden willst, dann musst du ihm das eben vorschlagen. Du bist doch sonst nicht auf den Mund gefallen.«

Heiko griff lachend nach seiner Jacke auf der Bank und tippte sich mit der Rechten an seine Schiffermütze. »Wir sehen uns morgen, Mina.« Damit drehte er sich um und schlenderte pfeifend in Richtung der Speicherstadt zurück.

Mina sah ihm nach, bis er um die Hausecke verschwunden war. Eigentlich sollte sie auch zurück an ihren Schreibtisch gehen, aber sie konnte sich nicht dazu durchringen.

Sie setzte sich wieder auf die Bank zurück und beobachtete nachdenklich die Frachtschuten auf ihrem Weg zu den Speichern.

»Edo heiraten«, murmelte sie und schüttelte über sich selbst den Kopf.

Komisch, dass sich dieser Gedanke jetzt so fremd anfühlte, dabei hatte es doch Zeiten gegeben, da hatte sie sich nichts sehnlicher für ihr Leben gewünscht, als seine Frau zu werden. War ihr die Heimlichkeit, in der sie seit bald fünfzehn Jahren ihr Leben teilten, schon so in Fleisch und Blut übergegangen, dass sie sich gar nichts anderes mehr vorstellen konnte?

»Frau Wilhelmine Becker, verwitwete Lohmeyer, geborene Deharde …« Langsam formte sie die Worte in ihrem Mund, und der Klang gefiel ihr. »Mina Becker … Ja, warum eigentlich nicht?«

Heiko hatte sicher recht. Wenn sie ihm einen Heiratsantrag machte, würde es Edo zeigen, wie sehr sie ihn liebte und brauchte und dass er alles andere als eine Belastung für sie und die Familie war.

Mina wandte ihr Gesicht der Sonne zu und schloss die Augen. Goldene Flecken bildeten sich hinter ihren Lidern, und der Wind streichelte ihre Haut. Für einen Moment gelang es ihr, all ihre Bedenken und Sorgen abzuschütteln, einfach nur glücklich zu sein und dieses Gefühl zu genießen.

Als Mina am frühen Abend aus dem Kontor nach Hause kam, erschallte lautes Gelächter aus dem Salon. Sie hängte ihren Mantel an die Garderobe und ging zur Salontür hinüber. Gerade hatte sie den Raum betreten, da flog ein Kissen über das Sofa hinweg und landete neben ihr an der Tür.

»Du Idiot!«, rief Ella Richard zu, der auf dem Sofa gesessen hatte und dem Wurfgeschoss lachend ausgewichen war.

»Wieso? Stimmt doch!« Richard lachte schallend. »Das ist doch eine Bräuteschmiede, oder? Dort lernst du dann so tolle Sachen wie bügeln und kochen, damit dein Gatte sich zu Hause wohlfühlt und dir so viele blonde Kinder wie nur möglich schenkt.«

»Quatsch!« Ella funkelte ihn wütend an. »Das ist eine ganz normale Schule, und ich kann froh sein, wenn ich da einen Platz kriege. Was glaubst du denn, wie viele aus dem BDM dorthin wollen.«

»Also ich bestimmt nicht«, sagte Amelie, die auf einem der Sessel neben Ella saß und beide Hände auf ihre Brust legte. »Ich würde mich lieber in der Alster ertränken, als freiwillig in so eine Anstalt zu gehen.«

»Du bist ja sowieso zu blöd dazu«, gab Ella zurück und streckte ihrer Schwester die Zunge heraus. »Du bist ja nicht mal Scharleiterin. Wer würde dich schon in so einer Schule haben wollen?«

»Aber Ella! Benimm dich bitte zur Abwechslung mal wie eine junge Dame«, sagte Mina kopfschüttelnd. Sie war in der Tür stehen geblieben und betrachtete amüsiert das wilde Treiben. Offenbar hatten die drei sie noch gar nicht bemerkt. »Hallo, Richard!«, fügte sie freundlich lächelnd hinzu.

»Moin, Tante Mina!«, sagte Richard und sprang vom Sofa auf. »Wir haben dich gar nicht kommen gehört.«

Sie umarmte den jungen Mann herzlich und ließ sich von ihm auf die Wange küssen. »Hattest du eine schöne Heimreise?«

»Na ja, es ging so«, antwortete er. »Der Zug hatte eine halbe Stunde Verspätung, weil wir einen Lokomotivschaden hatten, und es war brüllwarm im Abteil. Aber jetzt bin ich ja hier.«

»Und du gehst uns gleich wieder auf die Nerven, wie üblich.« Ellas Augen blitzten.

»Und du gehst sofort hoch, wenn er dich nur ein bisschen auf den Arm nimmt, wie üblich«, stellte Amelie nüchtern fest.

»Also ist wieder alles in schönster Ordnung«, sagte Mina grinsend. »Hast du deinem Vater schon guten Tag gesagt?«

»Ich habe vorhin nur kurz in sein Zimmer geschaut, aber da hat er fest geschlafen. Amelie sagte, dass er wieder über Kopfschmerzen geklagt hat.«

»Dann sehe ich gleich mal nach, ob er inzwischen aufgewacht ist«. Mina strich Richard liebevoll über den Arm. »Schön, dass du wieder hier bist, mein Junge.«

Sie ging zu den Mädchen, beugte sich zu ihnen hinunter und küsste sie auf die Wange. »Seid nett zu ihm, ihr zwei. Es reicht mir schon, wenn ihr beiden euch immer streitet.«

Mina richtete sich auf und zwinkerte ihnen zu. »Sorgt lieber dafür, dass das Abendessen gleich auf den Tisch kommt. Ich sterbe vor Hunger.«

Amelie versprach, in die Küche zu gehen, um Lotte Bescheid zu geben. Das ehemalige Dienstmädchen hatte vor etwas über einem Jahr die Stelle von Frau Kruse übernommen, die wegen ihres Rheumas und der Gicht in ihren Händen nicht mehr arbeiten konnte. Doch Mina hatte ihr Versprechen gehalten, und so durfte Frau Kruse weiter im Haus wohnen bleiben. Die alte Köchin saß den ganzen Tag in ihrem Sessel und versuchte, Lotte in der Küche herumzuscheuchen, was diese mit stoischer Ruhe ignorierte.

Mina lächelte ihrer Jüngsten zu und verließ den Salon. Kaum war sie vor der Tür, hörte sie, wie das Streitgespräch zwischen Ella und Richard fortgesetzt wurde. Sie seufzte, dann nahm sie die Post, die auf einem silbernen Tablett neben dem Telefon lag, und stieg die Treppen hinauf, wobei sie die Umschläge durchblätterte.

Neben ein paar Rechnungen verschiedener Lebensmittel- und Weinhändler fand sie den allwöchentlichen Brief von Irma und einen blassblauen Umschlag, wie er mit der Luftpost befördert wurde. Die nach rechts geneigte ordentliche Handschrift, in der die Adresse geschrieben war, hätte sie überall erkannt. Der Brief kam von Agnes. Mina blieb stehen, riss den Umschlag auf und las.

Liebe große Schwester,

du sollst als Erste erfahren, dass wir gestern Eltern einer wunderhübschen kleinen Tochter geworden sind. Die kleine Charlotte ist sieben Pfund schwer und putzmunter, ich hingegen bin noch etwas zittrig. Du weißt ja selbst am besten,

wie man sich nach zehn Stunden Wehen fühlt, aber alles in allem geht es mir gut. Clara ist ganz begeistert von ihrer kleinen Schwester, hoffentlich bleibt das so. Und als Anton die kleine Charlotte im Arm hielt, schien auch er sich endlich mit unserer Ausreise und mit Guatemala ausgesöhnt zu haben. Jetzt ist er gerade mit Paul junior auf der Plantage unterwegs, der ihm die Grundzüge des Kaffeeanbaus erklären will. Auch wenn ich nicht glaube, dass das wirklich etwas für ihn ist, bin ich doch glücklich, dass er sich dazu durchgerungen hat, Paul bei der Arbeit helfen zu wollen.
Ich soll dich von deinem Schwiegervater und Sophie herzlich grüßen lassen. Er ist ganz verliebt in unsere Kinder und sieht sie schon als Enkelersatz an. Gestern hat er mit stolzgeschwellter Brust allen Männern der Plantage Zigarren ausgegeben.
Auch wenn ich es damals nicht einsehen wollte, du hattest recht mit deinem Vorschlag, die beiden zu fragen, ob wir bei ihnen bleiben dürfen. Hier ist unsere kleine Familie sicher, und Guatemala ist wirklich wunderschön, da hatte F. schon recht, als er damals Großmutter und uns davon vorgeschwärmt hat. Nur glaube ich nicht, dass es je meine Heimat werden kann. Wenn ich die Augen schließe und mein Herz öffne, dann bin ich wieder zurück in Hamburg, zurück in unserer Villa oder im Kontor, dann schlendere ich mit Anton an der Alster entlang oder sitze in der Oper und höre ihm zu. Oder aber, und das gehört immer zu diesem Sehnsuchtsbild dazu, ich stehe vor dem Kontor und zähle die Speicherböden bis zum Dach hinauf, während du neben mir stehst und mich auslachst. Du glaubst nicht, wie sehr ich mich darauf freue, das eines Tages wieder erleben zu können.
Jetzt sollte ich aber aufhören, sonst hältst du mich noch für eine furchtbare Heulsuse, dabei bin ich doch eigentlich sehr

glücklich hier. Hoffentlich schaffst du es wirklich im nächsten Jahr für ein paar Wochen hierherzukommen. Du musst doch deine neue Nichte kennenlernen.

Sei herzlich umarmt von

Deiner Agnes

Mina lächelte. *Ein gesundes Mädchen, was für ein Glück,* dachte sie und drückte die eng beschriebenen dünnen Blätter kurz an ihre Brust.

Den Brief in der Hand, ging sie zur Tür von Edos Zimmer hinüber und klopfte leise an. Es dauerte einen Augenblick, ehe sie seine Stimme hörte, die verwaschen »Herein« rief.

Mina öffnete die Tür. Wie immer, wenn er sich wegen seiner Kopfschmerzen hinlegte, hatte er die Vorhänge zugezogen. Im Dämmerlicht sah sie, dass er angezogen auf dem Bett lag und sich jetzt umdrehte.

»Tut mir leid, ich wollte dich nicht wecken«, sagte sie leise und trat ein. »Amelie erzählte, dass du Kopfschmerzen hattest. Geht es dir jetzt besser?«

Edo drehte sich auf den Rücken und legte die Hand über die Augen. »Ja, ein wenig«, sagte er müde. »Wie spät ist es?«

»Gleich sechs Uhr.« Mina setzte sich auf die Bettkante und griff nach seiner Linken, die auf seiner Brust lag.

»So spät schon?« Edo nahm die Hand von der Stirn und sah Mina einen Augenblick erschrocken an, ehe er Anstalten machte, sich aufzurichten. »Ich wollte doch Richard vom Bahnhof abholen.«

»Der ist schon längst da und wartet unten. Als ich nach Hause kam, haben sich Ella und er gestritten wie die Kesselflicker.« Mina grinste. »Das kann ja was werden, wenn er wieder hier einzieht.«

»Was sich liebt, das neckt sich, sagt man nicht so? Ella wird sich schon wieder daran gewöhnen. Ich jedenfalls bin sehr froh, dass Richard hier in Hamburg einen Studienplatz bekommen hat.«

»Ja, das bin ich auch. Vor allem, dass er sich doch noch für Medizin und gegen Jura entschieden hat. Ich hätte ihn mir nicht als Anwalt oder Richter vorstellen können. Das ist viel zu trocken für jemanden wie ihn.«

Edo lächelte sie an. »Und diese Einsicht kommt ausgerechnet von dir? Warst du nicht diejenige, die ihn überreden wollte, im Kontor eine Lehre zu machen?«

»Ach komm, Edo, das ist lange her. Das war noch, bevor er seinen Wehrdienst abgeleistet hat. Ich bin nur froh, dass er nicht bei der Armee geblieben ist, wie man ihm vorgeschlagen hat. Bei allem, was in der letzten Zeit so vor sich geht? Es grenzt ja schon an ein Wunder, dass Deutschland noch nicht im Krieg ist.«

»Beschrei es nur nicht.« Edo griff nach seiner Brille, die neben seinem Bett auf dem Nachttisch lag, dann schlug er die Decke zurück und setzte sich neben Mina auf den Bettrand. Er deutete auf den Brief in ihrer Hand. »Etwas Wichtiges?«, fragte er.

»Etwas Schönes!«, erwiderte sie. »Der Brief ist von Agnes. Das Baby ist da. Ein gesundes kleines Mädchen namens Charlotte.« Sie lehnte sich einen Moment an seine Schulter. »Agnes schreibt, dass sie Heimweh hat. Ich würde am liebsten das nächste Schiff nehmen und hinfahren.«

Edo sah sie an. »Warum tust du es nicht?«

»Jetzt? Unmöglich. Ich bin doch gerade erst aus Ostpreußen zurückgekommen, außerdem kommen bald die Makler mit den ersten Proben für die neue Ernte, da kann ich unmöglich weg und dich und Tilly mit der Arbeit alleinlassen. Nein, ich habe überlegt, im nächsten Sommer für einige Wochen hinzufahren. Und dich nehme ich mit.« Sie schob ihren Arm unter seinen und zog ihn an sich.

»Mich?«

»Ja, natürlich. Außer der paar Tage auf Sylt waren wir noch nie zusammen auf Reisen. Glaubst du nicht, dass es mal an der Zeit ist, das zu ändern?«

»Doch, es wäre schön, mit dir zu verreisen, aber wer weiß schon, was im nächsten Sommer ist«, sagte er nachdenklich. »So weit können wir unmöglich im Voraus denken.«

»Nun sei doch nicht immer so pessimistisch, Edo. Mit ein bisschen Planung können wir bestimmt nach Guatemala fahren. Im Sommer gibt es nicht so viel Arbeit, damit werden Tilly und die anderen Angestellten im Kontor problemlos fertig. Richard und Amelie sind zu Hause und können sich um die Villa kümmern, und was Ella angeht, die will ja unbedingt auf diese Bräuteschule und wird also gar nicht hier sein. Na, komm schon, lass es uns wenigstens in Betracht ziehen.«

»Wenn uns nur nicht jemand einen Strich durch die Rechnung macht. Bis dahin ist es noch lang hin, da fließt noch viel …«

»… noch viel Wasser die Elbe hinunter.« Mina lachte. »Komisch, das sagte Heiko heute Morgen auch schon. Wir sind so wie früher in der Mittagspause zum Kaiserspeicher gegangen und haben auf unserer Bank gesessen und Klönschnack gehalten. Ich soll dich schön von ihm grüßen.«

»Hat er sich mal wieder über mich beschwert?«

Es lag kein Ärger oder gar Zorn in seiner Stimme, er klang

nur unendlich müde. Mina beschloss, nicht darauf einzugehen, sondern ihre Sorgen mit einem aufmunternden Ton zu überspielen.

»Ach Unfug, was sollte er sich denn zu beschweren haben? Allerdings glaube ich, dass er sich Gedanken um deine Gesundheit macht. Ihm ist wohl nicht entgangen, dass du in letzter Zeit häufig Kopfschmerzen hast und du deswegen manchmal niedergeschlagen bist.«

»So, sagt er das?«

»Ja.« Mina nickte zur Bekräftigung. »Heiko hat mich bei unserem Gespräch auf eine Idee gebracht, die helfen könnte, dich etwas aufzumuntern. Erst hab ich ihn für verrückt erklärt, aber je mehr ich darüber nachdenke, desto besser gefällt mir der Gedanke.«

»Und um was für eine Idee handelt es sich?«

»Dass wir endlich heiraten.«

»Was?«

Edos verblüfftes Gesicht brachte Mina zum Lachen. »Genauso habe ich zuerst auch geguckt, aber Heiko hat mich überzeugt. Warum denn eigentlich nicht?«

»Ach, Mina …«

Er lachte leise. Es klang ein bisschen mitleidig und von oben herab, so wie er früher gelacht hatte, wenn die Kinder zu ihm gekommen waren, um ihm begeistert von ihren hochfliegenden Plänen zu erzählen, die unerreichbar bleiben würden. »Das ist doch verrückt.«

»Wieso denn? Warum sollten wir nicht heiraten? Wir sind beide offiziell verwitwet, also gibt es nichts mehr, was uns daran hindern könnte. Es gibt keinerlei Grund, der dagegenspricht.« Mina rutschte ein bisschen zur Seite, um ihn besser ansehen zu können. »Ich möchte deine Frau sein, Edo, und ich möchte, dass ich dich meinen Mann nennen darf. Schluss mit all den Heimlichkeiten. Du hast mich schon vor vielen Jahren gefragt, aber es ist nicht zu spät, wenn wir es jetzt tun.« Sie nahm sein liebes, trauriges Gesicht in ihre Hände und küsste ihn sanft auf den Mund. »Es ist mein voller Ernst. Würdest du mich heiraten, Edo?«

Er griff nach ihren Händen und hielt sie fest, dabei schaute er ihr lange in die Augen, doch sie wich seinem Blick nicht aus, und schließlich wurde ihr Warten belohnt. Im Winkel seines verbliebenen Auges bildeten sich die vertrauten kleinen Fältchen, die zeigten, dass er lächelte.

»Wenn du einen Krüppel wie mich wirklich haben willst, dann werde ich dich heiraten, Mina.«

Den drei Kindern erzählten Edo und Mina am Abendbrottisch von ihren Plänen, und zu Minas Erleichterung schienen sie nicht nur einverstanden, sondern geradezu begeistert von der Idee.

»Dann sind wir endlich richtige Geschwister, Amelie«, sagte Richard und zwinkerte dem Mädchen zu, das ihm am Tisch gegenübersaß.

»An unserem Verwandtschaftsverhältnis ändert das doch nichts«, sagte Ella kopfschüttelnd. »Auch wenn Mama heiratet, bleiben wir Lohmeyers.«

»Es sei denn natürlich, ihr möchtet auch Becker heißen«, warf Mina ein. »Dann könnten wir das arrangieren.«

»Ella Becker …« Richard zog die Worte genüsslich in die Länge und sah versonnen zur Decke hinauf. »Was für ein schöner urdeutscher Name.«

»Blödmann!«, schnauzte Ella und verschränkte die Arme vor der Brust.

»Angenehm, Becker!«, gab Richard lachend zurück, worauf Ella ihn erst recht böse anfunkelte.

»Kinder, nun hört auf, euch zu kabbeln«, rief Mina. »Vertragt euch wenigstens heute mal. Schließlich haben wir eine Hochzeit zu planen.«

»Eine richtige Hochzeit mit Kirche und Schleier und einer großen Feier?« Amelies dunkle Augen glänzten begeistert.

Mina lächelte ihrer Jüngsten dankbar zu. »Das wohl nicht«, sagte sie. »Eher eine einfache Trauung im Standesamt und höchstens eine kleine Feier hier im Haus.«

»Ach, schade.« Amelies Gesicht trübte sich ein. »Ich war noch nie bei einer richtig großen Hochzeit dabei.«

»Du warst auf der Hochzeit von Tante Agnes und Onkel Anton dabei, aber da warst du noch klein. Gut möglich, dass du dich nicht mehr daran erinnern kannst«, sagte Edo schmunzelnd.

»Für uns kommt so ein Pomp wie bei Agnes' Hochzeit nicht infrage«, sagte Mina. »Zum einen ist es für uns beide nicht die erste Ehe, und zum anderen sind wir zu alt für so was.«

»Du bist überhaupt nicht alt, Tante Mina«, protestierte Richard sofort. »Jedenfalls nicht, was dein Herz und deinen Verstand angeht. Da nimmst du es locker mit den meisten Leuten auf, die halb so alt sind wie du.«

Aus den Augenwinkeln sah Mina, wie Ella mit den Augen rollte, beschloss aber, das ungebührliche Verhalten ihrer Großen für den Moment zu ignorieren. Sie wandte sich stattdessen Richard zu und schenkte ihm ein warmes Lächeln. »Du übertreibst zwar maßlos, aber ich danke dir trotzdem, mein Junge.«

»Ich wäre froh und sehr stolz, wenn ich dich nach eurer

Trauung ›Mutter‹ nennen dürfte, Tante Mina«, sagte Richard leise, mit plötzlich sehr ernstem Gesicht. »Ich habe mir das von dem Moment an gewünscht, seit Vater mich damals in dieses Haus gebracht hat. Wenn ich die Augen schließe, kann ich mir immer noch diesen Abend in Erinnerung rufen und werde nie vergessen, wie freundlich du zu mir warst und wie sehr ich mir gewünscht habe, für immer hierbleiben zu dürfen und hier eine neue Familie zu bekommen.«

Einen Moment war Mina sprachlos. Tränen stiegen ihr in die Augen und ließen das Bild, das sich ihr bot, kurz verschwimmen. Der Kloß in ihrer Kehle ließ nicht zu, eine Antwort zu geben. Sie wischte sich die Tränen aus den Augen und schaute in die Runde der Menschen, die sie am meisten auf der Welt liebte, bemüht, sich jedes Detail genau einzuprägen, wie es sich ihr in diesem Augenblick darbot.

Edo, der ihr gegenübersaß, lächelte. Die Ellbogen auf dem Tisch aufgestützt, hatte er die rechte über die linke Hand gelegt und sah zu seinem Sohn hinüber. Seine ehemals dunkelbraunen Haare waren jetzt ebenso wie sein kurzer Vollbart von silbernen Fäden durchzogen. Über seine linke Gesichtshälfte zog sich ein Netzwerk weißer Narben bis hinauf zu seiner Stirn, nur unterbrochen von seiner Brille, deren schwarzes Glas sein fehlendes linkes Auge verdeckte. Sein rechtes Auge wurde durch das starke Brillenglas vergrößert, und Mina sah, dass auch sein Blick verschleiert war. Sein ganzes Gesicht, das ihr so vertraut war und das sie so sehr liebte, strahlte vor Stolz.

Neben ihm saß Ella, ihre Wangen waren noch immer wegen des Geplänkels mit Richard gerötet, doch ihre graublauen Augen blitzten auf, als sie ihrer Mutter zulächelte. *Wie hübsch sie geworden ist*, dachte Mina. Das geblümte Sommerkleid betonte ihre Taille, und die modische Frisur brachte ihr schmales Gesicht vorteilhaft zur Geltung. Nein, sie war nicht mehr das Ebenbild ihrer Mutter, Mina erkannte auch viel von Frederik in ihr wieder. Sie war eine bildhübsche junge Frau von bald zweiundzwanzig Jahren, dabei schien es doch erst gestern gewesen zu sein, dass sie auf ihren dicken Beinchen lebhaft durch das Haus gestapft war und nach Keksen verlangt hatte.

An der Stirnseite des Tisches saß Amelie, die dunklen Haare zu einem einfachen Pferdeschwanz zusammengefasst, die braunen Augen auf ihren Vater gerichtet, von dem sie nicht wusste, dass er ihr Vater war. Immer etwas zu ruhig, immer etwas zu ernst, stand sie meist im Schatten ihrer Schwester, ohne sich davon zurückgesetzt zu fühlen. Im Gegenteil. Mina hatte oft den Eindruck, Amelie war diese Position ganz recht, gab sie ihr doch die Freiheit, das zu tun, was sie gern wollte. Sie stand jetzt kurz vor dem Abitur und brachte hervorragende Noten nach Hause, ohne dass es ihr Mühe zu machen schien. Sie hatte vor, zu studieren, war sich aber noch nicht sicher, welches Fach sie wählen sollte. Zuerst würde sie noch ihre Jugenddienstpflicht ableisten müssen, danach war immer noch Zeit, sich zu entscheiden, sagte sie immer.

Minas Blick fiel auf Richard, und als sie ihn betrachtete, musste sie feststellen, dass sie ihn genauso lieb hatte wie die beiden Töchter, die sie geboren hatte.

Er glich seinem Vater so sehr, dass Mina sich in der Zeit zurückgeworfen fühlte, wenn sie ihn anschaute. Die dunklen, welligen Haare, die braunen Augen, die immer fragend und ein wenig melancholisch in die Welt blickten, all das war genau wie bei dem Edo, mit dem sie sich vor dem Krieg verlobt hatte. Nur war Richard etwas kleiner als sein Vater, dafür nicht ganz so schlaksig und schmal – ein gut aussehender

Bursche, dessen jungenhaftem Charme die Frauen sicher bald scharenweise erliegen würden.

Mina holte tief Luft und schluckte, um den Kloß in ihrem Hals loszuwerden. »Du bist doch längst Teil dieser Familie, mein Junge«, sagte sie. »Und wenn du es möchtest, wäre ich stolz und glücklich, wenn du mich jetzt schon Mutter nennst.« Damit stand sie auf und streckte ihm die Hände entgegen.

Richard sprang auf die Füße, kam zu ihr und nahm sie fest in die Arme. »Danke, Mutter«, sagte er und küsste sie auf die Wange, wie Ella und Amelie es immer taten. »Das bedeutet mir so viel!«

Er löste sich von ihr und zwinkerte ihr zu. »Und wann machen wir es jetzt offiziell?«, fragte er.

»Darüber haben wir noch nicht gesprochen«, sagte Edo. »Aber da noch gewisse Formalitäten zu tätigen sind und das Aufgebot ausgehängt werden muss, wird es wohl noch ein bisschen dauern.«

Amelie hatte schon einen kleinen Kalender aus ihrer Tasche gezogen und blätterte darin. »Wie wäre es denn mit Anfang September?«, fragte sie. »Der erste ist ein Freitag, das würde doch gut passen.«

»Also gut«, sagte Mina lachend. »Dann wählen wir den ersten September 1939 als unseren Hochzeitstag.«

Noch einmal sah sie in die Runde ihrer Liebsten und fügte in Gedanken hinzu: »Der Tag, an dem unsere gemeinsame Zukunft Wirklichkeit wird.«

ZWÖLF

»Bist du aufgeregt?«, fragte Amelie.

Zur Feier des Tages trug sie ihr bestes Kleid, und ihr langes dunkles Haar war zu zwei Zöpfen geflochten, die sie wie ein Diadem über den Kopf gelegt und festgesteckt hatte und in dem seitlich ein Seidenblütengesteck befestigt war. Sie sah aus, als sei sie einem Gemälde entstiegen, fand Mina, die neben ihr auf der Bank vor dem Trauzimmer des Standesamtes wartete. Richard und Ella, die ebenfalls eine Seidenblüte in ihren Locken trug, saßen auf der Bank gegenüber und flüsterten miteinander.

»Aufgeregt? Nein«, sagte Mina. »Jedenfalls jetzt nicht mehr.« Sie griff nach Edos Hand, der auf ihrer anderen Seite saß, und drückte sie. »Jetzt wird alles gut.«

Edo nickte nur, dann blickte er wieder auf seine Armbanduhr. Mina konnte das Ziffernblatt erkennen. Noch fünf Minuten bis zu ihrem Termin um elf Uhr.

Kein Wunder, dass er nervös war. Sie selbst spürte immer wieder, wie sich ihr Magen zusammenzog, auch wenn sie Amelie gerade etwas anderes gesagt hatte. Wenn das hier erst vorbei wäre, würde sie drei Kreuze machen!

Heiko, der ihr mit Tilly am Arm gegenüberstand, lächelte ihr aufmunternd zu. »Wird schon klappen«, schien sein Blick zu sagen. »Hat doch bislang immer geklappt.«

Das Problem bestand in Edos fehlenden Papieren. Zwar hatte er einen Pass auf den Namen Becker, und der war auch ohne Schwierigkeiten immer wieder verlängert worden. Bisher war nie jemand auf die Idee gekommen, nach seiner Geburtsurkunde oder gar der seiner Eltern zu fragen, jetzt aber hatten sie beides vorlegen müssen, um das Aufgebot zu bestellen. Schuld daran waren die Rassengesetze, die verboten, dass Juden und Nichtjuden heirateten.

Mina hatte Heiko und Tilly um Rat gefragt, und Letztere hatte die fehlenden Familienbücher über Christoph Klemm besorgt. Der wiederum hatte sie bei jemandem geordert, der schon oft für ihn gearbeitet hatte, wenn es darum ging, Pässe für Ausreisewillige zu fälschen oder abzuändern. Wer diese Person war, hatte Mina gar nicht wissen wollen, sondern hatte Christoph Klemm, ohne Fragen zu stellen, den immensen Preis in Gold übergeben, den der Fälscher verlangte.

Der Standesbeamte hatte die Unterlagen nur flüchtig durchgeblättert, als sie diese zusammen mit ihren eigenen vorgelegt hatte. Jetzt kam es nur noch darauf an, dass er keinen Verdacht geschöpft und bei den ausstellenden Standesämtern nachgefragt hatte, dann würde das hier ein sehr kurzer Termin im Trauzimmer werden – und er würde im Gefängnis enden.

Die Tür neben ihnen öffnete sich, und ein glatzköpfiger Herr in dunklem Anzug streckte den Kopf heraus. »Becker und Lohmeyer?«, sagte er und sah fragend zu Heiko und Tilly hinüber.

Mina und Edo erhoben sich. »Ja, hier«, sagte Mina.

»Mein Name ist Erdmann, ich bin der zuständige Standesbeamte. Dann mal hinein in die gute Stube«, sagte er, gab jedem der Hochzeitsgesellschaft die Hand und murmelte dabei einen Gruß. Minas Herz klopfte bis zum Hals, aber sie war entschlossen, sich ihre Nervosität nicht anmerken zu lassen. Sie straffte den Rücken, lächelte den Standesbeamten freundlich an und betrat an Edos Arm das Trauzimmer.

Der Raum war nicht allzu groß und wurde von einem gewaltigen Schreibtisch dominiert, der aussah wie ein Zwilling des Tisches im Chefzimmer des Kontors. Er hatte die gleiche Holzfarbe, sehr ähnliche gedrechselte Füße und ebensolche Schnitzereien. Nur die Brandflecken auf der Platte, die noch von Minas Großvater stammten, fehlten hier.

Vor dem Schreibtisch standen zwei dazu passende geschnitzte Stühle für das Brautpaar, und dahinter befanden sich die Plätze für die Trauzeugen und die Familie.

»Bitte, meine Damen und Herren, setzen Sie sich doch.«

Gewichtigen Schrittes umrundete der rundliche und nicht sehr große Herr Erdmann den Schreibtisch und nahm auf dem Stuhl direkt unter dem Führerbild Platz, das von zwei Hakenkreuzfahnen eingerahmt wurde. Er legte die gefalteten Hände auf die Tischplatte und schaute dann wohlwollend in die Runde.

Mina versuchte zu erkennen, was da für Formulare vor ihm auf dem Tisch lagen, aber sie konnte nichts ausmachen. Schlagartig kam die Nervosität zurück, und die Blüten der Sommerastern, die sie als Brautstrauß in der Hand hielt, begannen zu zittern. *Was, wenn …,* dachte sie.

Was, wenn gleich die Polizei hereinkommen und Edo und vermutlich auch sie selbst wegen Urkundenfälschung festnehmen würde? Ihr Puls begann in den Ohren zu pochen, all ihre Instinkte rieten ihr, sie solle aufspringen und sofort diesen Raum verlassen, doch es gelang ihr, sich zusammenzureißen und scheinbar gelassen auf ihrem Stuhl sitzen zu bleiben.

Sie sah, dass Herr Erdmann den Mund bewegte, und hörte

seine Worte, aber sie konnte dem, was er sagte, keinen Sinn entnehmen, wie sehr sie sich auch anstrengte. Schließlich gab sie es auf und konzentrierte sich auf den Strauß gelber und rostroter Blüten in ihrer Hand, ließ seine Rede über sich hinwegrauschen und hatte dabei das Gefühl, die strengen Augen des Führerbildes über dem Schreibtisch würden sie durchdringend anstarren.

Erst als sie ihren Namen hörte, hob sie den Blick.

»Ich hatte Sie gebeten, aufzustehen«, sagte der Standesbeamte freundlich. Mina und Edo erhoben sich.

»Ich frage Sie, Herr Edward Becker, ist es Ihr Wille, mit der hier anwesenden Wilhelmina Lohmeyer, geborene Deharde, die Ehe einzugehen?«

Mina hörte Edos »Ja«, doch es schien aus weiter Ferne zu kommen und klang merkwürdig heiser.

Herr Erdmann nickte ihm zu, ehe er sich an Mina wandte. »Und auch Sie frage ich, Frau Wilhelmina Lohmeyer, geborene Deharde, ist es Ihr Wille, mit dem hier anwesenden Edward Becker die Ehe einzugehen?«

Minas Blick wanderte zu Edo hinüber, sie sah sein Gesicht, das ihr so vertraut war, und ganz plötzlich fiel jede Angst von ihr ab.

Das hier, dieser Moment war es, der wirklich zählte: Edo zu sagen, dass sie seine Frau war und dass alles andere keine Bedeutung hatte. Diese Erkenntnis verlieh ihr auf einmal ein Gefühl von innerer Ruhe, das sie nicht für möglich gehalten hätte.

»Ja!«, sagte sie fest und legte all ihre neu gefundene Zuversicht in ihre Worte, die sie direkt an Edo richtete.

»Dann erkläre ich Sie hiermit zu Mann und Frau.« Herr Erdmann lächelte jovial. »Wenn Sie jetzt bitte noch die Unterschriften leisten würden?« Er drehte die vor ihm liegende Mappe zu ihnen um und wartete, bis sowohl Mina und Edo als auch die Trauzeugen Heiko und Tilly unterschrieben hatten, anschließend streckte er zunächst der Braut die Hand entgegen. »Liebe Frau Becker, darf ich Ihnen als Erster – natürlich auch im Namen des Führers – herzlich zu Ihrer Eheschließung an diesem historischen Tag gratulieren?«

Mina ergriff seine Hand und dankte höflich, dann wandte sich der Standesbeamte zu Edo und schüttelte auch ihm die Hand.

»Für uns ist der Tag natürlich etwas Besonderes, aber finden Sie es nicht etwas übertrieben, ihn als historisch zu bezeichnen?«, fragte Edo mit einem spöttischen Lächeln in den Mundwinkeln.

»Ja, haben Sie denn noch nichts gehört?« Herr Erdmann blickte sie mit erstaunt hochgezogenen Augenbrauen und gespitzten Lippen an. »Es wird schon den ganzen Nachmittag im Radio gemeldet. Die Polen haben uns wieder provoziert, und nun ist die Wehrmacht über die Grenze marschiert.«

Das Lächeln auf Edos Gesicht gefror, und Mina sah, dass er auf einmal kalkweiß wurde. Sie griff nach seinem Arm und hakte sich unter, um ihm Halt zu geben.

»Was?«, stieß er hervor. Auf einmal standen Schweißperlen auf seiner Stirn.

»Einen Veteranen wie Sie muss es doch freuen, dass endlich die Schmach getilgt wird, die uns nach dem Weltkrieg durch diesen aufgezwungenen Vertrag angetan wurde. Danzig ist deutsch und muss auch wieder heim ins Reich, ebenso wie die Ostmark, das Sudetenland und das Memelland ja auch wieder zurückgekommen sind.« Der Beamte nickte wichtig.

»Aber jetzt wird es Krieg geben.« Edos Stimme war nicht

mehr als ein Flüstern. »Polen ist mit Frankreich und England verbündet. Sie werden das nicht hinnehmen, aber …«

»Aber wir Deutschen sind viel besser vorbereitet als alle anderen. Das war es doch, was du sagen wolltest, nicht wahr?« Heiko war auf der anderen Seite neben Edo getreten und hielt ihn am Arm fest, weil er wieder zu zittern begonnen hatte.

Edo holte tief Luft und nickte statt einer Antwort.

»Sie müssen das verstehen«, sagte Heiko über Edos Schulter hinweg leise zu dem Standesbeamten. »Dass Herr Becker so reagiert, hängt mit seiner Verwundung im Krieg zusammen. Das nimmt ihn natürlich bis heute sehr mit.«

Herr Erdmann nickte mitfühlend. »Jeder, der damals im Felde stand, kann das nachvollziehen«, sagte er. »Denken Sie daran, Herr Becker, mit unserem Führer wird uns so etwas nicht wieder passieren. Der weiß, wie man siegt. Und jetzt lassen Sie sich den Tag nicht durch irgendwelche Nachrichten trüben. Noch einmal meine herzlichen Glückwünsche zu Ihrer Vermählung.« Er griff nach einem Buch, das neben den Urkunden und dem vorbereiteten Familienstammbuch lag, und überreichte es Mina. »Das nehmen dann wohl besser Sie, Frau Becker. Alles Gute für Ihre gemeinsame Zukunft.«

Damit ging er zur Tür hinüber, öffnete sie für die Gesellschaft und reichte jedem beim Hinausgehen noch einmal die Hand. Erst draußen auf dem Flur drehte Mina das dicke Buch in ihrer Hand so um, dass sie den Titel lesen konnte. Auf dem Rücken stand in goldenen Fraktur-Lettern »Mein Kampf«.

Nein, dachte Mina später, so hatte sie sich ihre Hochzeit mit Edo wahrhaftig nicht vorgestellt.

Es war geplant gewesen, nur im engsten Familienkreis, aber doch wenigstens bei einem guten Essen mit erlesenen

Weinen und in gelöster Stimmung zu feiern. Stattdessen saß die Gesellschaft, die neben der Familie nur aus den Trauzeugen Heiko und Tilly bestand, den ganzen Abend im Halbkreis um das Radio im Salon, lauschte angespannt den Nachrichten und redete sich die Köpfe heiß.

Nur bei einem waren sich alle Anwesenden einig: Diesmal würde es Krieg geben, das sei unvermeidlich, weil Polens Verbündete Frankreich und England zum militärischen Eingriff verpflichtet waren.

»Lass dir nur nicht einfallen, dich freiwillig zur Wehrmacht zu melden!«, sagte Edo irgendwann zu Richard. »Ich verbiete es dir, hörst du?«

»Das musst du mir gar nicht verbieten«, erwiderte Richard. »Ich habe schon den Wehrdienst gehasst. Aber ich fürchte, wenn ihr mit eurer Voraussage recht habt«, er nickte Heiko und Edo zu, »dann werde ich sicher bald eingezogen werden, und dagegen kann ich leider nichts unternehmen.«

»Du könntest das Land verlassen«, sagte Edo heiser. »Nicht wahr, Heiko, da gäbe es bestimmt eine Möglichkeit.«

»Aber Richard ist doch kein Feigling, der Fahnenflucht begeht«, fuhr Ella entrüstet dazwischen. Empört sah sie zu Edo hinüber. »Wenn das Vaterland einen zu den Waffen ruft, dann …«

»Es wäre keine Fahnenflucht«, unterbrach Heiko sie. »Jedenfalls nicht, solange er nicht eingezogen wurde. Doch ich fürchte, es ist jetzt schon zu spät dafür, über die Grenzen zu kommen. Sobald Frankreich und England Deutschland den Krieg erklären, wird alles dichtgemacht.«

»Ich habe ja gar nicht vor, wegzulaufen«, sagte Richard beschwichtigend. »Ich reiße mich nur nicht gerade darum, an die Front zu kommen. Je mehr ich noch von meinem Medizinstudium absolvieren kann, bevor ich eingezogen werde, desto besser, denn dann kann ich als Sanitäter eingesetzt werden. Keine Sorge, Vater, ich bin nicht scharf darauf, Heldentaten zu begehen.« Richards Lächeln reichte nicht bis zu seinen Augen, als er seinem Vater zunickte.

Edo verschränkte seine Finger ineinander, wie er es immer tat, wenn er nicht wollte, dass Mina sah, wie sehr seine Hände zitterten. »Du bist ein guter Junge, Richard.« Er lächelte zurück. »Lass uns ein anderes Mal darüber sprechen, nicht gerade heute. Heute wollen wir Hochzeit feiern und uns nicht den Kopf über die Zukunft zerbrechen.«

»Genau«, pflichtete Mina ihm bei und versuchte, so fröhlich und hoffnungsvoll zu klingen, als gäbe es dieses nagende Angstgefühl in ihrem Inneren gar nicht. »Vielleicht irren wir uns ja alle, und es kommt auch diesmal wieder zu einer Einigung mit England und Frankreich. Dann haben wir uns ganz umsonst Sorgen gemacht.«

Sie erhob sich von ihrem Stuhl und schenkte allen noch einmal Sekt nach.

Drei Tage später war der letzte Funken Hoffnung, den Mina wider besseres Wissen gehegt hatte, erloschen. Wie befürchtet, hatten England und Frankreich Deutschland den Krieg erklärt.

Alles erinnerte an 1914 und war doch so ganz anders. Diesmal fanden sich keine jubelnden Menschen auf den Straßen zusammen, voller Erwartung, dass der Krieg nur ein paar Wochen dauern würde, ehe man den Sieg errungen hätte. Bis auf die sehr Jungen erinnerten sich die Menschen noch allzu genau an den Krieg, die vielen Toten und Verwundeten und die Hungerwinter im Land. Natürlich wagte niemand, laut oder in der Öffentlichkeit etwas gegen den Krieg zu sagen, aber hinter vorgehaltener Hand oder verschlossenen Türen sprachen manche über ihre Besorgnis darüber, was noch kommen mochte.

Nur die Stimme des Radiosprechers überschlug sich beinahe vor Begeisterung, wenn er Sieg um Sieg in Polen verkündete. Die polnischen Truppen hatten der Wehrmacht kaum etwas entgegenzusetzen und wurden einfach überrannt.

Sofort nach Kriegsbeginn schloss die Kaffeebörse, und der Kaffeehandel ging wieder in die Verantwortung einer staatlichen Behörde über. Ebenso wie sehr viele andere Lebensmittel würde es auch Kaffee von nun an nur noch auf Bezugsschein geben. Durch die Ausgabe der Karten wollte die Regierung für eine gerechte Verteilung der Lebensmittel sorgen und verhindern, dass es so wie im letzten Krieg zu Engpässen kommen würde. Je mehr die Menschen an Hunger gelitten hatten, desto mehr Unruhen hatte es gegeben, und schließlich war die Regierung gestürzt worden. Offenbar wollte Hitler sicherstellen, dass es nicht noch einmal zu so einer Entwicklung kommen würde.

Für *Kopmann & Deharde* bedeutete es, dass das Geschäft, so wie Mina es gekannt hatte, weitgehend vorbei war. Die Konten in London, über die ein großer Teil des Kaffeehandels abgewickelt wurde, waren sofort nach der Kriegserklärung eingefroren worden. Zum Glück gab es noch die Konten in Amerika. Darüber hatte Mina eine weitere Ernte aus Guatemala sichern können, da sie mit deutschen Frachtschiffen angeliefert werden würde. »Feindschiffe« kamen jetzt nicht mehr in den Hafen. Mina hoffte inständig, dass es nicht wie im Krieg von 1914 eine Seeblockade geben würde, die ihr einen Strich durch die Rechnung machen würde.

Da es jetzt nur noch einen einzigen Abnehmer für den Rohkaffee gab und die Preise staatlich festgelegt wurden, fiel der größte Teil der Arbeit im Kontor weg, der darin bestanden hatte, den Kaffee zum bestmöglichen Preis an die Röstereien zu verkaufen. Mina musste schweren Herzens die Entscheidung treffen, all ihre Angestellten bis auf Tilly gehen zu lassen.

»Du gehörst zur Familie«, erklärte sie ihrer Cousine. »Natürlich bleibst du hier im Kontor. Jedenfalls wenn du das möchtest.«

Tilly wollte. Zwar hatte sie ein Angebot, als Schreibkraft im Reichsernährungsamt anzufangen, um Lebensmittelkarten auszugeben, aber sie sagte zu Mina, lieber langweile sie sich im Kontor zu Tode, als dass sie dort anfangen würde, wo man sich morgens statt mit »Moin« mit einem zackigen »Heil Hitler« begrüßte.

Doch zur befürchteten Langeweile kam es gar nicht. Tilly hatte die Idee, Minas Kontakte nach Mittel- und Südamerika zu nutzen, um Kautschuk zu beschaffen, der häufig ebenfalls dort wuchs, wo Kaffee gedieh. Die Nachfrage nach Rohkautschuk war so groß, dass sie kaum befriedigt werden konnte. Gummi war kriegswichtig: Kein Flugzeug, kein Panzer, bei deren Herstellung es nicht Verwendung fand.

Mina schilderte ihrem Schwiegervater das Problem, und der brachte sie mit Kautschukhändlern in Guatemala in Kontakt. Der Handel mit Kautschuk machte zwar nicht halb so viel Spaß wie der mit Rohkaffee, aber er sorgte für gute Einnahmen und damit dafür, dass das Kontor bestehen blieb.

Auch wenn der Überseehandel mit Luxusgütern, zu denen jetzt auch Kaffee gehörte, sofort nach Kriegsbeginn stark zurückgegangen war, gab es im Hafen so viel Arbeit wie kaum je zuvor, und das riesige Gelände brummte wie ein Bienenstock. Besonders in den Werften, in denen man Kriegsschiff um Kriegsschiff vom Stapel ließ, wurde rund um die Uhr gearbeitet, und das rhythmische Knallen der Niethämmer war selbst durch die geschlossenen Fenster im Chefbüro zu hören.

Mina störte das leise Wummern nicht, nach einer Weile nahm sie es gar nicht mehr wahr, aber sie sah mit Sorge, dass Edo der ständige Lärm zuzusetzen schien. Immer öfter griff er in seine Jackentasche, zählte Morphiumtropfen in sein Wasserglas und stürzte den Inhalt hinunter. Manchmal schlug sie ihm vor, wegen der Kopfschmerzen lieber zu Hause zu bleiben, doch davon wollte er nichts wissen.

»Es ist besser, etwas zu tun zu haben«, sagte er. »Sonst fange ich an zu grübeln, und davon werden die Kopfschmerzen nur schlimmer.«

Mina musste ihn nicht fragen, worüber er grübelte. Das wusste sie aus den Streitgesprächen zwischen Edo und Richard, die diese beinahe jeden Abend ausfochten, sobald Ella und Amelie nach oben gegangen waren.

Immer ging es um das gleiche Thema.

»Warum willst du unbedingt hierbleiben, Junge? Du bist in den Vereinigten Staaten geboren worden, sie werden dich nicht abweisen, wenn du einwandern willst.«

»Ich will aber gar nicht nach Amerika, Vater.« Richard tippte mit dem Zeigefinger auf seine Sessellehne. »Meine Heimat ist hier, nicht in den USA. Hier wohnen all meine Freunde und meine Familie. Dort drüben habe ich niemanden.«

Edos Gesicht verzerrte sich kurz, ehe er sich wieder im Griff hatte. »Aber du wärest in Sicherheit.«

»Wäre ich das?« Richard zog die Augenbrauen in die Höhe. »Ich erinnere mich noch ganz gut daran, wie es damals für mich als Kind in Chicago war.«

»Das ist lange her, Richard. Jetzt bist du erwachsen.«

»Das ist genau der Punkt, Vater. Ich bin erwachsen und muss selbst Entscheidungen treffen. Und meine habe ich gefasst: Ich werde hierbleiben und weiterstudieren.«

»Wenn du erst einmal eingezogen wirst, ist es für eine Ausreise zu spät.«

»Aber wer sagt denn, dass das überhaupt passiert? Polen ist besiegt und hat kapituliert. Wer sagt dir, dass der Krieg noch weitergeht?«

»Mein gesunder Menschenverstand.« Edo schnaubte durch die Nase. »Hitler wird nicht aufhören. Diese Sorte Mensch kriegt niemals den Hals voll.«

Mina, die neben ihm auf dem Sofa saß und dem allmählich hitziger werdenden Wortgefecht bislang schweigend zugehört hatte, suchte nach Worten, beschwichtigend einzugreifen. Sie räusperte sich. »Edo, bitte«, sagte sie leise.

»Wieso, es stimmt doch! Hast du nicht die Bilder in der Wochenschau gesehen, wie er die Parade in Warschau abgenommen hat? So sieht jemand aus, der überzeugt ist, dass nichts und niemand ihn aufhalten kann. Als Nächstes wird er Frankreich angreifen, glaub mir, und dann ist England dran. Er ist ganz besoffen von seinem Erfolg.«

»Ich verstehe ja, dass du verbittert bist, Vater. Wie sollte es auch anders sein, nach dem, was dir zugestoßen ist? Aber ich werde mir das nicht weiter anhören. Mir ist beigebracht worden, der Führer ist ein großer Mann. Ich will einfach nicht glauben, dass alles an ihm schlecht ist.« Richard erhob sich. »Ich gehe jetzt ins Bett, das ist für alle das Beste. Gute Nacht, Vater.« Er nickte Edo knapp zu, ehe er sich zu Mina hinunterbeugte und ihr einen Kuss auf die Wange gab. »Schlaf gut, Mutter.«

»Du auch, mein Junge. Bis morgen.« Mina lächelte ihm zu. »Dann reden wir noch mal in Ruhe«, flüsterte sie.

Richard nickte, aber an seinem Blick konnte sie erkennen, dass er nicht erpicht darauf war, das Thema immer und immer wieder durchzukauen. Er richtete sich auf und verließ den Salon.

Erst als Richards Schritte auf der Treppe verklungen waren, legte Mina das Buch beiseite, das sie bisher in der Hand gehalten hatte, verschränkte die Arme vor der Brust und warf ihrem Mann einen skeptischen Blick zu.

»Glaubst du wirklich, dass Richard sich so davon überzeugen lässt, das Land zu verlassen?«

»Hast du eine bessere Idee?«, fragte Edo gereizt.

»Vielleicht hat er ja wirklich recht damit, dass jetzt, da Polen kapituliert hat, der Krieg zu Ende geht.« Mina bemühte sich, ihre Worte versöhnlich klingen zu lassen.

»Glaubst du etwa daran, Mina?« Edo wandte ihr sein Gesicht zu. Seine Lippen waren zusammengepresst, die Augenbrauen zusammengezogen.

»Ich weiß nicht«, antwortete Mina ehrlich. »Aber ich wünsche mir, dass es so kommt.«

Ein schmales Lächeln umflog seine Mundwinkel. »Du bist hoffnungslos optimistisch, Mina.«

»Nein, Edo, hoffnungsvoll«, korrigierte sie ihn. »Ich glaube fest, am Ende wird alles gut werden.«

Edo sah sie lange an, dann rückte er näher an sie heran, zog sie an sich und küsste sie. »Deinen Glauben möchte ich haben«, sagte er mit einem Seufzen.

»Ich würde dir so gern etwas davon abgeben«, flüsterte sie in sein Ohr und hielt ihn fest in ihren Armen. Sie spürte das Zittern, das durch seinen Körper lief, und strich langsam mit der Hand über seinen Rücken, in der Hoffnung, ihn so zu beruhigen.

»Ich verstehe, dass du Angst um Richard hast«, sagte sie nach einer Weile leise. »Aber er ist jetzt erwachsen und muss seinen eigenen Weg gehen. Du kannst ihn nicht zwingen auszuwandern, wenn er das nicht will.«

»Aber wenn er eingezogen wird …« Edos Stimme war heiser wie ein Reibeisen, und in seinen Augen stand blanke Verzweiflung. »Er hat doch keine Ahnung, was auf ihn zukommt. Ich könnte es nicht ertragen, wenn er getötet wird oder wenn er so zurückkommt wie ich.« Er löste sich aus Minas Umarmung und schob sie ein Stück zurück, um sie ansehen zu können. »Schau mich doch an, wäre das etwa ein Leben für Richard?«

Mina blickte in sein zerstörtes, vernarbtes Gesicht, hob die Hand und legte sie an seine Wange. »Wir wollen beide nur das Beste – für all unsere Kinder. Trotzdem müssen wir sie ihr eigenes Leben leben lassen. Wir können nur anbieten, dass wir immer da sein werden, wenn sie unsere Hilfe brauchen, mehr nicht, aber auch nicht weniger. Richard ist ein kluger und umsichtiger junger Mann, kein Hitzkopf, der in den Krieg zieht, weil er Heldentaten bestehen möchte. Er wird sich nicht kopflos in die Schlacht werfen. Genau weiß ich es nicht, aber ich vermute, das hier …« Ihre Finger strichen sanft über die Narben auf seiner linken Gesichtshälfte. »Das ist der Grund, warum er Medizin studiert: um Männern wie dir helfen zu können.«

»Trotzdem wäre es sicherer für ihn, gar nicht erst in Gefahr zu geraten. Auch Ärzte können fallen.«

»Das stimmt. Aber das Land jetzt zu verlassen wäre in Richards Augen so etwas wie Fahnenflucht. Er würde es als

Feigheit ansehen und sich vorwerfen, nicht für das Land gedient zu haben, das seine Heimat ist. Ich hätte gedacht, dass du das besser als jeder andere verstehen kannst. Du bist doch nach deiner Rückkehr aus Amerika freiwillig an die Front gegangen.«

»Ja, und das war die größte Dummheit meines Lebens.« Die Bitterkeit in seiner Stimme tat Mina in der Seele weh.

»Aus heutiger Sicht vielleicht, aber damals schien es dir richtig zu sein.« Sie legte den Kopf schräg und sah ihn fragend an. »Warum? Was hat dich dazu bewogen, an die Front zu gehen?«

Er antwortete nicht, sondern senkte den Kopf und schloss sein verbliebenes Auge.

»Du hast es mir nie erzählt, Edo. Warum bist du damals in den Krieg gezogen?«, wiederholte Mina ihre Frage.

Edo holte tief Luft und blickte ihr in die Augen. »Ich war in Amerika so gründlich gescheitert, hatte so viel falsch gemacht … Diese eine Sache wollte ich richtig machen, darum habe ich mich freiwillig an die Front gemeldet. Ich dachte, wenn ich Heiko je wiedersehen würde, wollte ich ihm in die Augen schauen können, ohne mich wie ein Versager fühlen zu müssen. Aber eigentlich habe ich immer nur damit gerechnet, dass ich falle.«

»Damit gerechnet?«, fragte Mina, ohne seinem Blick auszuweichen. »Oder darauf gehofft?«

Er zögerte einen Augenblick, ehe er antwortete. »Damals schon.«

»Und heute?«, flüsterte sie. Ihr Herz schlug bis zum Hals, aus Angst vor dem, was er antworten könnte.

Er hob seine Hand und legte sie über ihre, die noch immer an seiner Wange ruhte. »Du hältst mich hier, Mina.« Er zog ihre Hand zu seinen Lippen und küsste sie in die Handfläche. »Du und unsere Kinder, ihr seid das, was mich am Leben hält.«

Der Winter kam früh in diesem Jahr, und er wurde sehr lang und sehr kalt. Das Thermometer fiel im Januar auf unter minus zwanzig Grad, die Alster fror zu, und große Eisschollen trieben die Elbe hinunter.

»Hoffentlich bleibt das Wetter noch eine Weile so«, sagte Edo immer wieder. »Solange es derart kalt ist, ruht der Krieg, und es wird keinen Angriff auf Frankreich geben.«

Richard brachte sein erstes Semester erfolgreich hinter sich. Noch war kein Einberufungsbefehl für ihn eingetroffen, und er wollte die Zeit nutzen, sich schon in den nächsten Semesterferien zum Sanitäter ausbilden zu lassen, damit er als ebensolcher eingesetzt werden konnte, wenn er wirklich zur Wehrmacht eingezogen werden würde. Er erzählte Mina hinter vorgehaltener Hand, er habe mit einem seiner Professoren darüber geredet, und der habe ihm versprochen, sich dafür einzusetzen, dass er auch nach seiner Einberufung weiterstudieren könne. Dann würde er eben in Uniform in den Vorlesungen sitzen und zwischendurch immer wieder für einige Wochen einrücken. Gute Ärzte seien Mangelware an der Front.

Zu Minas großer Überraschung gesellte sich Ella oft zu ihm, wenn er fürs Studium lernte. Kurz nach Weihnachten hatte ihre Tochter mit ihrer BDM-Gruppe ein Krankenhaus besucht, um dort zu helfen, und wenig später den Entschluss gefasst, eine Ausbildung zur Krankenschwester zu machen. Seither verbrachten Ella und Richard die Abende meist in Minas Arbeitszimmer, wo sie über ihren Büchern die Köpfe zusammensteckten und sich gegenseitig abfragten.

Das Verhältnis der beiden war deutlich entspannter geworden. Sie stritten nicht mehr am Esstisch, Richard hatte es aufgegeben, sie aufzuziehen, und Ella hatte damit aufgehört, jedes seiner Worte auf die Goldwaage zu legen. Amelie, die den größten Teil ihrer Zeit in ihrem Zimmer zubrachte, um für ihr Abitur zu lernen, stellte eines Tages in ihrer für sie typischen trockenen Art fest, wenn sie es nicht besser wüsste, würde sie glauben, die beiden seien ineinander verliebt.

»Das geht doch nicht, schließlich sind sie Bruder und Schwester«, antwortete Mina entrüstet.

»Wieso? Sie sind doch nicht miteinander verwandt.« Amelie zuckte mit den Achseln. »Moralisch wäre dagegen nichts einzuwenden.«

Ein paar Tage später ergab sich für Mina die Gelegenheit, allein mit Ella darüber zu sprechen.

»Was für ein Blödsinn!«, erwiderte Ella aufgebracht. »So was kann sich wirklich nur Amelie ausdenken. Nein, Mama, Richard und ich sind nur Freunde, nichts weiter. Er hilft mir beim Lernen, und ich höre ihn bei der Vorbereitung seiner Prüfungen ab.«

Damit lenkte sie das Gespräch eilig in eine andere Richtung, aber Mina entging nicht, dass ihre Tochter bei dem Thema Richard errötet war.

Auch Edo schien der Sache keinerlei Bedeutung zuzuschreiben. »Amelie hat schon recht«, sagte er. »Die beiden sind nicht blutsverwandt, also wenn sich wirklich etwas zwischen ihnen entwickeln sollte, wo liegt das Problem? Du hast selbst gesagt, Richard ist erwachsen und muss seine eigenen Entscheidungen treffen, ohne dass wir uns ständig einmischen. Das gilt ebenso für Ella. Die paar Monate Altersunterschied spielen da keine Rolle.«

Edo hatte inzwischen aufgegeben, Richard überreden zu wollen, Deutschland zu verlassen, und Mina war froh darüber. Es war so schön, die ganze Familie wieder im Haus zu haben, aber der Gedanke an Agnes, Anton und ihre zwei Nichten, die jetzt in Guatemala lebten, gab ihr immer wieder einen Stich. Sie vermisste sie wahnsinnig. Aber dann sagte sie sich wieder, was für ein Glück sie gehabt hatten, gerade noch rechtzeitig ausgereist zu sein. Erst nach der Reichskristallnacht, wie der 9. November 1938 allgemein genannt wurde, als im ganzen Land die Synagogen gebrannt hatten und es, wie man munkelte, auch etliche Tote gegeben hatte, war der störrische Anton endlich bereit gewesen, das Angebot von Paul und Sophie anzunehmen und nach Guatemala auszuwandern.

Jetzt im Krieg waren die Grenzen geschlossen, aber selbst vorher war es für Juden kaum noch möglich gewesen, ein Land zu finden, das sie aufgenommen hätte. Einige Monate vor Kriegsbeginn hatte die St. Louis, ein Passagierschiff der HAPAG, mit knapp eintausend jüdischen Passagieren eine wochenlange Irrfahrt hinter sich gebracht, weil weder Kuba noch die USA oder Kanada die verzweifelten Menschen hatten aufnehmen wollen. Schließlich hatte das Schiff umkehren müssen, und erst durch das Verhandlungsgeschick des Kapitäns durften die Flüchtlinge schließlich in Antwerpen an Land gehen.

Nun waren die Juden wirklich Menschen zweiter Klasse – oder »Untermenschen«, wie die Nazis es ausdrückten. Den Kindern war der Besuch deutscher Schulen verboten, in den Papieren war ein J vermerkt, und alle mussten einen Zusatznamen tragen, der sie als Jude auswies – Israel für Männer und Sarah für Frauen. Ihr Vermögen konnte ohne Angabe von Gründen eingezogen und sie konnten ihrer Wohnungen verwiesen werden.

»Früher wollten die Juden auswandern und ein besseres Leben als dieses. Jetzt haben sie nur noch Angst und wollen weg, egal wohin, Hauptsache, das Land verlassen«, sagte Heiko grimmig. »Aber inzwischen ist es so gut wie unmöglich, ihnen noch über die Grenze zu helfen.«

Mina wusste von rund einhundertfünfzig Familien, denen Heiko, Tilly und sie geholfen hatten, ins Ausland zu kommen und ihr Vermögen zumindest zum Teil zu retten, aber jetzt war Schluss damit.

»Viel zu gefährlich!«, sagte Heiko. »Auf dem ganzen Hafengelände Gestapo und SS unterwegs, die überall herumschnüffeln. Da schlüpft nicht mal 'ne Ratte ungesehen durch.«

Und da mittlerweile auch der Handel mit Kaffee streng überwacht wurde, war es ausgeschlossen, Gelder ins Ausland zu verschieben, ohne dass es auffiel.

Mina versuchte, sich damit zu trösten, dass sie ihr Bestes getan hatten, solange es möglich gewesen war, aber es blieb ein schales Gefühl in ihrem Inneren. In einer Mappe im Tresor stapelten sich jetzt die Kaufverträge über zwölf unbebaute Grundstücke und acht Häuser in verschiedenen Stadtteilen von Hamburg sowie die Eigentumsurkunde des Hauses in Wedel, in dem bis vor drei Jahren Luise Hermanns, Tillys Großmutter, gewohnt hatte.

Luise war nach kurzer Krankheit verstorben, und nach ihrem Tod waren ihre Tochter Ulla Franke mit ihrem Mann und Mathilde in das Haus gezogen. Mina unterhielt noch immer regelmäßigen Kontakt zu ihrer Tante und besuchte sie, sooft sie konnte.

So lang und kalt der Winter auch gewesen war, irgendwann wurde es Frühling. Das Eis auf der Alster schmolz, die Schollen in der Fahrrinne der Elbe verschwanden, und Mina konnte den Frühling schon riechen, wenn sie morgens zusammen mit Edo den Weg zur Garage entlanggging, um zur Arbeit in die Speicherstadt zu fahren.

»Sobald es wärmer wird, geht es los«, sagte Edo. »Dann kommt der nächste Angriff der Wehrmacht: zuerst Frankreich, dann England und Gott weiß, wer danach als Nächster dran ist.«

Doch Edo irrte sich. Im April marschierte die deutsche Armee in Dänemark ein und von dort aus in Norwegen. Während Dänemark binnen weniger Tage vor der Übermacht kapitulierte, leisteten die von britischen und französischen Streitkräften unterstützten norwegischen Truppen acht Wochen lang erbitterten Widerstand, ehe auch sie die Waffen streckten.

Der Kampf in Norwegen war noch nicht vorüber, da erfolgte im Mai der deutsche Angriff auf die neutralen Beneluxstaaten und dann auf Frankreich.

»Sie werden sich in Frankreich wieder eingraben, wie damals im Weltkrieg«, sagte Edo immer wieder, aber auch in diesem Fall hatte er unrecht. Schweigend verfolgten Mina und er am Radio sitzend die Nachrichten von der Front, während Richard, Ella und Amelie bei jeder Siegesmeldung in Jubel ausbrachen.

Anfang Juni wurde Paris kampflos übergeben, die Wochenschau zeigte Bilder von Hitler unter dem Eiffelturm, und die französische Regierung ersuchte um Waffenstillstand.

»Jetzt ist England dran! Als Nächstes wird die Insel überrannt«, rief Richard begeistert, als er die Nachricht hörte, und sein Vater murmelte so leise, dass nur Mina ihn verstehen konnte: »Wer soll sie jetzt noch aufhalten?«

Aber so einfach, wie Richard sich das vorstellte, gestaltete es sich wohl nicht, England zu überrennen. Göring und seine Luftwaffe sollten dafür sorgen, dass die Moral der Briten schwand, doch dem neuen Premierminister Churchill gelang es, den Durchhaltewillen der Bevölkerung anzufachen.

Eines Tages, kurz nach Beginn der Luftoffensive, hatte Heiko ein Radiogerät ins Kontor mitgebracht, einen einfachen hässlichen Holzkasten mit schlechtem Lautsprecher. Es war von einem seiner ehemaligen Genossen aus alten Teilen zusammengeschustert worden. Das Besondere war, dass man damit auch Feindradio empfangen konnte.

Jeden Vormittag saßen Mina, Edo, Heiko und Tilly von da an im abgeschlossenen Chefbüro und hörten die Nachrichten der BBC. Sie hatten das Empfangsgerät auf die geringste Lautstärke gestellt und beugten sich darüber wie Kinder über einen Topf mit Kuchenteig, den sie aus der Küche gestohlen hatten und gemeinsam aufaßen.

Natürlich wussten sie alle, dass es streng verboten war, Feindradio zu hören, und wäre es herausgekommen, wären sie im besten Fall mit einer langjährigen Haftstrafe belegt worden. Heiko, der nicht so gut Englisch verstand wie die anderen, stellte manchmal eine Zwischenfrage, sonst schwiegen alle, solange der Lautsprecher quäkte. Wenn die Nachrichten vorbei waren, schaltete Mina das Radio aus, stellte es in den Unterschrank ihres Schreibtisches und bedeckte es mit einem Tuch, ehe sie den Schrank sorgfältig abschloss.

»Sie siegen und siegen«, sagte Tilly dumpf.

»Wir können nur hoffen, dass die Nazis bald den Hals voll genug gekriegt haben und dann Frieden schließen«, sagte Heiko. »Sonst werden sie sich noch zu Tode siegen. Das kann doch so nicht weitergehen.«

»Das wird es aber.« Edo rieb sich mit der Hand über die Stirn. »Das ist wie bei einer Firma, die sich übernommen hat, weil sie einen Konkurrenten nach dem anderen gekauft hat –

und das auf Kredit. Wenn die auf einmal damit aufhören, werden die Banken misstrauisch und wollen ihr Geld zurück. Nein, diese Firma wird damit prahlen, wie viel Erfolg sie hat, damit die Banken ihr noch mehr Geld leihen. Bis …«

»Bis die Blase platzt.« Mina nickte. »Jemand hat mir mal gesagt, alles, was die Regierung ausgegeben hat, damit die vielen Arbeitslosen von der Straße kommen, für das Militär, die Autobahnen, die ganzen protzigen Bauten – das ist offenbar alles nur auf Pump finanziert. Alles nur heiße Luft. Und wer in so viele Panzer, Schiffe und Flugzeuge Geld steckt, der will und der wird sie auch benutzen.«

»Und wer wird dann in diesen Panzern, Schiffen oder Flugzeugen sitzen? Unsere Kinder«, sagte Heiko bitter. Er sah hoch, und seine blauen Augen schimmerten. »Meine Jungs haben sich freiwillig zur Marine gemeldet. Sie wollen beide unbedingt zur U-Boot-Flotte, Jens als Maschinist und Bernd als Funker, wenn sie es schaffen, zusammen auf einem Boot. Gestern kam der Brief von Bernd. Er wirkt ganz trunken vor Stolz.« Er holte tief Luft und ließ sie langsam wieder entweichen. »Verdammte schwimmende Särge!«

Mina wusste nicht, was sie darauf antworten sollte. Sie hielt Heikos Blick stand, und es war beinahe, als würde die Mischung aus Angst, Zorn und Verzweiflung, die in seinen Augen lag, auf sie überspringen und sie zu überwältigen drohen.

»Ach, Heiko …« Das war alles, was sie herausbrachte, und sie hasste sich dafür, dass sie mit Worten nicht ausdrücken konnte, was sie wirklich empfand. All ihr Mitgefühl, ihre Trauer und ihr Verständnis legte sie in ihren Blick.

Er sah sie lange an, und schließlich bildeten sich winzige Fältchen in seinen Augenwinkeln. »Schon gut, Mina«, sagte er.

Sie wusste, er hatte sie verstanden.

DREIZEHN

Der Krieg ging weiter und fraß sich durch Europa, bis er schließlich sogar Nordafrika erreichte. Deutschland hatte ein Bündnis mit Italien und Japan geschlossen und war der italienischen Armee auf dem Balkan, in Griechenland und Nordafrika zu Hilfe geeilt. Abermals folgte Sieg auf Sieg, und Minas geheime Hoffnung, der Brand könne endlich aufgehalten werden, erfüllte sich monatelang nicht.

Das Jahr 1940 neigte sich dem Ende zu, Weihnachten kam und ging, und es hatte nichts von dem wärmenden Glanz früherer Jahre.

Paul und Sophie kamen nicht zu Besuch, sondern schickten ein Paket mit Geschenken, das beim Zoll geöffnet und gefilzt worden war. Die Kaffeeproben, die in der Kiste hätten sein sollen, fehlten, und alle Päckchen waren aufgerissen. Die Briefe von Agnes und Sophie hatten die Zöllner zwar aufgeschlitzt und gelesen, aber wenigstens dringelassen. Allen in Guatemala ging es gut, Clara und die kleine Charlotte wuchsen und gediehen prächtig, Anton hatte sich in die Buchhaltung der Plantage eingearbeitet und war, wenn auch nicht glücklich, so doch wenigstens zufrieden mit seiner neuen Beschäftigung.

Paul sicherte Mina eine weitere Kaffeeernte von der Plantage zu, leider habe er nicht mehr beschaffen können, da die anderen Plantagen der Region das Risiko nicht eingehen wollten, ein Schiff durch den Atlantik zu schicken. Es seien einfach zu viele Konvois von deutschen U-Booten angegriffen worden, die einfach drauflosschossen und sich erst danach darum kümmerten, woher die Schiffe kamen und wohin sie wollten.

Ein paar Wochen nach Weihnachten legte Richard erfolgreich die Prüfungen für sein Physikum ab und erhielt nur wenige Tage später seine Einberufung. Den größten Teil seiner praktischen Ausbildung zum Arzt würde er in verschiedenen Lazaretten erhalten.

Am Tag seiner Abreise weigerte sich Edo zunächst, sich wie alle anderen von ihm zu verabschieden. Niedergeschlagen saß er in seinem abgedunkelten Zimmer, als Mina ihn in die Halle hinunterholen wollte.

»Ich kann es nicht ertragen, ihn in Uniform zu sehen«, sagte er zu ihr. »Du musst das verstehen, ich kann einfach nicht. Wenn ich mir vorstelle …« Seine Stimme versagte, und er verbarg das Gesicht in den Händen.

Mina setzte sich neben ihn auf die Bettkante und legte den Arm um ihn. Zärtlich strich sie über seinen Arm. »Ich weiß. Trotzdem solltest du ihm auf Wiedersehen sagen. Du würdest es dir nie verzeihen, wenn du es nicht tust.«

»Du meinst, falls er nicht zurückkommt.«

»Aber Edo!« Sie zog ihn dicht an sich heran. »Richard wird in einem Lazarett arbeiten, und die sind immer ein Stück von der Front entfernt.«

»Da ist es auch nicht sicher. Es ist nirgends sicher, nicht einmal hier in Hamburg. Hier hat es doch auch schon Bombenangriffe gegeben.« Edo drehte den Kopf, um sie ansehen zu können. »Ich war damals zu nachgiebig mit Richard. Ich hätte ihn zwingen müssen, nach Amerika zu gehen, zur Not hätte ich ihn höchstpersönlich hinbringen müssen. Wenn ihm etwas zustößt, ist es meine Schuld.«

»Das ist doch Unfug, und das weißt du auch.« Sie spürte deutlich, wie Edo am ganzen Körper zitterte. »Richard ist erwachsen. Er ist ein kluger und sehr besonnener junger Mann, der seine eigene Entscheidung getroffen hat. Wir können ihn zu nichts mehr zwingen. Und er will nicht an die Front, um Heldentaten zu vollbringen, sondern um Verletzten zu helfen. Verletzten, so wie du einer warst.«

»Also bin ich doch schuld …« Edos Stimme war so leise, dass Mina ihn kaum verstehen konnte. »Wäre ich damals nicht so dumm gewesen …«

»Das ist es nicht, Edo. Ich glaube, es ist eher so, dass Richard etwas zurückgeben will, wenn nicht an dich, dann an andere Männer, die Ähnliches durchmachen müssen wie du. Das ist seine Art, dir zu danken.« Sie blickte in sein rot geröndertes Auge. »Für Ella gilt übrigens das Gleiche. Dass sie Krankenschwester geworden ist, ist ihre Art und Weise, ihrem Vater für seine Liebe zu danken.«

Für einen Moment starrte er sie wortlos an, dann zog er sie in seine Arme und hielt sich an ihr fest.

Mina wartete, bis das Zittern seiner Schultern allmählich nachließ, dann strich sie über sein Haar und löste sich ein wenig von ihm. »Jetzt lass uns hinuntergehen, damit du deinem Sohn sagen kannst, wie viel er dir bedeutet und dass er bitte gut auf sich aufpassen soll.«

Nachdem Richard abgereist war, um seinen Dienst als Sanitäter im Nordafrikakorps anzutreten, wurde es merklich ruhiger im Haus, doch erst als auch Ella die Villa an der Heilwigstraße verließ, wurde es still.

Ella hatte den schulischen Teil ihrer Ausbildung inzwischen abgeschlossen und zunächst eine Stelle im Universitätskrankenhaus in Eppendorf angetreten, um ihr praktisches Jahr zu absolvieren, ehe sie als Krankenschwester arbeiten durfte. Doch im Juni 1941 erfolgte die Offensive der Wehrmacht gegen die Sowjetunion, von der schon lange gemunkelt worden war, sie stünde unmittelbar bevor, und jede Krankenschwester, die sich freiwillig zum Lazarettdienst meldete, war jetzt willkommen, praktisches Jahr hin oder her.

Ebenso wie ein paar Monate zuvor bei Richard hatten sich auch für Ella alle Hausbewohner in der Halle versammelt, um sie zu verabschieden.

Ihre Freundin Gerda hielt sie fest umklammert und versicherte, wie sehr sie Ellas Mut bewundere. »Am liebsten würde ich mit dir fahren, aber …«

»Aber du kannst nun mal kein Blut sehen«, erwiderte Ella lachend. »Das war schon immer so, und das macht auch nichts. Nicht jeder ist zur Krankenschwester geboren. Außerdem wirst du doch hier gebraucht. Jemand muss Mama schließlich bei dem ganzen Schreibkram im Kontor zur Hand gehen. Das könnte ich mir zum Beispiel als Arbeit für mich so gar nicht vorstellen, während du dafür wie gemacht bist.« Ella umarmte Gerda nochmals. »Pass gut auf alle auf, Gerda, versprichst du das?«

Gerda nickte, zog ein Taschentuch aus der Tasche und wischte sich die Tränen aus den Augen. »Du auch, Ella. Du musst heil wiederkommen, hörst du? Ich wüsste nicht, was ich täte, wenn …« Gerda schluchzte auf und schnäuzte sich die Nase.

»Immer man sinnig!«, erwiderte Ella. »Ich kann schon ganz gut auf mich aufpassen, da mach dir mal keine Gedanken.«

Damit drehte sie sich zu Amelie um. »So, kleine Schwester, jetzt musst du hier allein die Stellung halten.« Sie streckte ihr die Hand entgegen.

Amelie nickte und ignorierte die angebotene Rechte, stattdessen zog sie ihre Schwester kurz an sich. »Mach's gut, und halt die Ohren steif.«

Ella grinste breit. »Immer. Das ist doch Ehrensache.«

Die Nächsten, an die sie sich wandte, waren Mina und Edo. »Bis bald«, sagte sie und umarmte beide gleichzeitig. »Macht euch keine Sorgen um mich, ihr wisst doch, ich komme zurecht.«

Mina hatte das Gefühl, etwas in ihr würde zerreißen. Sie hatte sich so fest vorgenommen, nicht zu weinen, aber jetzt, wo es so weit war, konnte sie nicht verhindern, dass ihr die Tränen über die Wangen liefen, während sie sich an ihre Tochter klammerte wie eine Ertrinkende. Sie spürte Edos Hand, die sich tröstend auf ihren Rücken legte.

»Das wissen wir, Ella«, sagte er. »Trotzdem ist es für Eltern unmöglich, ihre Kinder ganz loszulassen. Ein Stück von euch bleibt immer hier bei uns.«

Mina brachte noch immer kein Wort heraus und nickte nur.

»Es sind ja nur ein paar Wochen, bis ich wieder da bin. Sechs, höchstens acht Wochen – nicht viel mehr als Sommerferien.«

»Nur dass es keine Sommerferien sind«, sagte Edo mit rauer Stimme. »Ganz im Gegenteil. Ich war schon in so einem Lazarett, das wird kein Spaziergang für dich.«

Ellas Gesicht wurde auf einmal ernst. »Ich weiß, Onkel …« Sie räusperte sich, und Mina sah, wie ihre Augen seinen Blick suchten. »Ich weiß, Papa!«, korrigierte sie sich. »Aber es ist wichtig, dass jemand diese Arbeit tut, und ich kann sie tun. Ich bin sogar richtig gut darin.« Damit zog sie ihn enger an sich und küsste ihn auf die Wange. »Pass bitte gut auf Mama auf, ja? Sag ihr, sie soll sich nicht so große Sorgen machen. Auf dich hört sie eher als auf mich.«

Edo lächelte. Dann beugte er sich vor und küsste Ella ebenfalls.

Mina spürte, wie seine Hand ihr über den Rücken strich, als Ella sich ihr zuwandte.

»Jetzt kommt das Schwerste«, sagte sie seufzend.

Mina nickte und lächelte unter Tränen, während sie ihre Älteste ganz fest an sich drückte. »Versprich mir …« Ihre Stimme versagte wieder.

Sie spürte Ellas Nicken mehr, als dass sie es sah.

»Ich verspreche es dir, Mama. Ich werde gut auf mich achtgeben, und ich schreibe euch, so oft wie möglich. Und du versprichst mir, dass du auf Papa hören wirst, wenn er dir sagt, dass du dich nicht verrückt machen sollst, ja?«

»Ja, Ella, ich verspreche es.« Mina nahm das Gesicht ihrer Tochter in die Hände und hielt es fest, während sie sie eindringlich anblickte, um sich ihre Züge und jedes Detail ihres Aussehens einzuprägen. »Ich bin furchtbar stolz auf dich, hörst du, Ella? Vergiss das nie.«

In Ellas graublauen Augen schwammen jetzt ebenfalls Tränen, doch sie lächelte. »Das weiß ich, Mama. Das hast du mir immer gezeigt.«

Ella befreite sich aus der Umarmung und winkte in die Runde. »Jetzt muss ich aber los, sonst fährt das Taxi noch ohne mich. Ich werde euch allen schreiben, und wenn ich Urlaub habe, sehen wir uns wieder. Also, bis bald.«

Damit drehte sie sich um, griff nach ihrem Koffer und ging

zur Eingangstür und öffnete sie. Das helle Licht der Nachmittagssonne fiel herein und spiegelte sich auf den Fliesen, sodass Mina die Augen kurz zusammenkneifen musste. Nur einen Moment, doch als sie sie wieder öffnete, war Ella verschwunden.

Ohne dass sie etwas dagegen tun konnte, verzerrte sich Minas Mund, und ein trockenes Schluchzen löste sich aus ihrer Kehle. »Werden wir unsere Kinder jemals wiedersehen?«, fragte sie Edo leise, dessen Hand noch immer auf ihrem Rücken lag.

Er sah nicht zu ihr herüber, und sein Profil hob sich scharf gegen die Holzvertäfelung der Wand ab.

»Uns bleibt nur die Hoffnung«, sagte er ebenso leise.

Ella begann in einem Lazarett in Ostpreußen zu arbeiten und schrieb, wie sie es versprochen hatte, mindestens einmal pro Woche einen Brief nach Hause. Bislang sei noch nicht viel zu tun, berichtete sie, aber das werde sich wohl bald ändern.

Im Juni begann der Angriff auf die Sowjetunion, und wie schon zuvor im Westen gelang es der Wehrmacht schnell, große Landgewinne zu erzielen, sodass im Spätsommer das Baltikum sowie große Teile der Ukraine und Weißrusslands besetzt werden konnten. Doch dann kam der Herbstregen und danach der russische Winter. Die Wehrmacht war nicht für die Eiseskälte ausgerüstet und hatte der Roten Armee nichts mehr entgegenzusetzen. Die geplante Eroberung Moskaus scheiterte, und die deutschen Streitkräfte mussten sich weit zurückziehen.

»Ob das jetzt der Anfang vom Ende ist?«, wollte Mina von Edo und Heiko wissen, nachdem sie die Nachrichten der BBC im abgeschlossenen Chefbüro gehört hatten.

»Schön wäre es ja!«, sagte Heiko. »Aber ich glaube nicht daran. Hitler macht für die Niederlage in Russland die Heeresleitung verantwortlich. Jetzt will er selbst den Oberbefehl übernehmen. Er wird nicht aufgeben, ehe er nicht den jüdischen Bolschewismus ausradiert hat, sagt er.«

Edo schüttelte nur den Kopf.

Mina nahm das Radio vom Tisch und verstaute es wieder in seinem Versteck in ihrem Schreibtischschrank, bevor sie sich wieder auf ihren Sessel setzte.

»Hast du was von deinen Jungs gehört?«, fragte sie Heiko.

Der schüttelte den Kopf. »Nein, aber keine Nachrichten sind in dem Fall gute Nachrichten. Wenn ihr Boot versenkt worden wäre, hätte ich vermutlich schon eine Benachrichtigung bekommen. Der letzte Brief von Bernd kam vor vier Wochen aus La Rochelle. Die werden noch im Atlantik unterwegs sein und Handelsschiffe jagen, schätze ich. Und ihr?«

»Richard schreibt, er hofft, im neuen Jahr für ein paar Wochen zurückkommen zu können. Er wird dann in Uniform weiterstudieren, um anschließend als Arzt wieder an die Front zu gehen.« Mina seufzte. »Und Ella kommt vielleicht Anfang nächsten Jahres auf Urlaub nach Hause, aber versprechen wollte sie nichts. Das Lazarett ist voll bis unters Dach, und sie wissen vor lauter Arbeit nicht, wo ihnen der Kopf steht.«

»Das werden traurige Weihnachten für euch«, meinte Heiko seufzend. »Wenigstens wohnt Amelie noch bei euch.«

»Ja, noch, aber bald muss sie ihr Dienstpflichtjahr antreten. Sie hat Irma einen Brief geschrieben und gefragt, ob sie das Jahr als Ernte- und Haushaltshelferin auf dem Gut ableisten kann, statt hier in Hamburg als Flakhelferin eingesetzt zu werden«, sagte Mina. »Ich hoffe sehr, dass das genehmigt wird. Flakhelferin, ich bitte euch! Die sitzen doch auf diesen Flakgeschützen wie auf dem Präsentierteller. Und Fliegeralarm gibt es inzwischen fast jeden Tag.«

»Dass das Gut der von Gusnars bombardiert wird, ist eher unwahrscheinlich, das stimmt allerdings.« Heiko zwinkerte Mina zu.

»Ich fürchte allerdings, dass es bald ganz egal sein wird, wo wir unsere Kinder hinschicken. Sie werden nirgends mehr sicher sein. Nirgends. Die ganze Welt brennt«, sagte Edo düster. »Man kann es schon fast riechen. Der Krieg kommt immer näher. Bald werden wir ihn auch hören können, und wenn wir ihn erst sehen, dann sind wir bereits mittendrin.« Er schluckte trocken.

Mina beobachtete erschrocken, wie er auf einmal nach Luft rang und heftig zu zittern begann. Die Tasse, die er in der Hand hielt, schwappte über und fiel auf den Boden, wo sie klirrend zerbrach. Sein verbliebenes Auge rollte nach hinten, sodass nur noch das Weiße zu sehen war. Ein tiefes gurgelndes Stöhnen entrang sich seiner Kehle.

»Edo, um Gottes willen!« Mina sprang auf, ging neben seinem Sessel in die Knie und nahm seine Hände. »Was ist denn mit dir?«

Sein ganzer Körper verkrampfte sich und bäumte sich auf. Heiko, der ebenfalls aufgesprungen war, hielt Edo an den Schultern fest, damit er nicht aus dem Sessel fiel. Dann sackte der schmale Körper in sich zusammen und lag still.

»Edo!«, rief Mina verzweifelt. »Was hast du?«

Er gab keine Antwort.

Heiko legte seine Finger an Edos Hals und die Hand auf seine Brust. »Er lebt, er atmet …«, stieß er hervor. »Wir sollten ihn auf den Boden legen.«

Gemeinsam zogen sie Edo auf den Teppich und legten ihn

auf den Rücken. Mina wollte ein Kissen unter seinen Kopf schieben, aber Heiko schüttelte den Kopf. »Besser ganz flach, dann kann er leichter atmen. Schließ die Tür auf, und sag Tilly, sie soll einen Krankenwagen rufen.«

»Aber …«

»Nun mach schon, beeil dich!«, fuhr er sie an, und endlich gehorchte sie.

Sie kämpfte sich auf die Füße und lief zur Tür. Mit zitternden Fingern drehte sie den Schlüssel und riss die Tür auf. Tilly und Gerda sahen verblüfft von ihren Schreibmaschinen hoch.

»Tilly, ruf einen Krankenwagen. Edo ist ohnmächtig geworden«, rief sie. »Schnell, beeil dich!«

Mina sah Tilly nicken und nach dem Telefonhörer greifen. Eilig lief sie zu Heiko zurück und kniete sich neben Edo.

Sein Augenlid begann zu flattern, und er holte tief Luft und stöhnte, dann hob er die Hand und griff nach seiner Stirn.

»Ganz ruhig, Edo«, sagte Mina beruhigend. »Der Krankenwagen ist schon unterwegs.«

»Was ist denn passiert?«, murmelte er.

»Du bist umgekippt.« Heiko lächelte grimmig. »Einen ganz schönen Schrecken hast du uns da eingejagt.«

»Umgekippt?« Edo versuchte sich aufzurichten, aber Mina drückte ihn sanft auf den Teppich zurück und schüttelte den Kopf.

»Nun macht doch nicht so viel Aufhebens davon«, sagte Edo schwach. »Ich hab nur Kopfschmerzen. Kannst du mir meine Tropfen holen, Mina?«

Mina sah zu Heiko hoch. Der schüttelte den Kopf. »Warte lieber noch, bis der Arzt hier ist, Edo«, sagte er besorgt.

Tilly kam herein. »Der Krankenwagen ist auf dem Weg«, sagte sie. »Er sollte in spätestens zehn Minuten hier sein.«

»Bestell ihn wieder ab, und hol mir bitte ein Glas Wasser«, sagte Edo. Erneut wollte er sich aufrichten. »Mir geht es schon viel besser. Ich brauche keinen Arzt.«

»Kommt gar nicht infrage«, sagte Heiko energisch. »Von selbst fällt man nicht einfach so um. Warte ab, was der Arzt sagt, wenn er dich untersucht hat.«

»Was soll er schon sagen, was ich noch nicht weiß?«, fragte Edo.

Mina runzelte die Stirn. »Was meinst du damit?«

»Ich bin ein Krüppel, Mina. Ein menschliches Wrack, das zu nichts mehr nütze ist. Manchmal gelingt es mir einfach nicht mehr, das zu verstecken.« Edo wandte den Kopf ein wenig, um sie ansehen zu können. »Du hast etwas Besseres verdient als mich.«

»Sag doch nicht so was!«, stieß Mina hervor und unterdrückte ein Aufschluchzen. »Was sollte ich denn ohne dich anfangen?«

Edo antwortete nicht, sondern verbarg sein Gesicht in den Händen und stöhnte leise. »Mein Kopf bringt mich noch um«, murmelte er.

»Ich schaue mal nach, wo der Krankenwagen bleibt«, sagte Tilly von der Tür her. Mina nickte ihr zu, und Tilly verschwand. Kurz darauf hörte Mina die Eingangstür des Kontors zufallen.

Die Minuten bis zum Eintreffen des Arztes zogen sich endlos in die Länge. Mina hockte neben Edo, der noch immer sein Gesicht mit den Händen bedeckt hielt, und Heiko, dessen besorgter Blick zwischen Edo und ihr hin- und herwanderte. Keiner von ihnen sprach ein Wort.

Endlich waren nebenan Stimmen zu hören, und Tilly ließ den Arzt eintreten, dem zwei Männer mit einer Trage folgten.

Er hob den Arm zu einem flüchtigen Hitlergruß und beugte sich dann zu Edo hinunter.

Mina stand auf, damit der Arzt, der sich als Dr. Nordmann vorstellte, mehr Platz hatte. Obwohl Edo protestierte, bestand Dr. Nordmann darauf, ihn in die Universitätsklinik zu bringen, wo man ihn gründlich untersuchen würde. »Was wären wir denn für Volksgenossen, wenn wir uns nicht ordentlich um unsere Veteranen des vaterländischen Krieges kümmern würden?«, sagte er. »Keine Sorge, gnädige Frau, Ihr Mann ist bei uns in den besten Händen.« Er schlug die Hacken zusammen und deutete eine Verbeugung an, dann folgte er den Männern nach draußen, die Edo auf einer Trage hinausbrachten.

Erst am Nachmittag durfte Mina Edo im Krankenhaus besuchen. Er beklagte sich darüber, noch über Nacht in der Klinik bleiben zu müssen.

»Es geht mir jetzt wieder gut!«, sagte er. »Also besteht gar kein Grund, hier untätig herumzuliegen.«

»Nichts da«, erwiderte Mina entschieden und stellte den mitgebrachten Blumenstrauß in die Vase auf dem Nachttisch. »Wenn die Ärzte dich noch hierbehalten wollen, dann bleibst du.«

»Was wollen die denn noch alles mit mir anstellen? Sie haben mich doch schon auf den Kopf gestellt und …«

»Keine Widerrede. Du bleibst hier, bis die Ärzte erlauben, dass du das Krankenhaus verlässt. Ich werde gleich mit deinem Arzt sprechen. Dann wissen wir mehr.« Sie beugte sich zu Edo hinunter und küsste ihn. »Ich komme nach dem Gespräch wieder her. Bis gleich.«

Auf dem Flur vor dem Zimmer traf Mina auf eine Lernschwester, die sie nach Edos behandelndem Arzt fragte und die so nett war, sie zum Ärztezimmer zu führen. Der junge Mediziner stellte sich als Dr. Keller vor und bat sie, Platz zu nehmen, während er sich ihr gegenüber an den Schreibtisch setzte.

»Sie wissen ja sicher über den Zustand Ihres Mannes Bescheid, liebe Frau Becker«, begann er. »Das ist ja, wie ich seiner Krankenakte entnommen habe, nicht der erste Anfall dieser Art, wenn auch einer der schwersten, die er bisher hatte.«

Mina zog die Augenbrauen zusammen. »Nicht der erste Anfall? Nein, davon wusste ich nichts. Auch nicht, dass hier im Krankenhaus eine Akte über ihn existiert.«

»Er ist schon seit einigen Jahren hier in der Neurologie in Behandlung, hauptsächlich wegen seiner immer wieder auftretenden Kopfschmerzen und dem damit einhergehenden Sehverlust.« Dr. Keller lehnte sich zurück und sah Mina mitfühlend an. »Ihr Mann ist sehr krank, Frau Becker, aber da erzähle ich Ihnen ja nichts Neues.«

Mina hielt seinem Blick stand und spürte dabei, wie ihre Lippen taub wurden. Die Angst begann in ihrem Inneren zu flattern, als sie in den Augen des Arztes ehrliches Bedauern erkannte.

»Nein«, sagte sie rau. Sie räusperte sich, um ihre Stimme wieder zu klären. »Mein Mann ist als Invalide aus dem Krieg zurückgekommen. Zuerst war er völlig blind. Sein Augenlicht ist erst ganz allmählich zurückgekommen.«

Der Arzt nickte. »Umso tragischer, dass er im Begriff ist, es erneut zu verlieren.«

»Was?« Die Angst erreichte Minas Kehle und schnürte sie zu.

»Hat er Ihnen nichts erzählt?«

»Nein. Kein Wort.«

Dr. Keller seufzte. »Das ist bedauerlich, aber gut nachvollziehbar. Vermutlich hat er nicht den Mut gefunden, Ihnen die Wahrheit zu sagen.«

Mina hörte den Herzschlag in ihren Ohren pochen. »Die Wahrheit? Was ist denn die Wahrheit?«

»Ich denke, das sollte Ihr Mann Ihnen selbst sagen.«

»Wenn er es bis jetzt nicht über sich gebracht hat, wird er es auch künftig nicht tun«, erwiderte Mina so ruhig und sachlich, wie sie es nur fertigbrachte. Sie holte tief Luft und straffte die Schultern. »Glauben Sie nicht, dass ich ein Recht habe, zu erfahren, wie es um meinen Mann steht?«

Dr. Keller blickte sie eine Weile schweigend an. Schließlich nickte er. »Sie sehen aus wie jemand, der auch mit schlimmen Nachrichten umgehen kann. Also gut, Frau Becker.« Dr. Keller beugte sich vor und legte die gefalteten Hände vor sich auf den Tisch. »Sie wissen ja, dass Ihr Mann im Krieg mit Giftgas in Kontakt gekommen ist. Zum Glück ist er mit dem Leben davongekommen. Doch leider hat dieses Teufelszeug bei vielen Überlebenden Spuren hinterlassen. Zum einen sind das Entzündungen an den Nervenbahnen, im Fall Ihres Mannes verursachen sie die Ihnen bekannten Kopfschmerzattacken. Zum anderen stellt sich immer mehr heraus, dass die Patienten Jahre später Krebsgeschwüre entwickeln. Leider ist das auch bei Herrn Becker der Fall.«

»Mein Mann hat Krebs?«, flüsterte Mina.

»Ja. Oder besser gesagt, es deutet alles darauf hin, dass er einen Hirntumor am Sehnerv des intakten Auges entwickelt hat.«

Für eine Sekunde verlor Mina ihre Selbstbeherrschung und schlug die Hände vor den Mund. Der Anblick des Arztes vor ihr verschwamm. Sie atmete tief durch, um ihre Fassung zurückzugewinnen. Langsam nahm sie die Hände herunter und blinzelte, um wieder klar sehen zu können.

Bleib ruhig, befahl sie sich. Bewahre Haltung. Niemand hat etwas davon, wenn du hysterisch wirst.

»Wie lange hat er noch?«, fragte sie heiser.

»Das ist schwer zu sagen, Frau Becker«, antwortete Dr. Keller. »Es hängt von ihm ab. Bisher weigert er sich, sich behandeln zu lassen.«

Mina runzelte die Stirn. »Ich verstehe nicht.«

»Um das Krebsgeschwür operieren zu können, müssten wir sein Auge entfernen, und das lehnt er strikt ab.«

»Und das wundert Sie?« Mina schnaubte. »Er weiß doch genau, wie es ist, blind zu sein, und das will er auf keinen Fall noch einmal durchmachen. Er hat mir oft genug gesagt, dass er nie wieder so hilflos sein will wie damals.«

»Alles nachvollziehbar«, sagte Dr. Keller. »Aber die Operation würde sein Leben verlängern.«

»Verlängern oder retten?«, fragte Mina scharf und sah ihm herausfordernd in die Augen.

»Ich kann nichts versprechen, Frau Becker. Auch mit einer Operation sind seine Chancen nicht gut, aber ohne bleiben ihm wohl nur noch wenige Monate.«

»Aber in denen wäre er in der Lage zu sehen, oder?«

Dr. Keller nickte zögernd. »Davon ist auszugehen. Am Ende vermutlich nicht mehr. Wenn der Tumor größer wird …«

»Dann steht die Entscheidung fest«, unterbrach Mina ihn und sprang von ihrem Stuhl auf. »Er soll die Zeit, die ihm noch bleibt, so leben, wie er es möchte. Mit dem Rest von Augenlicht, das ihm geblieben ist, und mit Medikamenten, um seine Schmerzen zu lindern. Ich möchte, dass er glücklich ist, egal wie lange er noch hat.« Trotzig wischte sie sich die Tränen von den Wangen. »Werden Sie mir dabei helfen, Dr. Keller?« Sie streckte ihm die Hand entgegen.

Der Arzt erhob sich und ergriff ihre Hand. »Wenn Sie sich sicher sind, Frau Becker, natürlich.«

»Ich bin mir sicher. Ich kenne meinen Mann schon fast mein ganzes Leben lang und weiß, was er braucht. Er muss das Gefühl haben, selbstständig zu sein, und er hasst es, bemitleidet zu werden.« Mina drückte die Hand des Arztes, die sie noch immer umfasst hielt. »Bitte versprechen Sie mir, ihm nichts von unserer Unterhaltung zu erzählen, Dr. Keller. Wenn er beschlossen hat, mir seinen Zustand zu verschweigen, dann weil er mich nicht damit belasten will. Immer wieder sagt er, ich hätte ihn nicht heiraten sollen, weil er ein Krüppel ist.« Sie ließ seine Hand los und bedeckte für eine Sekunde ihren Mund, dann hatte sie sich wieder unter Kontrolle. »Verstehen Sie, ich will nur, dass er glücklich ist, solange er am Leben ist. Egal, wie lange das auch sein mag.«

Der Arzt nickte ihr lächelnd zu. »Sie sind eine bemerkenswerte Frau.«

Mina schüttelte den Kopf. »Bestimmt nicht, Dr. Keller. Ich bin nur eine Frau, die ihren Mann liebt.«

Edo wurde am folgenden Tag aus der Klinik entlassen. Nachdem Mina am Nachmittag zuvor die Hiobsbotschaft erfahren hatte, war sie in Edos Zimmer zurückgegangen und hatte behauptet, keinen Arzt gefunden zu haben, der ihr hätte Auskunft geben können. Es hatte sie die größte Anstrengung gekostet, sich nichts anmerken zu lassen, doch Edo zuliebe war es ihr gelungen. Erst als sie anschließend allein im Wagen gesessen hatte, war sie schluchzend zusammengebrochen.

Edo erzählte ihr, der Arzt habe gesagt, die Ohnmacht sei auf eine Überanstrengung zurückzuführen, und sie nahm die Lüge zur Kenntnis, ohne mit der Wimper zu zucken. Er solle in Zukunft etwas kürzertreten, um weitere Anfälle zu vermeiden, habe der Doktor ihm geraten.

»Dann mach das bitte auch«, erwiderte Mina. »Im Kontor ist im Moment sowieso nicht so viel zu tun. Es besteht gar kein Grund für dich, jeden Tag mitzufahren. Bleib zu Hause und ruh dich aus, und ich beeile mich, so schnell wie möglich zurückzukommen, damit wir die Nachmittage miteinander verbringen können.«

Nach kurzem Sträuben gab er nach, und so fuhr Mina nun fast immer allein ins Kontor. Sie rang mit sich, ob sie Heiko die Wahrheit sagen sollte, aber sie wusste, er war ein schlechter Schauspieler und würde Edo nicht unbefangen gegenübertreten können. So war Irma die Einzige, der sie ihr Herz ausschüttete. Fast täglich schrieb sie ihr und wartete ungeduldig auf die Antwortbriefe, in denen Irma sie tröstete und ihr Mut zusprach. Auch Irma war der Meinung, Edos Entscheidung, sich nicht operieren zu lassen, sei richtig, aber sie äußerte auch immer wieder die Befürchtung, Mina würde sich zu viel zumuten und könnte unter der Last, die sie trug, zerbrechen.

Mach dir keine Sorgen um mich, schrieb Mina dann zurück. Solange es Edo gut geht, bin ich zufrieden, und im Moment fühlt er sich wohl.

Kurz vor Weihnachten 1941 kam die Nachricht, japanische Flugzeuge hätten den amerikanischen Flottenstützpunkt Pearl Harbor auf Hawaii angegriffen.

Heiko und Edo, der an diesem Tag für ein paar Stunden mit im Kontor war, machten betretene Gesichter, als Mina das Radio ausschaltete und in das Versteck zurückstellte.

»Und? Was geht es uns an, was auf der anderen Seite der Welt passiert?«, fragte sie.

»Es ist alles miteinander verbunden«, erwiderte Edo. »Japan ist mit Italien und Deutschland verbündet.«

»Jetzt wird sich Amerika nicht mehr aus dem Krieg heraushalten können«, sagte Heiko düster. »Sie werden Japan den Krieg erklären und Italien und Deutschland vermutlich ebenfalls. Und wenn die USA auch in Europa eingreift …«

»Beim letzten Mal war das der Anfang vom Ende«, ergänzte Edo.

Es kam genau, wie Heiko und Edo prophezeit hatten: Zuerst erklärten die USA Japan den Krieg, worauf Italien und Deutschland ihrem Bündnispartner beisprangen.

Zunächst änderte sich nicht viel für Hamburg. Vereinzelt gab es Fliegeralarm, und die Bewohner der Villa verbrachten einige Zeit im Keller des Gebäudes auf den Stühlen, die sie neben die Weinregale gestellt hatten, bis wieder Entwarnung gegeben wurde.

Ella kam im Februar für zwei Wochen auf Urlaub nach Hause, und als einige Tage später auch Richard eintraf, war es eine Weile lang im Haus beinahe wieder so lebendig wie früher. Mina kostete diese Zeit mit ihrer Familie aus, so gut sie konnte. Sie lieh sich Richards Kamera aus und machte Fotos über Fotos, bis Richard sie schließlich im Arbeitszimmer beiseitenahm und sie fragte, ob es nicht ein bisschen übertrieben sei, von allen zu jeder Gelegenheit Bilder zu machen.

»So jung kommen wir eben nicht mehr zusammen«, versuchte Mina zu scherzen, doch ihr Lächeln misslang. Nervös legte sie die Kamera auf den Schreibtisch vor sich.

»Was ist los, Mutter?«, fragte Richard unvermittelt.

»Nichts! Was soll denn los sein?«, sagte sie ausweichend.

Richard legte den Kopf ein wenig schräg, wie er es schon als kleiner Junge immer getan hatte, wenn er mit einer Erklärung nicht zufrieden war. »Du verschweigst mir doch etwas. Ist etwas mit Papa?«

»Wieso? Nein!«, beeilte sie sich zu versichern.

»Mutter ...« Er stand von seinem Sessel auf, wo er in der ihm eigenen lässigen Art gesessen hatte, kam um den Schreibtisch herum und setzte sich auf die Tischplatte. »Ich bin Arzt. Nun ja, so gut wie jedenfalls. Papa ist sehr dünn geworden, und er sieht viel schlechter als damals, als ich weggefahren bin. Dann die dunklen Ringe unter seinen Augen. Die sind auch Ella schon aufgefallen. Uns beiden kannst du nichts vormachen, es geht ihm nicht gut, und du weißt es genau. Sag mir bitte die Wahrheit.«

Mina sah zu ihm hoch und hielt sich an seinen braunen Augen fest, die denen seines Vaters so sehr glichen. Sie fühlte, wie sich der Kloß in ihrem Hals bildete, den sie sonst immer hinunterzuschlucken in der Lage war. Aber unter seinem Blick ging das nicht mehr. »Er stirbt, Richard«, flüsterte sie. »Dein Vater ist todkrank.«

Richard wich ihrem Blick nicht aus, aber sein Gesicht wurde fahl und grau. Er holte tief Luft und nickte. »Ja, das ist das, was Ella und ich auch schon gedacht haben. Wir waren uns nur nicht sicher, ob du es weißt. Was hat er?«

»Krebs. Ausgelöst durch das Gas im Krieg.«

»Weiß er selbst es?«

Mina nickte. Sie senkte den Kopf. Richard sollte sie nicht weinen sehen.

»Ist es operabel?«, hörte sie ihn fragen.

Mina kramte ein Taschentuch aus ihrer Tasche und putzte sich die Nase. »Er hat eine Operation abgelehnt, weil dabei sein Auge entfernt werden müsste und er wieder blind werden würde.«

Richard stieß einen Seufzer aus. »Und wenn ich mal mit ihm reden würde?«, fragte er dann. »Vielleicht würde er …«

»Nein!«, unterbrach Mina ihn. »Tu das nicht. Er soll nicht erfahren, dass einer von uns Bescheid weiß. Er gibt sich solche Mühe, es zu verbergen, damit wir uns keine Sorgen machen.« Mina griff nach Richards Händen. »Versprich es mir, Richard. Verliere kein Wort darüber. Zu niemandem, auch zu Ella nicht!«

»Das kann ich dir nicht versprechen!« Richard lächelte kurz. »Ella und ich, wir reden über alles miteinander.«

»Aber …«

Richard blickte ernst zu ihr hinunter und hielt ihre Hand ganz fest. »So war es bei Papa und dir doch auch, oder? Als ihr festgestellt habt, dass ihr euch liebt.«

»Ella und du?«

»Ja, Ella und ich. Es hat eine Weile gedauert, bis wir es gemerkt haben, aber wir lieben uns. Und wir werden heiraten, wenn wir euer Einverständnis bekommen.«

Einen Augenblick lang starrte Mina ihn nur verblüfft an, dann zog sie Richard in ihre Arme. »Ich glaube, eine größere Freude könntet ihr eurem Vater nicht machen«, sagte sie.

Richards und Ellas Hochzeit fand nur wenige Tage vor Ellas Abreise nach Ostpreußen statt. Nur Mina, Edo und Heiko begleiteten die beiden zum Standesamt. Amelie war für das Winterhilfswerk unterwegs, und Ella hatte gemeint, es sei doch ohnehin nur eine ganz einfache Amtshandlung und die eigentliche Hochzeit würde später stattfinden. Irgendwann, wenn wieder Frieden sei, würden sie die große Feier nachholen.

Mina hielt Edos Hand fest in ihrer, während sie zuschaute,

wie ihre Tochter in ihrem schlichten blauen Kleid seinem Richard in seiner Wehrmachtsuniform das Jawort gab, und sie fühlte eine Welle von Dankbarkeit in sich aufsteigen, dass sie dieses Ereignis mit ihm an ihrer Seite erleben durfte. Sie sah sein Gesicht vor Stolz strahlen und versuchte, dieses Bild in ihrem Herzen festzuhalten, für die Zeit, wenn er nicht mehr bei ihr sein würde.

Edo nicht mehr bei ihr … Schnell wollte sie diesen Gedanken wieder zurückdrängen, doch das fiel ihr in letzter Zeit immer schwerer. Bei allem, was sie zusammen erlebten, stahl sich der Gedanke in ihr Bewusstsein, das könne jetzt das letzte Mal gewesen sein.

Mina beobachtete, wie Edo mit zitternder Hand seine Unterschrift als Trauzeuge unter die Urkunde setzte, wie er Richard umarmte und Ella auf die Wange küsste.

Zum letzten Mal … Zum letzten Mal …

Die aufkommenden Tränen wischte sie hastig weg und sagte lachend zu Ella, die sie besorgt musterte, sie sei eben viel sentimentaler, als alle ihr zutrauen würden.

Gefeiert wurde im kleinsten Kreis im Esszimmer der Villa, mit Wein, den noch ihr Vater eingekellert hatte, und einem kleinen Festmahl, das sie die Lebensmittelmarken einer ganzen Woche gekostet hatte.

Zum letzten Mal … Zum letzten Mal …

Der Gedanke ließ sich nicht mehr abschütteln und begann sie auch in den folgenden Tagen auf Schritt und Tritt zu verfolgen.

Alle zusammen brachten sie Ella zum Bahnhof, die von Amelie nach Ostpreußen begleitet wurde. Endlich hatte sie die Erlaubnis erhalten, ihr Dienstjahr auf Irmas Gutshof ableisten zu dürfen.

Die Mädchen umarmten die Eltern nacheinander, und Mina trug Amelie auf, Irma liebe Grüße zu bestellen.

Jetzt würde das Haus leer werden, dachte Mina, während sie zusah, wie Richard die Koffer der Mädchen ins Abteil schleppte und dann den Waggon wieder verließ.

»Wir sehen uns in sechs Wochen«, hörte sie Richard zu Ella sagen. »Drück mir die Daumen, dass ich die Prüfungen bestehe.«

»Wehe, wenn nicht!«, erwiderte sie und knuffte ihn spielerisch. »Und wehe, es klappt nicht mit der Versetzung in unser Lazarett. Lass mal deinen ganzen Charme spielen, Richard. Das kannst du doch sonst auch.«

Er lachte augenzwinkernd, umarmte seine Frau und küsste sie. »Bis bald, Liebes. Und vergiss das Schreiben nicht.«

Ella machte sich los, streckte ihm lachend die Zunge heraus und kletterte in den Waggon. In der Tür drehte sie sich noch einmal um und winkte Mina und Edo zu. »Euch schreibe ich natürlich auch!«, rief sie und warf den beiden Kusshände zu.

»Verrücktes Huhn!«, sagte Amelie kopfschüttelnd. Sie umarmte erst Mina, küsste sie auf die Wange und wandte sich dann zu ihrem Vater. »Mach's gut, Papa!«, sagte sie und legte ihre Arme ganz fest um ihn. »Pass gut auf dich auf, ja?«

Mina sah ihn nicken. »Ja, du aber auch. Bei Tante Irma bist du gut aufgehoben und sicher, meine Kleine. Trotzdem werde ich dich sehr vermissen.« Er zog sie an sich. »Ich hab dich lieb, vergiss das nicht.«

»Ich dich auch, Papa.« Amelie küsste ihn auf die Wange, dann machte sie sich los und lief zum Zug.

Mina bemerkte, dass Edos Hände zitterten. Sie trat neben ihn und legte ihren Arm um seine Taille, um ihn zu stützen.

Zum letzten Mal … Zum letzten Mal, dachte sie. Dabei

straffte sie die Schultern und bemühte sich, ihm den Halt zu geben, den er brauchte, ohne dabei ihre eigene Haltung zu verlieren, während der Zug langsam aus der Bahnhofshalle fuhr.

Solange Richard noch im Haus war, gelang es Edo, seinen sich stetig verschlechternden Gesundheitszustand einigermaßen zu verbergen, doch Richard legte fünf Wochen nach Ellas Abreise seine Prüfungen ab und erhielt, wie er gehofft hatte, seinen Marschbefehl als Assistenzarzt in das Lazarett in der Nähe von Königsberg, in dem auch Ella als Schwester arbeitete.

»Sei vorsichtig, Junge!«, sagte Edo zum Abschied. »Pass immer gut auf dich auf. Wir alle verlassen uns auf dich.«

»Ich weiß, Vater. Mach dir keine Sorgen. Ella und ich, wir kommen schon durch.« Er lächelte und umarmte Edo. »Wir hatten in Mutter und dir die besten Vorbilder.«

Und dann war auch er fort. In den Krieg gezogen, der überall immer mehr Opfer forderte. Mina überblätterte hastig die Todesanzeigen in der Zeitung, weil sie es nicht ertragen konnte, immer wieder bekannte Namen zu lesen.

Edo kam jetzt nicht mehr mit ins Kontor. Wenn sie ihn beim Nachhausekommen fragte, was er getan hatte, sagte er, er habe geschlafen oder Radio gehört. Lesen konnte er gar nicht mehr. Sein Augenlicht wurde immer schlechter.

Er tastete sich die Möbel und Wände entlang, um sich im Haus zurechtzufinden, und Frieda, die tagsüber immer wieder nach ihm sah, erzählte Mina irgendwann, er schlafe beinahe den ganzen Tag, bis sie aus dem Kontor zurückkomme. Aber davon, dass Mina zu Hause blieb, wollte er nichts wissen.

»Nein, lass nur, das ist wirklich nicht nötig«, sagte er dann und kämpfte um ein schmales Lächeln. »Ich bin ganz froh, wenn ich ein bisschen Ruhe habe.«

Zum letzten Mal … Zum letzten Mal …

An einem sonnigen Tag setzte sie ihn ins Auto und fuhr mit ihm aus Hamburg hinaus bis ins Alte Land, wo die Obstbäume zu blühen begannen.

Sie spielte sogar mit dem Gedanken an einen kurzen Aufenthalt auf Sylt, wo er noch einmal die Seeluft genießen könnte, doch dazu kam es nicht mehr.

Wenige Wochen nach Ostern, als ein kühler Wind die Wolken aufriss und der Himmel voller Regenbogen hing, kam Mina in ein stilles Haus zurück. Lotte öffnete ihr die Tür, was sehr ungewöhnlich war, da sie normalerweise in der Küche zu tun hatte.

Mina sah sofort an ihrem ernsten Gesicht, dass etwas vorgefallen war, und wusste Bescheid, noch ehe Lotte etwas gesagt hatte.

»Es tut mir sehr leid, Fräulein Mina, aber …« Sie hielt einen Briefumschlag in Händen, der mit ihrem Namen beschriftet war. »Herr Becker muss ihn schon vor einiger Zeit geschrieben haben. Er lag neben ihm auf dem Nachttisch.«

Mina holte zitternd Luft und rannte die Treppe hoch zu seinem Zimmer.

Edo lag ganz friedlich auf dem Rücken, die Klappe auf dem linken Auge war etwas verrutscht, das rechte Auge beinahe geschlossen. Sein Unterkiefer war ein wenig heruntergefallen, sodass man seine ebenmäßigen Zähne sehen konnte. Es sah aus, als lächelte er.

Auf dem Nachttisch lagen vier leere Ampullen seiner Morphiumtropfen, und daneben stand ein leeres Wasserglas.

»Ach, Edo!«, entfuhr es ihr. Langsam ging sie zu ihm, setzte sich auf den Rand seines Bettes und griff nach seiner Hand, die bereits kalt und steif war. »Warum denn so?«

Erst jetzt fiel ihr der Brief wieder ein, den sie noch immer in der Hand hielt.

Sie riss den Umschlag auf und zog ein zusammengefaltetes Blatt hervor.

Meine Liebste,

bitte vergib mir, dass ich mich davongemacht habe wie ein Dieb in der Nacht, aber ich wollte nicht, dass du noch mehr durchmachen musst. Du hast mich damals als blinden Krüppel aufgenommen und mich gepflegt, das sollst du nicht noch einmal tun müssen. Darum verzeih, dass ich diesen Weg gewählt habe.
Du hast an mich geglaubt, wenn ich es selbst nicht mehr konnte. Du hast mir eine wunderschöne Tochter geschenkt und bist meinem Sohn die beste Mutter gewesen, die man sich vorstellen kann. Du warst mir Gefährtin und Freundin, und ich habe nie begriffen, womit ich deine Liebe verdient haben könnte.
Wie viel mir deine Liebe bedeutet hat, kann ich nicht in Worte fassen. Unendlich wäre noch zu klein und ewig nicht lang genug.
Darum gehe ich jetzt, wo ich es noch aus eigener Kraft kann. Sieh nicht zurück, Mina, sieh nach vorn. Ein ganzes Leben liegt noch vor dir, und ich wünsche dir alles Glück der Welt dafür.

In all meiner Liebe
Für immer dein Edo

Der Zettel mit Edos ungelenker Handschrift entglitt ihren Fingern und fiel auf den Boden, und Mina ließ sich in ihre Trauer fallen.

Sie weinte und weinte, und als sie keine Tränen mehr hatte, stand sie auf und ging durch das totenstille Haus hinunter in die Halle.

Du solltest etwas essen, dachte sie. *Edo würde wollen, dass du vernünftig bist und etwas zu dir nimmst.*

Doch der Gedanke, allein im Esszimmer zu sitzen, verursachte ihr Übelkeit. Sie wandte sich um, öffnete die Tür zum Küchentrakt und ging langsam weiter.

Durch die verschlossene Küchentür hörte sie Stimmen, und jemand lachte leise. Es klang nach Gerdas Stimme.

Sie klopfte an die Tür wie ein Bittsteller und wartete auf das Herein, ehe sie eintrat.

Um den großen Tisch herum saßen die Dienstboten und sahen erstaunt von ihren Tellern hoch. Lotte sprang auf.

»Können wir Ihnen etwas bringen, Fräulein Mina?«, fragte sie.

Mina schüttelte den Kopf. »Es ist so furchtbar still oben, dass es in den Ohren dröhnt«, sagte sie. »Hätten Sie etwas dagegen, wenn ich mit Ihnen esse?«

Ohne eine Antwort zu geben, ging Lotte zum Schrank und nahm einen Teller heraus, während Frieda einen weiteren Stuhl holte und neben den von Frau Kruse stellte.

VIERZEHN

Edo wurde an einem warmen Frühlingstag zur Ruhe gebettet. Ein sanfter Wind wehte, der den Duft von blühenden Bäumen und Salzwasser mit sich brachte, mit Minas Locken spielte und ihre Wange streichelte.

Nur wenige Trauergäste waren anwesend. Außer Frau Kruse, deren Beine in letzter Zeit nicht mehr recht wollten, waren die Dienstboten aus der Villa gekommen, Tilly und Gerda aus dem Kontor, Tillys Eltern und natürlich Heiko. Er ging mit versteinerter Miene neben Mina her, ihren Arm fest in seinem. Seine Nähe gab ihr Halt, als der schlichte Sarg in die Erde gelassen wurde, und er stützte sie, als sie den Blumenstrauß auf den Sargdeckel in der Tiefe fallen ließ.

Natürlich hätte sich Mina gewünscht, die Kinder bei sich zu haben, aber Richard hatte ein Telegramm geschickt, dass er und Ella leider keinen Sonderurlaub erhalten würden. Also hatte Mina Amelie gebeten, ebenfalls lieber in Ostpreußen zu bleiben. Sie schrieb ihr, das würde ihr die Sorge ersparen, Amelie könne auf der Reise etwas zustoßen. In letzter Zeit habe es etliche Luftangriffe auf Bahnstrecken gegeben.

Auch von Agnes und Anton und von ihren Schwiegereltern waren lange Briefe gekommen, in denen sie ihr Mitgefühl aussprachen, aber Mina hatte sich noch nicht aufraffen können, ihnen zu antworten.

Einen Leichenschmaus wie vor dem Krieg gab es nicht. Die wenigen Trauergäste versammelten sich nur zu einer Tasse Kaffee in der Villa, doch eine Unterhaltung wollte nicht aufkommen, egal wie viel Mühe sich Tante Ulla gab, ein Gespräch in Gang zu bringen.

Mina war es recht, sie wollte nichts als allein sein, auch wenn sie sich vor der Stille im Haus fürchtete. Nach und nach brachen die Gäste auf, der Letzte, der ging, war Heiko.

»Alles in Ordnung, Mina?«, fragte er sie an der Eingangstür, zu der sie ihn begleitet hatte.

»Ja, Heiko.« Sie nickte bekräftigend. »Ich komme schon klar.«

Seine blauen Augen musterten sie besorgt. »Wirklich? Ich meine, wenn ich dir irgendwie helfen kann, dann …«

»Nein«, unterbrach Mina ihn. »Ich wüsste nicht, wobei. Diese letzten Monate waren nur schrecklich mühsam, und jetzt bin ich unendlich müde. So müde, dass ich ganz leer bin und gar nichts mehr fühlen kann.« Sie sah hoch, und ihre Blicke trafen sich. »Ich kann nicht einmal mehr weinen.«

Heiko hob die Hand und berührte ihren Arm. »Dann leg dich hin und ruh dich aus, Mina. Nimm dir die Zeit, die du brauchst. Wir sehen uns morgen früh.«

»Morgen früh?«

»Ja, im Kontor. Wie sonst auch.«

»Wie sonst auch …«, murmelte sie. Die Worte ergaben nicht einmal Sinn, wenn sie sie aussprach. Sie klangen wie Fremdworte in ihren Ohren. »Aber es ist nicht mehr wie sonst auch. Nichts ist mehr so, jetzt da Edo nicht mehr da ist.«

Heikos Hand griff nach ihrer und hielt sie fest umfangen. »Doch. Du bist noch dieselbe wie früher. Auch wenn es dir jetzt nicht so vorkommt, du hast dich nicht verändert. Du bist viel stärker, als du glaubst. Edo hat das immer sehr an dir bewundert.« Ein trauriges Lächeln umspielte seine Mundwinkel. »Und ich ebenso.«

»Ich komme mir im Moment überhaupt nicht stark vor.«

»Das wirst du wieder, Mina. Hab etwas Geduld mit dir. Und gib dich vor allem nicht selbst auf. Versprichst du mir das?«

Sie schaute Heiko lange an, dann nickte sie.

Heikos Lächeln wurde breiter. »Also sehen wir uns morgen im Kontor? Wo soll ich denn sonst meinen Kaffee trinken und einen Klönschnack mit jemand Vernünftigem halten?«

»Also gut. Abgemacht.«

»Sehr gut.« Er griff auch nach ihrer zweiten Hand, zog sie etwas näher zu sich und küsste sie auf die Wange. »Bis morgen dann.«

Arbeit half zwar nicht gegen die Leere in Minas Innerem, aber sie lenkte doch ein wenig ab. So freute sie sich nach durchwachten Nächten, in denen sie in das Dunkel ihres Zimmers gestarrt und der Stille gelauscht hatte, wenn ein neuer Morgen anbrach und sie ins Kontor fahren konnte. Sie versuchte, sich auf die gewohnten Abläufe zu konzentrieren, aber sie stellte fest, dass es ihr immer schwerer fiel, ihre Gedanken zu ordnen und auf das zu fokussieren, was gerade vor ihr auf dem Schreibtisch lag. Auch die kleinsten Tätigkeiten kosteten ungeheure Mühe, und irgendeine Aufgabe zu erledigen war ein echter Angang.

Sie war Tilly und Gerda dankbar, die ihr, ohne ein Wort

darüber zu verlieren, die meiste Arbeit abnahmen. Mina ertappte sich dabei, im Sessel am Fenster zu sitzen, den Blick aus dem Fenster des Chefbüros gerichtet, und sich vorzustellen, dass Edo hinter ihr an seinem Schreibtisch saß.

Er fehlte ihr überall. Mina kam es vor, als habe jemand ein Stück aus ihrem Herzen herausgerissen und eine Wunde hinterlassen, die nicht kleiner werden wollte und immer noch blutete.

Reiß dich zusammen, dachte sie manchmal, wenn sie sich selbst für ihre Schwäche zu hassen begann. *Haltung!*

Aber was früher wie eine Zauberformel gewirkt hatte, funktionierte nicht mehr. Aus dem Spiegel starrte sie eine Fremde an. Weil sie keinen Hunger mehr empfand und es vor allem verabscheute, allein am Tisch im leeren Esszimmer ihre Mahlzeiten einzunehmen, hatte sie so viel Gewicht verloren, dass ihre Kleider an ihr herunterhingen und ihre Wangen ganz eingefallen aussahen.

Frieda, die das Essen servierte, fragte immer wieder, ob sie nicht vielleicht doch wieder in der Küche zusammen mit dem Personal essen wollte, aber Mina lehnte ab. Sosehr sie die Einsamkeit verabscheute, so sehr widerstrebte ihr die Gesellschaft von anderen.

Die einzige Ausnahme war Heiko. Auf seine regelmäßigen Besuche freute sie sich, und auch wenn sie nicht viel miteinander sprachen, war da stets ein Gefühl von gegenseitigem Verständnis und einer tröstlichen Vertrautheit.

Heiko hatte ebenso wie sie selbst seinen besten Freund verloren, und er konnte als Einziger ihren Verlust nachempfinden.

Der Frühling ging in den Sommer über, ohne dass Mina sich aus dem Gefängnis ihrer Trauer lösen konnte. Die Welt drehte sich weiter, doch Mina drehte sich nur um sich selbst. Sie war gefangen in einem Kreislauf, in dem jeder Tag in einen genau gleichen zu münden schien, der sie durch einen dichten Nebel aus Erschöpfung und Schmerz von den Menschen um sie herum trennte.

Gegen Ende des Sommers kamen Richard und Ella für zwei Wochen auf Heimaturlaub. Die beiden standen eines Nachmittags zusammen mit Heiko, der sie von der Bahn abgeholt hatte, vor der Tür und umarmten sie stürmisch.

Es war schön, die Kinder wieder im Haus zu haben, und sie freute sich auch ehrlich, sie zu sehen, aber auch sie vermochten nicht, Mina aus ihrer Lethargie herauszureißen.

»Du musst mal wieder aus dem Haus gehen, Mama«, sagte Ella energisch. »Es ist nicht gut, wenn du dich nur hier vergräbst.«

»Ella hat recht!«, stimmte Richard ihr zu. »Wie wär's, wenn du für ein paar Tage nach Sylt fährst? Seeluft ist das beste Mittel gegen Depression. Nimm Onkel Heiko mit. Der könnte auch eine Auszeit gebrauchen.«

Heiko schüttelte nur den Kopf. »Nach Sylt kommt man gar nicht mehr. Die ganze Insel ist jetzt eine einzige Festung: Flakstellung an Flakstellung gegen die Luftangriffe der Tommys und Amerikaner.«

»Nützt es wenigstens was?«, wollte Richard wissen.

Heiko zuckte die Achseln. »Es kommen immer mehr Flugzeuge durch. Allein letzte Woche hatten wir dreimal Fliegeralarm, zum Glück ist nicht viel passiert. Aber wenn man bedenkt, was die Briten mit Lübeck und Rostock gemacht haben … Nachts sind sie gekommen und haben Brandbomben über den Wohngebieten abgeworfen.« Er schüttelte den Kopf. »Schlimm.«

»Meinst du, sie versuchen das auch in Hamburg?«, fragte Ella.

»Gut möglich«, erwiderte Heiko. »Die Stadt ist gut zu finden, Verdunklung hin oder her. Die brauchen nur dem Fluss zu folgen.«

Ella blickte ihrer Mutter besorgt ins Gesicht. »Vielleicht wäre es besser, wenn du auch zu Tante Irma nach Ostpreußen gingest.«

»Und alles hier im Stich lassen? Nein.« Mina seufzte. »Nein, ich laufe nicht weg. Hier bin ich zu Hause, hier ist das Kontor, das mein Großvater und mein Vater aufgebaut haben, hier …« Sie brach ab. »Hier liegt mein Mann begraben«, hatte ihr auf der Zunge gelegen. Sie senkte den Kopf und spürte, wie Ella den Arm um sie legte.

»Ich versteh dich, Mama. Trotzdem wäre es vernünftiger.«

»Lass sie mal, Deern«, hörte Mina Heiko sagen. »Wenn deine Mutter sich was in den Kopf gesetzt hat, dann ist es noch nie jemandem gelungen, ihr das auszureden, selbst ihrem Edo nicht.«

Mina hob den Kopf und sah ihn lächeln. »Hamburger Sturköppe sind wir. Alle zusammen!« Er zwinkerte ihr zu.

»Da hast du wohl recht, Onkel Heiko.« Ella grinste. »Das macht uns so liebenswert.«

Richard seufzte. »Der Klügere gibt eben nach.«

Alle drei lachten, und auch Mina musste lächeln.

»Wo wir gerade beim Thema Ostpreußen waren, habt ihr auf dem Weg bei Tante Irma und Amelie vorbeigeschaut?«, fragte Mina.

Richard nahm sich einen Keks aus der Gebäckschale auf dem Tisch und biss hinein. »Leider keine Zeit«, nuschelte er. »Aber wir waren erst im Juli dort. Allen geht es gut, und Amelie ist braun gebrannt wie ein Mulatte von der vielen Sonne beim Heumachen.«

»Und den Zwillingen, wie geht es denen?«, fragte Heiko beiläufig, doch Mina bemerkte den angespannten Zug um seinen Mund.

»Hanna geht es prima, und Klaus macht sich wirklich. Tante Irma sagte, er kommt inzwischen ganz gut in der Schule zurecht. Sie erzählte davon, dass sie einen Kampf mit den Behörden ausgefochten hat, die feststellen wollten, ob er in eine Anstalt gehört, aber sie hat sich durchgesetzt.«

»In eine Anstalt?«, fragte Heiko sichtbar erschüttert.

»Wegen seiner epileptischen Anfälle.« Richard nickte. »Er ist ausgiebig untersucht worden, und Tante Irma konnte die Ärzte davon überzeugen, dass es ihm gut genug geht, um die Schule zu besuchen.«

»Na, zum Glück.« Heiko seufzte. »In diesen Anstalten …« Er machte eine kurze Pause und rang nach den passenden Worten. »Da wird den Menschen nicht geholfen. Man hört so Dinge … Schreckliche Dinge …«

»Du darfst nicht alles glauben, was geredet wird«, sagte Ella sofort. »Vor allem sollten wir nicht darüber sprechen.«

Richard nickte zustimmend. Er schwieg einen Augenblick, dann räusperte er sich. »Ich bin in jedem Fall ganz froh, dass ich mich für Chirurgie entschieden habe«, sagte er. »Und im Lazarett lerne ich in einer Woche mehr als in zwei Semestern an der Universität.« Stolz schwang in seiner Stimme mit. »Das ist auch der Grund, warum ich in ein anderes Lazarett versetzt werde. Nach dem Urlaub gehe ich in eines an der Front in Russland. Ein Arzt sollte immer dorthin gehen, wo er am dringendsten gebraucht wird.«

Mina sah ihn erschrocken an. »Was? An die Front? Du

weißt genau, dass dein Vater das nicht gewollt hätte.« Mit sorgenvoller Miene blickte sie zu Ella hinüber. »Und du? Du gehst doch nicht etwa mit ihm?«

»Doch, fast das ganze Personal wird verlegt.« Ella lächelte Mina beruhigend zu. »Keine Angst, Mama, wir passen schon auf uns auf.«

»Das haben wir damals im Weltkrieg auch gesagt«, erwiderte Heiko trocken. Er hob seine Linke in die Höhe, an der ihm zwei Finger fehlten. »Hat nicht immer geholfen.«

Der Besuch der Kinder war nur ein kurzes Intermezzo im stetigen Einerlei und der sich ständig wiederholenden Routine, die Minas Leben bestimmte.

Mit Mühe kämpfte sie sich morgens aus dem Bett, frühstückte allein, fuhr zusammen mit Gerda in die Speicherstadt, erledigte die ewig gleichen Aufgaben, fuhr zurück in die Villa, zwang sich dazu, das zu essen, was Lotte gekocht hatte, und ging danach wieder ins Bett. Sie konnte sich nicht dazu durchringen, sich vorher noch in den Salon zu setzen, wo die Stille selbst das Radio zu übertönen schien und es ihr vorkam, als ob die Schatten aus den Zimmerecken krochen.

Lieber legte sie sich in ihr Bett, zog die Bettdecke hoch und versuchte zu schlafen. Obwohl sie das Gefühl hatte, den ganzen Tag über kaum etwas geschafft zu haben, spürte sie eine beständige bleierne Müdigkeit. Wenn sie wenigstens gut schlafen würde, aber davon konnte keine Rede sein. Immer wieder wachte sie aus wirren Albträumen auf und fand dann nicht wieder zur Ruhe. Sie besorgte sich Baldriantropfen, und als das nichts nützte, ließ sie sich vom Arzt ein Schlafmittel verschreiben, das aber den unangenehmen Nebeneffekt hatte, dass sie sich morgens noch wie betäubt fühlte. Außerdem kam es mehrfach vor, dass sie vom Fliegeralarm nicht wach wurde und von Frieda geweckt werden musste, um den provisorischen Schutzraum im Keller der Villa aufzusuchen.

Der einzige Lichtblick in diesen Monaten war Heiko, der jeden Morgen pünktlich um halb zehn ins Kontor kam. Täglich hörten die beiden zusammen die Nachrichten von der BBC, tranken dabei eine Tasse Kaffee und sprachen über die neuesten Entwicklungen.

Das Blatt schien sich zu wenden, und die Siegesgöttin lächelte jetzt den Gegnern zu, nicht mehr Hitlers Wehrmacht. Im Winter war vor Stalingrad die sechste Armee eingekesselt und aufgerieben worden. Der Rest der Wehrmacht zog sich allmählich immer weiter zurück. Und im Gegensatz zum vorigen Weltkrieg fand dieser nun auch innerhalb Deutschlands statt. Immer häufiger kam es zu Luftangriffen von britischen und amerikanischen Flugzeugverbänden, die ihre tödliche Fracht über den Städten und an Industriestandorten abwarfen.

»Hast du was von deinen Kindern gehört?«

Jeden Morgen stellte Heiko dieselbe Frage, und meistens schüttelte Mina den Kopf. Sie bekam nur selten Post von Ella und Richard. Und wenn, dann waren es meist nur kurze Mitteilungen, dass es beiden gut gehe und sie viel Arbeit hatten. Amelie schrieb ebenfalls nicht sehr oft, aber Mina hörte von Irma, dass ihre Jüngste sich offenbar auf dem Gut wohlfühle.

»Und du?«, fragte sie Heiko zurück. »Gibt es was Neues von deinen Jungs?«

Selten genug konnte er berichten, er habe wieder einen Brief von Bernd bekommen, der ihm von ihrem Stützpunkt in Nordfrankreich geschrieben hatte. Doch Anfang des Jahres 1943 hörten diese Briefe auf. Acht Wochen gingen ohne Nachricht ins Land, dann zehn, und schließlich wurde das U-Boot, auf dem Jens und Bernd gedient hatten, als verschollen gemeldet.

»Vielleicht sind sie in Gefangenschaft geraten. Irma hofft, dass sie in Amerika in Sicherheit sind«, sagte Mina tröstend zu Heiko, doch der schüttelte den Kopf.

»Sie macht sich etwas vor«, sagte er. »Das ist nun einmal ihre Art, du kennst sie doch am besten. Immer an das Gute glauben, nie der Realität in die Augen sehen.« Langsam schüttelte er den Kopf. »Nein. Das Boot wird untergegangen sein, irgendwo im Atlantik ist ihr Grab, und wir werden nie in der Lage sein, es zu besuchen. Mit mir wird die Firma *Peters & Consorten* aussterben, dabei wollte Jens schon als kleiner Junge Quartiermeister werden.«

Er rieb sich mit der rechten Hand über die Stirn und sah auf einmal uralt aus.

Mina beobachtete ihn einen Augenblick, dann beugte sie sich vor und griff nach seiner Linken, die auf seinem Knie lag. Er sah hoch zu ihr, und in seinen Augen lag so viel Schmerz, dass Mina glaubte, ihr Herz müsse zerreißen.

»Ach, Heiko …«

»Bitte nicht, Mina«, sagte er heiser. »Es ist so schon schwer genug. Und wenn du mich jetzt noch zu trösten versuchst, weiß ich nicht …« Er brach ab und schwieg.

Mina nahm ihre Hand nicht von seiner herunter, und er zog sie nicht weg. Das Ticken der Messinguhr an der Wand war überlaut zu hören.

Mina musste daran denken, was sie schon alles zusammen erlebt und durchlitten hatten und wie sehr sie Heiko als

Freund schätzte. Er war stets ihr Fels in der Brandung gewesen, jemand, auf den sie sich immer blind verlassen konnte, und sie fühlte sich hilflos bei seiner Verzweiflung.

Allmählich drängte sich ein anschwellendes Heulen an dem Geräusch der Uhr vorbei. Es schien aus weiter Ferne zu kommen und stieg und fiel in der Tonhöhe. Eine zweite Sirene stimmte mit ein, dann eine dritte und vierte.

Heiko hob den Kopf. »Fliegeralarm!«, sagte er und zog seine Hand aus ihrem Griff.

»Tagsüber?«, fragte Mina verwundert.

»Das müssen die Amis sein. Sie greifen mit B17-Bombern an, die fliegen so hoch, dass die Flugabwehr ihnen nichts entgegenzusetzen hat. Wahrscheinlich haben sie es auf die Hafenanlagen oder die Werften abgesehen. Wir müssen in den Keller. Komm schon.«

Heiko sprang auf die Füße und zog Mina hoch. Sie liefen in den Vorraum hinüber, wo sich auch Tilly und Gerda schon bereitmachten, das Kontor zu verlassen. Tilly hatte bereits die Aktentasche in der Hand, in der sich die wichtigsten Unterlagen der Firma befanden.

»Sollen wir auch das Bargeld aus dem Tresor mitnehmen?«, fragte sie Mina.

Mina schüttelte den Kopf. »Der Tresor ist verschlossen. Was soll da passieren?« Sie griff nach ihrem Mantel und warf ihn in aller Eile über. Gerade als sie den anderen dreien auf den Flur hinausfolgen wollte, hörte sie ein jaulendes Pfeifen, dem ein ohrenbetäubender Knall folgte. Durch die Fenster sah sie hinter den gegenüberliegenden Hafenschuppen in einiger Entfernung einen Rauchpilz aufsteigen, dann noch einen und einen dritten. Der Fußboden zitterte, und die Scheiben klirrten in den Fensterrahmen.

Sie riss sich von dem Anblick los und hastete aus dem Kontor. Mit zitternden Fingern kramte sie den Schlüssel aus der Manteltasche und schloss die Tür ab, ehe sie die Treppenstufen in den Keller hinunterstolperte. Der Luftschutzraum war bereits gut gefüllt mit den Angestellten aus der Quartiermeisterei, die über dem Kontor ihre Lagerräume hatte, und den Kaffeemädchen, die ganz oben in der Sortiererei gearbeitet hatten. Mina nickte in die Runde und setzte sich dann neben Heiko auf eine Bank an der Wand. Hier waren die Bombeneinschläge nicht viel lauter als das Donnern bei einem Sommergewitter. Nur dass bei Gewitter nicht die Wände erzitterten.

»Du hattest recht, sie bombardieren die Werften«, sagte Mina leise. Heiko nickte nur.

Auch wenn es für die Hamburger inzwischen schon fast zur Routine geworden war, stundenlang in Luftschutzkellern zuzubringen, war die Anspannung aller immer spürbar und verhinderte, dass viel gesprochen wurde. Von Zeit zu Zeit ging einer der Arbeiter, der als Feuerschutzwart einen Helm und eine Feuerklatsche mit sich trug, die Treppen hinauf, um nachzusehen, ob das Gebäude getroffen worden und es womöglich zu Bränden gekommen war. Jedes Mal, wenn er den Luftschutzraum wieder betrat und den Kopf schüttelte, war ein erleichtertes Seufzen zu hören.

Nachdem sie eine Stunde lang in der drangvollen Enge des Kellerraums zugebracht hatten, hörte Mina den lang gezogenen Sirenenton, der Entwarnung signalisierte. Die Gefahr war vorüber, und jetzt begannen die Menschen im Luftschutzraum miteinander zu reden, und vereinzelt war sogar Gelächter zu hören.

»Scheint ja glimpflich abgegangen zu sein. Für dieses Mal

wenigstens.« Heiko lächelte grimmig. »Ich werde mich jetzt mal auf den Weg zur Quartiermeisterei machen und schauen, ob da auch noch alles steht.«

Mina nickte. »Ja, mach das. Wir sehen uns ja morgen.«

Heiko lächelte ihr zu. Im Halbdunkel der Kellerbeleuchtung sah sie seine Augen aufleuchten.

»Das machen wir, Mina.« Seine linke Hand berührte ihre rechte. »Und vielen Dank noch mal für vorhin. Du weißt schon …«

»Unsinn, Freunde sind eben füreinander da«, sagte sie warm.

»Immer!« Er zwinkerte ihr zu und tippte sich an die Mütze.

Mina blickte seiner breitschultrigen Gestalt hinterher, bis sie zwischen den anderen Menschen verschwunden war.

Als Mina, Tilly und Gerda das Kontor wieder betraten, schlug ihnen kühle Luft entgegen. Eine der Fensterscheiben im Vorraum war geborsten, und der Wind hatte den Brandgeruch von der anderen Elbseite hereingeweht.

»Hoffentlich finden wir irgendwo einen Glaser, der das repariert.« Mina seufzte, als sie durch den Scherbenhaufen zum Fenster hinüberging. »So können wir das doch unmöglich lassen.«

Tilly hatte bereits aus der Probenküche Schaufel und Besen geholt und begann damit, die Scherben aufzufegen.

»Ach was, Glaser«, sagte sie. »Das messe ich gleich aus und lasse meinen Vater ein Stück Holz zusägen, das wir in das Fenster klemmen können. Das zersplittert jedenfalls nicht sofort, wenn es wieder einen Angriff gibt. Papa hat sowieso den ganzen Schuppen voller Holzbretter und freut sich, wenn er sich nützlich machen kann.«

Mina beglückwünschte sich zum hundertsten Mal dafür,

Tilly bei der Bank abgeworben zu haben. Sie war so praktisch veranlagt und fand für jedes Problem eine Lösung.

»Diesmal waren die Einschläge ganz schön nah«, sagte Mina nachdenklich, während sie die Rauchsäulen betrachtete, die noch immer jenseits der Hafenschuppen aufstiegen. »Hoffen wir, dass niemand zu Schaden gekommen ist.«

»Bei der kurzen Vorwarnzeit? Da mach dir mal keine großen Hoffnungen.« Tilly machte ein skeptisches Gesicht. »Aber wir werden die Wahrheit sowieso nicht erfahren.« Sie richtete sich auf und schaute im Vorraumbüro in die Runde. »Stell dir mal vor, hier fliegt eine Brandbombe rein. Das ganze Papier hier drin. Das ist doch der reinste Zunder!«

»Aber wo sollten wir denn hin damit?«, fragte Mina.

Gerda kam mit einem Eimer aus der Probenküche zurück und leerte das mit Scherben gefüllte Kehrblech aus.

»In den Aktenkeller vielleicht?«, schlug sie vor. »Wenn wir da alles zusammenräumen und die nicht mehr benötigten Ordner wegwerfen, können wir dort noch eine ganze Menge unterbringen.«

»Aber wir müssen die Akten doch noch aufheben«, sagte Mina.

Tilly zuckte mit den Achseln. »Wozu?«, fragte sie. »Hast du jemals erlebt, dass sich noch jemand für dreißig Jahre alte Rechnungen interessiert? Wichtiger sind die, die wir jetzt bearbeiten.«

»Das stimmt natürlich«, gab Mina zu. Auch sie ließ ihren Blick über die Regale mit den alten Kontobüchern und Aktenordnern schweifen. »Also meinst du, wir sollten alles nach unten bringen, was wir nicht unmittelbar für die Arbeit brauchen?«

»Und natürlich alles, was wertvoll ist.« Tilly ging mit großen Schritten zur Tür des Chefzimmers hinüber. Hier waren die Scheiben in den Fenstern zum Glück heil geblieben. In der Mitte des Raumes blieb Tilly stehen und drehte sich langsam um ihre eigene Achse. »Die Uhr, die Bilder, die Sessel und der Tisch, dein und Edos Schreibtisch.« Nacheinander deutete sie auf die Gegenstände.

»Dann bleibt hier ja nichts übrig«, sagte Mina. »Das Chefbüro wäre so gut wie leer. Das wäre ja, als würden wir das Kontor aufgeben.«

»Nein, Mina, so darfst du das nicht sehen«, sagte Tilly bestimmt. »Wir geben es nicht auf, wir retten, was wir für unsere Arbeit nach dem Krieg brauchen werden.«

Noch am selben Tag machten die drei Frauen sich an die Arbeit. Es dauerte einige Tage, bis sie die Akten und die kleineren Möbel nach unten gebracht hatten, denn nebenbei ging die normale Arbeit natürlich weiter. Schließlich waren nur noch die Bilder und die beiden Schreibtische in Minas Büro. Heiko kam mit zwei seiner Quartierarbeiter vorbei, die Minas großen Nussbaumschreibtisch und den kleineren von Edo nach unten schleppten.

»Mehr passt beim besten Willen nicht in euren Kellerraum«, sagte er. »Wir haben alles bis hoch zur Decke aufeinandergestapelt und kriegen kaum noch die Tür zu.« Er deutete auf die Bilder der Firmengründer, die noch neben der Tür standen. »Die solltest du lieber mit in die Villa nehmen und dort unterbringen.«

Mina seufzte. »Ja, gut. Ich hoffe mal, dort kommen sie nicht zu Schaden.«

»Warum sollte jemand die Villa mit dem riesigen Garten drumherum bombardieren?« Er sah sie mit einem schiefen Lächeln an. »Die Wahrscheinlichkeit ist hier am Hafen doch viel größer. Oder in Gegenden wie bei mir zu Hause, wo die Bebauung enger ist.«

Mina beugte sich zu einem Karton hinunter, der neben den Gemälden stand, und öffnete den Deckel. »Was machen wir damit? Willst du das mitnehmen?«

Der Karton enthielt das selbst gebastelte Radio, mit dem sie immer die Nachrichten der BBC gehört hatten.

Heiko schüttelte den Kopf. »Besser nicht. Ich könnte zu leicht in Versuchung geraten, es zu benutzen, und ein paar meiner Nachbarn sind sehr neugierig und tratschen sowieso schon über mich.«

»Was gibt es denn über dich zu tratschen?«

»Ich habe öfter Besuch, als ihnen lieb ist.«

Mina zwinkerte ihm grinsend zu. »Etwa Damenbesuch?«

»Auch. Aber seltener.« Er beugte sich hinunter und verschloss den Karton mit dem Radio wieder.

Irgendetwas an seiner ausweichenden Art ließ in Mina eine Alarmglocke schrillen.

»Heiko?«, fragte sie mit gedämpfter Stimme. »Was sind das für Leute? Warum kommen sie zu dir?«

Heiko richtete sich wieder auf und blickte Mina an. Er holte tief Luft und ließ sie langsam wieder entweichen. »Leute, die sich nicht selbst helfen können.«

»Ich verstehe nicht …«

»Gott, Mina …« Wieder seufzte er. »Also gut, ich werde es dir erzählen, aber mach bitte die Tür zu.«

Auch wenn ihr auf der Zunge lag, dass sie Tilly und Gerda bedingungslos vertraute, ging sie zur Bürotür und verschloss sie, ehe sie zu ihm zurückkehrte. »Also?«, flüsterte sie.

»Ich helfe Leuten, unterzutauchen. Hauptsächlich sind es Juden, die deportiert werden sollen und denen die Flucht vor den Transportzügen gelungen ist.« In Heikos Augen brannte ein Feuer, wie sie es seit Jahren nicht mehr gesehen hatte. »Die Züge, die vom Hannoverschen Bahnhof in den Osten fahren … Keiner kommt zurück. Hast du dich nie gefragt, wo all diese Menschen geblieben sind? Man bringt sie um, Mina, ich weiß es genau. Sie werden alle umgebracht: Männer, Frauen und auch die Kinder.«

Mina schüttelte langsam den Kopf. »Das kann nicht sein. Angeblich sollen sie doch in Lager kommen, um zu arbeiten.«

Die Ungeheuerlichkeit dessen, was Heiko da behauptet hatte, ließ Mina erschaudern, und sie suchte nach Worten. »Bist du sicher, dass du da nicht feindlicher Propaganda aufgesessen bist? Ich meine …«

Heiko griff nach ihren Schultern, und seine Finger gruben sich in ihr Fleisch, so hart fasste er sie an. »Mina! Mach dir doch nichts vor! Man bringt sie um! Zu Anfang hat man sie erschossen, aber dann wurden es zu viele, und jetzt nehmen sie Giftgas. Das Zeug, das Edo im Krieg abbekommen hat. Du weißt am besten, was es anrichtet.«

»Das kann nicht sein. Ich glaube das einfach nicht.«

»Das hat mit Glauben nichts mehr zu tun. Ich weiß, dass es wahr ist.« Er sah Mina fest in die Augen. »Und du weißt es auch.«

Auf einmal fiel ihr Frederik wieder ein, wie er damals in Edos kleinem Zimmer über der Garage gesessen hatte und sie gewarnt hatte. Seine Stimme klang ihr noch im Ohr.

»Langfristig ist geplant, eine Endlösung zu schaffen«, hatte er gesagt, und sie hatte damals gar nicht verstanden, was gemeint sein könnte.

»Die Endlösung …«, stieß sie tonlos hervor. Sie biss sich auf die Lippe, um wieder Gefühl darin zu bekommen, und blickte Heiko in die Augen. »Die Endlösung der Judenfrage …«

»Ganz genau das ist damit gemeint«, sagte Heiko grimmig. »Sei froh, dass deine Schwester und ihre Familie noch rechtzeitig aus Deutschland herausgekommen sind, bevor die Deportationen angefangen haben. Aber es gibt immer noch Juden, die auf freiem Fuß sind und sich verstecken, um nicht abtransportiert zu werden.«

»Und denen hilfst du.« Es war keine Frage, sondern eine Feststellung, die Mina aussprach. »Und das ganz allein, ohne es jemandem zu sagen. Vertraust du mir nicht?«

Heiko ließ ihre Schultern los, die er noch immer festgehalten hatte. »Doch natürlich tue ich das. Aber …«

Mina zog fragend die Augenbrauen hoch.

»Ich wollte dich nicht in Gefahr bringen, Mina.« Jetzt wich Heiko Minas Blick aus und schaute zu Boden. »Du hast deine Familie, und die verlässt sich auf dich.«

»Das ist kein Argument, Heiko. Du hast auch Familie, die sich auf dich verlässt.«

»Die brauchen mich nicht mehr. Jens und Bernd sind tot, und die Zwillinge …« Er seufzte. »Die Zwillinge waren immer viel mehr Irmas Kinder als meine. Ob ich noch da bin oder nicht, wen kümmert es?«

Mina beugte sich vor. »Mich kümmert es. Du bist mein bester Freund, Heiko. Wahrscheinlich der beste und treuste, den ich je hatte. Ich wüsste nicht, wie ich die letzten Monate überstanden hätte, wenn du nicht gewesen wärest. Natürlich hätte ich dir dabei geholfen, wenn du mir gesagt hättest, was du tust.« Sie griff nach seinen Händen und hielt sie in ihren fest. »Und wage ja nicht, mir verbieten zu wollen, dir in Zukunft beiseitezustehen.«

Heiko schaute lange auf seine Hände hinunter, die sie umfasst hielt, dann sah er hoch. Die Dankbarkeit und Wärme, die in seinen blauen Augen lag, schnürte Mina die Kehle zu.

»Das vergesse ich dir nie, Mina«, sagte er und drückte ihre Hände.

FÜNFZEHN

Im Juli 1943 starb Frau Kruse, die alte Köchin, die Mina schon als kleines Mädchen verpflegt und ihr immer selbst gebackene Kekse zugesteckt hatte.

Achtundachtzig Jahre alt zu werden und dann nach so kurzer Krankheit im Kreise ihrer Lieben sterben zu dürfen sei eine Gnade, sagte der Pastor in seiner Predigt, und Frau Kruses »Deerns«, wie sie Lotte und Frieda genannt hatte, nickten zustimmend und weinten in ihre Taschentücher. Frau Kruse hatte eine leichte Sommergrippe gehabt, die sich zu einer Lungenentzündung ausgewachsen und sie innerhalb weniger Tage dahingerafft hatte.

Mina sorgte für einen ordentlichen Sarg mit einem Gesteck aus Sommerastern und Gladiolen, das Frau Kruse vor Begeisterung in die Hände hätte klatschen lassen, und saß neben Lotte, Gerda und Frieda in der Bank, als sei sie nicht ihre Herrschaft, sondern gehöre ebenfalls zu den Dienstboten. Es war eine schöne, würdevolle Beerdigung, und Mina war sich sicher, Frau Kruse hätte die Zeremonie sehr gefallen.

Wieder war es etwas leerer in der Villa geworden, und Mina informierte ihre Angestellten darüber, dass sie ihre Mahlzeiten der Einfachheit halber künftig in der Küche zu sich nehmen werde.

Der Juli war ungewöhnlich heiß, und die Luft stand in den Häuserschluchten der Speicherstadt, über der sich ein graublauer Himmel ohne eine einzige Wolke wölbte. Kein Windhauch ging, der das Wasser der Alster kräuselte, die wie ein polierter Spiegel in der Mitte der Stadt lag und in der Sonne glänzte.

Nachts war es kaum erträglicher. Die Mauern der Häuser waren so aufgeheizt, dass sie die Wärme in die Räume abstrahlten, und wegen der Verdunklungsrollos mussten die Fenster geschlossen bleiben, sodass es drinnen stickig war.

Mina schlief unruhig, wachte immer wieder aus seltsamen Träumen auf und warf schließlich ihre durchgeschwitzte Decke von sich. Sie griff nach dem Wecker auf ihrem Nachttisch und schaltete für eine Sekunde das Licht ein. Die phosphoreszierenden Ziffern glühten grünlich durch die Dunkelheit: Es war kurz vor eins. In nicht einmal sechs Stunden würde der Wecker rappeln, und sie musste wieder aufstehen. Mina seufzte und stellte den Wecker zurück an seinen Platz.

Dann hörte sie es, ein lang gezogenes Heulen in der Ferne, das immer näher und näher kam.

»Auch das noch: Fliegeralarm!«, murmelte sie. Sie schaltete die kleine Lampe ein und schlug das dünne Laken zurück, das sie noch über sich gebreitet hatte. Sie reckte sich kurz und stand dann auf, um sich anzuziehen.

Hoffentlich wieder nur Fehlalarm, dachte sie.

Es klopfte an der Tür, und Lottes gedämpfte Stimme war zu hören. »Fräulein Mina? Es gibt Fliegeralarm!«

»Ja, Lotte, ich habe es gehört. Ich zieh mir nur schnell etwas über, und dann komme ich in den Keller runter.«

»Gut. Bis gleich.« Lottes Schritte entfernten sich.

Mina zog sich rasch ein Kleid an und schlüpfte in ihre bequemen Sandalen. Die Kühle im Keller war bestimmt eine angenehme Abwechslung gegenüber der stickigen Hitze in ihrem Schlafzimmer. Sie löschte das Licht und ging zum Fenster, wo sie das Verdunklungsrollo ein Stück zur Seite schob, um hinausblicken zu können.

Das Fenster ihres Schlafzimmers ging nach Süden zum Stadtzentrum hinaus. Noch immer heulten die Sirenen, und sie sah die Lichtschäfte der Suchscheinwerfer, die im Dunst um den Vollmond deutlich sichtbar über den Himmel streiften. Ein dumpfes Dröhnen war zu hören, das allmählich lauter und lauter wurde. Über der Innenstadt flammte Leuchtmunition auf, die aus den angreifenden Flugzeugen abgeworfen wurde. Weihnachtsbäume nannte man diese Raketen, die über den Häusern in der Luft zu schweben schienen und den Bomberpiloten das Ziel anzeigen sollten.

Minas Kehle war wie zugeschnürt, als sie das Schauspiel in einer Mischung aus Faszination und Abscheu betrachtete. Dann war die Luft auf einmal erfüllt von Sirren und Pfeifen, dem dumpfe Explosionen folgten.

Das Dröhnen wurde lauter und lauter, und die Einschläge kamen immer näher, während über der Innenstadt ein rötlicher Schein zu glimmen begann.

Ein lauter Knall ganz in der Nähe riss Mina aus ihrer Erstarrung. Sie ließ das Rollo los, das wieder in seine alte Position vor dem Fenster zurückrutschte, und stolperte erschrocken ein paar Schritte zurück, bis sie gegen den Schrank stieß. Im Dunkeln tastete sie nach dem Türgriff und lief hinaus auf den Flur. Wie von Furien gejagt, hastete sie die Treppe hinunter bis in den Keller, wo sie sich atemlos auf ihren Stuhl fallen ließ.

»Was ist denn mit Ihnen, Fräulein Mina?«, fragte Lotte besorgt. »Sie sind ja ganz durcheinander.«

»Sie setzen die Stadt in Brand!«, keuchte Mina. »Diesmal sind wir dran!«

Dicht aneinandergedrängt saßen die vier Frauen im Keller und lauschten voller Furcht auf das Rollen und Donnern, bis das erste Licht des frühen Morgens durch die schmalen Kellerfenster hereinfiel. Lotte hatte den Arm um ihre Tochter gelegt und hielt Friedas Hand in ihrer.

Mina sah zu den Weinregalen hinüber, von wo gelegentlich ein leises Klirren zu hören war, wenn die Erschütterungen so stark waren, dass die Weinflaschen aneinanderstießen. An dem Regal lehnten die Gemälde aus dem Chefbüro. Die Decke, die darübergebreitet war, war ein Stück heruntergerutscht, und sie starrte in die vorwurfsvollen Augen ihres Vaters und fragte sich, wie er das Kontor durch diese Zeit geführt hätte und ob er wohl zufrieden mit ihr gewesen wäre.

Endlich wurden die Explosionen seltener, hörten schließlich auf, und kurz darauf ertönte der lang gezogene Sirenenton für Entwarnung.

»Ich trau mich gar nicht, nach oben zu gehen«, sagte Lotte, als es wieder still wurde. »Wer weiß, was uns dort erwartet.«

»Ich werde gehen«, sagte Mina entschlossen. »Ich bin gleich wieder da.«

Sie verließ die anderen und stieg die Treppe ins Erdgeschoss hoch. Ihr Herz schlug bis zum Hals aus Sorge, was sie erwarten mochte, doch in der Eingangshalle war alles wie immer. Sie lief von Tür zu Tür und warf einen Blick in die Zimmer. Auch hier hatten die Fenster alle gehalten. Trotzdem nahm sie einen schwachen Brandgeruch wahr, dessen Ursache sie aber nicht feststellen konnte.

Sie warf sich ihren Sommermantel über und öffnete die Eingangstür. Ein beißender Qualmgestank schlug ihr entgegen, und sie musste husten. Woher der ganze Rauch kam, der in der Luft lag, ließ sich nicht ausmachen. Vielleicht, wenn sie von weiter oben Ausschau halten würde, aus einem der Fenster im zweiten Stock oder vom Dachboden aus …

Mina zog den Kragen ihres Mantels vor den Mund, um durch den Stoff zu atmen. Das machte das Luftholen etwas erträglicher. Sie entschloss sich, einmal um das Haus zu gehen, um es auf Schäden zu inspizieren. Auf der Straße waren nur wenige Menschen zu sehen. Die meisten schauten ebenso wie sie nach, ob ihre Häuser das Bombardement unbeschadet überstanden hatten.

Eine Nachbarin winkte, die früher zu Großmutter Hiltruds Teekränzchen gehört hatte, und Mina winkte zurück.

»Alles in Ordnung bei Ihnen?«, rief sie und sah die Nachbarin nicken.

Mina ging weiter. Auch die Garage schien unbeschädigt zu sein, also folgte sie weiter dem gepflasterten Weg, der um das Haus herumführte. An der Hausecke zur Südseite blieb sie wie angewurzelt stehen. Dort, wo Großmutters Rosenbeet gewesen war, klaffte jetzt ein Krater von etwa drei Meter Durchmesser. Vorsichtig machte sie ein paar Schritte darauf zu und spähte über den Rand. Ganz unten, in ungefähr zwei Meter Tiefe, konnte sie noch ein Stück eines zylindrischen Körpers erkennen, der sich in die Erde gebohrt hatte. Mina schluckte.

»Ein Blindgänger!«, stieß sie hervor. Dann lief sie zum Hauseingang und zu den anderen in den Keller zurück.

»Wir haben noch mal Glück gehabt!«, sagte sie und erzählte von der Bombe, die in ihrem Garten lag. »Wäre die explodiert, wäre von dem Haus wohl nicht viel übrig geblieben.«

»Und was sollen wir jetzt machen?«, fragte Frieda mit schreckgeweiteten Augen.

»Gar nichts«, sagte Mina fest. »Solange die Bombe nicht bewegt oder erschüttert wird, passiert nichts, denke ich. Wenn ich nachher im Kontor bin, werde ich bei der Feuerwehr anrufen und fragen, wann das Ding entfernt werden kann.«

»Sie wollen doch wohl nicht zur Arbeit fahren, Fräulein Mina«, rief Gerda. »Nicht an einem Tag wie heute.«

»Doch, natürlich. Niemandem ist damit geholfen, wenn wir uns jetzt verkriechen. Das Leben muss weitergehen.« Mina wunderte sich selbst über die Zuversicht, die sie in ihre Stimme zu legen vermochte. Und das Gefühl war nicht einmal gespielt. Müdigkeit und Schwermut der letzten Monate waren auf einmal von ihr abgefallen, und sie fühlte sich so lebendig wie lange nicht mehr. Seit Edos Tod hatte sie diese Lebendigkeit nicht mehr verspürt. »Aber zuerst will ich herausfinden, wo der ganze Rauch herkommt. Ich werde gleich auf den Dachboden steigen. Kommt jemand von euch mit?«

Lotte nickte sofort. Sie bat Gerda und Frieda, in der Zwischenzeit Frühstück für alle zu machen, und stieg dann zusammen mit Mina die Treppen zum Dachboden hinauf. Von hier aus hatte man durch die vier kleinen Dachfenster einen guten Blick über die umliegenden Häuser und auf die ganze Stadt.

Während Mina ohne Hilfe aus dem Fenster schauen konnte, musste Lotte sich eine Kiste holen, auf die sie kletterte, um sich neben Mina zu stellen.

»Oh, mein Gott, Fräulein Mina …«, hörte Mina die Köchin sagen. »Es brennt überall, sehen Sie nur!«

Mina nickte nur. Über der Innenstadt stand eine undurchdringliche Rauchwolke, die den halben Himmel einzunehmen schien.

»Oh Gott, die armen Menschen, die da wohnen …«, stieß Lotte hervor. »Das Feuer … Ich weiß, wie es sich anfühlt zu verbrennen.« Unwillkürlich griff sie sich an das Kopftuch, das sie wie immer trug, um die Narben zu verdecken, die sie vor Jahren bei der Explosion in einer Munitionsfabrik davongetragen hatte.

Mina legte den Arm um sie und zog sie kurz an sich. »Aber diesmal haben wir Glück gehabt, Lotte«, sagte sie.

Lotte wandte ihr das Gesicht zu und sah sie angsterfüllt an. »Haben wir das wirklich?«

Den Plan, zum Kontor in die Speicherstadt zu fahren, gab Mina auf, als auch nach dem Frühstück die Rauchwolke über der Innenstadt kaum kleiner geworden war. Es wäre im Moment aussichtslos, das Hafengebiet zu erreichen. Selbst auf Umwegen würde sie nicht bis in die Speicherstadt kommen und wäre höchstens noch den Löscharbeiten der Feuerwehr im Weg.

Sie versuchte, Heiko telefonisch in seinem Büro zu erreichen, aber die Leitung war tot. Auch bei ihm zu Hause war er nicht. Das Telefon klingelte zwar, aber niemand hob ab.

Das muss noch nichts heißen, versuchte sie sich zu beruhigen. Bestimmt ist nur die Telefonleitung beschädigt, oder er hilft irgendwo beim Löschen, oder …

Oder ihm ist vielleicht doch etwas passiert, meldete sich eine besorgte Stimme in ihrem Inneren. Energisch schüttelte Mina den Kopf.

Das darfst du nicht einmal denken!, sagte sie sich. Sobald er kann, wird er sich bei dir melden.

Und wenn nicht?, fragte die Stimme hartnäckig.

Dann werde ich ihn suchen, sobald es etwas sicherer ist.

Aber sicherer wurde es nicht. Gegen Mittag gab es erneut Fliegeralarm, und sie rannten wieder die Treppe hinunter in den Keller.

Diesmal waren die Einschläge nicht so nah, die Flaschen im Weinregal klirrten nicht, und das Grummeln der Explosionen war nur undeutlich zu hören.

»Das werden wieder die Amerikaner sein, die den Hafen und die Industriebetriebe bombardieren«, erklärte Mina den anderen.

Gerda nickte. »So wie vor ein paar Wochen«, sagte sie. »Wie es wohl Tilly geht?«

»Wedel ist ein ganzes Stück außerhalb der Stadt. Tilly und ihre Eltern sind bestimmt wohlauf.« Sie legte alle Zuversicht in ihre Worte, die sie aufbringen konnte, und schalt sich innerlich dafür, an die drei noch gar nicht gedacht zu haben.

Kurz nach ein Uhr wurde Entwarnung gegeben, und die vier verließen den Keller wieder. Diesmal hatte es keine weiteren Schäden in der unmittelbaren Umgebung gegeben. Mina holte Vaters Fernglas aus dem Arbeitszimmer und nahm es mit auf den Dachboden, als sie abermals hinaufstieg, um sich ein Bild der Lage zu machen.

Zu den Bränden der Nacht waren noch weitere hinzugekommen – diesmal etwas weiter im Südosten, dort, wo sich der Hafen mit den Werften befand.

»Ob das Kontor wohl noch steht?«, fragte sie Lotte, die sie wiederum begleitet hatte und neben ihr auf der Kiste stand. Die zuckte nur mit den Schultern und bat sie um das Fernglas, um aus dem Fenster nach Westen zu schauen. »In Hoheluft brennt es auch an einigen Stellen«, stellte sie fest. »Da, wo die Hochbahn langläuft.«

Sie machten sich belegte Brote zu Mittag und schleppten dann ein paar Matratzen in den Keller, damit sie sich wenigstens auch einmal hinlegen könnten, falls es wieder Alarm geben sollte. Auf den unbequemen Stühlen wollten sie nicht noch eine Nacht zubringen.

Mina fühlte sich wie zerschlagen und legte sich bereits um sieben Uhr abends schlafen. Um kurz nach Mitternacht schreckte sie hoch, weil Lotte sie an der Schulter rüttelte.

»Fliegeralarm!« Mehr sagte die Köchin nicht.

Erschöpft kämpfte Mina sich hoch, zog sich das Kleid wieder über, das sie am Vortag angehabt hatte, und lief in den Keller hinunter.

So vergingen die folgenden Tage und Nächte, bis Mina und ihre Gefährtinnen jedes Zeitgefühl verloren hatten. Tagsüber flogen die Amerikaner Angriffe auf Hafen und Industrie, und nachts kamen die Briten und setzten ein Wohnviertel nach dem anderen in Brand. Über der Stadt hing eine schwarze Rauchwolke, die bis in den Himmel zu ragen schien und kein Sonnenlicht durchließ. Es wurde gar nicht mehr richtig hell. Und wenn es Nacht wurde, dann glühte Hamburg wie die Esse eines Schmiedes, in die der Blasebalg gehalten wurde.

Die Tage und Nächte begannen zu einem unwirklichen Zyklus von Fliegeralarm und Ausharren im Keller zu verschwimmen, wo sie zusammengedrängt auf den Matratzen lagen und auf das entfernte Donnern und das Klirren der Weinflaschen lauschten, und anschließender Entwarnung, in der sie nach oben ins Haus hasteten, zuerst nach Schäden am Gebäude suchten, manchmal noch eine Kleinigkeit aßen, um danach erschöpft in ihre Betten zu fallen.

Mina war so müde, dass sie sich wie betrunken fühlte und nicht in der Lage war, einen klaren Gedanken zu fassen. Trotzdem musste sie immer wieder an Heiko denken. Wie es ihm wohl ging? Er wohnte viel näher an der Stadtmitte, an der Grenze der Stadtteile Altona und Eimsbüttel, einer Gegend, über der schon seit Tagen permanent eine schwarze Rauchwolke hing.

Die Vorstellung, er könne vielleicht nicht mehr am Leben sein, versuchte sie erst gar nicht zuzulassen, aber es gelang ihr immer weniger, diesen Gedanken zu verdrängen, je länger sie nichts von ihm hörte.

Das Telefon war nach wie vor tot, hinzu kam, dass sie oft über Stunden keinen Strom hatten. Zum Glück stand noch immer der alte Herd in der Küche, und Lotte betonte immer wieder, wie froh sie war, dass Frau Kruse, Gott habe sie selig, sich strikt geweigert hatte, das alte Ding auf den Müll zu werfen. Das Brot war ihnen inzwischen ausgegangen, aber sie hatten noch Kartoffeln im Keller, und so gab es jetzt jeden Tag Pellkartoffeln mit Salz.

»Hoffentlich wird uns das Wasser nicht abgestellt«, sagte Mina. »Da ist zwar noch immer die alte Zisterne, aus der wir das Wasser für den Garten holen, aber das kann man wohl kaum trinken, so wie das stinkt.«

In der vierten oder fünften Nacht der Angriffe waren die Bombeneinschläge wieder aus geringerer Entfernung zu hören. Gerda, die zwischen Mina und Lotte auf der Matratze saß, zitterte am ganzen Körper, das konnte Mina deutlich spüren. Tröstend strich sie ihr über die Schulter und musste unwillkürlich an Ella denken. Wo sie wohl war und ob sie auch schon Bombardements erlebt hatte? Hoffentlich ging es ihr gut. Nicht auszudenken, wenn ihr etwas zustieße.

Als Entwarnung gegeben wurde, ging Mina als Erste nach oben, um ihren üblichen Kontrollgang zu machen. Der Qualm draußen war diesmal so dick, dass sie trotz des feuchten Tuches, das sie sich vor den Mund gebunden hatte, kaum erkennen konnte, ob es noch Nacht oder schon wieder Tag war.

In der hintersten Ecke des Gartens, an der Stelle, wo die Kinder damals den Schneemann gebaut hatten, den Richard Erwin getauft hatte, klaffte ein weiterer Trichter in der Erde. Dichter, schwarzer Rauch quoll daraus hervor, der von gelegentlichen Flammen rötlich erleuchtet wurde. Mina stürzte ins Haus zurück.

»Im Garten ist eine Brandbombe!«, rief sie in den offenen Kellereingang hinunter. »Schnell, wir müssen löschen, ehe das Feuer weiterspringt.«

Ohne auf eine Antwort zu warten, rannte sie wieder hinaus zum Holzverschlag hinter der Garage, in der die Gartengeräte aufbewahrt wurden. Sie wollte rasch eine Schaufel holen. Mechanisch schaltete sie das Licht ein, obwohl hier keine Verdunklung vor den Fenstern angebracht war.

Die Kellerleuchte an der Wand flammte auf, und Mina erstarrte vor Schreck.

In der hintersten Ecke des Verschlages, von der Schubkarre halb verdeckt, kauerten sich zwei junge Frauen zusammen. Eine von ihnen umklammerte einen kleinen Jungen, dem sie mit der Hand den Mund zuhielt, wohl um zu verhindern, dass er ein Geräusch machte. Ihre Augen waren in Panik weit aufgerissen.

»Was zur Hölle …«, entfuhr es Mina.

»Bitte!«, flüsterte die Frau mit dem Kind im Arm. »Bitte verraten Sie uns nicht.« Sie war vielleicht Mitte zwanzig, hohlwangig und abgezehrt, und ihre braunen Augen füllten sich mit Tränen, die ihr über die Wangen rollten und dort helle Spuren in ihrem schmutzigen Gesicht hinterließen. »Wir wollten uns nur einen Moment ausruhen und gehen gleich wieder, aber der Kleine ist furchtbar müde, und ihn immerzu auf dem Arm zu tragen ist so schwer.«

Mina runzelte die Stirn. »Wer sind Sie, und wo kommen Sie her?«, fragte sie scharf.

Die zweite Frau, die etwas älter aussah als die junge Mutter, schien all ihren Mut zusammenzunehmen und kam ein Stück aus ihrem Versteck hervor. »Wir sind ausgebombt worden, meine Schwester und ich. Das Haus ist über uns abgebrannt, und wir sind gerade so mit dem Leben davongekommen. Jetzt wollen wir die Stadt verlassen und irgendwo aufs Land gehen, wo es sicherer ist, weil ...«

Der Schein der Lampe fiel auf die Vorderseite ihres Mantels, und Mina erkannte deutlich die Nahtspuren des Sterns, der dort aufgenäht gewesen war.

»Sie sind Juden!«, rief sie.

Sofort bedeckte die Ältere den Stern mit der Hand und schüttelte energisch den Kopf. »Das ist nicht mein Mantel, ich hab ihn nur gefunden und ...« Sie sprang auf die Füße.

»Ist schon in Ordnung. Haben Sie keine Angst.« Beschwichtigend hob Mina die Hände. »Ich werde Sie nicht an die Behörden ausliefern.« Sie machte einen Schritt auf die beiden Frauen zu und nickte ihnen mit noch immer erhobenen Händen zu. »So was würde ich nie tun. Meine Schwester ist mit einem Juden verheiratet und hat zwei kleine Töchter. Das wäre ja beinahe so, als würde ich sie und ihre Familie ausliefern.«

Die Jüngere schluchzte auf, drückte das Kind an sich und wandte sich dann zu ihrer Schwester. »Hörst du, Evelyn? Das ist wirklich das richtige Haus. Ich hab es dir doch gesagt!«

»Das richtige Haus?«, fragte Mina stirnrunzelnd. »Ich verstehe nicht.«

»Wir sind hergeschickt worden«, sagte die Ältere, die ihre Schwester Evelyn genannt hatte. »Da ist dieser Mann in Altona, der uns helfen wollte, aber …«

»Wie ist der Name dieses Mannes in Altona?«, unterbrach Mina sie aufgeregt.

»Peters. Ich glaube, Heiner Peters.«

»Heiko Peters«, korrigierte Mina. »Heiko hat Sie also hergeschickt.« Die Freude darüber, seinen Namen zu hören, wich einer Welle der Angst, die sie ganz plötzlich durchfuhr. »Geht es ihm gut? Ist er am Leben?«

»Ja, jedenfalls war er es gestern Abend noch. Wir sollten eigentlich für ein paar Tage in seinem Haus unterkommen, aber das Haus gibt es nicht mehr. Es ist bis auf die Grundmauern abgebrannt.« Sie blinzelte gegen ihre aufsteigenden Tränen an und holte tief Luft, ehe sie weitersprach. »Er hat vor der Ruine auf uns gewartet, obwohl da schon Fliegeralarm gegeben worden war. Dann hat er uns hierher geschickt, weil er meinte, wir könnten hier vielleicht Unterschlupf finden. Aber im Dunkeln waren wir nicht sicher, ob es wirklich das richtige Haus ist. Also haben wir uns erst einmal versteckt, um das Tageslicht abzuwarten.«

»Sie sind hier in der Heilwigstraße 17, und mein Name ist Mina Becker. Ich kenne Heiko Peters schon beinahe mein ganzes Leben lang, und wir sind gute Freunde.«

Die junge Frau erhob sich auf die Knie und nahm die Hand vom Mund ihres Kindes, das daraufhin zu weinen begann. Es mochte drei, höchstens vier Jahre alt sein. Ebenso wie bei seiner Mutter war auf seinem Mantel die Stelle zu erkennen, wo der Judenstern entfernt worden war. »Werden Sie uns helfen, Frau Becker?«, fragte sie mit bebender Stimme.

Statt einer Antwort nickte Mina. Sie streckte die Hand aus und half den beiden Frauen auf die Füße zu kommen. »Zuerst bringen wir Sie aber mal woanders unter. In diesem Holzverschlag können Sie unmöglich bleiben«, sagte sie leise.

Sie schaltete das Licht im Schuppen aus, öffnete die Tür einen Spaltbreit und spähte auf den Hof. Niemand war zu sehen.

»Ich bin gleich zurück«, sagte sie den beiden Frauen, dann lief sie über den Hof bis zum Hintereingang, der zum Küchentrakt führte. Von hier aus war der qualmende Bombentrichter deutlich zu erkennen. »Mist, das hätte ich fast vergessen.«

In der Tür zur Küche wäre sie beinahe mit Lotte zusammengestoßen, die sich gerade ihr Kopftuch festband.

»Wo ist denn die Brandbombe runtergekommen?«, wollte sie wissen.

»Ganz hinten im Garten, direkt neben der Trauerweide. Wir haben wieder Glück im Unglück gehabt. Wenn die den Dachstuhl getroffen hätte, stünde das Haus schon in Flammen. Aber steig besser zuerst nach oben auf den Dachboden, und sieh dort nach dem Rechten, dann kümmern wir uns um die Bombe im Garten.«

Lotte warf ihr zwar einen fragenden Blick zu, nickte jedoch und ging zur Tür, die den Küchentrakt mit der Eingangshalle verband. Als sie verschwunden war, betrat Mina die Küche und nahm den Schlüssel zur Kutscherwohnung vom Schlüsselbrett. Eilig lief sie zurück zum Schuppen, wo sie den Frauen bedeutete, ihr leise zu folgen. Sie führte die drei zum Seiteneingang der Garage, wobei sie die Auffahrt im Auge behielt, aus Sorge, jemand könnte sie bemerken. Weit und breit war niemand zu sehen. Rasch schloss sie die Tür auf und deutete zur Treppe.

»Dort oben ist eine kleine Wohnung, in der sie erst einmal unterkommen können. Ich komme nachher wieder und bringe Ihnen etwas zu essen und andere Kleider. Dann werden wir alles Weitere besprechen.«

Evelyn, die ihren Arm stützend um die Schultern ihrer Schwester gelegt hatte, warf Mina einen dankbaren Blick zu. »Herr Peters sagte, man könne sich auf Sie verlassen.« Ihr Versuch zu lächeln misslang. »Vielen Dank für Ihre Hilfe.«

Mina erwiderte das Lächeln. »Noch hab ich doch gar nichts getan!«, erwiderte sie. Sie nickte den beiden Frauen zu, dann ging sie zum Schuppen hinüber und holte die Schaufel, wegen der sie vorhin den Verschlag betreten hatte. Auch einen Spaten nahm sie mit.

So ausgerüstet lief sie um das Haus herum zu der Ecke des Gartens, von der schwarzer Qualm aufstieg. Frieda und Gerda waren bereits mit Eimern bewaffnet vor dem Trichter eingetroffen und debattierten augenscheinlich über die beste Vorgehensweise.

»Nehmt bloß kein Wasser zum Löschen!«, rief Mina schon von weitem. »Das macht alles nur noch schlimmer. Wir müssen das Feuer mit Sand ersticken.«

Sie hatte die beiden erreicht und gab Frieda die Schaufel in die Hand, die diese unschlüssig ansah.

»Aber wir haben doch gar keinen Sand im Garten«, sagte das Dienstmädchen verwirrt.

»Dann nehmen wir eben Blumenerde aus den Beeten.« Mina griff nach dem Eimer, schüttete das darin enthaltene Wasser auf den Rasen und begann, mit dem Spaten Erde aus einem der Rosenbeete hineinzufüllen. Als er voll war, trug sie ihn zu dem qualmenden Trichter hinüber und leerte ihn über den Flammen aus.

»So in etwa«, sagte Mina und reichte den Spaten an Gerda weiter. »Ich hole noch eine weitere Schippe und ein paar Eimer.«

Die Arbeit in dem dichten Qualm, der von der Brandstelle aufstieg, war furchtbar anstrengend, und sie mussten immer wieder pausieren, um wieder zu Atem zu kommen, aber nach einer guten Stunde hatten sie es schließlich doch geschafft, den Brand zu löschen. Aus dem Erdhügel unter der Trauerweide, den sie auf die Brandbombe gehäuft hatten, stiegen nur noch dünne Rauchschwaden auf.

Mina stützte sich mit den Ellenbogen auf den Griff des Spatens und rieb sich die schmerzenden Hände. An mehreren Stellen hatten sich von der ungewohnten Arbeit Blasen gebildet. Sie sah zu dem alten Baum hoch, dessen herabhängende Äste Brandflecken aufwiesen und dessen Blätter verkohlt und von der Hitze verformt waren.

Hoffentlich überlebt der Baum das, dachte Mina. *Er steht schon so lange hier.*

Sie straffte die Schultern und richtete sich auf. »Wir sollten lieber wieder reingehen, falls es wieder Fliegeralarm gibt, möchte ich nicht hier draußen sein«, sagte sie. Sie zog den Spaten aus der Erde und griff nach der Schaufel, die Gerda in der Hand hielt. »Die bringe ich zurück in den Schuppen. Geht ihr ruhig schon rein und fangt mit dem Frühstück an, ich komme gleich nach.«

Ohne eine Antwort abzuwarten, marschierte Mina in Richtung Garage. Sie stellte die Spaten ab und ging dann zur Kutscherwohnung, wo sie an die Tür klopfte und eintrat, als sie ein leises Herein hörte.

Die beiden Frauen saßen nebeneinander auf dem Bett, der kleine Junge schlief im Arm seiner Mutter, die ihn sanft schaukelte.

»Frau Becker.« Evelyn lächelte warm.

»Tut mir leid, Sie zu stören«, sagte Mina und deutete auf das Kind.

»Sie stören nicht«, sagte die junge Mutter. »Konrad ist so erschöpft, er würde wohl überall einschlafen.«

»Konrad. Ein schöner Name«, sagte Mina lächelnd.

»Haben Sie auch Kinder?«, fragte Evelyn.

»Ja, zwei Mädchen, Ella und Amelie, aber die zwei sind schon erwachsen.«

»Sie werden so schnell groß.« Evelyn lächelte zu dem schlafenden Kind hinunter. »Wenn man sie lässt.«

Die Bitterkeit in ihrer Stimme gab Mina einen Stich, und sie spürte ihre Kehle eng werden. Mit Mühe riss sie sich zusammen und sah zu der älteren Schwester hoch. »Ihr Name ist Evelyn?«

»Ja, Evelyn Goldberg. Das hier ist meine Schwester Emma Dreyer. Und Konrad kennen Sie ja schon«, fügte Evelyn mit einem Lächeln hinzu. »Wir sind seit drei Wochen auf der Flucht. Immer von einem Versteck zum anderen. Wir hatten gehofft, Herr Peters könnte uns helfen, außer Landes zu kommen, aber jetzt …« Sie bedeckte mit der Hand die Augen.

»Geben Sie die Hoffnung noch nicht auf, Frau Goldberg. Wenn es einer schaffen kann, dann Heiko Peters.« Sie versuchte, zuversichtlicher zu klingen, als sie sich selbst fühlte.

»Hat er etwas zu Ihnen gesagt, ob er herkommt?«, fragte sie vorsichtig.

»Er hat mir eine Nachricht für Sie mitgegeben«, sagte Emma. Vorsichtig, um den Jungen in ihrem Arm nicht zu wecken, griff sie in ihre Manteltasche und zog ein Stück Papier hervor, das sie Mina reichte. »Ich hatte es in der Aufregung ganz vergessen.«

Es war ein zusammengefalteter Umschlag, der nur Minas Namen trug. Mit zitternden Fingern riss sie ihn auf.

Liebe Mina,

kümmere dich bitte für mich um diese Leute, und verstecke sie, so gut du kannst. Wenn einer das fertigbringt, dann du! Du schaffst alles, was du dir vorgenommen hast. Das war schon immer so, und das habe ich stets an dir bewundert. Ich werde so schnell wie möglich mit den anderen zu dir kommen, doch das ist leichter gesagt als getan. Letzte Nacht hätte uns der Versuch, bis zur Heilwigstraße zu gelangen, fast das Leben gekostet, wir hatten Glück und konnten im letzten Moment noch in einem Luftschutzbunker unterkriechen.
Mach dir bloß keine Sorgen um mich, Mina. Wir zwei sind vom gleichen Schlag. Wir fallen immer auf die Füße und behalten dabei stets den Kopf oben. Das liebe ich so an dir. Wir sehen uns bald. Jedenfalls wenn ich es schaffe, in dieser Hölle am Leben zu bleiben. Aber du weißt, für dich würde ich durch jede Hölle gehen!

Sei umarmt von

Deinem Heiko

Sie las den Brief noch mal und dann sogar ein drittes Mal und wurde trotzdem nicht schlau daraus. Es klang wie eine Liebeserklärung und gleichzeitig auch wie ein Abschiedsbrief.

Verwirrt schüttelte Mina den Kopf und steckte den Brief wieder in den Umschlag zurück, den sie anschließend in ihrer Rocktasche verstaute.

Was, wenn er es nicht schafft, die Hölle zu durchqueren?, fragte die böse Stimme in ihrem Inneren wieder.

Nein, nicht weiterdenken!, befahl sie sich energisch.

»Ich gehe jetzt ins Haus zurück«, sagte sie zu den Frauen. »Gegen Mittag gibt es wahrscheinlich wieder Fliegeralarm, aber die Amerikaner bombardieren normalerweise das Hafengebiet, die Wohngebiete kaum. Ich werde den Dienstboten gleich ihre Anwesenheit hier erklären, und dann kommen sie heute Nacht mit uns in den Keller hinunter.«

»Aber ...« Emma machte ein ängstliches Gesicht. »Ihre Dienstboten ... Kann man sich auf sie verlassen? Ich meine ...«

»Ich kenne sie schon seit einer Ewigkeit und vertraue ihnen blind. Keine Angst, niemand aus diesem Haus wird Sie verraten.« Mina lächelte die jungen Frauen an. »Hier sind Sie sicher, wenn man in Hamburg irgendwo sicher sein kann.«

Als sie aus der Tür der Kutscherwohnung ins Freie trat, stellte sie fest, dass ein leichter Wind aus Norden aufgekommen war, der den Rauch über der Stadt in höhere Luftschichten trieb, sodass es ein wenig heller wurde. Mina schaute über die Auffahrt hinweg zur Straße hinüber, die sonst nur von wenigen Autos und gelegentlich mal einem Fuhrwerk befahren wurde. Jetzt sah sie eine lange Schlange von Menschen hier entlanglaufen. Manche trugen Koffer, einige Frauen schoben Kinderwagen vor sich her, viele zogen schwer beladene Handkarren. Die Menschen verließen die Stadt.

Mina fragte sich, wo all diese Leute nur unterkommen sollten. Was für ein Glück, dass die Villa bislang nicht beschädigt worden war und sie noch ein Dach über dem Kopf hatten. Sie wandte den Kopf nach oben, und für einen Augenblick schimmerte die fahlgraue Sonnenscheibe durch die Rauchschwaden.

Lieber Gott, dachte sie, während sie zum Himmel hinaufschaute. *Lass uns das hier heil überstehen. Beschütze meine Kinder und alle, die ich liebe.*

Der lichte Moment verschwand so schnell, wie er gekommen war. Wieder wurde es dämmrig, und die Luft war zum Schneiden dick vor Rauch. Mina würgte und hustete. Sie hatte sich gerade umgedreht, um hineinzugehen, als wieder das lang gezogene Heulen des Fliegeralarms einsetzte.

»Bitte, lieber Gott, nicht schon wieder«, murmelte sie und zog ihre Strickjacke enger um sich, weil sie trotz der Hitze plötzlich fröstelte.

Das Heulen wurde lauter und lauter, immer mehr Sirenen stimmten in den Warnton ein. Er fing an, in ihren Ohren zu gellen und zu klingeln. Mina rannte los.

»Mina! He, Mina!«, hörte sie auf einmal jemanden über das Gellen der Sirenen hinweg hinter sich rufen. »Nun bleib doch mal stehen!«

Sie keuchte und fuhr herum. »Heiko!«, stieß sie hervor.

Da stand er auf der Auffahrt der Villa, die unvermeidliche Schiffermütze schräg auf dem Kopf, das Gesicht rußverschmiert, sein Hemd und die Hose starrten vor Dreck und hatten zahlreiche angesengte Flecken und Löcher, aber er strahlte über das ganze Gesicht.

Mina brach in Tränen aus und schlug die Hände vors Gesicht. Sie spürte, wie ihre Knie auf einmal weich wurden.

»Mina, Mina, Mina!« Seine Stimme war ganz dicht an ihrem Ohr, und seine Arme hielten sie fest, auch als ihre Beine nachzugeben drohten. »Du wirst doch wohl nicht schlappmachen?«

Sie schüttelte den Kopf, ohne ihre Hände vom Gesicht zu nehmen. Heiko griff nach ihren Handgelenken und zog sie herunter, sodass er sie ansehen konnte.

Seine Augen befanden sich direkt vor ihren. In den Winkeln bildeten sich kleine Fältchen, als er sie in seine Arme zog. »Sind die Goldbergschwestern hier?«, flüsterte er in ihr Ohr. Mina nickte.

»Sehr gut. Mir fällt ein Stein vom Herzen, dass sie es geschafft haben.«

Er gab ihr einen Kuss auf die Wange, ehe er sie auf Armeslänge von sich schob. »Wir sind hergekommen, um dich um Asyl zu bitten, meine Liebe«, rief er und winkte in Richtung der Straße.

»Ich hatte gerade Besuch von meinen beiden Vettern aus dem Rheinland bekommen, die zur Marine eingezogen werden sollen, als die Tommys mir das Haus angezündet haben.« Seine Stimme war so laut, dass auch die Leute auf der Straße und vielleicht sogar die Nachbarn es hören konnten.

»Oh Gott, du bist ausgebombt worden?«

Heiko nickte. »Das Haus ist nur noch ein Haufen Asche. Wir haben nichts retten können, nur das, was wir auf der Haut tragen!«

Drei junge Männer, die Mina alle auf knapp zwanzig schätzte, kamen auf sie zu und blieben sichtlich nervös neben Heiko stehen.

»Darf ich vorstellen? Das sind Fritz Weber, sein Bruder Horst und unser gemeinsamer Vetter Matthias Berger, genannt Matze. Jungs, das ist Frau Becker, ab jetzt ist sie unsere Wirtin.«

Heiko bot Mina den Arm und führte sie im Heulen der Sirenen bis zur Haustür der Villa.

SECHZEHN

Zehn Tage und zehn Nächte dauerten die Luftangriffe der britischen und amerikanischen Flugzeugstaffeln. In den Nachrichten der BBC, die Heiko und Mina heimlich im abgeschlossenen Arbeitszimmer abhörten, wurde von der »Operation Gomorrha« gesprochen. Ein passender Name, wie Heiko grimmig zugab. Feuer und Schwefel, der vom Himmel regnete, nur dass es in diesem Fall Feuer und Phosphor gewesen waren, die die Stadt in Schutt und Asche gelegt hatten.

Wie viele Menschen während dieser zehn Tage ums Leben gekommen waren, darüber gab es nur Vermutungen, die aber weit auseinandergingen. Mal war von zehntausend, mal von fünfzigtausend Toten die Rede, genau würde man es vermutlich nie wissen. Der Feuersturm war durch ganze Stadtteile gefegt, hatte Haus um Haus verbrannt und einstürzen lassen, sodass die Menschen in den Luftschutzkellern darunter erstickt waren, nachdem das Feuer die Luft aufgezehrt hatte. Man hatte Leichen gefunden, die bis zur Unkenntlichkeit verbrannt und zur Größe von Kindern geschrumpft waren. An einigen Stellen war die Hitze so groß gewesen, dass sie sogar Glas geschmolzen hatte. Gut möglich, dass einige Menschen einfach zu Asche verbrannt worden waren.

Darüber stand natürlich nichts in der Zeitung, und es wurden auch keine Bilder der Zerstörung in den Wochenschauen gezeigt. Hier wurde nur vom heroischen Mut der Hamburger berichtet, die durch die Luftangriffe nur noch mehr in ihrem Kampfeswillen gestärkt worden waren.

Auf manche mochte das vielleicht zutreffen, aber in den Augen der Flüchtlinge, die in einem beständigen Strom durch die Straßen zogen, um die Stadt zu verlassen, konnte Mina keinen Kampfeswillen mehr erkennen. Die Gesichter waren von Müdigkeit gezeichnet, ausdruckslos und leer. Es waren Menschen, die nichts mehr zu verlieren hatten und nicht mehr die Kraft aufbrachten, sich gegen das aufzulehnen, was mit ihnen geschah. Wenn die Alliierten gehofft hatten, mit der Bombardierung der Stadt einen Aufstand der Bevölkerung zu entfachen, hatten sie ihr Ziel verfehlt.

Trotzdem ging das Leben weiter. Nur wenige Tage nach den letzten Angriffen wurden die letzten Brände gelöscht, und man begann damit, die Straßen von Trümmern freizuräumen. Lebensmittel und Hilfsgüter gelangten endlich wieder in die zerstörte Stadt, und die ersten Läden öffneten wieder. Lotte war froh, endlich wieder einkaufen zu gehen, auch wenn das, was sie mit den Lebensmittelmarken erhielt, nie für all die Leute im Haus reichen würde, wie sie seufzend feststellte.

Mina hatte Lotte und Frieda mitgeteilt, sie habe ein paar ausgebombte Flüchtlinge aufgenommen, wie es von allen Bürgern erwartet wurde, deren Häuser nicht beschädigt worden waren. Heiko bezog sein Quartier in der Kutscherwohnung, während die anderen in den Gäste- und Kinderzimmern untergebracht wurden.

Ob die beiden Dienstboten die Wahrheit über die Schwestern Goldberg und die drei jungen Männer, die Heiko mitgebracht hatte, erahnten, vermochte Mina nicht zu sagen, aber sie vermutete, dass zumindest Lotte sich ihre Gedanken machte.

»Wie lange bleiben sie denn hier?«, wollte sie wissen, als sie mit Mina zusammensaß, um die Mahlzeiten für die nächste Zeit zu planen. »Ich meine, wenn wir hier lauter Leute ohne Lebensmittelmarken mitverköstigen müssen, wird keiner von uns satt werden.«

»Das weiß ich. Trotzdem müssen wir ihnen helfen.«

»Na ja, sie können sich ja bei den Behörden melden, dann bekommen sie auch neue Lebensmittelmarken, oder?«

Mina legte den Füller aus der Hand und blickte Lotte wortlos an. Das reichte als Antwort.

»Oh!«, sagte Lotte. »So ist das.«

»Ja, so ist das. Wenn sie sich bei den Behörden melden, werden sie abtransportiert.« Mina ließ Lotte nicht aus den Augen. »Du wirst doch nichts verraten, oder? Kann ich mich auf dich verlassen, Lotte?«

Auf dem Gesicht der Köchin erschien ein Lächeln. »Das sollten Sie doch wissen, Fräulein Mina. Ich habe nie vergessen, dass Sie mir damals geholfen haben, und wenn Sie es für richtig halten, dann wird es bestimmt nicht das Falsche sein, den Leuten zu helfen.« Sie nickte zur Bekräftigung ihrer Worte. »Und sollte mich jemand fragen, wer die Leute sind, dann sage ich einfach, das sind Verwandte von mir, die nicht wussten, wo sie hinsollten.«

»Das ist eine gute Idee, Lotte. Aber ich hoffe, in all dem Durcheinander, das in der Stadt herrscht, kommt niemand auf die Idee, zu fragen.«

Ein paar Tage später versuchten Mina und Heiko mit dem Auto in die Speicherstadt zu fahren, um nachzusehen, ob das Kontor und die Quartiermeisterei noch existierten, aber sie wurden noch vor der Innenstadt abgewiesen, weil das Gebiet noch nicht geräumt war. Also entschlossen sie sich, zuerst bei Tilly und Tante Ulla vorbeizuschauen, von denen sie seit Beginn der Bombardierungen nichts mehr gehört hatten.

Sie brauchten fast drei Stunden, bis sie nach Wedel kamen, weil sie immer wieder Umwege fahren mussten, doch zu Minas Erleichterung hielten sich die Schäden in der Straße, in der Tilly mit ihren Eltern wohnte, in Grenzen. Die drei freuten sich sehr, dass Mina wohlauf war, und luden sie und Heiko auf eine Tasse Tee ein.

»Kein Kuchen, kein Kaffee«, sagte Tante Ulla mit traurigem Kopfschütteln. »Es ist wirklich ein Jammer, dass wir euch nichts anbieten können. Was sind das bloß für Zeiten, in denen wir leben.«

»Die Hauptsache ist doch, dass wir alle am Leben sind«, sagte Tilly. »Hast du etwas von Christoph Klemm gehört?«

»Nein, kein Wort«, sagte Mina. »Aber unser Telefon ist tot, deshalb sind wir ja auch hier vorbeigekommen, um nach euch zu sehen. Was ist denn mit Herrn Klemm?«

»Die Bank ist getroffen worden, und angeblich soll er noch drin gewesen sein, als sie abgebrannt ist.«

»Oh, Tilly, das tut mir leid. Ihr wart gute Freunde, nicht wahr?«

Tilly nickte. »Sehr gute. Wenn es nach ihm gegangen wäre, wäre wohl mehr daraus geworden. Vermutlich war er die letzte Gelegenheit für mich, einen Ehemann abzubekommen.« Sie versuchte ein Lächeln, aber es misslang. »Ich kann mir gar nicht vorstellen, ihn nie wiederzusehen.«

Mina griff nach ihrer Hand und drückte sie. »Vielleicht ist

er ja noch rechtzeitig rausgekommen, und dann steht er eines Tages wieder vor dir mit diesem schiefen Grinsen im Gesicht. Er ist doch einer von denen, die immer auf die Füße fallen.«

»Mag sein.« Tilly hob hilflos die Schultern. »Aber ich will mich nicht an falsche Hoffnungen klammern. Das ist nicht meine Art. Lieber realistisch bleiben und nach vorn sehen. Das habe ich mir bei dir abgeguckt, Mina.«

Mina nickte. »Ja. Zurückschauen und darüber jammern, was wir verloren haben, wird uns nicht aus diesem Schlamassel herausbringen. Also blicken wir nach vorn und machen uns wieder an die Arbeit.« Sie deutete auf Heiko. »Wir wollten heute in der Speicherstadt nach dem Rechten sehen, aber wir sind nicht durchgekommen.«

»Mit dem Auto ist da auch noch eine ganze Weile kein Durchkommen, fürchte ich«, erwiderte Tilly. »Der alte Schlüter … Du weißt doch, der beim Zoll am Kehrwieder arbeitet, wohnt hier in Wedel. Der hat mir erzählt, er sei schon im Hafen gewesen. Sieht schlimm aus, sagt er, aber …« Sie lächelte Mina zu. »Das Kontor von *Kopmann & Deharde* steht noch. Über dem Haus hat wohl ein Schutzengel gewacht. Die meisten anderen Speicher am Sandtorkai sind entweder weg oder schwer beschädigt.«

»Und die Quartiermeisterei Peters?«, fragte Heiko. »Hat er was darüber gesagt?«

»Leider nicht«, sagte Tilly bedauernd. »Da müssen wir wohl selbst nachsehen. Von der Absperrung an der Alster bis in die Speicherstadt ist es zwar ein ziemlicher Fußmarsch, aber wir haben ja alle Zeit der Welt. Bis in Hamburg wieder Schiffe einlaufen, die Kaffee bringen, werden wohl noch Jahre ins Land gehen.«

Das Haus am Sandtorkai 36 stand wirklich noch, aber von unbeschädigt konnte wohl kaum die Rede sein, dachte Mina, als sie ein paar Tage später zusammen mit Tilly vor dem Gebäude stand. Gerda war in der Villa geblieben, und Heiko hatte sich eben von ihnen verabschiedet, um zur Quartiermeisterei weiterzugehen.

Alle Fensterscheiben im Haus waren zu Bruch gegangen, und der Bürgersteig vor der Treppe war mit Scherben und Steinsplittern übersät.

»Das sieht nach reichlich Arbeit aus«, sagte Tilly düster. Sie schob mit dem Fuß ein paar Scherben beiseite und stieg die Treppe hinauf. Mina folgte ihr.

Im Kontor herrschte ein heilloses Durcheinander. Auch hier waren alle Scheiben geborsten und ins Büro gedrückt worden. Auf den Schreibtischen lag eine dicke Staub- und Schmutzschicht, und der ganze Fußboden war mit Papier bedeckt, das von den Schreibtischen geweht worden war.

»Ach du meine Güte …«, knurrte Tilly. »Das wird eine Weile dauern, bis wir hier wieder klar Schiff gemacht haben.«

Mina nickte nur und öffnete zögernd die Tür zum Chefbüro. Auch hier lagen Scherben auf dem Boden, aber da sie das Zimmer bis auf den Tresor leer geräumt hatten, wirkte es nicht so chaotisch wie der Vorraum.

»Also dann, gehen wir an die Arbeit, Tilly«, sagte sie und rieb sich die Hände.

Als Heiko eine halbe Stunde später zu ihnen stieß, hatte er wenig Erfreuliches zu berichten. Das Büro der Quartiermeisterei sähe ähnlich aus wie das von *Kopmann & Deharde*, erzählte er, aber das Lager sei stark getroffen worden. Ein Blockbrecher habe das Dach weggesprengt und schweren Schaden in den oberen zwei Stockwerken angerichtet. Zum

Glück seien keine Brandbomben hinterhergefallen, sonst wäre wohl das ganze Gebäude samt aller Güter verloren gewesen.

»So aber kann ich stolz berichten …« Ein zufriedenes Grinsen überzog sein Gesicht. »Alles, was von deinem Kaffee noch bei mir lagert, ist in gutem Zustand. Wir müssen ihn nur irgendwo unterbringen, wo es trocken ist.«

Einige Tage später bat Heiko Mina, Tilly und Gerda, ihm dabei zu helfen, Segeltuch über die aufgestapelten Kaffeesäcke zu spannen, um ihn so vor Regen zu schützen.

»Ich hab das Tuch von einem der Schiffsausstatter am Brook bekommen, der dafür drei Säcke Kaffee haben möchte. Ich hoffe, das ist für dich in Ordnung«, sagte er zu Mina gewandt.

»Natürlich«, antwortete sie, dabei zog sie eine der langen Bahnen auseinander und reichte ein Ende an Gerda weiter. »Ich frage mich nur, warum er den Stoff nicht selbst behalten hat.«

»Was soll er noch damit? Die vier Ballen waren das Einzige, das er noch aus seinem Lager herausholen konnte, bevor das Haus eingestürzt ist. Den Kaffee kann er wenigstens zum Handeln benutzen. Den Stoff will derzeit niemand haben.«

»Uns kommt er sehr gelegen«, fügte Tilly hinzu und deutete zur Decke hinauf, in der durch ein Loch der blaue Sommerhimmel zu sehen war. »Wenn wir es schaffen, ihn dort oben über die Balken zu spannen, dann …« Sie hielt inne und drehte den Kopf in Richtung der Lagertür. »Da kommt jemand.«

Im gleichen Moment wurde die Tür aufgerissen, und vier Männer in schwarzen Uniformen stürmten herein.

»Was tun Sie da?«, schnauzte der größte von ihnen, der anhand seiner Abzeichen als Anführer zu erkennen war. »Hören Sie sofort auf damit! Das ganze Lager ist beschlagnahmt für die Armee.« Er deutete mit ausgestrecktem Zeigefinger in Richtung der aufgestapelten Säcke.

»Moment mal!«, rief Heiko. »Das ist doch …«

Mina, die neben ihm stand, griff nach seinem Arm, und zu ihrer Erleichterung verstummte er sofort.

»Wollten Sie etwas sagen?«, fragte der SS-Offizier mit hochgezogener Augenbraue. »Was tun Sie überhaupt hier?«

»Ich bin der zuständige Quartiermeister für dieses Lager. Heiko Peters ist mein Name.«

Der SS-Mann neben dem Offizier hob das Klemmbrett, das er in der Hand hielt, an und blätterte ein paar Papiere durch. Dann nickte er.

»Also gut«, sagte der Offizier. »Und wer sind Sie?« Der Ausdruck in den eisblauen Augen jagte Mina einen Schauer über den Rücken, doch sie straffte die Schultern und wich seinem Blick nicht aus.

»Mein Name ist Wilhelmina Becker, ich bin die Chefin von *Kopmann & Deharde*. Vielleicht haben Sie schon von unserem Kontor gehört. Wir handeln mit Rohkaffee. Herr Peters hat mich und meine Büromädchen gebeten, ihm zu helfen, das Lager zu sichern.«

»Wir brauchen den Lagerplatz.« Der Offizier trat näher an die Säcke und schaute zur Decke hinauf. »Das Loch da muss geflickt werden, dann ist das Lager perfekt für uns geeignet. Hier kriegen wir alles untergebracht. Aber zuerst mal müssen diese Säcke weg. Was ist dadrin?«

»Rohkaffee«, sagte Mina, ohne nachzudenken. Sie sah, wie der Offizier abermals die Augenbrauen hob.

»Ganz wertloses Zeug«, beeilte sich Heiko zu versichern. »Darum ist er auch noch hier. Das sind Rustika-Bohnen, wie wir sie zum Verschneiden benutzen. Kann man pur gar nicht durch den Hals bekommen, so bitter sind die. Dieser Kaffee hier ist zudem voller Faulbohnen. Ein widerliches Zeug. Stinkt wie die Pest, wenn man es zu rösten versucht. Eigentlich sollte er an den Betrüger zurückgehen, der ihn uns angedreht hat, aber dann kam der Krieg, und jetzt gibt es wahrlich Wichtigeres als diese gammeligen Kaffeebohnen.«

Mina staunte innerlich darüber, mit welcher Leichtigkeit Heiko den ungebetenen Gästen diese faustdicke Lüge auftischte.

Der Offizier und seine Begleiter lachten zustimmend.

»Wir können die Säcke sofort wegschaffen lassen, wenn Sie das wünschen«, schlug Heiko vor. »Ich kenne ein paar Ewerschiffer, die sicher beim Abtransport behilflich sind. Zumal wenn es im Auftrag der SS ist. Allerdings brauchen wir ein paar kräftige Männer, die beim Verladen helfen. Meine Quartiermänner sind alle an der Front, und ich selbst bin kriegsversehrt.« Er hielt seine verstümmelte linke Hand in die Höhe. »Also, wenn Sie mir zehn oder zwölf Mann zur Verfügung stellen, haben wir die Lagerfläche bis heute Abend leer gemacht.«

»Und wohin bringen Sie die Säcke?«

Heiko machte ein verblüfftes Gesicht. »Auf den Müll natürlich, wo sie hingehören. Wohin denn sonst?« Er runzelte die Stirn. »Hören Sie, ich bin von Anfang an Mitglied der Bewegung, glauben Sie etwa, ich würde irgendwie Schindluder damit betreiben? Das ist Parteieigentum.«

Der Offizier sah ihn einen Augenblick lang prüfend an,

dann nickte er. »Also gut, dann kümmern Sie sich darum, dass der Mist bis heute Abend hier weggeschafft wird.« Er wandte sich an seine Begleiter. »Sie bleiben hier und helfen ihm. Ich werde noch zusätzliche Männer schicken.«

Er drehte sich um und verließ den Lagerraum. Seine Begleiter blickten sich fragend an.

»Dann sorge ich mal besser schnell für die Ewerschiffe, damit wir bis heute Abend fertig werden«, sagte Heiko und trat gegen einen der Säcke. »Könnte ich vielleicht das Telefon bei euch im Kontor benutzen?«, fragte er Mina und die beiden Frauen.

»Natürlich«, sagte Mina sofort. »Komm am besten gleich mit.« Mit einer Kopfbewegung gab sie Tilly und Gerda zu verstehen, dass es an der Zeit war aufzubrechen, und ging dann an den beiden SS-Männern vorbei zur Tür. Heiko und die beiden Frauen folgten ihr. Im Treppenhaus legte er den Finger an die Lippen und formte lautlos das Wort ›später‹ mit dem Mund, dann eilte er hinter Mina die Treppen hinunter.

Erst nachdem sie das Kontor erreicht hatten und die Tür hinter ihnen abgeschlossen war, brach Heiko in hysterisches Lachen aus. »Das wird uns niemand je glauben!«, keuchte er. »Wir stehlen vierhundert Sack besten Kaffees aus der Speicherstadt, und die SS hilft uns, das Zeug abzutransportieren.« Er wischte sich eine Träne aus dem Augenwinkel. »Es ist einfach nicht zu fassen.«

»Erst mal muss es klappen«, sagte Mina angespannt. »Was ist mit den Ewerbooten?«

Heiko winkte ab. »Kein Problem. Ich habe da zwei Schiffer im Auge, die zuverlässig sind und uns sicher helfen, wenn wir ihnen ein paar Säcke Kaffee abgeben.«

»Und wo willst du mit dem ganzen Kaffee hin?«, fragte Tilly stirnrunzelnd. »Es sind vierhundert Säcke. Wo willst du die verstecken?«

»Das lass mal meine Sorge sein«, sagte Heiko leichthin und warf einen Blick auf seine Armbanduhr. »Ich muss mich jetzt auf den Weg machen. So eine heikle Angelegenheit will ich lieber nicht am Telefon besprechen. Wie alles ausgegangen ist, erzähle ich euch heute Abend, wenn ich nach Hause komme.«

»*Wenn* du wieder nach Hause kommst«, sagte Mina düster.

»Wo ist dein Optimismus geblieben, Mina?«, fragte er und zwinkerte ihr zu. »Wird schon schiefgehen!«

»Genau das befürchte ich ja eben.« Mina schnaubte durch die Nase. »Und was mache ich dann?«

»Du schließt hier alles ab, und ihr macht euch auf den Heimweg. Dann seid ihr nicht in die Sache verwickelt.« Er tippte sich an die Mütze und wollte an Mina vorbei zur Kontortür gehen, doch sie hielt ihn am Ärmel zurück.

Sein Gesicht war ganz dicht vor ihrem, und sie sah das abenteuerlustige Glitzern in seinen Augen. »Sei vorsichtig«, sagte sie leise. Dann küsste sie ihn aus einem plötzlichen Impuls heraus auf die Wange. »Viel Glück!«

»Danke! Bis heute Abend!«, sagte er, dann war er verschwunden.

Mina wollte mit dem Abendessen warten, bis er zurückgekehrt war, aber es wurde immer später, und schließlich setzte sie sich mit den anderen zusammen an den Küchentisch und versuchte trotz der Aufregung eine Scheibe Brot hinunterzuwürgen. Es ging nicht, ihre Kehle war wie zugeschnürt.

Nach dem Essen schloss sie sich in ihrem Arbeitszimmer

ein und holte das selbst gebaute Radio aus dem Schrank. Sie hörte den Nachrichten zu, die vom Rückzug der Wehrmacht in Russland berichteten, und dachte voller Kummer an Richard und Ella, von denen sie seit Wochen keine Post mehr bekommen hatte.

Es klopfte, und mechanisch rief sie »Herein!«.

»Es ist abgeschlossen«, hörte sie Heikos Stimme hinter der Tür.

Die Erleichterung, die sie fühlte, war so groß, dass ihr fast die Tränen kamen. Eilig lief sie zur Tür, drehte den Schlüssel um und riss die Tür auf. Für einen Sekundenbruchteil standen sie wie angewurzelt voreinander, dann schlang Mina die Arme um Heiko und hielt sich an ihm fest wie eine Ertrinkende.

»Ich dachte schon …«, begann sie und konnte ein Aufschluchzen nicht verhindern.

»Aber Mina … Unkraut vergeht nicht, das weißt du doch!«, sagte er leise und hielt sie ganz fest. Seine Hand strich beruhigend über ihren Rücken.

Da war es wieder, dieses wunderbare Gefühl, jemanden zu haben, auf den sie sich vollkommen verlassen konnte, jemanden, der immer für sie da war und alles für sie tun würde. Am liebsten hätte sie ihn nie wieder losgelassen. Aber dann schob er sie ein Stück von sich weg, griff nach ihren Händen und drückte sie.

»Herzlichen Glückwunsch«, sagte er und grinste sie an. »Du besitzt dreihundertfünfzig Sack besten Arabica, mit dem du dein Geschäft wieder aufmachen kannst, sobald dieser verdammte Krieg endlich vorüber ist.«

»Wie … Ich meine, wo …«, stammelte sie kopfschüttelnd.

»Gut versteckt auf der anderen Elbseite. Da liegt er hoch und trocken und wartet darauf, geröstet und verkauft zu werden.«

Mina wusste nicht, ob sie lachen oder weinen sollte. »Kaffeehändler rösten nicht, und Röster handeln nicht«, sagte sie mechanisch.

»Das galt vielleicht damals, als dein Vater das Kontor geleitet hat, aber wenn dieser ganze Irrsinn vorbei ist, wird nichts mehr so sein wie früher, glaub mir!«, sagte er. »Außer vielleicht, dass die Leute immer noch Kaffee trinken wollen.«

Die Zeit verging, ob nun Krieg war oder nicht. Aus Sommer wurde Herbst und schließlich Winter. Stürme zogen übers Land, es regnete, es schneite und fror. Dann wurden die Tage wieder länger, und in der Luft lag die erste Wärme des Frühlings.

Der Krieg ging unvermindert weiter. Staffeln von britischen und amerikanischen Bombern ließen ihre tödliche Fracht über die deutschen Städte niederregnen, und obwohl in Hamburg bereits ganze Stadtviertel zerstört und unbewohnbar waren, blieb auch die Hansestadt nicht von weiteren Angriffen verschont, wenn sie auch nicht mehr mit dem Feuersturm letzten Sommer vergleichbar waren.

Für die deutsche Armee schien sich das Blatt endgültig gewendet zu haben. In Russland war die Wehrmacht auf breiter Front auf dem Rückzug, und Richard schrieb, für ihn und Ella sei derzeit an Heimaturlaub nicht zu denken. Das Lazarett sei in den vergangenen Wochen immer wieder verlegt worden und inzwischen seien sie in Königsberg eingetroffen.

»Die Schlinge zieht sich zu«, sagte Heiko grimmig. »Und

wenn die Amerikaner erst mal Bodentruppen schicken, wird Hitler hoffentlich die Waffen strecken, und dann ist der ganze Spuk vorbei.«

»Glaubst du daran, dass er kapituliert?«, fragte Mina zurück.

»Ich hoffe es«, war seine achselzuckende Antwort. »Und bekanntlich stirbt die Hoffnung zuletzt.«

Die drei jungen Männer, die Heiko nach dem Feuersturm mit ins Haus gebracht hatte, waren nach einigen Tagen weitergezogen. Heiko hatte ihnen dazu geraten, immer nur kurz in einer Unterkunft zu bleiben, bis sie jemanden fanden, der ihnen gefälschte Papiere besorgen konnte.

Mina hatte sie mit neuer Kleidung, ein paar Lebensmitteln und etwas Geld versorgt und sie nur widerwillig ziehen lassen.

»Wenn ihr könnt, meldet euch mal bei uns«, hatte sie zu ihnen gesagt. Alle drei hatten es versprochen, doch bislang war keine Nachricht von ihnen gekommen. Heiko meinte, das sei eher ein gutes Zeichen. Denn wenn sie geschnappt worden wären, hätte bestimmt schon längst die Gestapo vor der Tür der Villa gestanden.

Manchmal kamen spätabends einzelne junge Männer zu Heiko in die Kutscherwohnung, die aber meist nach ein oder zwei Tagen weiterzogen. Als Mina Heiko darauf ansprach, erwiderte er nur, sie habe ihm Edos alte Wohnung doch überlassen und was er dort mache, gehe sie nichts an.

Die Goldbergschwestern waren noch immer in der Villa untergebracht und machten sich im Haushalt nützlich. Besonders Emma hatte sich mit Lotte angefreundet und half ihr, wo sie nur konnte, bei der Arbeit. Die beiden hatten im Frühling neben dem Bombentrichter, in dem noch immer der

Blindgänger lag, ein großes Gemüsebeet für Kartoffeln angelegt, das Emma liebevoll harkte und jätete.

Lotte hatte der Köchin der Nachbarn auf Nachfrage erzählt, die Schwestern seien ihre Cousinen, die in Berlin ausgebombt worden waren, und diese hatte die Information in der ganzen Nachbarschaft weiterverbreitet. Da Lotte als zuverlässige Nachrichtenquelle galt, wurde die Geschichte offenbar nicht in Zweifel gezogen. Es waren inzwischen so viele Ausgebombte auf der Suche nach Obdach unterwegs, dass niemand sie infrage stellte oder gar nachprüfte.

Es hat doch auch etwas Gutes, zur Hamburger Kaufmannschaft und damit zur Elite der Stadt zu gehören und auf diese Weise über jeden Zweifel erhaben zu sein, dachte Mina bitter. Im Kontor war sie nur noch gelegentlich, um nach dem Rechten zu sehen, Arbeit gab es für sie dort keine mehr.

Im Juni geschah das, was Heiko prophezeit hatte: Die Amerikaner und Briten landeten mit Bodentruppen in Nordfrankreich, und die Schlinge um Deutschland zog sich immer enger. Doch Hitler dachte gar nicht daran, zu kapitulieren. Immer jüngere Jahrgänge wurden zur Wehrmacht eingezogen, und die Älteren sollten sich zur Volksfront melden. Sogar Heiko mit seiner zerschossenen linken Hand erhielt eine Einberufung.

»Wehr dich dagegen!«, sagte Mina zu ihm. »Sie können doch keine Invaliden von fünfzig Jahren an die Front schicken. Das ist doch Wahnsinn!«

»Es geht nicht an die Front, es geht darum, im ›heldenhaften Straßenkampf die Heimat zu verteidigen‹«, erwiderte Heiko mit beißendem Sarkasmus. »Verheizt werden sollen wir alle. Die Hitlerjungens genauso wie die alten Männer.«

Trotzdem ging er zu den Treffen des Volkssturms, lernte, wie man Panzerfäuste abschoss und mit einem Maschinengewehr feuerte, und sagte hinterher: »Was bringt uns das, wenn wir weder Panzerfäuste noch Maschinengewehre bekommen werden?«

Im Herbst dieses Jahres hörten sie immer wieder lange Berichte über die Gräueltaten sowjetischer Soldaten an der Zivilbevölkerung der Gebiete, die sie erobert hatten. Von Morden war die Rede und vor allem davon, dass sie die Frauen schändeten, wo immer ihnen eine begegnete.

Mina schrieb einen langen Brief an Irma, in dem sie sie anflehte, das Gut zu verlassen, bevor es zu spät sei.

Ich mache mir große Sorgen um euch alle. Du weißt, du und die Kinder, ihr seid bei uns immer willkommen!, schloss sie.

Und Amelie bat sie inständig, Tante Irma zu überreden, nach Hamburg aufzubrechen, solange die Front noch weit weg war.

Irmas Antwort war deutlich:

Du stellst dir das so leicht vor, Mina, aber so einfach ist es nicht. Die Leute hier, die sind wie meine Familie, und die kann und will ich nicht im Stich lassen. Ich bin für ihr Wohlergehen verantwortlich. Du mit deiner Hamburger Kaufmannsehre müsstest das doch am ehesten verstehen.

Auch Amelie schrieb zurück.

Tante Irma ist stur, du kennst sie ja. Sie will auf gar keinen Fall weg von hier, und schon gar nicht jetzt, wo der Winter vor der Tür steht. Ich habe schon mit Engelszungen auf sie eingeredet, und Ella ist ihr gegenüber sogar richtig laut geworden. Sie und Richard arbeiten jetzt in Danzig im Lazarett und haben uns vor ein paar Tagen besucht. Ich soll herzlich grüßen.

»Ich sollte hinfahren, um mit ihr zu reden«, sagte Mina zu Heiko, als sie in Minas Arbeitszimmer saßen, wo sie wie jeden Abend die Feindnachrichten gehört hatten.

»Du bist verrückt«, war seine Antwort. »Du würdest gar nicht bis zum Gut kommen, da ist alles voller Militär. Und selbst wenn, du könntest Irma ohnehin nicht umstimmen.«

»Aber ich könnte Amelie abholen. Bei allem, was man von der Ostfront hört …«

»Wie viel davon ist wahr, was glaubst du?« Er sah ihr prüfend in die Augen. »Und wie viel ist Propaganda, um den Leuten Angst zu machen und sie so zum Durchhalten zu bringen?«

»Es geht um meine Tochter!«, rief sie aufgebracht. »Verstehst du nicht, dass ich Angst um sie habe?«

»Das weiß ich, Mina. Aber hier in Hamburg ist Amelie auch nicht in Sicherheit. Das ist sie nirgends.«

Mina blinzelte gegen die aufsteigenden Tränen an. »Aber was soll ich denn tun?«, fragte sie heiser.

Heiko seufzte. »Ich wünschte, ich könnte dir eine gute Antwort darauf geben«, sagte er.

Er erhob sich aus seinem Sessel, kam um den Schreibtisch herum und setzte sich auf die Platte, dann griff er nach ihrer Hand und hielt sie fest. »Schreib Ella«, schlug er vor. »Sag ihr, wenn die Front näher kommt und das Lazarett wieder verlegt wird, soll sie noch mal zum Gut fahren und Irma und die Kinder mitnehmen, ob Irma nun einverstanden ist oder nicht.«

Ein schmales Lächeln umspielte seine Lippen. »Ella ist genau wie du. Sie hat einen eisernen Willen. Wenn jemand es schafft, Irma umzustimmen, dann sie.«

Er zog ihre Hand an seine Lippen und küsste sie.

Ellas knapper Antwortbrief war beinahe vier Wochen unterwegs gewesen, ehe er bei Mina eintraf.

Liebe Mama,

derzeit sieht es nicht danach aus, als kämen wir hier bald weg, und wenn, dann vermutlich nur noch mit dem Schiff über die Ostsee. Aber eines verspreche ich dir, ich komme nicht ohne Amelie, Klaus, Hanna und ihre Mutter zu dir nach Hause zurück. Du kannst dich auf mich verlassen.
Richard lässt lieb grüßen.

Viele Küsse von

Deiner Ella

Das war der letzte Brief, den Mina aus Ostpreußen erhielt. Die Sowjetarmee hatte die Landverbindungen abgeschnitten, und danach kam keine Feldpost mehr durch.

Wie seit Wochen saßen Heiko und Mina jeden Abend wie gebannt vor dem Radio und verfolgten die Nachrichten der BBC, in der Hoffnung, etwas über Ostpreußen zu erfahren, aber außer vagen Andeutungen war dort nichts zu hören. Viel ausführlicher wurde über die Erfolge der alliierten Luftangriffe berichtet und darüber, dass die ersten Kämpfe auf deutschem Boden stattfanden. Aachen war bereits gefallen, und Heiko erwartete, dass bald weitere Städte am Rhein in die Hände der Alliierten geraten würden. Spätestens dann, so hoffte er, würde Deutschland kapitulieren.

Ende November standen eines Tages zwei BDM-Mädchen vor der Tür, die wie jedes Jahr für das Winterhilfswerk sammelten. Mina schleppte einen Wäschekorb voller alter Kleidungsstücke herbei, und die zwei Mädchen schienen ganz begeistert darüber zu sein.

»Das wird die Flüchtlinge aber freuen«, sagte die Ältere der beiden wichtig, als sie die Kinderkleidung betrachtete. »Da ist ein ganzer Zug voller Leute aus Ostpreußen eingetroffen, und sie haben viele kleine Kinder dabei.«

»Aus Ostpreußen?«, fragte Mina heiser.

Das Mädchen, ein schmales Ding von vielleicht vierzehn Jahren, mit stramm geflochtenen Zöpfen, die unter ihrer Wollmütze hervorschauten, nickte eifrig. »Ja, sie sind in einer Viehhalle beim Hauptbahnhof untergebracht. Von dort aus sollen sie aufs Land gebracht werden.«

Mina räusperte sich. »Braucht ihr vielleicht noch Hilfe beim Verteilen der Sachen?«, fragte sie. Ihr Herz schlug bis zum Hals. Vielleicht würde sie dort etwas über Irma und die Kinder in Erfahrung bringen können.

»Das weiß ich leider nicht, aber wenn Sie sich mal bei der Frauenschaft erkundigen wollen? Die können Ihnen bestimmt Auskunft geben.«

»Das werde ich tun. Vielen Dank euch.«

»Heil Hitler!« Die Mädchen reckten den rechten Arm in die Höhe, und Mina wiederholte die Geste.

»Heil Hitler, Deerns!«

Hastig schloss sie die Tür und lief ins Arbeitszimmer. Im

Telefonbuch fand sie die Nummer des Büros der Frauenschaft und rief sofort dort an.

Ja, man habe die Verteilung der Kleiderspenden an die Flüchtlinge übernommen, erklärte eine hörbar gelangweilte Frauenstimme, doch da werde im Moment keine Hilfe benötigt. Man habe schon öfter schlechte Erfahrungen gemacht, mit Volksschädlingen, die sich an den Sachen bereichern wollten.

»Hören Sie, ich habe es nun wahrlich nicht nötig, mich an getragenen Kleidern zu bereichern, und ein Volksschädling bin ich ganz gewiss nicht. Mein Name ist Frau Becker, und ich leite das Kontor von *Kopmann & Deharde* in der Speicherstadt. Gerade waren zwei Jungmädel vom Winterhilfswerk bei mir in der Villa, und ich habe einen ganzen Korb Kinderkleidung gespendet. Dabei habe ich erfahren, dass eine große Anzahl Flüchtlinge aus Ostpreußen in der Stadt eingetroffen ist. Meine Töchter und mein Schwiegersohn sind im Moment dort, und ich habe die Hoffnung, dass vielleicht jemand von diesen Leuten etwas über die drei wissen könnte.«

»Oh.« Die Dame am Hörer räusperte sich. »Ja, selbstverständlich, Frau Becker. Das ist natürlich etwas anderes. Wenn Sie vielleicht eine Sekunde …« Auf einmal war die Stimme gedämpft und kaum noch zu verstehen. Im Hintergrund war eine zweite Frauenstimme zu vernehmen. Mina vermutete, dass jemand den Hörer zuhielt. »Frau Becker?«, hörte sie dann eine andere Stimme.

»Ja, bitte?«

»Hier spricht Frau Krämer, ich leite die Versorgung der Flüchtlinge und würde mich freuen, wenn Sie uns bei unserer Arbeit unterstützen.«

Na also, dachte Mina. *Geht doch!* »Sehr gern, Frau Krämer. Ich freue mich schon darauf, zu helfen.«

Noch am selben Tag machte sich Mina auf den Weg zu der Adresse, die Frau Krämer ihr gegeben hatte, und betrat mit einem weiteren Korb voller Kinderkleidung die alte Viehhalle. Auf den Steinboden hatte man Stroh verteilt, auf dem vielleicht zweihundert Flüchtlinge jeden Alters lagerten. Beim Anblick der vielen Menschen fragte sich Mina, wo sie beginnen sollte, nach Ella, Amelie, Irma und deren Kindern zu fragen, doch dann seufzte sie, nahm den Korb mit Kinderkleidung, den sie mitgebracht hatte, fester in die Hände und fing einfach irgendwo an.

Schnell stellte sie fest, dass die Flüchtlinge durchweg aus der Gegend um Königsberg kamen und sich bereits vor Wochen von dort auf den Weg gemacht hatten, aus Furcht vor der anrückenden Sowjetarmee. Die meisten hatten Gefechte gehört, einige berichteten auch von Tieffliegerangriffen. Alle, mit denen Mina sprach, betonten, wie froh sie seien, gerade noch rechtzeitig weggekommen zu sein.

Den ganzen Nachmittag blieb Mina in der Viehhalle, verteilte Kleidung und Nahrungsmittel und hörte zu, was die Menschen über ihre Flucht zu berichten hatten. Nein, das war nicht übertrieben, und es war ganz sicher keine Propaganda, was diese Frauen und die wenigen alten Männer erzählten. Es waren Geschichten voller Angst um das nackte Überleben. Die Rede war von Misshandlungen, brennenden Häusern, erschossenem Vieh, totgeprügelten Vätern und vergewaltigten Müttern. Von Flucht in Todesangst, mit nichts am Leib als den Kleidern, die sie gerade trugen, von schreienden Kindern, Regen, Kälte und Wind. Von Krankheit und Tod auf dem beschwerlichen Weg und von Kreuzen aus zusammengebundenen Stöcken, die in flache Gräber gesteckt wurden.

Je länger Mina durch die Halle ging, desto elender wurde ihr bei dem Gedanken, dass ihre Kinder vielleicht auch dort auf den Straßen unterwegs waren.

Nur eine einzige Frau, mit der sie sprach, hatte den Namen von Gusnar schon einmal gehört. Von diesem Gut hätte ihre Familie früher manchmal Pferde gekauft. Ob Irma und die Kinder noch dort waren, wusste die Frau aber nicht.

Als Mina schließlich zu dem Tisch ging, hinter dem die Damen von der Frauenschaft saßen und die Namen der Flüchtlinge zusammen mit den milden Gaben des Winterhilfswerkes in Listen eintrugen, fühlte sie sich wie erschlagen.

Frau Krämer, mit der sie am Telefon gesprochen hatte, begrüßte sie höflich und dankte ihr für die Unterstützung. Selbstverständlich würde man Mina benachrichtigen, wenn wieder Flüchtlinge aus Ostpreußen einträfen, aber auch andere Flüchtlinge seien auf Hilfe angewiesen, und es gäbe so viel Arbeit für die Frauenschaft. Ob Mina auch Mitglied sei, wollte sie wissen.

»Nein, bisher fehlte mir einfach die Zeit, mich derart einzubringen, wie es erforderlich wäre, um so von Nutzen zu sein, wie der Führer es von uns Frauen fordert«, log Mina lächelnd. »Wenn man in der Gesellschaft steht, hat man ja so viele Verpflichtungen. Aber jetzt, wo ich ihre vorzügliche Arbeit sehe, denke ich darüber nach, mich mehr in der Partei zu engagieren.«

»Das wäre sehr erfreulich.« Frau Krämer nickte bedeutungsvoll. »Es ist so wichtig, dass wir alle unseren Beitrag zum Endsieg leisten!«

Mina ballte die Fäuste und presste dabei die Fingernägel so fest in die Handflächen, dass es schmerzte. Nur so brachte sie es fertig, der Dame freundlich zuzunicken und sich dann zu verabschieden. Am liebsten hätte sie ihr ins Gesicht geschlagen.

Jedes Mal, wenn in den nächsten Wochen Flüchtlinge aus Ostpreußen eintrafen, erhielt Mina einen Anruf von Frau Krämer und machte sich dann mit einem Korb voll Spenden auf den Weg, auch wenn Lotte meinte, sie sollte nicht alles den Flüchtlingen in den Rachen werfen. Wäre doch möglich, dass sie die Sachen selbst brauchen würden.

Inzwischen war es Winter geworden, mit eisigem Ostwind, Schnee und beißendem Frost. Immer mehr Flüchtlinge strömten in die Stadt, blieben kurz und wurden dann auf die umliegenden Landgebiete verteilt. Wie Frau Krämer sagte, wurde es zunehmend schwieriger, auf dem Land geeignete Unterbringungsmöglichkeiten zu finden, sodass die Flüchtlinge immer länger in Schuppen und Baracken bleiben mussten, in denen es nicht nur bitterkalt sei, sondern es auch häufig zu Ausbrüchen schwerer Krankheiten käme.

Müde schüttelte Frau Krämer den Kopf und seufzte. »Ein Trauerspiel, was diese armen Menschen durchmachen müssen, die von den Untermenschen aus ihrem Land vertrieben wurden. Aber wenn erst mal der Endsieg kommt, dann wird Gleiches mit Gleichem vergolten. Dafür wird der Führer schon sorgen.«

Die Flüchtlinge, mit denen Mina jetzt redete, waren nach langem Fußmarsch über das Eis des Frischen Haffs bis zur Nehrung gelaufen und dann den schmalen Sandstreifen entlang, immer ein Auge auf die Ostsee gerichtet, voller Angst vor Tieffliegern und gleichzeitig in der Hoffnung auf deutsche Schiffe, die sie aufnehmen und mitnehmen könnten.

Alle waren vor Erschöpfung, Verzweiflung und Kälte wie erstarrt, selbst jetzt noch, wo sie einigermaßen in Sicherheit waren. Aber noch immer fand Mina niemanden, der etwas von Irma und den Kindern gehört hatte.

Je mehr Zeit verging, desto hoffnungsloser wurde sie. Immer öfter stahl sich der Gedanke in ihr Bewusstsein, ihre Töchter, Richard, Irma und die Zwillinge könnten vielleicht nicht mehr am Leben sein, und jedes Mal, wenn ihr jemand von den furchtbaren Erlebnissen auf der Flucht berichtete, vermischte sich diese Angst mit dem Erzählten. Dann bekam die Frau, die morgens tot im Schnee gelegen hatte, Irmas Augen, die sich nicht mehr schließen ließen, und das kleine Mädchen, das erfroren vom Schlitten gefallen war, sah aus wie Ella als Baby.

»Warum tust du dir das an?«, fragte Heiko, wenn sie abends im verdunkelten Arbeitszimmer saßen und darauf warteten, dass die Nachrichten im Feindradio begannen. »Du quälst dich doch nur damit, immer und immer wieder zu den Auffanglagern zu fahren.«

Sie sah ihn an und zog hilflos die Schultern hoch. »Weil es das Einzige ist, was ich tun kann. Wenn ich schon ihnen nicht helfen kann, dann vielleicht wenigstens ein klein wenig diesen armen Menschen im Lager.«

Inzwischen wurde auch innerhalb der deutschen Grenzen gekämpft, und die Luftangriffe hörten und hörten nicht auf, nicht einmal auf die Städte, die schon längst in Trümmern lagen. Immer wieder saßen Mina und die Ihren stundenlang dicht gedrängt im feuchtkalten Keller auf den klammen Matratzen und warteten darauf, dass das Signal für Entwarnung gegeben wurde. Hinterher ging Heiko ums Haus, um sicherzustellen, dass nicht wieder eine Bombe in den Garten gefallen war, wie er es nannte. Aber sie hatten Glück. Im Villenviertel hatte es nur vereinzelte Schäden gegeben.

»Kein Wunder«, sagte Heiko bitter. »Wenn man mit möglichst wenig Bomben möglichst großen Schaden anrichten will, dann wirft man sie auf Arbeiterviertel, wo die Leute dicht an dicht wohnen, nicht hierher, wo die Gärten größer sind als Fußballfelder.«

Anfang Februar klingelte das Telefon in Minas Arbeitszimmer. Es war Frau Krämer, die berichtete, es sei wieder ein Transport von Flüchtlingen aus Ostpreußen durchgekommen, ob Mina vielleicht vorbeikommen könne und so freundlich wäre, warme Winterkleidung und einige Decken mitzubringen.

Mina sagte zu, auch wenn sie jetzt, drei Monate seit sie zum ersten Mal in ein Auffanglager gefahren war, kaum noch Hoffnung hatte, etwas über den Verbleib ihrer Lieben zu erfahren. Es hatte schon Nächte gegeben, da war ihr der Gedanke gekommen, alles wäre besser als diese Ungewissheit. Wenn sie zweifellos wüsste, dass sie tot seien, dann könne sie sich in die Trauer fallen lassen. Irgendwann wäre sie dann wieder so weit, bei der Erinnerung an Ella und Amelie lächeln zu können. So war es jetzt beinahe, wenn sie an Edo dachte.

Nichts zu wissen war schlimmer als der Tod.

Kraftlos packte sie ein paar alte Decken und zwei Wollmäntel zusammen, die sie in Großmutters Kleiderschrank gefunden hatte und die verdächtig nach Mottenkugeln rochen. Dann trug sie den Wäschekorb in Amelies Zimmer und kramte in den Fächern ihres Kleiderschrankes herum. Die Leibchen hatten beide Kinder angehabt, als sie noch klein gewesen waren. Mina verbarg ihr Gesicht in dem Stoff und atmete tief ein. Sie bildete sich ein, noch ein klein wenig des Kindergeruches erahnen zu können, den sie so sehr geliebt hatte.

Hier oben war das Klingeln an der Eingangstür nur zu hören, weil Mina die Tür offen gelassen hatte.

Frieda würde hingehen oder vielleicht Lotte. Egal. Mina wollte noch hierbleiben und ihren Erinnerungen an ihre Kinder nachhängen.

Auf dem Flur gab es Gepolter, und eine Frauenstimme rief etwas, das Mina nicht verstehen konnte.

Nein, noch nicht, dachte sie. *Ich will nicht nach unten gehen und mich um etwas kümmern müssen.* Doch dann legte sie widerstrebend die Leibchen in den Korb und ging auf den Flur hinaus.

»Lotte?«, rief sie.

Keine Antwort.

Vielleicht war das jemand, der wegen der Goldbergschwestern gekommen war! Die Polizei oder die Gestapo veranstaltete ständig Razzien, um versteckte Juden zu finden. Wenn sie sie holen würden, wären sie und Heiko ebenso dran wie die Schwestern, die sie versteckt hatten. Man würde sie ohne viel Federlesens erschießen lassen.

Der Gedanke schnürte ihr die Kehle zu. Ihr Herzschlag trommelte in den Ohren.

»Lotte!«, rief sie, so laut sie konnte. »Was ist denn los? Wer ist da?«

Sie hörte jemanden die Treppe herauflaufen und beugte sich über das Geländer, um besser sehen zu können. Ein Uniformärmel, aus dem eine schmutzige Hand herausschaute, kam kurz in Sicht, als sich derjenige, der die Treppe hinaufeilte, am Geländer festhielt.

Mina presste die Hände vor den Mund. Jetzt war er direkt unter ihr und rannte auch die zweite Treppe hoch.

»Mama!«, rief eine helle Stimme.

Mina fühlte ihre Beine weich werden und hielt sich mit beiden Händen am Geländer fest, dann war Ella auch schon bei ihr und umarmte sie. »Ach, Mama!!«

Beide lachten und weinten gleichzeitig, während sie auf dem Treppenabsatz vor den Kinderzimmern in die Knie gingen.

»Oh, mein Gott, Ella!«, schluchzte Mina.

»Wein doch nicht, Mama! Jetzt sind wir ja hier!« Ella schlang die Arme um ihren Hals und klammerte sich für einen Moment ganz fest an sie.

»Wir?«, stammelte Mina.

»Ja, natürlich, Mama. Ich hab dir doch versprochen, ich bringe Amelie, Tante Irma und die Zwillinge mit.« Ella wischte sich die Tränen vom Gesicht und strahlte. »Nur Richard ist nicht bei uns. Der begleitet den letzten Verletztentransport aus Danzig ins Reichsgebiet. Ich wollte ihn überreden, mit uns zu kommen, aber er sagte, er könne die Leute nicht alleinlassen.«

Mina lachte unter Tränen. »Typisch Richard!« Sie nahm das Gesicht ihrer Tochter in ihre Hände und schaute sie an. »Du bist ja nur noch Haut und Knochen, Kind.«

»Das kommt schon wieder, wenn ich erst mal was zu essen bekomme. Wenigstens bin ich gesund.«

Dass sie das Wort *ich* so betonte, ließ Mina aufhorchen. »Was heißt das? Ist jemand krank?«

Ellas Züge waren auf einmal sehr angespannt. Sie nickte. »Amelie und Tante Irma husten stark und haben Fieber. Amelie geht es schon wieder etwas besser, aber bei Tante Irma bin ich mir fast sicher, dass sie eine Lungenentzündung hat. Sie sind alle unten in der Halle.«

Mit Ella an ihrer Seite hastete Mina die Treppe hinunter. Die Tränen, die in ihr hochstiegen, drängte sie wieder zurück. Dafür war später Zeit.

Frieda stand neben Amelie, die ihrer Mutter mit fiebrig glänzenden Augen entgegensah, die Arme nach ihr ausstreckte und zu weinen begann. »Mama!«, schluchzte sie, dann war Mina schon bei ihr, nahm sie in den Arm und drückte ihre Lippen auf ihre Stirn. Sie glühte geradezu.

»Mein Mädchen!«, flüsterte sie wieder und wieder.

»Bringt sie am besten in den Salon, und legt sie auf das Sofa«, hörte Mina Ella sagen und sah aus den Augenwinkeln, dass Hanna und Klaus ihre Mutter, die sie beide untergehakt hatten, vorsichtig in den Salon bugsierten.

Mina folgte ihnen, ohne Amelie loszulassen. »Frieda, sei so gut und hol Herrn Peters her«, rief sie dem Dienstmädchen über die Schulter zu. »Und dann sag bitte Lotte Bescheid, dass sie etwas zu essen bringen und einen Tee machen soll. Und die Betten oben müssen bezogen werden. Und …«

»Ach, Mama«, sagte Amelie schwach, hob den Kopf und blickte Mina mit ihren wunderschönen braunen Augen an. »Das können wir doch alles später machen. Jetzt sind wir einfach nur froh, wieder zu Hause zu sein.«

SIEBZEHN

»Es war schlimm. Sehr schlimm sogar.« Ella seufzte vernehmlich. »Lass uns ein anderes Mal darüber reden, Mama. Wenn ich jetzt davon erzähle, kriege ich nur wieder Albträume.«

Mina sah ihre Tochter lange an, dann streichelte sie zärtlich die Hand der jungen Frau und nickte.

Sie saßen zu dritt im Salon, Heiko, Ella und sie. Alle anderen im Haus waren längst schlafen gegangen, und auch Mina fühlte inzwischen eine bleierne Müdigkeit in sich aufsteigen, aber gleichzeitig war sie viel zu aufgekratzt, um schon zur Ruhe finden zu können.

»Ich werde jetzt noch mal nach Amelie und Tante Irma schauen und danach zu Bett gehen.« Ella lächelte ihrer Mutter zu und erhob sich. »Heute Nacht schlafe ich bestimmt wie ein Baby«, sagte sie. »Ein richtiges Bett mit Kopfkissen und Daunendecke. So was habe ich schon seit einer halben Ewigkeit nicht mehr gehabt.« Sie beugte sich zu Mina hinunter und küsste sie auf die Wange. »Gute Nacht, Mama. Ich werde mir den Wecker stellen, aber ob ich ihn höre, weiß ich nicht. Wecke mich bitte, sobald der Arzt da ist.«

»Natürlich, Ella.« Sie strich mit der Hand über die Wange ihrer Tochter. »Schlaf gut, Liebes.«

»Ja, du auch!« Ella wandte sich zu Heiko um, der auf Edos ehemaligem Platz saß. »Gute Nacht, Onkel Heiko.«

»Gute Nacht, Ella.« Er lächelte ihr zu. »Erhol dich ein bisschen. Das hast du mehr als verdient.«

Ella warf ihm einen fragenden Blick zu.

»Ich habe vorhin kurz mit Hanna gesprochen, und sie meinte, keiner von euch wäre lebend hier angekommen, wenn du nicht gewesen wärst«, sagte er.

»Ach was!« Ella winkte ab, doch im schummrigen Licht der einzigen Lampe glänzten ihre Augen auf einmal verdächtig. »Hanna übertreibt maßlos. Außerdem, die Hauptsache ist, dass wir alle wieder zusammen sind. Nun müssen nur noch Amelie und Tante Irma gesund werden, und natürlich muss auch Richard bald nach Hause kommen. Dann wird alles wieder in Ordnung sein.«

Sie nickte den beiden zu und verließ den Salon.

»Alles wird wieder in Ordnung sein?«, fragte Heiko, nachdem Ellas Schritte auf der Treppe verhallt waren. »Das werden wir beide wohl kaum noch erleben.« Er schnaubte grimmig. »Es dauert mindestens fünfzig Jahre, bis die Stadt wieder aufgebaut ist. Und die Toten bringt uns niemand mehr zurück.«

Mina schwieg. Was sollte sie auch darauf antworten? Er hatte ja recht. Hamburg lag in Trümmern, und noch war der Krieg nicht vorbei. Wie viele Opfer würde er noch kosten, ehe endlich wieder Frieden herrschte?

Sie musste an Richard denken und an all die Soldaten, die für eine längst verlorene Sache in den Kampf geschickt wurden und die er wieder zusammenflicken musste. Und sie dachte an jene, die nie mehr nach Hause zurückkommen würden, so wie Heikos ältere Söhne vermutlich.

Für eine Sekunde schloss sie die Augen, dann griff sie nach

der Sherryflasche, die auf dem Tisch stand, und schenkte sich ein weiteres Glas ein.

»Möchtest du auch noch?«, fragte sie Heiko, doch der schüttelte den Kopf.

Mina nahm einen Schluck des alten Sherrys, der noch von ihrem Vater stammte, und genoss die Süße des Getränkes auf ihrer Zunge. Hoffentlich würde der Sherry sie ein wenig zur Ruhe kommen lassen.

»Was hat Hanna dir denn genau gesagt?«, wollte sie wissen. »Hat sie dir Einzelheiten über die Flucht erzählt?«

»Nicht wirklich«, antwortete Heiko. »Die Zwillinge waren allein hier im Salon, als ich aus der Kutscherwohnung herüberkam, und da habe ich mich eine Weile mit den beiden unterhalten, während ihr mit Amelie und Irma oben beschäftigt wart.«

Er stellte das leere Glas, das er in der Hand gehalten hatte, auf den Beistelltisch neben dem Sessel.

»Sie freuten sich, mich zu sehen – nicht gerade überschwänglich, aber das war auch nicht zu erwarten. Immerhin haben sie mich lange nicht gesehen«, fuhr er fort. »Klaus hat mich gar nicht erkannt, glaube ich. Hanna musste ihm erst sagen, wer ich bin, danach taute er langsam auf, und auch Hanna verlor ihre Zurückhaltung mir gegenüber. Sie blieb zwar neben Klaus auf dem Sofa sitzen und hielt seine Hand fest, aber sie fing an zu reden und auf meine Fragen zu antworten.« Er zog seine Zigarettenschachtel heraus und sah Mina fragend an.

»Sicher kannst du rauchen«, sagte sie.

»Danke.« Heiko lächelte und zündete sich eine Zigarette an, inhalierte tief und blies den Rauch dann zur Decke hinauf. »So geht es besser. Hanna hat nur in groben Zügen berichtet, was passiert ist, aber so, wie ich es einschätze, haben sie großes Glück gehabt. Hanna sagte, eines Abends habe Ella vor der Tür gestanden und darauf bestanden, sofort aufzubrechen, weil die Front dem Gut schon bedrohlich nah sei. Irma habe nichts davon hören wollen und erst nachgegeben, nachdem Amelie und Hanna ihr androhten, allein mit Ella nach Hamburg zu gehen. Im Morgengrauen sind sie dann alle los und haben versucht, sich zu Fuß nach Danzig durchzuschlagen. Unterwegs sind ihnen immer wieder andere Flüchtlinge begegnet, die sie warnten, sie liefen direkt auf die Front zu, doch Ella wollte nicht umdrehen. Ein paarmal mussten sie sich in Schuppen verstecken, sagte Hanna, aber sie haben es tatsächlich bis in die Stadt geschafft, ohne in Gefechte zu geraten. Nachts gab es einen Fliegerangriff, da hat Ella offenbar so lange gebettelt, bis sie alle zusammen in einem Luftschutzbunker untergekommen sind. Drei Tage haben sie dort ausgeharrt, dann hat Ella sie zum Hafen gebracht und es irgendwie geschafft, dass sie alle ein Schiff in Richtung Dänemark nehmen konnten, obwohl sie gar nicht auf der Liste der zuständigen Beamten standen. Das Schiff war ein alter Frachter, völlig überfüllt mit Flüchtlingen und dreckig, ein richtiger Seelenverkäufer. Irma wollte nicht auf das Schiff, aus Sorge, Klaus könne dort vor Angst wieder Krämpfe bekommen, aber Ella hat sie wohl angeschrien, sie solle sich nicht so anstellen, Klaus ginge es gut und er benehme sich nicht so unvernünftig wie sie. Da hat Irma nachgegeben, und so sind sie nach Kopenhagen gekommen. Bis sie mit dem Zug nach Hamburg fahren konnten, sind sie in einem Flüchtlingslager gewesen, wo sie nacheinander alle krank geworden sind. Hanna und Klaus hatten nur Husten, aber Amelie und Irma bekamen noch Fieber dazu, trotzdem sind sie vom Bahnhof aus bis hierher gelaufen, weil Ella unbedingt sofort nach Hause wollte.«

Heiko machte eine Pause und suchte Minas Blick.

»Ella erinnert mich sehr an dich, Mina. Sie hat Mumm! Je schlimmer die Lage ist, desto mehr Mut beweist sie.« Er lächelte, und Mina lächelte zurück.

»Das ist die Jugend«, erwiderte sie. »Die jungen Dinger halten sich noch für unbesiegbar. In unserem Alter hat man schon zu viel erlebt und ist vorsichtiger.«

Ein schiefes Grinsen umspielte Heikos Lippen. »Das hat nichts mit dem Alter zu tun, Mina, sondern mit Charakter.«

»Oder mit Dummheit«, gab Mina zurück. »Leute wie wir werden einfach nicht schlau.«

Heiko lachte leise. »Leute wie wir …«, wiederholte er nachdenklich. »Das hast du schön gesagt.«

»Zwei vom gleichen Schlag eben«, meinte sie achselzuckend.

Ein merkwürdiger Ausdruck lag in Heikos Augen. Er erhob sich und drückte die Zigarette aus. »Das ist wahr, Mina. Wir sind wirklich vom gleichen Schlag.«

Auch Mina stand auf und lächelte ihm entgegen, während er auf sie zutrat und sie zu ihrer Überraschung auf die Wange küsste.

»Bis morgen früh, Mina, bis die Sonne wieder scheint. Denk dran, zusammen werden wir alles schaffen.«

Am nächsten Tag schien die Sonne jedoch nicht, wie Mina beim Öffnen des Verdunklungsrollos verstimmt feststellte. Stattdessen schneite es aus einem bleigrauen Himmel.

Eilig zog sie sich an, lief dann zu Amelies Zimmer und schob leise die angelehnte Tür auf. Die tiefen Atemzüge, die sie hörte, sagten ihr, dass Amelie fest schlief. Das war gut. Schlafen ist die beste Medizin, hatte Frau Kruse immer gesagt, wenn sie als Kinder krank gewesen waren. Sie zog die Tür wieder zu und ging nach nebenan zu Sophies früherem Zimmer, in dem sie Irma untergebracht hatten. Ein schmaler Lichtstrahl fiel durch den Türspalt, und Mina trat ein.

Ella, die auf einem Stuhl neben dem Bett saß, blickte hoch.

»Wie geht es ihr?«, flüsterte Mina.

»Gar nicht gut«, gab Ella zurück. »Das Fieber ist gestiegen, zwischendurch war es schon auf über vierzig Grad. Vorhin war sie kurz wach, aber sie war gar nicht richtig bei sich, sondern hat nur fantasiert. Kannst du bitte den Arzt noch mal anrufen, dass er sich beeilen soll?« Ella betrachtete voller Sorge Irmas schweißnasses Gesicht. »Hoffentlich kann er an Penicillin kommen. Sonst …« Sie vollendete den Satz nicht.

»So schlimm?«, fragte Mina bestürzt.

Ella nickte und seufzte dann. »Ich wünschte, Richard wäre hier. Er hat so eine ruhige Art und weiß immer, was zu tun ist.« Sie rieb sich die Stirn. »Ich bin mit meinem Latein am Ende.«

»Hast du schon nach Amelie gesehen?«, fragte Mina leise.

»Ja, zuletzt vor einer halben Stunde. Da hat sie geschlafen und kaum gemerkt, dass ich Fieber gemessen habe. Ihr geht es besser, die Temperatur ist schon fast normal.«

»Hast du überhaupt geschlafen, Ella?«

Ella lächelte schwach. »Nicht sehr viel, doch das bin ich gewohnt, Mama. Um mich brauchst du dir keine Gedanken zu machen. Ich kann schlafen gehen, wenn der Arzt da war.«

»Ich rufe ihn sofort an«, sagte Mina. Sie strich ihrer Großen über die Schulter und lief dann eilig nach unten in ihr Arbeitszimmer und wählte die Telefonnummer von Dr. Küper.

Der alte Hausarzt der Familie war inzwischen zwar schon über achtzig und praktizierte schon lange nicht mehr, aber er war der einzige Arzt, den Mina gestern erreicht hatte.

»Natürlich, gnädige Frau, ich komme, so schnell ich kann«, sagte er mit seiner zittrigen Stimme. »Ich bin nur leider nicht mehr so gut zu Fuß.«

»Ich hole Sie am besten mit dem Auto ab, Dr. Küper. Könnten Sie in der Zwischenzeit nachsehen, ob Sie Penicillin im Haus haben?«

»Da muss ich nicht nachsehen, gnädige Frau. Penicillin habe ich nicht.«

»Haben Sie denn eine Idee, wo ich welches herbekommen kann?«

»Da werden Sie kein Glück haben, fürchte ich. Alles Penicillin geht an die Front. Für die Zivilbevölkerung gibt es nichts.«

»Sind Sie sicher, Dr. Küper?«

»Ganz sicher, gnädige Frau. Auf legalem Wege werden Sie in Hamburg nichts kriegen.«

Auf legalem Wege … Die Worte des Arztes hallten in ihr nach.

Heiko! Heiko würde Penicillin auftreiben können. Wenn einer es schaffte, dann er.

Eilig verabschiedete sie sich bei dem alten Arzt und versprach, ihn sofort zu Hause abzuholen. Draußen traf sie auf Heiko, der gerade unterwegs in die Villa war, und erklärte ihm in wenigen Worten, Irmas Leben hinge davon ab, dass er, auf welchem Wege auch immer, Penicillin für sie besorgte.

»Ich kann es versuchen, Mina«, antwortete er. »Aber ich will dir keine falschen Hoffnungen machen. Das Zeug ist sehr selten, und wenn es mal auf dem Schwarzmarkt auftaucht, irrwitzig teuer, weil es ausschließlich für die Wehrmacht bestimmt ist.«

»Geld spielt keine Rolle«, versicherte Mina sofort.

»Das ist gut, doch wenn es nichts gibt, kann ich auch keines beschaffen …«

»Ich verstehe.«

Heiko griff nach ihren Armen und hielt sie fest. »Ich möchte Irma auch gern helfen, das musst du mir glauben. Aber …«

»Ich versteh schon!«, sagte sie knapp. »Jetzt muss ich den Arzt abholen, und du solltest versuchen, deine Kontakte zu erreichen.«

Sie drehte sich um, ohne auf eine Antwort von ihm zu warten.

Dr. Küper untersuchte Irma gründlich und machte ein ernstes Gesicht, als er zu Mina kam, die vor der Tür auf ihn gewartet hatte.

»Ich will ehrlich sein. Es sieht nicht gut aus, liebe gnädige Frau. Die Lungen der Frau sind stark angegriffen, und sie kriegt nur sehr schlecht Luft, daher die Schwäche. Heute greift man bei so einer starken Entzündung zu Penicillin, aber ein Allheilmittel ist das natürlich auch nicht. Selbst mit dem Antibiotikum stehen die Chancen dieser Frau nicht gut, die nächsten zwei Tage zu überstehen. Sollte die Entzündung auch noch das Herz angreifen …« Er hielt inne und machte ein betrübtes Gesicht.

»Können wir denn gar nichts tun?«, fragte Mina verzweifelt.

»Nichts, was Ihre tüchtige Krankenschwester nicht schon getan hätte. Wadenwickel, um das Fieber in Schach zu halten. Darauf achten, dass sie ausreichend trinkt. Versuchen Sie, ihr Flüssigkeit einzuflößen. Und machen Sie es ihr so bequem wie möglich, und lagern Sie den Oberkörper hoch, damit sie besser Luft bekommt.« Seine hellen Greisenaugen musterten Mina voller Mitgefühl. »Und vor allem beten Sie, gnädige Frau. Beten Sie.«

Mina brachte den Arzt wieder nach Hause, nachdem er auch Amelie untersucht und abgehorcht hatte. Auch bei ihr bestätigte er, was Ella schon gemutmaßt hatte. Sie war auf dem Wege der Besserung von einer schweren Bronchitis, aber mit Bettruhe und guter Pflege würde sie sich in einer Woche bestimmt wieder vollständig erholt haben.

Von nun an wachte immer jemand bei Irma. Mina und Ella lösten sich damit ab, neben ihr am Bett zu sitzen, sie bei Hustenanfällen aufzurichten und die Wadenwickel zu wechseln. Aber ihr Zustand besserte sich nicht. Das Fieber blieb bei vierzig Grad, und kalter Schweiß stand in großen Perlen auf ihrer Stirn.

Am Abend lief Mina zur Kutscherwohnung hinüber, aber Heiko war noch nicht zurückgekehrt.

In den frühen Morgenstunden des folgenden Tages schien sich eine leichte Besserung zu zeigen. Irma bekam etwas leichter Luft, und das Fieber sank auf neununddreißig Grad.

»Leg dich etwas hin«, sagte Mina zu Ella, die auf einem Stuhl auf der anderen Seite des Bettes saß und kaum noch die Augen offen halten konnte. »Ich passe auf Irma auf, und wenn sich ihr Zustand wieder verschlimmert, wecke ich dich.«

Wie müde Ella sein musste, konnte Mina daran erkennen, dass ihre Tochter keinen Widerstand leistete und wortlos aufstand, um ins Bett zu gehen.

Mina blieb allein mit Irma zurück, ließ sich wieder auf ihrem Stuhl neben dem Fußende des Bettes nieder und reckte die Arme in die Höhe, um die verspannten Schultern zu lockern.

»Mina?«, hörte sie die schwache Stimme ihrer Freundin. »Bist du das?«

Sofort sprang Mina auf und setzte sich auf die Bettkante. »Ich bin hier, Irma. Möchtest du einen Schluck trinken?«

Irma schüttelte kaum merklich den Kopf.

»Es ist so dunkel hier«, sagte sie dann. »Ich kann dich gar nicht richtig sehen.«

Mina nahm das Tuch ab, das das Licht der Nachttischlampe vor ihr abschirmte. »Ist es so besser?«

Irma nickte. »Versprichst du mir etwas, Mina?«

»Was denn, Irma?«

Ein plötzlicher Hustenanfall unterbrach Irma, und sie schloss für einen Moment die Augen, als der Anfall vorüber war.

»Versprich mir …« Wieder rang Irma nach Luft.

Mina nahm das Tuch aus der Waschschüssel, wrang es aus und tupfte damit die Schweißperlen von Irmas Stirn.

»Versprich mir … Kümmere dich um meine Kinder. Besonders um Klaus …«

»Aber Irma, du wirst bald wieder gesund sein, und dann kannst du dich selbst um alles kümmern.«

Mit großer Anstrengung hob Irma die Hand und griff nach Minas Handgelenk. »Bitte, Mina …«

Mina nahm Irmas Hand und hielt sie in ihrer fest. »Wenn es dich beruhigt, natürlich kümmere ich mich um deine Kinder, bis es dir wieder besser geht.«

»Versprich es.«

Mina schluckte und bemühte sich um ein optimistisches Lächeln. »Ich verspreche dir hoch und heilig, ich werde für deine Kinder sorgen, als wären es meine eigenen.«

»Auch Jens und Bernd …« Irma blinzelte und versuchte, Mina im Blick zu behalten, doch ihre Augäpfel rollten immer wieder ein Stück nach hinten.

»Natürlich auch um Jens und Bernd, wenn sie zurückkommen. Aber du darfst dich nicht so anstrengen, Irma.«

Rasselnd holte Irma Luft. »Heiko …«, stieß sie dann hervor.

Wieder musste sie ein paarmal atmen, ehe sie weitersprechen konnte. »Heiko liebt dich. Das hat er immer …«

»Ach, Irma …«

»Ich wollte es nicht sehen, aber er liebt dich.« Jetzt öffnete Irma ihre Augen weit und wollte den Mund zu einem Lächeln verziehen, doch ein weiterer Hustenanfall warf sie in die Kissen zurück.

Wieder tupfte Mina mit dem feuchten Tuch über ihre Stirn.

»Hilf ihm bitte. Hilf Heiko …« Abermals kämpfte sie darum, genug Luft zum Sprechen zu bekommen. »Versprich es.«

»Irma, ich …«

»Versprich es mir!« Die Adern der Kranken traten an den Schläfen deutlich hervor, so viel Kraft kosteten sie die wenigen Worte. »Bitte! Mach Heiko glücklich.« Aus Irmas Augenwinkeln lösten sich zwei Tränen und rollten die Schläfen hinunter.

»Alles, was ich mir wünsche …« Irmas Stimme wurde matt und undeutlich. »Alles … was ich will …«

Durch ihren Tränenschleier sah Mina das schmale, abgezehrte Gesicht nur noch verschwommen vor sich. Sie nickte. Der Kloß in ihrem Hals war zu groß, um zu sprechen.

Entschlossen wischte sie sich die Tränen aus den Augen und nahm Irmas Gesicht in ihre Hände.

»Sieh mich an, Irma. Ich verspreche es dir. Ich werde Heiko helfen, und ich werde ihn glücklich machen. Und ich werde für all deine Kinder so sorgen wie für meine eigenen. Du hast mein Ehrenwort als Hamburger Kaufmann.«

Zwei weitere Tränen rollten aus Irmas Augen, doch sie lächelte.

»Danke …«, formten ihre Lippen. Ihre Stimme gehorchte ihr nicht mehr.

Irma Peters, geborene von Gusnar, starb zwei Stunden später, als die Ebbe ihren tiefsten Punkt erreicht hatte. Die Seelen der Verstorbenen folgen den Wassern hinaus auf See, hatte die alte Frau Kruse immer gesagt, und es war ein schöner Gedanke, auch wenn er Mina nicht tröstete.

Eine Stunde nachdem Mina Dr. Küper nochmals geholt hatte, damit er den Totenschein ausstellen konnte, kam Heiko zurück. Er hatte eine einzige Ampulle Penicillin auftreiben können und einen der Goldringe von Großmutter Hiltrud dafür bezahlt.

Aber das war jetzt einerlei. Er war zu spät gekommen, und wie Ella meinte, hätte diese eine Ampulle Irma kaum helfen können. Sie hätte ihren Tod höchstens ein wenig hinausgezögert, wenn überhaupt.

Ella war an seiner Seite, als er an dem Bett stand, in dem Irma mit gefalteten Händen dalag und unglaublich klein und zerbrechlich aussah – und so fremd.

Wenn wir wenigstens Blumen hätten, um sie ihr in die Hand zu geben, dachte Mina. Aber vor dem Haus lag ein halber Meter Schnee, es herrschte Krieg, und die Stadt war von

Bomben zertrümmert und vom Feuer verbrannt. Keine Blumen für Irma und so bald auch keine Beerdigung, denn der Boden war hart gefroren, und es gab keine Männer, die ihn hätten aufhacken können. Sie übten mit Panzerfäusten und Maschinengewehren, wie man einen Feind besiegen könnte, der längst mitten im Land stand.

Heiko bedeckte seine Augen mit der Hand. Seine Schultern bebten. Mina legte einen Arm um ihn und hielt ihn fest. Das hatte sie Irma versprochen. Ihrer besten Freundin Irma, die mit ihr alles durchlebt und alles durchlitten hatte und die sie jetzt nie mehr lachen hören würde und nie mehr um Rat fragen könnte. Es war so ungerecht, dass ausgerechnet sie hatte sterben müssen. Sie hatte noch ihre Kinder in Sicherheit gebracht und war dann aus ihrem Leben gerissen worden.

Endlich wurde das Zittern in Heikos Schultern weniger, und er nahm die Hand von seinen Augen.

»Es hilft nichts, wenn man weint«, sagte er bitter. »Es heißt doch immer, dass man sich danach besser fühlt. Aber es geht mir keinen Deut besser. Was bin ich nur für ein Versager! Ich habe sie nicht retten können.«

»Nein. Das hast du nicht. *Sie* nicht.« Mina zog ihn dichter an sich heran. »Aber du hast so vielen anderen geholfen. Ein Versager bist du bestimmt nicht.«

»Warum fühle ich mich dann so schlecht?« Er wandte ihr sein Gesicht zu. Seine Augen waren rot gerändert.

»Die Mutter deiner Kinder ist gestorben«, antwortete sie. »Auch wenn du sie vielleicht nicht leidenschaftlich geliebt hast, Irma hat dir deine Kinder geschenkt. Natürlich trauerst du um sie.«

»Die Kinder …« Er seufzte und senkte den Kopf. »Ich weiß

gar nicht, wie … Ich meine, sie sind mir doch ganz fremd geworden.«

»Trotzdem sind sie deine Kinder, und du musst dich um sie kümmern, das ist deine Aufgabe, denn du bist ihr Vater.« Mina holte tief Luft. »Ich habe Irma ein Versprechen gegeben, bevor sie starb.«

Heiko sah Mina fragend an.

»Ich habe ihr bei meiner Kaufmannsehre geschworen, für ihre Kinder so zu sorgen, als seien sie meine eigenen.«

Der Blick aus seinen Augen wurde warm und dankbar. »Das ist lieb von dir, und sie wusste das sicher zu schätzen, aber …«

»Das ist noch nicht alles, Heiko.« Mina griff nach seinen Armen und drehte ihn zu sich herum. Eindringlich schaute sie ihn an. »Irma hat mir auch das Versprechen abgenommen, dir zu helfen. Sie hat mir gesagt, dass sie immer wusste, dass du mich liebst.«

Heiko antwortete nicht. Mina sah, dass er schluckte. Er öffnete den Mund und schloss ihn wieder.

»Versteh mich richtig, Heiko. Sie war dir nicht böse und auch nicht eifersüchtig auf mich. Irma hat dich sehr geliebt und lange geglaubt, es würde ihr reichen, dass du sie gernhast. Aber irgendwann reichte es eben nicht mehr, und da ist sie weggegangen. Sie hat mir damals schon gesagt, du würdest eine andere lieben, aber ich habe nicht begriffen, dass ich diejenige war. Das wurde mir erst viel später klar.«

»Du wusstest es?« Der ungläubige Ausdruck in seinen Augen brachte Mina zum Lächeln.

»Ja. Ich wusste es.« Minas Hände glitten an seinen Armen hinunter und griffen nach seinen Händen. »Weil ich dich auf meine Art und Weise auch liebe, Heiko. Es ist nicht so wie bei

Edo. Nicht so leidenschaftlich, nicht so tief, sondern beständig, so wie unsere Freundschaft immer war. Vielleicht ist das nicht viel, aber es ist ein Anfang. Und ich glaube, das ist das, was Irma gewollt hätte. Für dich, für mich und vor allem für unsere Kinder.«

Heiko sah auf ihre Hände hinunter, die einander fest umfasst hielten.

»Es ist ein guter Anfang«, sagte er.

EPILOG

Hamburg, 1948

Dann wollen wir mal«, sagte Mina und schloss die Tür zum Kontor auf. »Noch einmal, zum letzten Mal …«, fügte sie leiser hinzu, obwohl sie wusste, dass niemand der Anwesenden das Zitat aus Wagners »Götterdämmerung« erkennen würde.

»Na komm, Mina, so schwer sollte dir der Abschied von der zu engen Bude doch nicht fallen. Dein neues Büro ist doppelt so groß wie das Chefzimmer hier.« Heiko zwinkerte ihr zu. »Dadrin kannst du sogar tanzen, wenn du möchtest.«

»Ich habe nie verstanden, was ihr alle am Tanzen findet«, antwortete Mina lachend. »Meine Füße sind mir immer im Weg.«

Sie blieb in dem schon beinahe leer geräumten Vorzimmer stehen, zog ihren Mantel aus und hängte ihn an die Garderobe. »Viel ist hier ja nicht mehr zu tun«, stellte sie fest. »Braucht ihr noch Hilfe?«

»Nein, das schaffen Tilly, Amelie und ich allein. Geh du nur ins Chefzimmer und pack deine persönlichen Sachen«, meinte Agnes. »Der Möbelwagen kommt in zwei Stunden, und bis dahin musst du fertig sein.«

»In Ordnung.« Mina lächelte ihrer Schwester zu und drehte sich dann zu Heiko um. »Helft ihr zwei den Mädchen, die Kisten hinunterzutragen?«

Er nickte und wandte sich dem Stapel Kartons zu, die hochgetürmt neben der Tür standen. »Los, Klaus, die Kartons müssen alle nach unten«, sagte er zu seinem Sohn und drückte ihm einen der Kartons in die Hand. »Keine Müdigkeit vorschützen.«

»Ja, Papa«, erwiderte Klaus gehorsam. Er hatte sichtlich gute Laune und strahlte in einem fort vor Stolz, dass er seinem Vater zur Hand gehen durfte.

Mina betrat das Chefbüro und blieb kurz stehen, um den Raum zu betrachten, in dem sie so viele Stunden ihres Lebens verbracht hatte. Gute und schlechte Zeiten. Sie seufzte und setzte sich hinter den alten Schreibtisch aus Nussbaumholz, an dem bereits ihr Vater und Großvater gesessen hatten.

Alles Persönliche einpacken, dachte sie. *Eigentlich hieße das, alles einzupacken, denn in diesem Zimmer ist alles persönlich. Aber fangen wir mit dem Wichtigsten an.*

Sie zog die Schublade des Schreibtisches auf und holte ihre Tagebücher hervor, die sie seit jeher hier aufbewahrte. Einen Moment zögerte sie, dann öffnete sie das Einschreibebuch, das zuoberst auf dem Stapel lag, und begann es durchzublättern.

Der erste Eintrag in diesem Buch war der Tag, als Hamburg kampflos an die britische Armee übergeben worden war.

Was für ein Glück! Keine Straßenschlachten, keine Toten, die für nichts und wieder nichts gestorben sind. Endlich Frieden!, stand auf der ersten Seite.

Sie blätterte weiter bis zu der Notiz, die besagte, dass ein Brief von Richard angekommen sei, der in England in einem Kriegsgefangenenlager saß, und hatte wieder das Bild vor Augen, wie er ein halbes Jahr später, mager wie ein Kleiderhaken, unangekündigt vor der Tür stand und von Ella stürmisch begrüßt wurde.

Winter 1945/46, der Hungerwinter … Wie froh sie gewesen waren, die Kartoffeln zu haben, die sie im Garten der Villa angepflanzt hatten. Um heizen zu können, hatte Heiko die Trauerweide gefällt, die abgestorben war, nachdem die Brandbombe die Wurzeln zerstört hatte. Das Holz war aber noch zu feucht gewesen, und alle Öfen hatten furchtbar gequalmt.

Mina wendete eine weitere Seite um.

Sie las über die Schwarzmarktzeiten, wo Heiko alles versetzt hatte, was im Haus noch von Wert zu sein schien, damit sie irgendwie über die Runden kamen. Hauptsächlich aber hatte er mit dem Inhalt von vier Kaffeesäcken gehandelt, die er kurz nach Kriegsende aus dem Versteck geholt hatte. Damit hatte es angefangen. Mina röstete von da an jeden Tag frisch auf dem alten Kohleofen, und Heiko brach anschließend mit seiner verdächtig duftenden Aktentasche zum Schwarzmarkt an der Feldstraße auf, von wo er amerikanische Zigaretten mitbrachte, die als Währung dienten.

Lotte und Emma waren regelmäßig mit dem Zug aufs Land gefahren, um Lebensmittel zu tauschen, und für ein halbes Pfund Kaffee und eine Schachtel Luckies hatten sie bei einer dieser Hamsterfahrten sogar eine halbe Speckseite bekommen. Nur einmal waren die beiden erwischt worden und hatten eine Nacht im Gefängnis verbringen müssen, was sie aber nicht daran gehindert hatte, eine Woche später wieder loszuziehen.

Lächelnd schüttelte Mina den Kopf. Verrückte Zeiten waren das gewesen.

Vor ungefähr einem Jahr war Mina und Heiko dann erlaubt worden, wieder ihren Geschäften in der Speicherstadt nachzugehen, und während die anderen Kaffeehändler kaum an Ware kommen konnten, war es Mina durch ihre Kontakte nach Guatemala gelungen, den Ertrag von Pauls Plantage ins Land zu bringen und damit die ersten Rohkaffeegeschäfte nach dem Krieg zu tätigen.

Als sie diesen Eintrag las, überkam Mina wieder das Gefühl, das sie damals empfunden hatte. Eine tiefe Genugtuung, dass langsam alles in normalen Bahnen zu laufen begann.

Wir konnten das Kontor wieder eröffnen. Alles wird wieder so, wie es früher mal war. Das Schönste ist, dass Agnes und Anton zurückkommen werden. Noch vier Wochen, dann kann ich die ganze Familie wieder in die Arme schließen. Ich bin so glücklich!

Das Haus war endlich wieder voller Leben, angefüllt mit Kinderlachen und Musik, seit Anton das Musikzimmer wieder in Beschlag genommen hatte.

Abermals schlug Mina eine Seite um, und ihr Herz machte einen Sprung. Dort klebte das Foto, das sie hatten machen lassen, als Heiko und sie geheiratet hatten. Am selben Tag hatten sie auch die Taufe von Ellas erstem Kind gefeiert und sich alle vor der Villa fotografieren lassen, die ganze Familie, die Goldberg-Schwestern, die Hausangestellten.

Minas Finger strich zärtlich über die Stelle auf Ellas Arm, wo sich der Kopf der kleinen Irma befand. Sie verspürte tiefe Dankbarkeit darüber, so viel Glück gehabt zu haben. Wie viele ihrer Liebsten dort auf dem Foto zu sehen waren, auch wenn ein paar fehlten, die sie schmerzlich vermisste. Wie beinahe jede Familie hatten sie liebe Menschen im Krieg verloren. Aber die Geburt der kleinen Irma war ein Omen dafür, dass es einen neuen Anfang in Frieden und Freiheit geben würde.

Vor einigen Wochen war Heiko zu Ohren gekommen, dass jemand einen Röstofen für Erdnüsse verkaufen wollte, und nach langen Verhandlungen war es Mina gelungen, den Ofen zu bekommen. Auch wenn es sie einen ihrer Goldbarren gekostet hatte, der Kauf reute sie nicht, denn jetzt waren sie in der Lage, ihren Kaffee in größerem Stil selbst zu rösten und dann direkt verkaufen zu können.

In der Speicherstadt wäre das aber unmöglich gewesen. Die Rohkaffeehändler des Vereins missbilligten ihr Vorhaben und drohten ihr mit Ausschluss. Zwar durfte sich der Verein offiziell noch nicht wieder neu gründen, doch die Mitglieder trafen sich inzwischen privat und kungelten wie eh und je.

Sollten sie sie doch vor die Tür setzen! Mina kümmerte es nicht mehr. Sie hatte eine Lagerhalle auf einem der Grundstücke gebaut, die sie vor dem Krieg erworben hatte, und direkt daneben entstand eine moderne Rösterei. Das Bürogebäude war gerade fertig geworden, und heute nun würden die Möbel umziehen.

Mina blätterte bis zum letzten Eintrag weiter. Dann nahm sie einen Füller und begann zu schreiben.

Hier endet die Geschichte der Firma Kopmann & Deharde. *Ich habe dieses Kontor vor fünfunddreißig Jahren von meinem Vater übernommen und es durch schwierige Zeiten geführt. Jetzt ist es an der Zeit, das Alte abzuschließen, um etwas Neues zu beginnen.*

Sie blies über die feuchte Tinte und nickte zufrieden, dann klappte sie das Buch zu.

Anschließend bückte sie sich zu ihrer Tasche hinunter, die neben dem Schreibtisch auf dem Boden stand, und zog ein neues Einschreibebuch hervor, das sie vor ein paar Tagen gekauft hatte. Sie schlug es auf und sog lächelnd den Duft des frischen Papiers ein.

Da klopfte es leise, und sie ging zur Tür und öffnete sie. Heiko lächelte ihr entgegen.

»Was machst du denn so lange?«, fragte er. »Hier drin sind wir fertig, und die Möbelpacker möchten jetzt gern mit deinem Büro anfangen. Also raus mit dir, sonst wirst du auch noch eingepackt.«

»Ich komme sofort«, sagte Mina und lächelte Heiko an. »Gib mir bitte noch eine Minute.«

Statt einer Antwort legte er eine Hand auf ihren Arm, zog sie kurz an sich und küsste sie auf die Wange. Dann verließ er den Raum und machte die Tür hinter sich zu.

Minas Blick blieb für einen Moment am dunklen Holz der Tür hängen. Sie holte tief Luft.

Abschied zu nehmen ist wie ein kleiner Tod.

Wer hatte das noch gesagt? Ihr Vater? Oder war es Edo gewesen?

Wer auch immer es gewesen war, er hatte recht gehabt. Es fühlte sich an, als würde ihr Herz zerreißen.

Ihre Gedanken wanderten weiter, weit zurück in die Vergangenheit.

Dann setzte sie sich an den Schreibtisch und schrieb:

Heute, am 22. September 1948, beginnt die Firma Peters, Franke & Rose, Kaffeehandel und Rösterei *in Hamburg ihre Arbeit. Die Zukunft liegt vor uns, möge sie für uns alle friedlich und erfolgreich werden.*

Mina Peters

Mina holte tief Luft, schloss das Buch und legte es wieder in ihre Aktentasche zurück. Eine neue Firma, eine neue Geschichte, ein neues Buch. Ein ganz neues Leben lag vor ihr.

Ein neuer Anfang und große Träume in der weißen Stadt am Meer

Michaela Grünig
PALAIS HEILIGENDAMM
- EIN NEUER ANFANG
Roman

576 Seiten
ISBN 978-3-7857-2707-2

Heiligendamm, 1912: Die Berliner Hoteliersfamilie Kuhlmann hat große Pläne, man will dem berühmten Grand Hotel Konkurrenz machen. Doch die High Society steigt lieber weiter bei dem etablierten Rivalen ab. In dieser schweren Zeit zeigt ausgerechnet die junge Tochter Elisabeth kaufmännisches Geschick, während sich der sensible Sohn Paul für Musik begeistert. Als sich die Lage gefährlich zuspitzt, sieht Vater Kuhlmann sich gezwungen, den Emporkömmling Julius Falkenhayn um Hilfe zu bitten. Der hegt recht unkonventionelle Ansichten, was der ehrgeizigen Elisabeth zunächst alles andere als recht ist …

Lübbe

Ein traditionsreiches Café. Eine mutige Familie. Eine verbotene Liebe …

Marie Lamballe
CAFÉ ENGEL
Eine neue Zeit
Roman

560 Seiten
ISBN 978-3-404-17748-6

Wiesbaden, 1945. Die junge Hilde kann ihr Glück kaum fassen: Der Krieg ist zu Ende, und das Café Engel blieb wie durch ein Wunder verschont. Gegen alle Widerstände will sie den Familienbetrieb wieder zu jenem glanzvollen Treffpunkt schillernder Persönlichkeiten machen, als der er einst berühmt war. Doch schon bald trüben erste Konflikte den jungen Frieden: Als ihre schöne Cousine Luisa aus Ostpreußen eintrifft, wächst zwischen den beiden jungen Frauen eine Rivalität, die die Atmosphäre im Café zu vergiften droht. Bis sie begreifen, dass sie etwas gemeinsam haben: ein Geheimnis aus Kriegszeiten, das sie bis heute fürchten …

Lübbe